ro
ro
ro

ELENA HELL UND
ROBERT KRAUSE

SISI

DAS DUNKLE VERSPRECHEN

ROMAN

Rowohlt Taschenbuch Verlag

Dies ist nicht die wahre Geschichte
der Kaiserin Elisabeth, dies ist eine ihrer Legenden.
Personen, Orte und Ereignisse sind teils der Historie
entlehnt, teils stark verändert, teils frei erfunden.

Originalausgabe
Veröffentlicht im Rowohlt Taschenbuch Verlag,
Hamburg, Januar 2022
Copyright © 2021 by Rowohlt Verlag GmbH, Hamburg
© RTL Television 2021, vermarktet durch Ad Alliance GmbH.
Eine Produktion von STORY HOUSE in Zusammenarbeit
mit Beta Film und RTL Television
Nach einer Geschichte von Robert Krause,
Andreas Gutzeit und Elena Hell.
Lektorat Claudia Wuttke
Covergestaltung Hafen Werbeagentur, Hamburg
Coverabbildung RTL/Benno Kraehahn
Satz aus der FoundryWilson
Gesamtherstellung CPI books GmbH, Leck, Germany
ISBN 978-3-499-00875-7

TEIL 1

GRAF RICHARD

An wen hast du dabei gedacht?»
Sisi starrte auf das feine Tafelporzellan mit dem Wappen ihrer Familie und konnte nicht glauben, dass ihre große Schwester sie das eben tatsächlich gefragt hatte. Jetzt, am 13. August 1853, und hier, an der mittäglichen Tafel der herzoglichen Großfamilie! Die Kaminstube im Parterre des Schlosses Possenhofen erfüllte ein lebendiges Geschnatter, und das Geschirr klirrte unter dem Appetit der Buben und Mädchen, die sich um die üppig gedeckte Tafel drängten. Nur Mutter Ludovika unterhielt sich gesittet mit ihrem ältesten Sohn Louis, und Max, das Familienoberhaupt, diskutierte mit Graf Richard, dem Pferdezüchter seines Vertrauens. Diener kamen mit Krügen voll Wasser und kaltem Bier. Durch die geöffneten Fenster blendete der helle Kies und dahinter die weißen Segel der Boote auf dem Starnberger See. Trotz der Mittagshitze im Schlosspark spendete das wuchtige Gemäuer eine angenehme Kühle.

Die weiß-blauen Rauten auf dem Servierteller mit dem Fisch begannen vor Sisis Augen zu tanzen, während sie fieberhaft überlegte, wie sie ihre Schwester noch eine Weile hinhalten konnte. Denn eines war klar: Nene würde nicht aufgeben. Nicht ohne eine zufriedenstellende Antwort.

«An wen hast du dabei gedacht?», hakte sie auch schon leise nach, und Sisi nahm schnell einen Schluck Wasser, um sich durch ihr Schmunzeln nicht vorschnell zu verraten. Nene war gut darin, zu bekommen, was sie wollte, und Sisi gefiel es, sie endlich mal auf die Folter spannen zu können.

Im Gegensatz zu Sisi hatte ihre große Schwester ein Händchen dafür, eine wohlfeile Konversation mit originellen Kommentaren zu würzen und ihrem Gegenüber mit einem charmanten Lächeln ganz nebenbei kleine Geheimnisse zu entlocken. Die Tugenden einer Herzogin waren ihr in die Wiege gelegt worden. Auch was das Geschick für kunstvolle Handarbeiten anging und den Sinn für die richtige Geste zur rechten Zeit, schien sich der liebe Gott bei Nene wahrlich verausgabt zu haben. Für Sisi war in dieser Hinsicht kaum mehr etwas übrig geblieben. Mit ihren kräftigen Locken, den dunklen Mandelaugen und den vollen Lippen stand sie ihrer Schwester zwar in Sachen Schönheit in nichts nach, aber in Fragen der Eleganz und Wohlerzogenheit machte Nene wahrlich Strecke!

Sisi brach den Gedanken fast bewundernd ab. Nicht, dass es ihr wichtig gewesen wäre, sich besonders vornehm zu gebaren, aber sie hätte sich durchaus gerne leichter mit dem getan, was man als Herzogin von ihr erwartete. Als könnte jemand ihre Gedanken erahnen, ließ Sisi schnell ihre Hände unter den Tisch gleiten, um ihre schmutzigen Fingernägel zu verstecken. Ein Überbleibsel davon, dass sie am Vortag heimlich dem alten Wilhelm dabei geholfen hatte, in den Blumenbeeten vor dem Schloss das Unkraut zu jäten.

Mit einem spitzbübischen Grinsen sah Sisi ihre Schwester an, die herausfordernd den Kopf neigte. Sie wusste genau, was Nene wissen wollte, und als sich ihre Blicke trafen, konnte Sisi sich ein verschmitztes Grinsen nicht mehr verkneifen. Der Gedanke an das, was vorhin geschehen war – er war einfach zu unerhört.

Es war einer dieser langweiligen Vormittage gewesen, an denen Sisi sich in ihrem Zimmer dem Literaturstudium hatte widmen sollen. Wie in der Kaminstube gingen auch die Fenster an Sisis Zimmer in Richtung des Sees, aber von ihrem Bett aus sah sie zuerst in die Krone eines üppigen Kastanienbaumes, der im Sommer einen angenehmen Schatten spendete. Auch wenn noch eine morgendliche Frische über den Gärten lag, versprach es doch ein heißer Tag zu werden. Draußen brummten einige Insekten, und von unten hörte Sisi, wie ihre Mutter wieder einmal über ihren Vater schimpfte. Und wie dieser zurückdonnerte, dass sie ihn eben nicht hätte heiraten sollen. Sisi schlug seufzend das Buch zu und schwor sich innerlich, niemals eine Verbindung einzugehen, zu der ihr Herz nicht Ja sagte. Die Streitereien ihrer Eltern setzten ihr zu. Auch wenn das zänkische Wesen ihrer Mutter sie anstrengte und sie ihren Vater über alles liebte, war sie sich doch bewusst, dass seine Leichtlebigkeit der Familie Prüfungen auferlegte. Er war wahrlich kein Kind von Traurigkeit und hatte neben ihren sieben Geschwistern ein Dutzend unehelicher Kinder gezeugt. Dass eine Frau darüber bitter werden konnte, verstand sie selbst mit ihren fünfzehn Jahren durchaus.

Hinzu kam, dass Ludovika als Prinzessin von Bayern die Ehe mit Max unter ihrem Stand geschlossen hatte, wohingegen ihre Schwester sich ins Haus der Habsburger eingeheiratet hatte und durch einige glückliche Fügungen mittlerweile Kaiserinmutter war. Für Ludovika nur schwer zu akzeptieren, das tat sie auch häufig und lautstark kund. Während ihre Schwester zwischen den edlen Tapeten der Wiener Hofburg die Fäden der Weltpolitik spannte, beschäftigte sie selbst hauptsächlich ein Gedanke: dass ihre Kinder eine bessere Partie machen müssten als sie. Denn Vater Max sei schließlich nur ein einfacher Herzog. Und das nicht einmal *von* Bayern, sondern nur *in*!

Sisi warf über die lange Tafel einen Blick hinüber zu ihren Eltern. Noch immer konnte sie deren Streit in der Luft flimmern sehen.

«Nun sag schon», bohrte Nene weiter und lenkte Sisis Gedanken vom Streit ihrer Eltern zurück zu ihrem Erlebnis am Morgen. Sie spürte, wie ihr die Röte in die Wangen stieg.

Graf Richard saß ihr schräg gegenüber, und Sisi tat sich schon die ganze Zeit schwer, ihre Augen von ihm abzuwenden. Der Graf war am späten Vormittag für einen Pferdeverkauf angereist, und Vater Max hatte ihn kurzerhand zum Essen hereingebeten. Mit leeren Bäuchen ließen sich keine Geschäfte machen, hatte er gesagt und Sisi verschwörerisch zugezwinkert. Ihr Interesse nicht nur an den Pferden, sondern auch an deren Züchter musste ihm aufgefallen sein.

Richard war schon öfter in Possenhofen gewesen und wirklich ein stattlicher Kerl. Das hatte Sisi bereits häufiger bemerkt. Die von der Arbeit gestählten Muskeln spielten unter seinem weißen Leinenhemd, und die Bräune in seinem Gesicht erzählte von all der Zeit, die er als Pferdezüchter an der frischen Luft verbrachte.

Sisi musste lächeln. Vielsagend wanderte ihr Blick zwischen dem Grafen und ihrer Schwester hin und her, die, als sie begriff, nur mit Mühe einen spitzen Schrei unterdrückte.

«Und du? Hast du es schon einmal probiert?», hakte Sisi grinsend nach. Sie liebte es, wenn Nene aus ihrer Rolle fiel. Für Sisi war sie in diesen Augenblicken die schönste Frau der Welt. Wenn sich ihre Haltung und Erhabenheit für einen Moment löste, um dem heiteren, gutmütigen Wesen Platz zu machen, das sonst zu schüchtern war, um sich zu zeigen.

Doch bevor Nene auf Sisis Frage antworten konnte, drang schon die Stimme ihrer Mutter quer über den Tisch: «Was probiert, Sisi?»

Die Schwestern wandten sich hastig voneinander ab.

«Na, die Forelle!», stammelte Sisi so unschuldig wie möglich und zeigte auf Nenes Teller. Tatsächlich: Die

Forelle ihrer Schwester war noch unberührt, und Nene war geistesgegenwärtig genug, um sich sofort ihrem Teller zu widmen. Gekonnt schlitzte sie das Tier mit einem Fischmesser auf und schob sich elegant eine Gabel in den Mund. Sie nickte genüsslich.

«Schmeckt wirklich köstlich, mein Fisch!», bekräftigte auch Sisi und sah in die Runde – wobei ihr Blick erneut auf Graf Richard fiel. Der Mann gefiel ihr. Und genau deshalb hatte sie an ihn gedacht, vorhin, als sie von ihrer Schwester *dabei* ertappt worden war. Dabei, zum ersten Mal einen Höhepunkt zu erleben! Und ja, das war wirklich unerhört.

Sisi hatte erst kürzlich damit begonnen, ihren Körper zu erkunden. Mehr oder weniger zufällig hatte sie eines Abends, als ihr der weiche Stoff des Nachthemdes zwischen die Beine gerutscht war, zum ersten Mal dieses Kribbeln verspürt. Mit den Fingern war sie dem Reiz nachgegangen. Natürlich hatte sie darüber mit niemandem gesprochen, denn es war nicht gerade etwas, wovon man beim Tee erzählte. Oder in der Kirche. Oder beim Spazieren. Oder Fischen. Oder Reiten. Oder Essen. Wenn sie sich zwischen den Beinen berührte, war es immer wie ein süßes Versprechen gewesen. Als sie vorhin im Bett das Buch zugeschlagen hatte, hatte sie beschlossen, der Sache weiter auf den Grund zu gehen. Und wow! Das hatte sich gelohnt!

Leider war genau in dem Moment, als sich die Wärme wie eine Welle in ihrem ganzen Körper ausbreitete und Sisi unwillkürlich ein lustvoller Laut entfuhr, ihre Schwester ins Zimmer geplatzt. Nene hatte einen spitzen Schrei ausgestoßen, als sie Sisi nur halb bedeckt in ihren

Laken sah. Der alte Wilhelm, der sich gerade den Flur entlangschleppte, um den Nachmittagskuchen zu servieren, hatte vor Schreck das gesamte Silbertablett fallen lassen. Nenes Aufschrei und das klirrende Geschirr hatten sogar genügend Lärm gemacht, um den Streit zwischen Max und Ludovika zu unterbrechen.

Nene hatte offenbar genau verstanden, wobei sie Sisi erwischt hatte, und schnell die Tür zugezogen. Das ließ Sisi vermuten, dass auch ihre Schwester schon Bekanntschaft mit dem gemacht hatte, was sie heute selbst erstmals erlebt hatte.

Sisi spürte ihre Wangen vor Wärme pochen und wusste, dass sie schon wieder errötet sein musste. Eine dumme Angewohnheit, die sie einfach nicht unter Kontrolle bekam.

«Und? Hast du?», flüsterte sie Nene zu.

«Ja, ich habe schon ein paar Forellen gekostet.» Nene unterstrich ihre Aussage mit einem erhabenen Nicken und schob sich einen Bissen in den Mund. «Sie schmecken fantastisch. Immer wieder.»

Sisi stutzte. War ihre Schwester schon um einiges erfahrener in diesen Dingen, als sie vermutet hatte? Was wusste sie noch darüber? Sisi biss sich auf die Unterlippe. An Nenes überlegenem Grinsen konnte sie ablesen, dass es ihrer Schwester Spaß bereitete, sie im Ungewissen zu lassen. Ihr selbst dagegen, und auch das wusste sie, stand die Wahrheit meistens ins Gesicht geschrieben.

«Du bist wie ein offenes Buch für mich, Sisi», hatte Nene früher oft gesagt, wenn sie ihr eine ihrer Lügengeschichten hatte auftischen wollen. Sisi hatte oft auf ihre Fantasie zurückgreifen müssen, um ihre unerlaubten Ausflüge ins Dorf und in die Wälder zu verheimlichen. Wenn sie sich mal wieder vor dem Studieren gedrückt hatte, weil draußen die Sonne so schön auf dem Starnberger See glitzerte. Wie viel herrlicher war es doch, die nackte Haut vom kühlen Wasser umspielen zu lassen, anstatt in der Hitze in engen Kleidern zu zerfließen. Manchmal hatte Sisi das Gefühl, das vornehme Leben sei nur dazu erfunden worden, die Welt ihrer Lebendigkeit zu berauben. Ihr jedenfalls war damit kein Gefallen getan, dass sich Monarchen, Herzöge und Grafen in komplizierte Rituale flüchteten, die sie vom einfachen Volk abgrenzen und ihre vermeintliche Überlegenheit zeigen sollten. Dass ihr so wenig an der Etikette gelegen war, hatte sie wohl von ihrem Vater geerbt, der sich um solche Oberflächlichkeiten und Etiketten auch herzlich wenig scherte.

Sisi wandte sich wieder an Nene. «Und, an wen denkst du dabei?», fragte sie und legte die Gabel beiseite. Ungeduldig rutschte sie auf ihrem Stuhl hin und her. Sie konnte ihre Neugierde kaum zügeln.

Nene schwieg vornehm und blieb ihr die Antwort schuldig, aber ihr Gesichtsausdruck ließ Sisi nicht daran zweifeln, dass es eine sehr besondere Person sein musste. Nicht zum ersten Mal wünschte sich Sisi, dass sie Nenes Gedanken genauso gut lesen konnte wie die Schwester ihre. Aber Nene war deutlich geschickter darin, ihre Geheimnisse für sich zu behalten und sich durch nichts zu verraten.

Sisi seufzte und linste zurück zu Richard, dessen fast ungenierter Blick ihr abermals die Röte ins Gesicht trieb.

FÜR ÖSTERREICH

Franz blickte über das in der Nachmittagshitze flirrende Schlachtfeld in der nördlichen ungarischen Tiefebene, wenige Kilometer südlich der Stadt Debrecen. Seine Augen glitten über die kämpfenden Soldaten, und fast erschien es ihm, als würde die staubige Luft nach dem Blut der Gefallenen schmecken. Sein Pferd tänzelte unter ihm, doch er fasste die Zügel enger und zwang es, auf der Anhöhe stillzustehen. Nur der steile Abhang des Hügels trennte ihn von dem blutigen Gefecht.

Der Gedanke daran, wie seine Landsleute im Kampf gegen die Ungarn fielen, ließ einen gewaltigen Zorn in ihm aufsteigen, und seine Hand schloss sich fest um den Griff seines Säbels, der tief im Gürtel seiner Uniform steckte. Es fiel ihm nicht leicht, sich als oberster Befehlshaber abseitszuhalten. Er war jung und hatte eine hervorragende militärische Ausbildung genossen. Es mangelte ihm weder an Kraft noch an Geschick im Umgang mit einer Waffe. Und nun durfte ausgerechnet er nicht ins Kampfgeschehen eingreifen?

Er war sich sicher, dass die Entscheidung richtig war, selbst dieses Regiment zu befehligen. Das Regiment, das die letzte Nachwehe der Aufstände niederschlagen sollte, die auf ungarischem Boden gegen die Krone entbrannt waren.

Ein großes Heer von Soldaten ohne strategische Führung war verloren, unabhängig von der Aufgabe, die es zu bewältigen hatte. Das hatte Franz gelernt, und der Gedanke ließ ihn den Griff um seinen Säbel lockern. Als Kaiser von Österreich und militärischer Befehlshaber war es seine Pflicht, am Rande zu stehen und das Geschehen lediglich zu beobachten. Die meisten Könige und Kaiser in Europa hatten noch kein Schlachtfeld mit eigenen Augen gesehen, geschweige denn sich in eines gestürzt. Nicht den metallenen Geschmack von fremdem Blut geschmeckt. Weder die Schmerzensschreie gehört, wenn Bajonette sich gnadenlos in menschliche Körper bohrten, noch die Schüsse der Gewehre. Sie hatten die hässlichen Krater der Kanonenkugeln nicht gesehen, die die Erde aufrissen. Krieg war für sie nur ein Wort auf dem Papier. Eine Ausgabe in der Staatskasse.

«Die Ungarn kämpfen wie die Berserker», unterbrach Graf Grünne seine Gedanken.

«Und das für ein Parlament», setzte Franz geringschätzig hinzu und konnte es selbst nicht glauben. Die Ungarn waren eindeutig in der Unterzahl, und doch hielten sie sich tapfer. Die Österreicher hingegen fielen einer nach dem anderen. Ihr Heer stürzte in sich zusammen, während das aufständische Kronland kämpfte, als gäbe es kein Morgen mehr. Und all das nur für eine selbst gewählte Regierung?

«Was wäre so schlimm daran, wenn du ihnen dieses Zugeständnis machst?»

Franz hatte das kurze Zögern bemerkt, das der Frage seines Freundes vorangegangen war, und er konnte von dessen blassen Lippen ablesen, dass Grünne darum rang, sein Temperament zu zügeln. Er wusste, dass Grünne sein hartes Vorgehen verurteilte. Sein Freund verstand nicht, dass es den Verlust der ganzen Hand bedeuten konnte, wenn man bereit war, auch nur ein Glied des Fingers zu opfern. Trotz ihrer konträren Ansichten schätzte Franz doch die besonnene Art seines Kompagnons, den er gerade deshalb so gerne an seiner Seite wusste.

Franz war noch nicht lange im Amt. Zwei Männer hatten zu seinen Gunsten auf den Thron verzichtet, und ihm war klar, dass man große Hoffnungen in ihn setzte. Österreich war in den Revolutionen, die in den Jahren 1848 und 1849 ganz Europa erschüttert hatten, nur durch die harte Hand des Militärs nicht in tausend Stücke zerbrochen. Franz hatte selbst gegen die Aufständischen gekämpft, Revolten niedergeschlagen, die nach der Hungersnot in allen Teilen des Landes aufgeflammt waren. Klug hatte er seine militärischen Fähigkeiten im Feld eingesetzt und bewiesen, dass er der Aufgabe und Verantwortung gewachsen war, große Truppen zu befehligen. Mit der Thronbesteigung hatte er schließlich auch die letzte langjährige Hoffnung seiner Mutter erfüllt.

Bei dem Gedanken verfinsterte sich Franz' Miene, und fast konnte er spüren, wie eine dunkle Aura von ihm Besitz ergriff. Erzherzogin Sophie hatte es geschafft, nicht nur seinen Vater Franz Karl davon zu überzeugen, dass ein junger Kaiser die gesellschaftlichen Spannungen entzerren könne, sie hatte sogar die Ehefrau des amtierenden

Kaisers Ferdinand auf ihre Seite gezogen. Die hatte ihren Mann daraufhin so lange bearbeitet, bis er sich geschlagen gab.

Als die Entscheidung für seine eigene Regentschaft schlussendlich gefallen war, hatte Franz sich übergeben müssen. So groß war die Angst vor der Verantwortung gewesen, die von nun an auf seinen Schultern lastete.

«Weshalb sollte ich ihnen ein Parlament zugestehen?», fragte er und sah Grünne scharf an. «Sie haben einen Kaiser!»

«Den das Volk auch für seine Weitsicht und Güte lieben wird ...», setzte Grünne vorsichtig hinzu.

Obwohl Franz erst kürzlich die zwanzig hinter sich gelassen hatte, erzählten die zarten Falten auf seinem sonst ebenmäßigen Gesicht von der Last, die er in den wenigen Jahren seines Lebens zu tragen gehabt hatte. Die militärische Erziehung hatte dem Drill seiner Kindheit die Krone aufgesetzt, lange bevor er den Thron bestiegen hatte. Zwischen strapaziösen Märschen und den stundenlangen Exerzierübungen hatte er den vier Jahre älteren Grünne kennengelernt, dem als einzigem Sohn eines ruhmreichen Generals, Geheimrats und Kämmerers ebenfalls eine Spitzenausbildung zustand. Grünne war dabei gewesen, als Franz mit sieben Jahren bei einem Übungsangriff an seine körperlichen und emotionalen Grenzen gelangt und vor einer Feuerwand zusammengebrochen war. Er hatte ihn gefunden und durch die Flammen in sicheres Terrain geschleift, obwohl sie den Auftrag hatten, die Aufgabe jeder für sich zu bewältigen. Beide Jungen hatten für ihren Ungehorsam eine so harte

Strafe bekommen, dass sie diese Lektion ganz sicher gelernt hatten. Damals waren sie Freunde geworden.

Franz schüttelte den Kopf. Immer wieder verlor er sich in Gedankenspielen, die doch zu nichts führten. Seine Kindheit war längst vorbei, und er durfte seiner Seele nicht erlauben, dem grausamen Anblick des Schlachtfeldes auszuweichen.

Sein Blick fiel auf einen jungen Soldaten, der kaum noch die Kraft hatte, seine Waffe zu halten. Mit zitternden Beinen versuchte er, das Gewehr aufzurichten und zu zielen, doch es gelang ihm nicht. Franz konnte kaum mehr an sich halten. Es wäre ein Leichtes für ihn, dem Jungen zu helfen. Ihn zu stützen und in Sicherheit zu bringen. Franz rang mit sich. Seiner Rolle als Kaiser. Er sah Grünnes wache Augen, seine stoische Haltung. Franz' Atem ging stockend. Dann fiel ein Schuss, und dem Jungen entglitt die Waffe. Wie in Zeitlupe sackte der leblose Körper zu Boden, erstreckte sich neben den anderen auf der blutdurchtränkten Erde.

Franz' Mund war wie ausgetrocknet. Der Staub hatte gewonnen, die Hitze gesiegt. Einen Moment stand der junge Kaiser noch reglos am Rand der Anhöhe. Dann zog er seinen Säbel und drückte seinem Pferd die Sporen in die Flanken. Die Hufe des weißen Hengstes gruben sich in die rote Erde des Hanges und zermahlten das trockene Gras, das unter der prallen Augustsonne schon fast zu gelbem Heu verdorrt war.

Franz hörte Grünne noch seinen Namen rufen, doch nichts konnte ihn mehr aufhalten. Keine Kraft der Welt würde ihn mehr daran hindern, selbst die Klinge zu schwingen. Die Ungarn hatten nach Blut geschrien, nicht er. Dann sollten sie es bekommen.

Franz hielt auf das Geflecht der Kämpfenden zu. Schreie schlugen ihm entgegen. Schüsse durchschnitten die Luft. Das Klirren der Säbel stach in seinen Ohren. Aber Franz durchströmte ein warmes Gefühl der Befreiung. Endlich hatte diese kaiserliche Zurückhaltung ein Ende. Sein Tatendrang wurde zusätzlich befeuert vom Rausch der Geschwindigkeit, die sein Pferd hangabwärts gewann.

UNGARISCHE POST

Die zwei Pferde, die Graf Richard ihrem Vater verkaufen wollte, sahen wirklich umwerfend aus. Eines schwarz, das andere weiß, pulsierten unter ihrem Fell die kräftigen Adern englischer Vollblüter.

«Was für Klepper hast du mir heute mitgebracht?» Max trat neugierig an die Pferde heran, und Sisi sah, dass er versuchte, sein Staunen zu verbergen, um den Preis nicht in die Höhe zu treiben. Sie war nicht zum ersten Mal dabei, wenn der Graf mit ihrem Vater Geschäfte machte.

Richard hielt die Tiere fest an den Zügeln. «Beide haben ein Stockmaß von eins siebzig. Vater englisches Vollblut. Mutter Trakehner», verkündete er stolz.

Max wiegte nur zweifelnd den Kopf hin und her. «Was soll der Spaß kosten?», begann er zu feilschen. «Hoffentlich weniger als beim letzten Mal.»

«Na ja ... Es sind die prächtigsten Tiere, die ich habe.»

Richard kniff die Augen zu Schlitzen zusammen, als könnte er Max dadurch besser taxieren. Doch der ließ sich nicht in die Karten schauen.

Sisi hatte sich so im Stall positioniert, dass sie einen möglichst ungehinderten Blick auf die beiden Männer hatte. Ihre zarten Finger schlossen sich fest um zwei Walnüsse, und unter dem kräftigen Druck ihrer Hand gab eine Schale schließlich knackend nach.

Heinrich, der neben ihr saß, schenkte ihr einen bewundernden Blick, und Sisi wünschte, sie könnte den Pferdezüchter genauso leicht beeindrucken wie den jungen Stallburschen, mit dem sie quasi aufgewachsen war. Grinsend beobachtete sie, wie Heinrich heftig mit seiner Nuss zu kämpfen hatte. Sie streckte ihm wortlos die Hand entgegen. Als er nicht sofort reagierte, fächelte sie auffordernd mit den Fingern. «Nun gib schon her.»

Peinlich berührt reichte Heinrich ihr die Nuss und wich Sisis Blick aus, als sich ihre Hände dabei flüchtig streiften. Sisi hatte praktisch ihre halbe Kindheit im Stall verbracht, entsprechend gut kannte sie Heinrich und entsprechend nah standen sie sich auch. Zumindest war es so gewesen. Bis zu diesem Kuss. Seitdem war ihr Umgang nicht mehr ganz so unbeschwert. Dabei war diese Intimität noch nicht mal von Heinrich ausgegangen. Sisi hatte ihm befohlen, sie zu küssen, und er hatte sich fügen müssen. Sie mutmaßte, dass es ihm durchaus gefallen hatte, aber da sie ihm auch befohlen hatte, mit niemandem über den Kuss zu sprechen, nicht einmal mit ihr, konnte sie es nicht mit Gewissheit sagen.

Es ziemte sich nicht für eine Herzogin, einen einfachen Stallburschen zu küssen. Eigentlich ziemte es sich überhaupt nicht für Sisi, irgendjemanden zu küssen. Und doch hatte sie der Neugierde nicht widerstehen können, wie sich diese Sache wohl anfühlte. Sie hatte es hier und da schon mal beobachtet, nicht bei ihren Eltern, aber bei anderen Erwachsenen. Allerdings hatte sie auch mit Heinrich nicht viel darüber herausfinden können, denn sie hatten nur kurz ihre Lippen aufeinandergepresst, in der dunklen Ecke hinter den Sätteln. Und wenn es nicht so verboten gewesen wäre, hätte Sisi es in etwa genauso aufregend gefunden, einen Laib Brot zu küssen wie einen Mann. Ob es sich mit Graf Richard wohl anders anfühlen würde?

Sisi warf einen sehnsüchtigen Blick hinüber zu Richard, der mit eisernem Bemühen versuchte, ihrem Vater einen guten Preis abzuringen. «Beide knapp drei Jahre alt, schmiedefromm und eben erst angeritten.»

Mit konzentrierter Miene studierte Max die Prachthengste, und es war offensichtlich, dass ihm gefiel, was er sah. Seine kräftige Hand strich fasziniert über das glänzend gestriegelte Fell, und so war es Richard möglich, Sisis Blick kurz zu erwidern. Sisi lächelte, und einen Moment vergaß sie sogar, das vor Heinrich zu verbergen. Wie sehr beneidete sie doch ihren Vater! Nicht um das Verkaufsgespräch selbstredend, sondern darum, dass er so nah beim Grafen stehen konnte, ohne dass es die Etikette verletzte.

Als Max sich umdrehte und Heinrich Zeichen gab, die

Pferde zu testen, nahm Sisi ihren Mut zusammen und packte ihren Freund am Ärmel.

«Das übernehme ich!»

Heinrich schickte seinem Herzog einen fragenden Blick, doch Sisi war schon aufgesprungen, um Richard die Zügel aus der Hand zu nehmen.

«Darf ich?»

Sie warf ihm einen fordernden Blick zu, der auch ihrem Vater nicht entging. Und wie Heinrich, so wusste auch Richard nicht, wie er mit der Situation umzugehen hatte. Fragend sahen sie beide Herzog Max an.

Sisi war sich durchaus bewusst, dass sie mal wieder gegen alle Regeln verstieß. Noch dazu vor dem Grafen! Und genau das bereitete ihr ein noch viel größeres Vergnügen.

«Eure Hoheit, ich weiß nicht, ob das so eine gute Idee ist», warnte Richard besorgt. «Diese Pferde haben kaum die Grundausbildung absolviert und sind von eher temperamentvoller Natur.»

Amüsiert blickte Max seine Tochter an, und Sisi konnte an seiner Miene ablesen, dass ihn weniger ihr freches Verhalten besorgte als vielmehr der Preis, den sie durch ihre Begeisterung in die Höhe treiben könnte.

«Na, das trifft sich doch, denn bei mir ist es nicht anders», erwiderte sie keck und schwang sich entschlossen auf den Schimmel. Mit einer geschickten Bewegung schnappte sie sich auch die Zügel des schwarzen Hengstes und trieb beide Pferde in das Rondell einer kleinen Manege, die ihr Vater in Possenhofen eingerichtet hatte. Er liebte den Zirkus, und in jeder freien Minute übte er mit seinen Kindern Kunststücke auf seinen Pferden. Sisi war schon weit sicherer, als sie eben zugegeben hatte. Tatsächlich saß sie fest im Sattel, und auch als Artistin auf dem Pferderücken machte sie sich immer besser. Wenn es ihr hier nicht gelingen würde, den Grafen zu beeindrucken, wo sonst?

Doch was Sisi sich vorgenommen hatte, war durchaus gewagt. Selbst für eine so geübte Reiterin wie sie.

Die Ungarische Post war eine schwierige Übung, die sie erst kürzlich zum ersten Mal gemeistert hatte. Nicht auszudenken, wie sie wohl vor Richard dastehen würde, wenn sie an dem Kunststück scheiterte! Unwahrscheinlich war das nicht. Im Stehen auf zwei Pferderücken zu balancieren, erforderte nicht nur ein hervorragendes Gleichgewicht. Es musste ihr auch gelingen, die Tiere in derselben Geschwindigkeit und eng beieinander zu führen. Sisi wischte den Zweifel beiseite und trieb die Hengste an. Sie liebte es, sich mit den rhythmischen Bewegungen zu verbinden und diese Kraft unter sich zu spüren. Tief atmete sie den würzigen Geruch der Pferde ein und schloss voller Vertrauen die Augen.

Sie holte tief Luft, unterdrückte ihren letzten Funken Angst und erhob sich langsam auf dem Rücken des Schimmels. Als sie stehend ihre Position gefunden hatte, setzte sie vorsichtig einen Fuß auf den Rappen, suchte dort nach Halt, glitt jedoch ab – und verlor das Gleichgewicht. Mit einem dumpfen Plumps landete Sisi auf dem Boden. Die Scham trieb ihr die Hitze ins Gesicht. Wie dumm von ihr! Doch entgegen ihren Befürchtungen zeigte das Missgeschick eine ganz andere Wirkung als erwartet. Bestürzt eilte Graf Richard zu ihr und beugte sich über sie.

«Habt Ihr Euch etwas getan?», fragte er sichtlich erschrocken.

Sisi strich sich verlegen die zerzausten Haare aus dem Gesicht und musste husten. Ihr Sturz hatte den trockenen Sand aufgewirbelt. Immer noch verärgert über den peinlichen Vorfall schüttelte sie nur kurz den Kopf und ließ sich widerwillig von Richard beim Aufstehen helfen. Ihr war die übertriebene Sorge des Grafen unangenehm, der sie jetzt auch noch zu stützen versuchte. Sie war ja nun wirklich nicht aus Zucker. Und schon gar nicht war sie eines jener Püppchen, die vor Schmerz aufschrien, wenn sie beim Spaziergang vom Schloss zum See mal über eine Wurzel stolperten.

«Es geht schon, danke.»

Sisi strich sich am Rock den Dreck von den Händen und lief auf ihren Vater zu, der mit Heinrich routiniert die Pferde eingefangen hatte.

«Lass es mich noch einmal versuchen.» Sie setzte ihre Engelsmiene auf. «Bitte, Papa. Ich kann doch jetzt nicht aufgeben. Wer fällt, muss sofort wieder in den Sattel, oder nicht?»

Max zögerte, doch dann gab er die Zügel mit einem Lächeln frei. «Von wem du diesen Starrsinn wohl hast», sagte er mit hörbarem Stolz in der Stimme.

Kaum einen Wimpernschlag später saß Sisi schon wieder auf dem Rücken des Schimmels, und ehe Heinrich sich's versah, hatte sie ihm die Zügel des schwarzen Hengstes wieder aus der Hand genommen. Das temperamentvolle Tier mit der wilden schwarzen Mähne ließ sich nur widerwillig auf ihre Führung ein, doch Sisi gab nicht nach. Die Zügel fest in der Hand, brachte sie den Hengst dazu, zum Schimmel aufzuschließen, und beschleunigte die Pferde dann nebeneinander vom Trab in den Galopp. Sisi schnalzte vor Vergnügen mit der Zunge, und während sie damit rang, beide Pferde zu koordinieren, spürte sie die atemlosen Blicke der Männer auf sich. Gebannt starrten Heinrich, Richard und Max auf die Manege, in der Sisi jetzt erneut ansetzte aufzustehen, kurz taumelte, das Gleichgewicht zurückgewann, den einen Fuß übersetzte und schließlich mit je einem Fuß auf den Rücken der Pferde stand. Stolz straffte sie ihren Körper und hoch erhobenen Hauptes drehte Sisi mit einem glücklichen Strahlen im Gesicht eine Runde nach der anderen. Sie hatte es geschafft! Das Glücksgefühl über ihren Erfolg rauschte in ihren Ohren, und die Pferde unter ihr schienen genauso ekstatisch an diesem Augenblick teilzuhaben wie Richard, der nun vollends in Flammen stand, das konnte Sisi sehen.

Nach drei weiteren Runden parierte Sisi die Pferde, kam direkt neben Richard zum Stehen und sprang gekonnt ab. Dabei vermied sie es bewusst, zu ihrem Vater oder Heinrich hinüberzusehen. Ihr war durchaus klar, dass sie schon wieder eine Grenze überschritten hatte.

«Eure Vollblüter taugen was», sagte sie atemlos und genoss, dass es dem Grafen offenbar die Sprache verschlagen hatte. Sie schenkte Richard einen schmeichelnden Blick und hielt ihm die Zügel hin.

Sosehr seine Fürsorge sie zuvor abgestoßen hatte, so sehr zog seine Schüchternheit Sisi nun an. Ein Leben an der Seite eines Pferdezüchters, das konnte sie sich gut vorstellen. Wie oft hatte sie sich danach gesehnt, nicht als Herzogin, sondern als eine einfache Frau aus dem Volk geboren worden zu sein. Nicht an Weihnachten Geburtstag zu haben, sondern an einem ganz unbedeutenden Tag. Und auch nicht schon mit einem Milchzahn auf die Welt gekommen zu sein, sondern einfach ohne, so wie andere Kinder eben auch.

Nun, wer nicht wagt, der nicht gewinnt, dachte Sisi und sah den Grafen herausfordernd an. «Mich würde es sehr freuen, wenn Ihr bis zum Abendessen bleiben würdet», richtete Sisi das Wort an ihn.

Der Graf öffnete mehrmals den Mund, ohne aber eine geeignete Antwort zu finden. Stattdessen blinzelte er Sisi an wie einen duftenden Honigkuchen. Sisi grinste und beschloss, aufs Ganze zu gehen. Sie drängte Richard einen Schritt zurück zwischen die Pferde und drückte ihm in deren Sichtschutz einen Kuss auf die Lippen, so fest, dass sie meinte, die Zähne des Grafen zu spüren. Überrascht wandte sie sich ab. Damit hatte sie nun nicht gerechnet. Das war ja kaum anders als mit Heinrich gewesen! Hart und staubig und rau. Irgendetwas musste sie wohl noch falsch machen. Sisi schüttelte die Enttäuschung ab und trat hinter den Pferden hervor. Gerade noch rechtzeitig, denn Max kam mit leuchtenden Augen auf sie zu. Er klopfte dem Schimmel auf den Hals und wandte sich dem Pferdezüchter zu.

«Ich nehme beide.»

Richard sah ihn verdutzt an, dann nickte er schnell – fast so, als erinnerte er sich gerade erst wieder, weshalb er überhaupt hier war.

«Der Rappe, Sisi, der ist für dich. Den kann bestimmt sonst keiner so reiten wie du.»

Sisi fiel ihrem Vater um den Hals. «O Papa, ich danke dir!» Max tätschelte seiner Tochter den Rücken und grinste Richard an. Sisi strahlte. «Und zur Krönung des Tages könnte Graf Richard doch mit uns zu Abend essen und noch bis morgen bleiben? Was meinst du, Papa?» Mit einem verheißungsvollen Lächeln blickte sie zum Grafen.

«Bis morgen ...», stammelte Graf Richard überfordert und sah hilfesuchend zwischen beiden hin und her.

Doch Max zuckte nur skeptisch mit den Schultern. «Ich hab da wenig zu melden.»

«Bitte, Papa», versuchte Sisi es noch einmal. Aber obwohl sie ihren Kopf schief legte und ihn flehend ansah, ließ Max sich diesmal nicht erweichen. Stattdessen hob er abwehrend die Arme. «Du weißt, wen du fragen musst.»

BAD ISCHL

Sisi drückte vorsichtig die Tür zum Salon auf, und schon kam die grüne Pflanzenoase in Sicht, die Ludovika dort für sich angelegt hatte. Zitronen- und Orangenbäumchen, Belladonnalilien und Birkenfeigen reckten sich in Kübeln den offenen Fenstern entgegen. Die Herzogin stand mit dem Rücken zur Tür, und an der Art, wie Ludovika über das glatte Blatt einer Orchidee strich, konnte Sisi sehen, dass sie sie bemerkt haben musste. Sisi versuchte ihrer Nervosität keine Aufmerksamkeit zu schenken und konzentrierte sich auf ihr Ziel: den Grafen. Bis morgen. Hier in Possenhofen. Vielleicht konnten sie später noch zusammen in den Wald ausreiten. Mit den beiden Hengsten, die Max nun teuer gekauft hatte.

«Deine Pferde treiben mich noch in den Ruin», hatte er gewitzelt und Richard freundschaftlich auf die Schulter geklopft. Sisi konnte sich denken, dass ihm der Graf für seine Tochter gefallen würde. Ein Naturbursche für seinen Wildfang. Jemand, der pragmatisch war und sich nicht lange mit diesem Standesdünkel aufhielt, für den Ludovika so viel übrighatte.

Die Heirat ihrer Eltern war vor fünfundzwanzig Jahren aus politischen Überlegungen über ihrer beider Köpfe hinweg arrangiert worden. Max hatte sich damals durchaus ernsthaft für Ludovika begeistert, doch seine Frau hatte sich zeitlebens nach einer besseren Partie gesehnt.

«Mama?»

Ludovika drehte sich nicht einmal zu Sisi um, sondern griff demonstrativ nach einer bauchigen Gießkanne und widmete sich der nächsten exotischen Pflanze ihres privaten botanischen Gartens. Sisi kannte den Namen des Gewächses nicht, aber es war ein prächtiges Exemplar mit kräftigen roten Blüten und Dornen so stachelig wie Ludovikas Laune. Sisi ballte die Fäuste, um sich selbst Mut zu machen.

«Hast du einen Moment Zeit?»

«Meine Antwort lautet: Nein.»

Sisi verfolgte fassungslos, wie Ludovika die Kanne beiseitestellte. Gerade wollte sie ansetzen, dass ihre Mutter doch gar nichts über ihr Anliegen wisse, da schnitt sie ihr schon das Wort ab.

«In vier Wochen hast du ihn vergessen. Glaub mir.»

Jetzt war Sisi wirklich perplex. «Aber ich will ihn doch gar nicht vergessen!» Ihre Lippen bebten, aber Ludovika widmete sich nur einem weiteren Blumentopf.

«Der Graf ist nicht standesgemäß.» Ludovika riss einen Trieb aus der lockeren Erde und warf ihn achtlos zu einigen vergilbten Blättern und anderem Unkraut in einen Blecheimer. «Mehr gibt es dazu nicht zu sagen.»

«So wie Papa, meinst du?», zischte Sisi und bereute die Bemerkung sofort. Natürlich hatte sie damit einen Volltreffer gelandet, aber es war ganz und gar nicht klug, ihre Mutter zu reizen, wenn sie selbst doch etwas von ihr wollte.

Überraschend blieb die erwartete Explosion jedoch aus. Stattdessen drehte Ludovika sich beherrscht zu ihr um und durchbohrte sie mit ihren klaren grünen Augen, deren Glanz von der dunklen Seide ihres Kleides noch unterstrichen wurde. «Verwende deine Energie lieber auf deine Reisevorbereitungen», sagte sie. «Wir fahren nach Bad Ischl.»

Sisi blieb die Luft weg. «Bitte was? Was soll ich in Bad Ischl?»

«Deine Schwester wird sich dort mit dem Kaiser verloben.»

Sisi hatte das Gefühl, dass ihr alles Blut aus dem Körper wich. Damit hatte sie nicht gerechnet. «Mit dem Kaiser?»

Fassungslos versuchte sie, die Worte ihrer Mutter zu begreifen. Nene? Die Verlobte des Kaisers? Das also hatte ihre Schwester vor ihr geheim gehalten, vorhin beim Forellenessen! An diesen Mann hatte sie *dabei* gedacht.

«Du hast richtig verstanden. Nene wird Kaiserin von Österreich.» Sisi schluckte, doch Ludovika war noch nicht fertig. «Ganz Europa wird auf uns schauen. Und deshalb werde ich einen einfachen Grafen an deiner Seite nicht dulden.»

Sisi fehlten die Worte. Nene? Kaiserin von Österreich?

«Deine Tante Sophie kam vor einigen Wochen mit der Anfrage auf mich zu», fuhr Ludovika fort, als hätte sie Sisis Gedanken erraten. «*Nene* wird ihre Rolle glänzend ausfüllen.» Oh ja, ihre Mutter wusste genau, wie sie Spitzen setzen musste. Und ohne ein weiteres Wort wandte sie sich nun ihren Kakteen zu und strich mit ihren schlanken Fingern über die langen Dornen.

DEM TOD GEWEIHT

Auf dem Marktplatz herrschte reges Gedränge. Die Sonne war schon halb hinter den Dächern auf der Westseite des Platzes verschwunden und tauchte die gegenüberliegende Häuserzeile in ein goldenes Licht, das Franz in den Augen blendete. Ein Scharfrichter in schwarzem Anzug und mit schwarzem Hut band den Knoten des Galgens, und Franz beobachtete, wie sich die Wolken dahinter in eine Mischung aus Rot, Orange und blassem Pink verfärbten. Krächzend landeten einige Saatkrähen auf dem Geländer des Holzpodestes, das behelfsmäßig errichtet worden war, nachdem die Österreicher den Kampf gegen die aufständischen Ungarn gewonnen hatten. Franz' Eingreifen hatte die entscheidende Wende gebracht. Dass der Kaiser sich persönlich ins Schlachtgetümmel gestürzt hatte, hatte in den österreichischen Soldaten einen neuen Kampfgeist geweckt. Sie hatten noch einmal alle Kraftreserven mobilisiert, und nur knapp zwei Stunden später waren sie als Sieger vom Feld getaumelt, erschöpft, aber johlend und die Arme in die Höhe reckend.

Mit gefesselten Händen und den Mienen von Todgeweihten warteten die ungarischen Rebellen nun hinter einer Absperrung auf den Vollzug ihrer Strafe. Bewacht wurden sie von kaiserlichen Soldaten und beäugt von den gierigen Krähen, die sich schon auf das anstehende Festmahl vorbereiteten. Es war kein Zufall, dass sie ausgerechnet heute gekommen waren, um seiner ersten bedeutenden Amtshandlung als junger Kaiser beizuwohnen, da war Franz sich sicher. Wenn er mit seiner Mutter auch nicht viel verband, diese schwarz gefiederten Vögel gehörten sicher dazu. Erzherzogin Sophie hatte nie eine besondere Vorliebe für Tiere gehabt. Aber mit den Krähen war es anders. Die Krähen respektierte sie. Und es waren wirklich schlaue Geschöpfe. In seiner Jugend, während der militärischen Leibeserziehung, hatte er sie oft beobachtet. Ihre brutalen Kämpfe um die Rangordnung in der Gruppe. Ihre Versuche, harte Brotkrumen in einer Pfütze zu erweichen oder vor den gierigen Schnäbeln ihrer Konkurrenten unter trockenem Laub zu verstecken. Die Krähen hatten ihn immer begleitet. Wie im

Krieg, so waren sie auch auf dem Exerzierplatz zu Gast gewesen. Mit ihren dunklen Augen hatten sie von den Eichen aus zugesehen, wie die Knaben unter Zeitdruck Gräben aushoben. Die Vögel waren neben ihnen her gehüpft, wenn sie in den Kinderuniformen keuchend durch den Staub robbten, und es war Franz vorgekommen, als würden die Tiere jeden Einzelnen von ihnen genau kennen. Manches Mal hatte Franz den Krähen nach dem Ende seines teils zwölfstündigen Unterrichts eine Nuss hingeworfen, um sie für ihren Beistand zu entschädigen.

Intelligent und unheimlich musterten die schwarzen Vögel auch jetzt das Geschehen aus ihren kohlschwarzen Augen, ihr hellgrau verhornter Schnabel schien nur darauf zu warten, sich in das noch warme Fleisch toter Körper zu bohren. Es war, als wäre seine Mutter hier, um über seine Entscheidung zu wachen.

Verrat am Kaiser. Verrat an Österreich. Hochverrat.

Der Galgen stand im Ruf, einen schnellen Tod herbeizuführen, doch das entsprach nicht der Wahrheit, wie Franz wusste. Oft genug hatte er die Körper der Verurteilten zuweilen minutenlang im Todeskampf zuckend gesehen. Zugeschaut, wie ihre Füße vergebens in der Luft nach Halt zappelten und es ebenso wenig vermochten, die Seelen, die diese Körper hielten, friedlich auf die andere Seite zu tragen. Was auch immer damit gemeint war. Das Jenseits? Der Himmel? Die Hölle? Was erwartete diese ungarischen Aufständischen?

Das hatte nicht er zu entscheiden. Wohl aber hatte er die Macht, über ihr Leben zu verfügen. Deshalb hatten sich heute auch so viele Menschen hier versammelt. Um zu sehen, was für ein Kaiser er war. Würde er Gnade walten lassen gegenüber denjenigen, die sich gegen ihn, Franz, ihren Kaiser, aufgelehnt hatten?

«Eure Majestät?»

Der Scharfrichter riss Franz zurück in die Realität. Franz erhob sich von seinem Sitzplatz auf dem Podest. Seine Oberschenkel schmerzten von der gewaltigen Anstrengung im Kampf. Grünne stand mit finsterer Miene hinter ihm. Einmal mehr hatte sein Freund ihm seine aufrichtige Treue bewiesen, indem er sich entgegen seinen persönlichen Überzeugungen mit Franz in die Schlacht gestürzt hatte. Sie hatten sich gegenseitig Rückendeckung gegeben, als sie ihre Pferde verloren hatten. Franz wusste, dass er sich hundertprozentig auf seinen Freund verlassen konnte. Er würde sein Leben für ihn geben.

Das Glück – und ihr Geschick – war ihnen hold gewesen: Sie hatten den Kampf heil überstanden, außer einigen Spritzern blutiger Erde auf ihren Uniformen und den von Staub und Schweiß verklebten Bärten war ihnen kaum etwas anzusehen. Allein ihr beißender Geruch verriet Franz, dass ein reinigendes Bad keine schlechte Idee wäre.

Erst als die Menschenmenge auf dem Marktplatz verstummte, realisierte Franz, wie laut es zuvor um ihn gewesen war. Er spürte, wie sich Hunderte von Augenpaaren auf ihn richteten. Ja, er hatte das Recht und sogar die Pflicht, über diese Männer zu urteilen. Er war der legitime Kaiser von Österreich. Eingesetzt von Gottes Gnaden, um sein Reich in Europa zu verteidigen. Seine

Grenzen zu schützen, sein Volk zu versorgen und sich gegen Feinde, auch von innen, zu behaupten.

Mit einem Nicken gab Franz dem Scharfrichter zu verstehen, dass er beginnen sollte. Einer der Soldaten schubste den zuvorderst stehenden Rebellen die Stufen zum Galgen empor. Kaum war klar, dass ihn als Ersten sein Schicksal ereilen sollte, brach ein unbändiger Laut der Verzweiflung aus der Menge hervor. Eine Frau kämpfte sich mit einem Säugling auf dem Arm nach vorne, hin zu der Absperrung. Durch ihren verzweifelten Schrei erschreckt, begann nun auch das Kind zu weinen, an ihrer Hand zog sie noch einen weiteren Sohn hinter sich her. Der Junge war blond, und mit seinen wachen grauen Augen erinnerte er Franz an sich selbst vor einigen Jahren. Die Blicke der beiden trafen sich, und für einen Moment erstarrte Franz, eingeholt von einer tief vergrabenen Erinnerung, die er sich nicht erlauben durfte. Nicht jetzt. Nicht in diesem Augenblick.

Mit aller Konsequenz würde er sich als Kaiser einen Namen machen, sich mit der Stärke und Härte durchsetzen, die notwendig war, um sich auf dem Thron zu behaupten. Nicht nur in seinem eigenen Land, sondern in ganz Europa gingen gewaltige Umwälzungen vonstatten. Er musste diese Bastion sein, der unerschütterliche Schutz für sein Volk. Das war es, was seine Mutter ihn von Kindesbeinen an gelehrt hatte. Mit harter Hand zu führen und das eigene Wohl hintanzustellen, um der Verantwortung eines Kaisers gerecht zu werden.

«Freiheit für Ungarn! Tod der Monarchie!»

Der Ruf des Rebellen, der nun unter dem Galgen stand,

hallte auf dem Marktplatz wider und wurde wie in einem gespenstischen Kanon von den Schreien seiner Frau beantwortet. Sie musste von einigen Umstehenden gewaltsam zurückgehalten werden, um nicht die Absperrung zu durchbrechen und mit ihren Kindern in die Reihen der kaiserlichen Soldaten zu geraten. Man fürchtete wohl zu Recht, dass dies ihren sicheren Tod bedeutet hätte. Für die Frau eines Verräters und Hetzers würde es keine Gnade geben.

Der Scharfrichter sah hilfesuchend zu Franz, unsicher, was zu tun sei. Doch Franz nickte ihm aufrecht und mit ernster Miene zu, und so schritt der Henker auf den Gefangenen zu und stülpte ihm einen Sack über den Kopf. Routiniert legte er den Strick um den Hals des Mannes und zog die Schlinge zu. Das braune Tuch legte sich im Rhythmus des ängstlichen Atems des Gefangenen an dessen Gesicht, bevor es sich erneut blähte. Das letzte Zeichen von Leben, angezeigt über ein schmutziges Stück Leinen.

Der Henker umfasste den Hebel, richtete sich zu voller Größe auf, um seine ganze Armkraft aufzubauen, und legte ihn mit einem Ruck um. Unter dem Ungarn klappte mit einem lauten Donnern zu beiden Seiten der Boden weg. Sein Körper stürzte in die Tiefe. Einen kurzen Moment war die Menge regungslos. Dann warf sich die Frau mit einer unbändigen Verzweiflung der Absperrung vor dem Galgen entgegen. Ein junger Mann fing sie auf, hielt sie fest. Sie konnte sich nicht befreien, er war stärker, und so brach sich ihre Verzweiflung in einem unverständlichen Schwall ungarischer Wortfetzen

Bahn. Die Wörter sprudelten beinahe heulend zwischen ihren Lippen hervor. Auch wenn er sie nicht verstand, so trafen die Worte der Frau Franz doch ins Mark. Er wusste, dass sie ihn für einen Unmenschen hielt, ein Monster, einen Mörder, der sich um das Schicksal von Frauen und Kindern nicht im Mindesten scherte. Aber da war noch mehr. Fast kam es ihm vor, als würde diese Frau ihn verfluchen.

Franz spürte, wie sein Unterkiefer vor Anspannung zuckte. Ohne die Frau eines weiteren Blickes zu würdigen, wandte er sich ab. Denn er erinnerte sich an noch etwas, das seine Mutter ihn gelehrt hatte: Jeder Mensch musste Opfer bringen. Und Mitleid war etwas für die Schwachen, nicht für den Kaiser.

Franz stierte auf eine kleine Flamme aus Zinn. Auf einer Landkarte des Kaisertums Österreich samt seinen Kronländern markierte sie in der nördlichen ungarischen Tiefebene den Ort des Aufstandes, den sie heute niedergerungen hatten. Das Metall der Zinnfigur schimmerte im flackernden Licht einer Kerze, die neben der Karte auf dem Holztisch stand. Die Ecken des großzügigen Militärzeltes verschwanden bereits in der Dunkelheit. Das Gemurmel der vom Kampf erschöpften Soldaten in den umliegenden Quartieren war schon früh verstummt. Doch Franz fand keine Ruhe. Nachdenklich strich er mit den Fingern über die raue Karte. Wie schlängelnde Flussläufe zogen feine Linien die Grenzen zwischen den Gespanschaften der Kronländer des österreichischen Kaisertums. *Békés, Bihar, Arad.* Für diese feinen Linien, für die Farbe und Beschriftung einzelner Landstriche waren die Menschen bereit, das Kostbarste zu opfern, was sie besaßen: ihr Leben. Ungarn, Böhmen, Mähren, die Lombardei und Sardinien-Piemont waren nur einige von vielen Kronländern. Über die Jahrhunderte hatten sich die Herrschaftsgebiete der Habsburger Dynastie immer wieder geändert. Zuletzt hatte der Wiener Kongress das österreichische Staatsgebiet nach den Napoleonischen Kriegen neu definiert. Das Gleichgewicht der europäischen Großmächte befand sich seither in einer überaus empfindlichen Balance.

Kein Wunder, dachte Franz, dass es eine solche Zerreißprobe war, das Land zu halten. Entschieden griff er nach der Flamme. Es war die letzte auf der Karte. Österreich war offiziell befriedet. Doch es war ein fragiler Sieg, den er errungen hatte, das wusste er. Und deshalb hatte er vorhin keine Gnade zeigen dürfen, als er den Rebellen richten ließ.

«Du hast mich rufen lassen?»

Franz sah über die Schulter zum Zelteingang, wo Grünne auf das nächste Kommando wartete. Er wirkte fast etwas mürrisch. Franz nickte und wandte sich wieder der Karte zu.

«Komm rein.»

Grünne kam, ein Gähnen unterdrückend, ein paar Schritte näher und trat neben Franz an den Tisch.

«Wenn ich heute Schwäche gezeigt hätte, würde es morgen die nächsten Unruhen geben», murmelte Franz.

Grünne musterte ihn nachdenklich. «Deshalb hast du mich rufen lassen? Um dich vor mir zu rechtfertigen?»

Franz drehte ruhelos die Zinnflamme zwischen seinen Fingern. «Was hat diese Frau gesagt?»

Verstehen und ein Anflug von Widerwillen huschte über Grünnes Gesicht. «Nur wirres Zeug.»

Grünne war kein besonders guter Lügner. Noch nie gewesen. Und so bedurfte es nur eines eindringlichen Blickes, damit er weitersprach.

«Sie faselte etwas von Himmel und Hölle, die dein Glück vernichten sollten.»

Franz nickte. «Fahr fort.»

«Ihre Worte waren aus der Verzweiflung geboren», wich Grünne aus. «Du hast ihren Mann hängen lassen. Den Vater ihrer Kinder.»

«Grünne, was hat sie gesagt?»

Grünne zögerte, und Franz sah ihn durchdringend an. «Sag es mir.» Sein ganzer Körper bebte vor Anspannung.

Endlich begann Grünne, stockend zu sprechen. «Dein Leben sei der Zerstörung geweiht und die, die du liebst, sollen elendig zugrunde gehen. Deine Brut möge es dahinraffen, und du selbst sollst als alter gebrochener Mann einsam und verlassen sterben.»

Franz lachte laut, um sich der Beklemmung zu entledigen, die der Fluch in ihm auslöste. Er glaubte nicht an Wahrsagerei. Aber es gelang Franz nicht, die Schlagkraft der Worte abzuwehren. Überwältigt von der dunklen Energie, die sich mit der Prophezeiung im Zelt ausgebreitet hatte, setzte Franz eine österreichische Flagge aus Zinn an die Stelle der Karte, an der eben noch die Flamme gestanden hatte. «Wir haben dieses Pack geschlagen. Der Aufstand in Ungarn ist Geschichte», konstatierte er mit

Nachdruck, wie um sich selbst zu beruhigen. «Etwas Derartiges wird sich hierzulande nicht wiederholen. Nicht, solange ich Kaiser bin.»

IN REINER LIEBE

Sisi hockte in Chemise, Beinkleid und gelockertem Korsett auf dem Bett und kritzelte in ihr Tagebuch: *Für Richard, in reiner Liebe ...* Eine flauschige Hummel hatte sich ins Zimmer verirrt und suchte brummend nach dem Ausgang. Sisi presste die Lippen aufeinander und folgte einen Moment ihrem Flug. Wie ein dunkler Fleck bewegte sich das Insekt zwischen der lackierten Holzkommode und dem Kleiderschrank hindurch, stieß ein paarmal gegen den Spiegel des Frisiertisches und verfing sich schließlich hinter den weißen Seidenvorhängen, die das offene Fenster im lauen Abendwind umwehten. Von draußen hörte Sisi Bummerl bellen, ihren Hund. Schritte knirschten im Kies, und ein Pferd scharrte schnaubend mit den Hufen. Sisi schloss daraus, dass sich der Graf wohl auf den Heimweg machte. Tatsächlich waren jetzt auch die Stimmen von Richard und ihrem Vater zu hören. Sisi schielte zum Fenster. Ihr Zimmer lag im ersten Stock unweit des Haupteingangs. Sollte sie rasch hinübergehen und sich von dort aus vom Grafen verabschieden?

Sisi wandte sich wieder ihrem Tagebuch zu, pustete sich eine Haarsträhne aus dem Gesicht und unterstrich die Überschrift doppelt. Aber das konnte die Wut auf ihre Mutter auch nicht schmälern. Bis auf die Knochen blamiert hatte sie sie. Da konnte sie ja jetzt schlecht vor die Tür gehen und Auf Wiedersehen sagen, als wäre nichts gewesen! Es war eine solche Demütigung. Vor dem Grafen, ihrem Vater, Heinrich, vor allen. Ungerecht war das, einfach ungerecht.

*Nur kurz warn diese schönsten Stunden,
nur kurz die schönste Zeit ...
Es steht am kleinen Fenster
die blondgelockte Maid ...*

Sisi strich die beiden letzten Zeilen kreuz und quer durch, wieder und wieder, bis die Worte unter einem schwarzen Gitter verschwunden waren. Sie fühlte sich schrecklich. War es Wut? Frustration? Scham? Was es auch war, sie hasste dieses Gefühl. Es war körperlich so unerträglich, dass sie am liebsten ihre Haut abgezogen, geschrien oder irgendetwas zerstört hätte. Sisi hatte einmal gelesen, dass die Kunst dabei helfen konnte, Gefühle zu kanalisieren. Sich selbst Ausdruck zu verleihen. Aber das Gedicht hatte alles nur noch schlimmer gemacht. Sisi pfefferte ihr Tagebuch quer durchs Zimmer. Flatternd klatschte es an die Zimmertür und blieb auf dem Teppich liegen. Wie um ihr eins auszuwischen, schimmerte der samtgrüne Einband besonders unschuldig in den letzten Strahlen der Abendsonne. Ein Beweisstück ihres Scheiterns.

Seufzend erhob Sisi sich vom Bett und schlich zu ihrem Tagebuch. Der orientalische Teppich kratzte unter ihren nackten Zehen. Auf halbem Weg hielt sie inne und warf einen zornigen Blick zur Tür. Hinter den Holzkassetten mit den unschuldigen Blumenschnitzereien konnte sie die Präsenz ihrer Mutter förmlich spüren.

«Möchtest du dich nicht von Graf Richard verabschieden, Sisi?»

Was fiel ihr eigentlich ein, jetzt wieder auf Schönwetter zu machen? Nach dem Fauxpas, der ihr mit Nene passiert war, hatte Sisi sich vorgenommen, zukünftig immer vorsorglich die Tür abzuschließen, und so drückte Ludovika nun vergeblich die Klinke nach unten.

«Graf Richard reist ab, Sisi», drang ihre Stimme herein. Sie klang versöhnlich.

Erneut sah Sisi zum Fenster und überlegte, ob sie es tun sollte. Sich verabschieden. Ihre Mutter würde nicht gehen, bevor sie eine Antwort bekäme. Sogar das Schmatzen des Zwergspitzes Lupa, den Ludovika meist auf dem Arm trug, drang durch die Tür an Sisis Ohren. Sie seufzte. Leider war ihre Mutter nicht so zahm geraten wie das Schoßhündchen. Sie konnte sich nicht erinnern, wann Ludovika sie zuletzt in den Arm genommen oder ihr einen Zopf geflochten hatte. Früher, als sie noch ein Kind war, hatte sie das oft getan. Sisi hatte die strenge Frisur zwar gehasst, aber jetzt vermisste sie die geschickten Finger ihrer Mutter und sogar das Ziepen auf ihrer Kopfhaut. Sie vermisste die Fürsorge, die Wärme. Wann hatte sich die wohl verloren?

«Sisi?» Erneut die Stimme ihrer Mutter.

Doch die Wut siegte. Sisi wartete stumm vor der Zimmertür. Das Tagebuch lag vor ihren Füßen, doch Sisi wagte es nicht, sich danach zu bücken. Nicht das kleinste Geräusch sollte Ludovika aufhorchen lassen.

Sisi liebte ihre Mutter, natürlich tat sie das, auch wenn die beiden sich oft in Zankereien verfingen. Die Bitterkeit und Strenge, mit der Ludovika dem Leben begegnete, passte nicht zu Sisis Neugier und Temperament. Ob Sisi nach einer langen Wanderung ins Wasser sprang oder mit den Hunden im Garten herumtobte, ihre Mutter hatte stets nur einen kühlen Blick oder eine strenge Bemerkung dafür übrig. Es kam Sisi vor, als verbinde sie beide eine robuste Schnur, die sich nicht trennen ließ, die aber ständig unter Hochspannung stand.

Sisi vernahm ein leises Seufzen und hörte, wie Ludovika sich von ihrer Tür entfernte. Mit einem faden Geschmack im Mund bückte sie sich zu ihrem Tagebuch. Sie drückte den samtgrünen Einband an ihr Herz, als sie zum Fenster hinüberging und sich an den Vorhang schmiegte. Halb verdeckt hinter dem weißen Seidenstoff lugte sie nach draußen und konnte gerade noch sehen, wie Graf Richard aufs Pferd stieg, sich nach einem letzten Blick zu ihrem Fenster abwandte und dem Pferd die Sporen gab. Er sah enttäuscht aus. Mit klopfendem Herzen verfolgte Sisi, wie der Graf im Galopp hinter den Hecken verschwand, dem Sonnenuntergang entgegen. Zurück blieb eine kleine Staubwolke, die sich langsam legte. Der Dunst eines heißen Sommertages hing über der glatten Oberfläche des Starnberger Sees, und Sisi wünschte, sie hätte sich einfach in das weiche Wasser schmiegen können wie in eine tröstende Decke. Bad Ischl würde ihr einiges abverlangen.

EIN NEUES KLEID

Nene sah wahrlich atemberaubend aus. Mit ausgebreiteten Armen und grazil wie eine Ballerina drehte sie sich ein paar Mal um sich selbst. Der ausladende Rock ihres Kleides hob sich sanft im Flug, und der ovale Ausschnitt betonte ihr schönes Dekolleté. Die apricotfarbene Seide harmonierte mit Nenes geröteten Wangen, die ihre freudige Erregung verrieten. Kaiser Franz Joseph von Österreich. Welche junge Dame konnte schon einen solchen Fang für sich verbuchen?

Der außergewöhnliche Anlass ermunterte sogar den alten Schneider, sich heute ganz besonders ins Zeug zu legen. Obwohl seine Glieder dafür eigentlich längst zu steif waren, hatte er sich mit einem Kissen auf die Knie gewagt, um den Saum abzustecken. Nun tasteten seine verknöcherten Finger nach dem oberen Rand einer mit feinen Schnitzereien verzierten Holzkommode. Als er sicheren Halt fand, zog er sich ächzend hoch und machte einen unsicheren Schritt nach vorn, um das Gleichgewicht nicht zu verlieren. Kurz hatte Sisi Angst, dass sein Kreislauf das alles nicht verkraften würde. Doch bei Nenes Anblick straffte er den Rücken und brachte sogar ein Lächeln zustande.

«Zauberhaft!» Ludovika klatschte zufrieden in die Hände, und der Schneider deutete eine Verbeugung an. «Eine glänzende Arbeit. Das Kleid lässt wirklich keine Wünsche offen.» Sie bedeutete Nene, sich nochmals zu präsentieren, und Nene drehte strahlend eine weitere Pirouette. Als wäre sie selbst die Braut, folgte Ludovika verträumt dem Schwung des Rockes, während Sisi mit verschränkten Armen an der Tür wartete.

«Wir können direkt mit der Anprobe meiner anderen Tochter weitermachen», sagte sie dann entschlossen, als müsste sie sich selbst aus ihren Tagträumereien reißen.

Sofort huschte ein sorgenvoller Schatten über des Schneiders Miene, der Ludovika jedoch entging. Nur Sisi hatte ihn gesehen.

Ihre Mutter hatte ihre Aufmerksamkeit nun ganz ihr zugewandt, und Sisi nahm ihren strengen Blick gelassen zur Kenntnis. Fast schon erhaben schritt sie hinter einen Paravent. Auf dem hellen Grund des Sichtschutzes reckten neben japanischen Schriftzeichen weiße Reiher ihre langen Hälse und Schnäbel nach oben, der Himmel über ihnen war so apricotfarben wie Nenes Kleid. Das Kleid, das der Schneider nun hinter dem Paravent aus einer Truhe nahm, hätte in keinem größeren Kontrast dazu stehen können. Es war tiefschwarz, matt und glänzend zugleich wie die Kohle in den Kachelöfen von Possenhofen. Der alte Schneider hatte es auf Sisis Wunsch angefertigt, und das, obwohl er wusste, dass es der Herzogin missfallen würde. Schnaufend wartete er, bis Sisi bereit war, und half ihr dann, das schwarze Kleid über den Kopf zu streifen. Es war ihm deutlich anzusehen, dass er seine Entscheidung längst bereute, Sisis Wunsch Folge geleistet zu haben. Doch es war zu spät. Stumm zog er den Stoff über dem gestärkten Unterrock glatt, und als er die Verschlüsse an ihrem Rücken festschnürte, spürte Sisi das Zittern seiner Finger. Das Blumenmuster aus schwarzer Spitze rankte sich über ihre Arme wie ein Scherenschnitt, und der weite Rock betonte noch ihre schmale Taille. Ja, Sisi hatte wahrlich eine Wespentaille! Und sie hoffte, dass ihr Anblick ihrer Mutter einen mindestens so schmerzhaften Stich versetzen würde.

Sisi lugte durch einen Spalt zwischen den Trennwänden des Aufstellers hindurch und konnte sehen, wie ihre Mutter Nene gerade eine kostbare Silberkette um den Hals legte.

«Die habe ich bei meiner eigenen Verlobung getragen», erklärte Ludovika stolz. Dann wurde ihre Miene bitter. «Möge sie dir mehr Glück bringen.»

«Mama», sagte Nene sanft. «Hack doch nicht immer auf Papa herum. Das hat er nicht verdient.»

Sisi konnte darüber nur die Augen verdrehen. Wieso musste Nene immer versuchen, den lieben Frieden herzustellen? Es würde ihre Mutter ohnehin nicht zum Umdenken bewegen. Schnell schlüpfte Sisi in die schwarzen Seidenschuhe, die der Schneider am Fuß des Paravents für sie positioniert hatte. Ein paar Mal wippte sie von der Ferse auf die Zehen und wieder zurück. Der schwarze Stoff und der perfekt gearbeitete Saum des Kleides folgten verführerisch ihren Bewegungen, und der Schneider seufzte. Sisi drückte ihm dankbar die Hand.

«Macht Euch keine Sorgen. Es war allein meine Entscheidung», flüsterte sie mit einem aufmunternden Lächeln und trat dann an ihm vorbei hinter dem Paravent hervor.

Einen Moment herrschte eiserne Stille. Dann entfuhr Ludovika ein spitzer Schrei, und die Röte wich aus Nenes Wangen. Mochte es Sisi um ihre Schwester auch leidtun, ein bisschen jedenfalls, bereitete ihr der Anblick ihrer Mutter echte Genugtuung. Wenn Ludovika ihr mit ihrem vornehmen Standesgeplänkel fortwährend Zugeständnisse abverlangte, dann konnte sie es ihr so immerhin auf ihre Art heimzahlen.

«Schwarz! Zum Geburtstag des Kaisers? Sag mal, bist du jetzt von allen guten Geistern verlassen?» Ludovika fächelte sich mit der Hand Luft zu. Eine beliebte Geste in ihrem Repertoire, die dazu gedacht war, ihrer Umgebung die Dreistigkeit aufzuzeigen, mit der man es wagte, sie zu entrüsten und scheinbar an den Rand eines Schwächeanfalls zu drängen.

«Also, ich bin sehr zufrieden!», entgegnete Sisi grinsend und ohne schlechtes Gewissen, versuchte aber, nicht zu Nene zu sehen, die der Szene hilflos beiwohnte.

«Du ziehst das sofort aus. Wer sich gegen die Etikette stellt, stellt sich gegen den Kaiser», explodierte Ludovika. «Das Kleid bleibt hier.»

Die Selbstverständlichkeit, mit der Ludovika glaubte, über alles und jeden entscheiden zu können, trieb Sisi Zornesfalten auf die Stirn. Hatte sie selbst denn gar nichts zu sagen, wenn es um ihre Angelegenheiten ging? Konnte sie noch nicht einmal bei der Kleiderwahl über ihr eigenes Leben bestimmen?

«Dann fahre ich eben nicht mit!», rief Sisi durch den Salon und stapfte wütend auf den Paravent zu, um das Kleid wieder auszuziehen, doch Ludovika war schneller und packte sie am Handgelenk.

«Das kommt nicht in Frage!», sagte sie streng, doch Sisi riss sich los und funkelte ihre Mutter an.

«Du kannst mich nicht zwingen, mitzufahren!»

Ludovika und Nene tauschten einen Blick, den Sisi nicht deuten konnte. Sie schüttelte nur entschieden den Kopf. Nene kam auf sie zugeeilt.

«Bitte, Sisi. Es wäre ein Affront, wenn ich nur mit Mama anreise. Die Verlobung ist noch nicht offiziell.»

Sisi hielt irritiert inne, dann zeichnete sich ein Verstehen auf ihrem Gesicht ab.

«Ihr braucht mich also, was? Für die Etikette!» Sisi stemmte die Hände in die Hüften. «Na dann, hier bin ich. In meinem Kleid.»

Ihre Stimme ließ keinen Zweifel daran, dass sie hier keinen Kompromiss mehr eingehen würde. Ludovika schnappte noch einmal nach Luft, dann kapitulierte sie. Seufzend deutete sie auf ein schlicht gehaltenes gelbes Kleid, das mit einigen anderen neben dem Paravent auf einer Kleiderstange hing. «Packt das hier bitte ebenfalls ein», wies sie den Schneider an. Äußerlich keine Miene verziehend, innerlich jedoch jubelnd schritt Sisi erhobenen Hauptes aus dem Salon. Zumindest diesen Kampf hatte sie gewonnen. Wenn sie Graf Richard schon nicht haben konnte, dann sollten es wenigstens alle wissen.

HERZOG MAX

Dass Sisi mit ihrem Verdacht, dass ihre Mutter mal wieder einen Alleingang gewagt hatte, richtiglag, zeigte sich am Abend, als ein heftiger Sturm über die flachen Pyramidendächer von Schloss Possenhofen tobte. Der Wind heulte um das dicke Steingemäuer mit dem gelben Anstrich und den vier massiven Ecktürmen. Die dunkelgrünen Fensterläden klapperten unter seinem zornigen Rütteln. Unter das Tosen und Lärmen des Sturmes mischten sich die zankenden Stimmen von Ludovika und Max wie der Auftakt des Jüngsten Gerichts.

Neugierig und bedrückt zugleich lauschte Sisi im Bett dieser so altbekannten Hausmusik und versuchte, einzelne Wörter zu verstehen. Es hatte noch nie viele zärtliche Gesten zwischen ihren Eltern gegeben, aber in den letzten Jahren hatten sich ihre Streitereien gemehrt und an Schärfe gewonnen. In einer gewissen Innigkeit hatte Sisi die beiden zuletzt nach der Geburt ihres jüngsten Bruders erlebt. Max war zwar nicht bei der Entbindung dabei gewesen, aber er hatte Ludovika noch am selben Tag im Wochenbett besucht. Verzaubert von Maperls knautschigem Gesicht mit den tiefblauen Augen hatten sie fast eine Stunde nebeneinander im Bett gesessen. Ludovika war in ihrer Erschöpfung sogar an der Schulter ihres Mannes eingenickt, und als Sisi ins Zimmer kam, um ihren Bruder zu begrüßen, hatte Max den Finger an die Lippen gelegt und sie selig weggeschickt. Doch das war vier Jahre her.

Der Wind und die vielen geschlossenen Türen zwischen der Stube und ihrem Zimmer verschluckten die einzelnen Sätze. Das Einzige, was zu ihr hinaufdrang, war das An- und Abschwellen wütender Stimmen. Sollte sie hinuntergehen und lauschen, um herauszufinden, worüber ihre Eltern so heftig stritten? Ging es vielleicht sogar um sie? Ihr schwarzes Kleid?

Es brauchte noch einen heftigen Windstoß, der im Flur ein Fenster aufriss, bis Sisi sich aus den warmen Decken schälte. Auf nackten Füßen eilte sie aus ihrem Zimmer zum Fenster im Gang und fing die schwingenden Flügel ein. Ihr weißes Nachthemd flatterte in der eindringenden Bö. Feine Regentropfen benetzten ihr Gesicht und trieben Sisi eine Gänsehaut auf die Arme. Sie musste sich mit ihrem ganzen Körpergewicht gegen die Läden stemmen, um sie zuzudrücken und den Riegel vorzuschieben. Zufrieden ließ Sisi von dem Fenster ab. Die kalte Luft hatte die Müdigkeit vertrieben und ihren Geist erfrischt.

Über den Treppenaufgang donnerte Max' Stimme nach oben, und Sisi trat näher an das Geländer heran. Neugierig lugte sie nach unten, konnte aber kaum etwas erkennen, denn die Eingangshalle lag in vollkommener Dunkelheit. Nur der schmale Lichtkegel eines einzigen erhellten Zimmers fiel durch eine angelehnte Tür auf den Steinboden. Stufe um Stufe schlich Sisi die Treppe hinunter. Ihre Hand glitt über das vertraute Geländer. Sie liebte dieses Schloss und kannte jedes Astloch im lackierten Holz. Seit ihrer Kindheit verbrachten sie ihre Sommer hier. Es war so viel schöner als im pompösen Herzog-Max-Palais in München. Auch wenn es das wohl prachtvollste und schillerndste Gebäude Münchens und ein Mittelpunkt des gesellschaftlichen Lebens war, mit seinem Café Chantant, den rauschenden Festen im großen Tanzsaal und einem ganzen Zirkus im Hof, so ging für sie doch nichts über das Anwesen hier, fernab der Stadt, mitten im Grünen.

«Unsere Tochter ... ausgerechnet mit diesem kranken

Monarchen?» Max' donnernde Stimme erinnerte Sisi an ein tobendes Unwetter, das sie einmal auf dem Wendelstein mit ihm erlebt hatte. Das Gewitter hatte sich knallend in den Schluchten entladen. Die kahlen Felsen hatten das Donnergrollen hin und her geworfen, und die Blitze hatten die Luft elektrisiert. «Wann dachtest du, mich in diese abgründigen Pläne einzuweihen?»

Sogar der Kerzenschein, der durch den Türspalt fiel, flackerte zornig auf. Erst jetzt nahm Sisi die Kälte unter ihren nackten Fußsohlen wahr. Sie war ihr schon bis zu den Knien die bloßen Beine hochgekrochen. Sie sollte schleunigst zurück unter ihre molligen Daunendecken kriechen, doch die Neugier trieb Sisi weiter auf die angelehnte Tür am Ende des Flures zu, hinter der ihre Eltern sich anschrien. Gerade wollte sie sich abseits des Kerzenscheins in eine dunkle Ecke drängen, als sie zusammenzuckte. Aus dem Schatten glänzte ihr ein Augenpaar entgegen! Sisi unterdrückte einen Schrei, und Nene legte verschwörerisch den Finger auf die Lippen. Der Streit ihrer Eltern musste auch sie aus dem Bett gelockt haben.

Nach der Sache mit dem schwarzen Kleid waren die beiden Schwestern sich für den Rest des Tages aus dem Weg gegangen. Nene hatte das Abendessen sogar auf ihrem Zimmer eingenommen, und Ludovika hatte es in Anbetracht der bevorstehenden Verlobung toleriert. Jetzt sah Nene Sisi flehend an, und Sisi zögerte nicht, sich schnell zu ihrer Schwester in den Schatten zu drängen. Auch Nene trug nur ein schlichtes Nachthemd. Es hatte denselben Schnitt wie Sisis und fiel locker über ihre knochigen Hüften und ihren straffen Busen. In der Kälte zeichneten sich ihre Brustwarzen unter dem schlichten Stoff ab, und Nene bedeckte sich schnell, als sie Sisis Blick spürte. Obwohl die Schwestern jetzt ganz nah beieinanderstanden, achteten sie darauf, sich nicht zu berühren. Sisi schluckte. Es war, als hätte die anstehende Reise nach Bad Ischl einen Keil zwischen sie getrieben. Sie hatte zwar keine Ahnung, wie viel Zeit bis zur Hochzeit noch vergehen würde, aber fest stand ja wohl, dass sie und Nene sich schon bald würden voneinander trennen müssen.

«Was bist du nur für ein Egoist!» Ludovika schnappte nach Luft. «Wenn du nur einmal nicht an dich selbst denken könntest!»

«ICH ein Egoist? Das sagt die Richtige!»

«Von einer solchen Partie hätte ich nicht mal zu träumen gewagt!», fauchte Ludovika. «Du solltest dich für unsere Tochter freuen!»

«Ach ja. Die alte Leier wieder. Du hast ja nur mich bekommen. Einen einfachen Herzog.»

«Wenn es nur das wäre! Aber dass du auch dem Glück deiner Tochter im Weg stehen willst!»

Im Zimmer ertönte ein lautes Klirren, als scheppernd ein schwerer Tontopf zu Bruch ging. Verzweifelt griff Nene nach Sisis Hand, und Sisi drückte sie fest. Ihr Streit war in dieser Sekunde wie vergessen.

Der Missmut über die arrangierte Heirat, vor allem seitens ihrer Mutter, hatte Max zuerst übermäßig um sie werben lassen, dann hatte ihn der Frust in die Verbitterung getrieben, in den schwarzen Humor und schließlich in die Schöße anderer Frauen. Doch Ludovika trug die Untreue ihres Mannes mit Fassung. Der Stachel in ihrem Fleisch hatte nichts mit Max' Untreue zu tun. Der war viel früher gesetzt worden. Genau genommen schon mit ihrer wenig standesgemäßen Hochzeit. Deshalb zeigte sie auch keine Eifersucht, nein, nein! Es war sogar ihr Wunsch gewesen, dass auch seine unehelichen Frauen und Kinder einmal in der Woche zu Besuch kämen und mit ihnen gemeinsam zu Mittag aßen. Unter ihrem Dach sollte es keine Versteckspiele geben, das war ihr wichtig, zumindest nicht im prächtigen Herzog-Max-Palais, das Max beim Architekten Leo von Klenze in Auftrag gegeben und nach seinen eigenen Wünschen ausgestaltet hatte. Nur das Schloss Possenhofen, Ludovikas Rückzugsort, blieb für die offizielle Familie reserviert.

In dem Raum, aus dem der Kerzenschein in den Flur fiel, herrschte nun Stille. Als Max wütend aus dem Zimmer stampfte, fiel sein Blick in die Ecke, wo die beiden Mädchen standen. Obwohl er sie gesehen haben musste, gab er kein Zeichen des Erkennens und stob weiter.

Nene wischte sich schnell eine Träne aus dem Gesicht. Sisi schlang tröstend die Arme um sie.

«Es wird alles gut werden, Nene», flüsterte sie und wünschte sich, dass sie recht behielte.

DIE REISE

Die Spitze des schwarzen Kleides erzitterte mit jedem Kiesel, über den sich die geschlossene Kutsche ihren Weg bahnte. Vor einigen Stunden schon hatte die kleine Eskorte das Gasthaus verlassen, in dem sie nach der ersten Tagesreise genächtigt hatten, und obwohl Sisi die harte Bank vorsorglich mit einem Kissen gepolstert hatte, spürte sie jede Unebenheit des Weges. Ludovika hatte auf einige Soldaten mehr bestanden als üblich, da Österreich noch immer von diesen grässlichen Unruhen erschüttert wurde, die Ungarn gegen die Krone angezettelt hatte. Auch Sisi hatte von den Aufständen gegen die österreichische Vorherrschaft gehört, aber bisher waren die Kämpfe für sie weit weg gewesen. Sie konnte sich auch wenig darunter vorstellen, was eine Revolution im Detail bedeutete. Machtkämpfe, die kannte sie nur aus der Familie.

Die schwüle Augusthitze war im Inneren der Kutsche schier unerträglich, aber Ludovika hatte wegen ihrer Migräne darauf bestanden, die Fenster geschlossen zu halten und zusätzlich noch mit einigen Decken abzudunkeln. So stand die stickige Luft zäh zwischen ihnen. Der Geruch der Pferde war auch hier drinnen noch zu riechen, und Sisi dachte sehnsüchtig, wie gerne sie mit dem Kutscher getauscht hätte. Er war nicht nur den Tieren näher und konnte die frische Waldluft atmen, sondern musste auch einen viel besseren Ausblick über das Tal haben, das sich nach einer längeren Fahrt bergauf jetzt vor ihnen auftat. Sisi hatte eine der Decken an ihrem Fenster etwas zur Seite geschoben und konnte erahnen, dass der Blick über die Ebene atemberaubend sein musste. Ein Teil des Tales war von üppigem Mischwald überzogen. Dahinter schlängelte sich ein Bach durch schimmernde Weizenfelder, und inmitten von einigen Bauernhöfen konnte sie den spitzen Turm einer Dorfkirche sehen. Als Ludovika aufstöhnte, weil ihr das Licht, das durch den Spalt drang, Schmerzen bereitete, ließ Sisi die Decke schnell wieder vor das Fenster fallen.

Nene saß ihrer Mutter gegenüber auf der anderen Bank und schickte Sisi einen besorgten Blick.

«Können wir irgendwas für dich tun?», fragte sie ängstlich an ihre Mutter gewandt.

Ludovika hatte sich ein nasses Tuch über Stirn und Augen gelegt und atmete schwer. Ihre Brust hob und senkte sich schnell, und ihre Finger krallten sich so fest um eine kleine Spuckschüssel, dass die Haut um die Knöchel ganz weiß war. Wenn sie sich fast übergeben musste, so wie heute, war es wirklich eine schwere Attacke.

Seit Sisi denken konnte, suchte die Migräne ihre Mutter heim. Etwa einmal im Monat zog sich Ludovika dann aus dem alltäglichen Familienleben zurück, um in ihrem abgedunkelten Schlafzimmer zu ruhen. Als Kind hatte Sisi das oft Angst gemacht. Sie hatte an der Tür gestanden und beobachtet, wie eine Haushälterin mit nassen Tüchern, frischen Kräutern und Ölen ein und aus ging. Regelmäßig wurde Sisi dann weggeschickt. Ludovika wollte nicht, dass jemand sie schwach und elend sah, selbst wenn es sich bei dieser Person um ihre Tochter handelte. Aber Sisi hatte Wege gefunden, heimlich in das Zimmer zu lugen. Einmal war sie sogar hineingegangen und hatte an Ludovikas Bett gestanden. Rasselnd hatte ihre Mutter die Luft durch ihre spröden Lippen eingesogen und nicht auf Sisis Fragen reagiert. Sie hatte damals gedacht, ihre Mutter würde sterben, und leise begonnen zu weinen.

Trotz aller Schmerzen und Erschöpfung hatte Ludovika sich zu regen begonnen und Sisis kleine Hand gesucht. Sisi erinnerte sich genau daran, wie kalt sich der Griff ihrer Mutter auf ihrer warmen Haut angefühlt hatte, und plötzlich durchströmte sie nun eine schmerzhafte Sehnsucht. Gerne hätte sie die Hand nach ihrer Mutter ausgestreckt und sich tröstend an sie geschmiegt. Doch obwohl Ludovika direkt neben ihr saß, war es ihr einfach nicht möglich. Diese innere Distanz, all die unausgesprochenen Worte waren einfach zu groß. Eine Welle der Traurigkeit flutete Sisis Brust. Traurigkeit darüber, dass sie in letzter Zeit nicht mehr zueinanderfanden. Ihre Mutter verstand nichts von Sisis Begeisterung für die Tiere und das einfache Leben. Und Sisi konnte Ludovika ihren überzogenen Dünkel und die spitzen Bemerkungen gegenüber ihrem Vater nicht verzeihen. Etwas zwischen ihnen war zerbrochen.

«Du solltest etwas trinken, Mama», sagte Sisi.

«Das obliegt immer noch meiner eigenen Verantwortung», fauchte Ludovika scharf. «Sonst müssen wir ständig anhalten und kommen nie an in Bad Ischl.»

Ludovika verzog das Gesicht unter einem heftigen Schmerz. Sisi seufzte. Bad Ischl. Wie konnte Nene eine so große Hoffnung in eine Heirat mit einem Mann legen, den sie nur ein einziges Mal gesehen hatte? Und das, als sie noch Kinder waren?

Sisi erinnerte sich kaum an das Treffen mit ihrer Tante und Franz Joseph. Es war wohl ebenfalls in Bad Ischl gewesen, doch Sisi hatte nur noch einen großen Park vor Augen, in dem sie selbst mit Franz Joseph gerauft hatte.

Nicht, dass Franz sie dazu herausgefordert hätte. Im Gegenteil. In seiner engen weißen Dragoneruniform mit hellblauer Hose hatte er nur steif abseitsgestanden und wie ein Befehlshaber beaufsichtigt, wie Sisi und Nene in seinen Spielsachen gekramt hatten, die einige Diener für sie auf die Terrasse herausgeschafft hatten. Hauptsächlich Zinnsoldaten und Militärpferde. Aber auch ein schönes Schaukelpferd und eine vernachlässigte Puppe in einem Rüschenkleid waren darunter gewesen.

Franz' steifes Gebaren hatte Sisi förmlich dazu herausgefordert, ihn zu ärgern. «Wie lange willst du noch mit Puppen spielen?», hatte sie gestichelt. «Bis du zwanzig bist?»

Franz, damals zwölf Jahre alt, hatte das eine Zeit lang erduldet, aber als sie eine seiner Soldatenfiguren in die Luft warf und damit auf die Wiese lief, um ihn zu provozieren, war ihm doch der Kragen geplatzt. Er hatte Sisi durch den ganzen Park gejagt, und als er sie schließlich völlig außer Atem eingeholt hatte, hatte er ihr wortlos eins übergezogen und seinen Soldaten wieder an sich genommen. Sie hatten das nicht den Erwachsenen gesagt, schließlich hätten sie nur beide Schelte dafür bekommen. Auch Nene hatte zum Glück geschwiegen.

Ein heftiges Ruckeln riss Sisi aus ihrer Erinnerung. Die Kutsche war ins Schlingern geraten und warf die drei Damen hin und her. Sie polterten noch über einige Steine, dann tat es einen Ruck, und die Kutsche geriet in eine so immense Schieflage, dass Ludovika Sisi förmlich erdrückte.

«Um Gottes willen, das fühlt sich an wie ein Achsbruch!», schrie Ludovika und stieß Sisi den Ellbogen in die Seite, um sich aufzurichten. «Gott, Allmächtiger! Meine es doch einmal gut mit mir!»

Ihre Mutter bekreuzigte sich, und Sisi tastete nach dem Türgriff. Unter dem Gewicht bekam sie kaum noch Luft. Doch bevor sie den Griff fassen konnte, wurde die Tür schon von außen aufgerissen, und es war nur den kräftigen Armen des Kutschers zu verdanken, dass Sisi nicht in ihrem neuen Kleid auf den Waldweg plumpste.

«Danke, das geht schon», sagte sie, befreite sich und schüttelte ihren Rock aus. Die Wipfel der Bäume spendeten einen angenehmen Schatten, und die dürren Tannennadeln, die den Weg bedeckten, verströmten einen unwiderstehlichen Duft. Sisi nahm einen tiefen Atemzug.

«Komm, Mama, es ist herrlich kühl hier draußen!» Sie hielt Ludovika ihre Hand hin, um ihr das wackelige Trittbrett herunterzuhelfen, das schief in der Luft hing, doch Ludovika wies sie zurück. Erst als sie freihändig fast den Halt verlor, krallte sie sich doch an Sisis Unterarm, riss sich aber wieder los, kaum dass sie unten angekommen war. Sie wartete, bis Nene sich ebenfalls aus der Kutsche befreit hatte, und ließ sich von ihr an den Rand des Weges begleiten. Sisi versetzte das Gebaren ihrer Mutter einen Stich, doch sie schluckte das Gefühl hinunter. Stattdessen trat sie an den Kutscher heran, der sich über das große Wagenrad beugte und an der Achse hantierte.

«Ist es sehr schlimm?», fragte sie und wollte schon ihre Hilfe anbieten, als Ludovika sie zurückpfiff.

«Du fasst hier nichts an, Sisi! Untersteh dich!»

Sisi seufzte leise und ging zu Nene an den Rand des

Weges, um zusammen mit Ludovika im Schatten der Tannen zu warten. Vom untätigen Stehen wurde ihr fast schlecht, und Sisi schloss einen Moment die Augen. Ein lauwarmer Wind strich über ihre Haut und rauschte in den Wipfeln der Bäume. Es hatte lange nicht geregnet, trotzdem summten einige Mücken über einem Meer wilder Brennnesseln am Waldrand. Schlagartig öffnete Sisi die Augen. Es war zwar noch nicht ganz September, aber dort konnte es schon herrliche Boviste geben!

«Dann gehe ich eben Pilze sammeln!», platzte sie heraus und stürmte schon los, die Brennnesseln geschickt überspringend, in den Wald hinein.

«Sisi! Komm sofort zurück!», drangen die Worte ihrer Mutter zu ihr durch das Dickicht. Doch Sisi lachte und lief tiefer in den Wald. Sie würde ja gleich wieder da sein, lange bevor die Kutsche repariert wäre.

Die Leibgardisten, die ihr offenbar folgten, interessierten Sisi nicht. Sie lief einfach weiter, und als sie einen prächtigen Bovist sah, sank sie auf die Knie. Das weiche Moos und der duftende Pilz ließen sie für einen Moment sogar den Grund ihrer Reise und die Dissonanzen mit ihrer Mutter vergessen.

DIE ANKUNFT

Am frühen Nachmittag fuhr die Kutsche in Bad Ischl ein. Entgegen Ludovikas Befürchtungen war lediglich das Hinterrad von der Achse gerutscht, aber es hatte trotzdem eine gute Stunde gedauert, den Schaden zu beheben. In Bad Ischl würde der Kutscher einen Schmied aufsuchen müssen, wollten sie auch wieder heil nach Hause kommen.

Ludovikas Migräne hatte sich unter dem Stress noch verstärkt. Trotzdem hatte sie sich gezwungen, das nasse Tuch abzunehmen, als sie ihrem Ziel näher kamen. Sogar die Decken hatte sie von den Fenstern entfernen lassen, um sich auf die Ankunft vorzubereiten und würdig einzufahren.

«Ich möchte, dass uns alle sehen», verkündete sie und kniff Nene in die Wangen, um wenigstens eine sanfte Röte heraufzubeschwören. Die lange Fahrt in der überhitzten Kutsche mit wenig Wasser hatte bei ihnen allen deutliche Spuren hinterlassen, und Ludovika musste all ihre Kunstfertigkeit aufbringen, um Nenes Erscheinungsbild zu erfrischen.

«Franz und Sophie werden uns persönlich vor dem Hotel begrüßen.» Ludovika fettete Nenes spröde Lippen mit einer Creme, die einen Duft von Flieder verströmte, und fuhr mit geübten Fingern durch ihre Haare. «Das Grand Hotel Tallachini ist das vornehmste der Stadt und liegt direkt neben dem Seeauerhaus, wo der Kaiser auf Einladung des Bürgermeisters residiert.»

Sisi schlug innerlich drei Kreuze, dass es nicht sie selbst war, die im Fokus der Aufmerksamkeit ihrer Mutter stand. Ihre zerzauste Flechtfrisur war Ludovika einerlei, und Sisi lugte fröhlich nach draußen und bestaunte die pittoreske Kleinstadt mit den bunten Kaufmannshäusern und üppigen Grünanlagen, die sich zwischen den Ausläufern der Berge vor ihr erstreckte. Die Kutsche ruckelte über die unebenen Straßen mitten durch die Stadt, und über den roten Dächern ragte eine Kirchturmspitze hervor. Entschlossen zog Sisi die schwarzen Handschuhe bis zu den Ellenbogen hinauf und konzentrierte sich auf ihre Rolle: die trauernde Herzogin, um ihre große Liebe betrogen, gegen ihren Willen und nur zum Zweck der Familienpolitik nach Bad Ischl entführt. Zum Geburtstag des Kaisers.

Das Grand Hotel Tallachini lag an der Traun, einem grünen Strom, in den etwas oberhalb auch die Ischl mündete, der Fluss, der der Stadt ihren Namen gegeben hatte. Steinmauern befestigten zu beiden Seiten das breite Flussbett, und Alleen säumten die Ufer. Womöglich war es das schönste Fleckchen im ganzen Salzkammergut. Unweit des Hotels badeten einige Kinder nackt unter der Aufsicht zweier einfach gekleideter Frauen. Zwar war das Gewässer seicht, aber die Strömung konnte dennoch gefährlich werden. Am liebsten wäre Sisi noch aus der Kutsche zu ihnen ins Wasser gesprungen, aber just in dem Moment eilten zwei Soldaten heran, um die Frauen von der Badestelle zu vertreiben.

Bevor Sisi weiter darüber nachdenken konnte, passierte die Kutsche eine kleine Brücke und hielt direkt auf das Hotel zu. Sofort ergoss sich eine ganze Entourage an Bediensteten aus dem dunklen Inneren des Hauses. Vor dem überdachten Eingang war ein prächtiger roter Teppich ausgelegt worden, den man zu beiden Seiten mit üppigen Blumenkübeln dekoriert hatte. Wie in einem einstudierten Ballett reihten sich die Bediensteten zwischen den

Pflanzen auf und bildeten eine Gasse, vor der die Kutsche nun zum Stehen kam.

«Gott, Allmächtiger!», jammerte Ludovika, als sie bemerkte, dass sie nicht Nene, sondern Sisi auf der Seite der Kutsche platziert hatte, die dem Hotel zugewandt war. Seufzend fuhr sie sich über ihre schmerzende Stirn und wollte Sisi zurückhalten, die die Hand schon nach dem Griff der Kutschtür ausstreckte, doch bevor sie auch nur noch ein mahnendes Wort verlieren konnte, schwang die Tür wie von selbst auf. Ein elegant gekleideter Diener verneigte sich und reichte Sisi eine Hand. Sisi griff danach und sprang erleichtert aus der Kutsche.

«Mein Hintern ist ganz durchgerumpelt!», stöhnte sie und schüttelte kräftig ihre Beine aus.

«Es gibt jetzt deutlich Wichtigeres als deinen Hintern, Sisi», zischte Ludovika hinter ihr und stieg ebenfalls aus.

Gerade hatte sie ihren breiten Hut zurechtgerückt, da trat eine erhabene Frauengestalt aus dem Dunkel des Hoteleingangs und blieb in der Flügeltür am anderen Ende des Teppichs stehen. Sisi erkannte sie sofort. Erzherzogin Sophie war für eine Dame hochgewachsen. Ihr Gesicht war kantiger als das ihrer Schwester, und doch verriet die Augenpartie deutlich ihre Verwandtschaft. Auch Sophies welliges Haar, obwohl bereits grau durchsetzt und in einer Hochsteckfrisur gezähmt, erinnerte an Ludovikas und Sisis. Erzherzogin Sophies dunkle Robe hingegen war mindestens doppelt so imposant wie die Kleider ihrer bayerischen Verwandtschaft. Die blauen Perlen und prachtvollen Stickereien vermochten es selbst im Schatten, das Sonnenlicht einzufangen. Der Rock ihres Kleides war so ausladend, dass er den Hoteleingang fast vollständig vereinnahmte. Als Franz Joseph neben ihr aus dem Schatten trat, raubte es Sisi kurz den Atem. Was war nur aus dem steifen Jungen geworden! Der Kaiser bot seiner Mutter höflich den Arm, und die Erzherzogin hakte sich mit Eleganz ein. Gebannt verfolgte Sisi, wie Franz sie stolz auf die Kutsche zuführte. Mit zwölf Jahren hatte Franz noch kindliche Züge gehabt, die nicht zu seinem erwachsenen Auftreten gepasst hatten. Die Uniform hatte seinem hageren, zu schnell in die Höhe geschossenen Körper wenig geschmeichelt, und auch der dunkle Oberlippenflaum hatte sein rundliches Gesicht nicht attraktiver gemacht.

Jetzt jedoch hatte Franz dieselben kantigen Züge wie Erzherzogin Sophie, und sein heller Bart verlieh seiner gesunden Gesichtsfarbe einen goldenen Schimmer. Der hochgeschlossene weiße Waffenrock mit goldenem Kragen betonte seine breiten Schultern und ließ darunter eine muskulöse Statur erraten. Aber es war nicht nur das Äußere des Kaisers, das Sisi in seinen Bann zog. Da war noch etwas, etwas in Franz Josephs Aura. Seine schneidende Präsenz. Es umgab ihn etwas Dunkles, das es Sisi unmöglich machte, ihre Augen von ihm abzuwenden.

Einen Moment zu lange vergaß Sisi darüber sogar die Etikette, auf die Ludovika sie so eindringlich eingeschworen hatte. Der Kaiser von Österreich, schoss es ihr durch den Kopf. Ludovika und Nene hatten sich längst in einen Kniefall begeben, als Sisi es ihnen endlich nachtat. Mit gesenktem Blick spürte sie ihr Herz bis in die Wangen pochen. Was für ein Fauxpas! Obwohl Ludovika sich nichts anmerken ließ, so war es Sisi fast, als könne sie den Ärger ihrer Mutter körperlich spüren. Aus den Augenwinkeln beobachtete sie, wie sich Ludovikas Dekolleté unter ihrem heftigen Atem hob und senkte.

Es dauerte eine schiere Ewigkeit, bis Sisi endlich eine Berührung an ihrer Hand spürte, die sie sanft, aber doch bestimmt dazu anhielt, sich wieder aufzurichten.

«Ihr müsst Helene sein.»

Erstaunt hob Sisi den Blick. Sie sah direkt in die ernsten Augen des Kaisers, glänzend und stahlblau. Es war ihr unmöglich, einen Laut zu formen. Ihre Lippen bewegten sich, aber kein Ton kam heraus.

«Ich sehe, Ihr seid noch schöner, als man sich erzählt.»

Sisis Gedanken rasten so schnell, dass sie sie kaum fassen konnte. Das war doch eine Verwechslung, der Kaiser meinte doch nicht sie! Sie musste das unbedingt aufklären, doch Franz' Augen sprachen zu ihr. Obwohl er keine Miene verzog, lag ein Lächeln in seinem Blick. Die durchdringende Aufmerksamkeit, mit der er Sisi direkt in die Augen sah, sein ehrliches Interesse, sein respekteinflößendes Charisma zogen Sisi magnetisch an. Es war, als blickte sie auf die Oberfläche eines klaren Bergsees, dessen Tiefe im Sonnenlicht geheimnisvoll schimmerte.

«Ihr tragt Schwarz?», fragte er amüsiert. «Ist dieser Anlass ein so trauriger, oder ist etwas vorgefallen, von dem ich noch nicht hörte?»

Dies war nun eine Frage, die nach einer Antwort verlangte. Sisi kämpfte gegen den Kloß in ihrem Hals an und erinnerte sich an das, was sie sich vorgenommen hatte zu sagen, seit sie dem Schneider den Auftrag für ihr Kleid gegeben hatte.

«Ich trauere um meine große Liebe, Eure Majestät.»

Franz stutzte. «Eure große Liebe?»

«Sehr wohl, Eure Majestät.»

Auch wenn sie sich hätte ohrfeigen können, hielt sie seinem forschenden Blick stand und beschwor in ihrem Innern den kleinen Jungen herauf, der sie damals im Schlosspark verkloppt hatte. Das gab ihr Mut und schließlich schaffte sie sogar ein freches Lächeln.

Erst jetzt schien Franz zu bemerken, dass Ludovika und Nene noch immer im Kniefall verharrten. Ohne sich sein Versäumnis jedoch anmerken zu lassen, reichte er Ludovika die Hand und bedankte sich für ihre Anreise. Erst als er Nene ebenfalls bat aufzustehen, nahm Franz den rügenden Blick seiner Mutter wahr.

«Mein Sohn, *das* ist die Herzogin Helene.»

Erstaunt wandte sich Franz erneut Sisi zu, die etwas beschämt den Blick zu ihm hob. Bevor die Situation noch peinlicher werden konnte, machte Ludovika einen Schritt nach vorn.

«Das ist Sisi. Herzogin Elisabeth», erklärte sie fast entschuldigend und etwas zu schnell, deutlich bemüht, die Aufmerksamkeit zügig wieder auf Nene zu lenken. «Und das ist Herzogin Helene. Ihr habt Euch lange nicht gesehen.»

Sisi vermied es, zu ihrer Schwester hinüberzusehen, aber sie konnte sich den bösen Blick auch so ausmalen.

«Das ist wahr, wir müssen noch Kinder gewesen sein.»

Franz lächelte Nene freundlich zu. «Hattet Ihr eine gute

Reise?», erkundigte er sich dann bei Ludovika. Doch es war unübersehbar, dass er Sisi darüber nicht vergessen hatte. Selbst als er Ludovika am Arm auf das Hotel Tallachini zuführte, ohne sich nochmals zu Sisi umzudrehen, spürte sie eine so lebendige Energie zwischen ihnen, dass sie selbst dem letzten Diener nicht verborgen bleiben konnte: Zwischen Franz und Sisi lag eine Spannung, die die Luft förmlich vibrieren ließ.

Sisi sah Franz mit pochendem Herzen nach, während sie der Begrüßung durch Erzherzogin Sophie nur mit halber Aufmerksamkeit folgte. Mit jedem Schritt zeichneten sich die Muskeln seines breiten Kreuzes unter dem weißen Stoff seiner Uniform ab. Selbst bei Richard war sie nicht so neugierig darauf gewesen, was sich wohl darunter verbarg.

Sophie drehte sich um, strich über ihre prachtvolle Robe und schritt Sisi und Nene voraus, die ihr ins beeindruckende Grand Hotel folgten. Nene würdigte Sisi keines Blickes und setzte steif einen Fuß vor den anderen. Sisi schluckte. Noch mehr Angst als vor Ludovikas Anpfiff hatte sie vor der Standpauke, die sie von ihrer Schwester zu erwarten hatte.

ERFRISCHUNG

«Warum hast du die Verwechslung nicht sofort aus der Welt geschafft?» Nenes Wangen glühten geladen. «Du hättest ihn auf der Stelle berichten müssen!»

Sisi wich dem bohrenden Blick ihrer Schwester aus und versuchte sich stattdessen auf die Arbeit der Friseurin zu konzentrieren. Die Vorsicht, mit der die Frau ihr von der Fahrt verfilztes Haar anging, machte sie ungeduldig.

«Bitte, kräftig ziehen. Das dauert doch sonst eine Ewigkeit», herrschte sie die Dame an, deren Wangen von zu viel Naschkram pausbackig waren. Der Geruch von billigsüßem Parfum und die Schnappatmung ihrer Schwester taten ihr Übriges. Am liebsten wäre sie Nene aus dem Weg gegangen und hätte sich bei einem Spaziergang Luft gemacht, aber die Friseurin schien entschlossen, ihr Werk mit der gebotenen Sorgfalt zu vollenden. Sisi atmete tief durch. Natürlich hatte ihre Schwester recht. Sie hatte es versäumt, das Missverständnis direkt aus der Welt zu schaffen. Aber die Begegnung mit dem Kaiser hatte sie so überwältigt, dass sie keinen klaren Gedanken hatte fassen können. Seine tiefen, fast traurigen Augen ließen ihr jetzt noch das Herz höherschlagen.

«Das hast du absichtlich gemacht!», rief Nene nun mit Tränen in den Augen.

«Nein, liebe Nene, ganz bestimmt nicht!», stritt Sisi die Anschuldigung ab. Es tat ihr leid, ihre Schwester so traurig zu sehen. Das stimmte doch nun wirklich nicht, oder? Die Magie der Begegnung hatte sie ja selbst überrascht! Von dem jungenhaften Hänfling, den sie in ihrem Cousin immer gesehen hatte, war nichts mehr übrig gewesen.

Nenes Augen blitzten ihr aus dem Spiegel des goldlackierten Frisiertisches entgegen, feindlich, als wollten sie sie aufspießen. Nenes Finger zitterten vor Erregung so, dass es ihr nicht gelang, Ludovikas Halskette anzulegen. Im Gegensatz zu Sisi war sie bereits top frisiert. Sie hatte ihre Reisegarderobe abgelegt und sich für ein mandarinenfarbenes Kleid entschieden, das ihre braunen Haare noch dunkler erscheinen ließ.

«Ich hab doch gesehen, dass er dir gefällt! Nicht einmal diesem Richard hast du solche Augen gemacht!»

«Was fällt dir ein!» Sisi wurde es nun wirklich zu bunt.

«Jetzt gib es wenigstens zu!»

«Ich bin in Trauer!»

Die letzten Worte hatte Sisi fast geschrien. Dabei wusste sie genau, dass sie nicht stimmten. Von Trauer konnte keine Rede mehr sein. Sie wurde von viel stärkeren Empfindungen überlagert. Empörung. Wut. Oder noch etwas ganz anderes. Aber Trauer?

Nene lachte bitter auf und riss der Friseurin, die sich immer noch an ein und derselben Strähne zu schaffen machte, die Bürste aus der Hand. Drohend ging sie damit auf Sisi zu, als sei es eine geladene M 1804.

Sisi war nicht sicher, ob sie ihre Schwester jemals so verzweifelt gesehen hatte. Wie eine Furie schnellte Nene vor, um ihr mit der Bürste eins überzuziehen, doch Sisi konnte dem Hieb gerade noch rechtzeitig ausweichen. Nene stolperte direkt in den Frisiertisch hinein. Scheppernd gingen ein paar Klammern zu Boden, auch eine kleine Porzellandose zerbarst und setzte eine weiße Puderwolke frei. Nene ließ sich davon nicht beeindrucken, rappelte sich auf und stürzte sich erneut auf Sisi. Die wehrte sich mit beiden Händen, doch die Wut schien eine unbändige Kraft in Nene freizusetzen.

«Schluss jetzt!»

Ludovikas Stimme durchschnitt die Luft und beendete die Rangelei schlagartig. Fassungslos schaute sie zwischen ihren heftig atmenden Töchtern und der Friseurin hin und her, die sich mit erhobenen Händen an die Wand gepresst hatte. Schnellen Schrittes querte Ludovika den Salon der Gästesuite, nahm Nene die Bürste aus der Hand und wies die Friseurin an zu gehen. Die Frau ließ sich das nicht zweimal sagen und verließ schleunigst den Raum, ihre Utensilien ließ sie in ihrer Eile achtlos zurück. Sisi betete, dass sie nicht von der geschwätzigen Sorte war und dieser Vorfall womöglich den Weg zum Kaiser fand.

«Du wirst die schönste Kaiserin, die Österreich je gesehen hat», sagte Ludovika beschwichtigend und legte Nene mit ruhiger Hand die Kette um den Hals. Sisi warf sie über den Spiegel einen strengen Blick zu. «Und du wirst heute nicht am Tee en famille teilnehmen, meine liebe Tochter.»

Sisi schnappte empört nach Luft. «Ich bin doch nicht gegen meinen Willen nach Ischl angereist, um mich dann gegen meinen Willen wegsperren zu lassen!»

«Doch, das bist du.» Ludovika schob Nene vor sich aus dem Zimmer und schloss eilig die Tür hinter ihnen.

Sisi pfefferte die Bürste hinter ihnen her. Niemals würde sie einfach hier sitzen bleiben. Doch da sie mittlerweile alleine im Salon der Suite war, blieb ihr nichts anderes übrig, als aufzustehen, die Bürste zu holen und sich selbst ans Werk zu machen. Zugleich wütend und dankbar darüber, die Friseurin los zu sein, fuhr Sisi mit den Fingern energisch durch die verknotete Strähne, bis sie unter ihren Händen nachgab. Ihre Familie konnte sich auf den Kopf stellen. Sie wollte und sie würde Franz wiedersehen.

TEE EN FAMILLE

Die Klänge des Flügels waren schon von Weitem zu hören, als Sisi das Seeauerhaus betrat. Sie merkte, wie sie ihre Schritte dem Takt anpasste. Sie kannte das Stück nicht. Aber wahrscheinlich war es von Liszt, eine seiner unbekannteren Kompositionen für Klavier. Sisi mochte die Musik des ungarischen Komponisten, und doch war sie froh, dass nicht einer seiner Liebesträume aufgespielt wurde. Oder gar der Totentanz! Als Sisi, den Akkorden folgend, um eine Ecke des Flurs bog, fragte sie sich, wer die musikalische Untermalung wohl ausgesucht haben mochte. Franz oder Erzherzogin Sophie selbst? Oder gab es auch dafür eigene Bedienstete, die sich nur mit der Auswahl geeigneter Stücke für unterschiedliche Anlässe beschäftigten?

Die Flügeltür am Ende des mit Spiegeln gerahmten Flurs stand zu einem Wintergarten hin offen. Zwei Diener in schnittiger Uniform mit Hut, kalbslederen Schuhen mit Schnallen, Gamaschen und Überrock flankierten den Eingang, je ein Silbertablett auf dem Arm, und Sisi bemerkte amüsiert, dass sie Mühe hatten, sie nicht anzusehen. Die Hochsteckfrisur war ihr wirklich gut gelungen, und sie war wieder einmal dankbar, dass sie zu Hause in Bayern die Gelegenheit gehabt hatte, von ihrem englischen Kindermädchen Mary zu lernen. Sie erinnerte sich an deren zarte Hände mit den feinen Nägeln und an den fruchtigen Duft des Eau de Cologne, der sie immer umgeben hatte. Sisi hatte als Herzogin und Schwester von sieben Kindern nicht viele Freundinnen, aber Mary war eine von ihnen gewesen. Leider war sie vor zwei Jahren zurück nach England gegangen, und Sisi war neben der englischen Sprache nur das Etui mit den Nagelfeilen geblieben, das sie ihr unabsichtlich hinterlassen hatte.

Bevor Sisi in ihrem schwarzen Kleid das Hotel Tallachini in Richtung Seeauerhaus verlassen hatte, hatte sie noch einige Blüten aus einem Gesteck in der Gästesuite gezupft und zwischen die geflochtenen Strähnen gesteckt, wie es Mary manchmal bei ihr gemacht hatte. Der frische Duft gab ihr Zuversicht und das Gefühl, nicht allein zu sein. Der Gang zum Seeauerhaus war ihr nicht leichtgefallen. Die innere Zerrissenheit zwischen der Liebe und Freundschaft zu ihrer Schwester und der Neugier ihrem Cousin gegenüber hatte sie dreimal umkehren lassen. Und doch hatte schließlich der Wunsch gesiegt, Franz wiederzusehen.

Sisis Herz klopfte vor Aufregung. Würde ihrem zweiten Treffen derselbe Zauber innewohnen wie der Begrüßung vor dem Hotel?

Sie trat über die Schwelle in den Wintergarten. Die Sonne fiel herrlich durch die geöffneten Fenster. Ihr Licht brach sich im Kronleuchter und den Gläsern aus Kristall und spiegelte sich dadurch vervielfacht auf dem polierten silbernen Tafelservice. Was für prächtige Kannen, Tabletts und Zuckerschalen das waren! Das alles musste ein Vermögen gekostet haben.

Sisi wusste, Erzherzogin Sophie hatte den Tee en famille anberaumt, um vor den Feierlichkeiten anlässlich Franz' Geburtstag einen Moment in Ruhe zu sprechen, abseits der neugierigen Blicke der geladenen Gäste. Jetzt wunderte sie sich, denn der Wintergarten war keineswegs «privat». An mehreren runden Kaffeetischen saßen Damen und Herren in Festtagsroben, und zur Musik des Flügels füllte ihr gedämpftes Geplauder den Raum. Eine runde Tafel jedoch stach heraus. Der Kaisertisch! Franz saß zwischen Nene und Ludovika. Sein Gesicht war auch im Profil bestechend, und just als Sisi es näher betrachten wollte, drehte er sich zu ihr um. Ihre Blicke trafen sich, und Sisis Herz setzte einen Schlag aus. Für einen kurzen Moment schien die Zeit stillzustehen. O ja, der Zauber war noch da.

Als Franz ihr sanft zulächelte, drehten sich auch Ludovika und Nene zur Eingangstür des Wintergartens um. Die offensichtliche Freude des Kaisers über Sisis Erscheinen war nicht zu übersehen, und Nene warf ihrer Mutter einen hilflosen Blick zu. Ludovika jedoch vergaß nicht die Etikette und so lächelte auch sie, als Sisi auf die Tafel zuhielt. Der Tisch war mit einer weiß bestickten Tischdecke und Blumengestecken dekoriert, die zur Farbe von Nenes Kleid passten. In der Mitte standen riesige Körbe voll Kipfel und Brioches.

Franz nickte und bedeutete Sisi, sich zu setzen, doch sie zögerte: Sie hatte die Wahl zwischen dem Platz neben Ludovika und dem neben Nene.

«Bitte entschuldigt meine Verspätung», sagte sie und setzte sich neben ihrer Schwester an den Tisch.

«Verspätet ist nur, wer nach meiner Mutter erscheint», sagte Franz schmunzelnd, und einen Moment zu lange versanken die beiden im Blick des anderen. Als Nene räuspernd ihre Haltung straffte, schien sich auch Franz daran zu erinnern, dass sie nicht grundlos an seiner Seite platziert worden war. Als wäre nichts geschehen, setzte er das Gespräch mit ihr und Ludovika fort.

«Und wie geht es dem Herzog Max?»

«Der bittet vielmals um Verzeihung und lässt die besten Grüße ausrichten», sagte Ludovika schnell.

Franz nickte.

«Er ist gerade sehr beschäftigt mit der Ausstattung unseres Palais an der Ludwigstraße», setzte sie hinzu und bedeutete Nene, den Faden aufzunehmen.

«Papa hat sich für die großen Säle ein paar aufwendige Szenen aus der griechischen Mythologie in den Kopf gesetzt. Der Fries im Ballsaal ist schon fertig, aber jetzt ist der Festsaal dran, und Papa kann die Künstler kaum aus den Augen lassen, so aufgeregt ist er.»

«Es heißt, das Palais sei Leo von Klenzes schönste Arbeit», nahm Franz das Konversationsangebot an.

Nene nickte begeistert. «Es hat seinen ganz eigenen Zauber!» Während sie begann, die Namen der Künstler aufzuzählen, die an den Friesen arbeiteten, wanderte Franz' Blick zu Sisi hinüber. Sie war dankbar, dass nicht sie in die Unterhaltung verwickelt war, sondern Nene. *Ludwig von Schwanthaler, Wilhelm von Kaulbach, Robert von Langer* ... Sisi war sich sicher, dass sie kein Wort herausgebracht hätte und verstand auch den Sinn der Worte nicht, so aufgeregt war sie. Sie sah zwar, wie sich Franz' und Nenes Lippen bewegten und hörte die Worte. Aber sie war unfähig, ihren Sinn zu begreifen. Es war, als verschwömme alles hinter einem Schleier aus Milchglas, hinter dem Zug ihrer eigenen Gedanken, denen sie ebenso wenig folgen konnte wie dem Gespräch. Wie aus weiter Ferne nahm sie wahr, dass ein Diener ihr dampfenden Schwarztee einschenkte. Sisi klammerte sich an den herben Geruch und die viel zu heiße Tasse. Der Schmerz brannte auf ihren Fingerkuppen, aber sie verzog keine Miene. Sie war sogar dankbar dafür, denn er half ihr, sich zu sammeln und gefasster im Hier und Jetzt anzukommen.

Gerade als sie ihre Contenance zurückgewonnen hatte, kam auch der Pianist am Flügel zu einem Ende. Sisi wollte die Tasse absetzen, um ihm zu applaudieren, da stieß Nene leicht gegen ihren Arm, und der heiße Inhalt ergoss sich quer über die Tischdecke.

«Ach, das tut mir aber leid», säuselte ihre Schwester. «Wie ungeschickt von mir.» Sie reichte Sisi eine Stoffserviette. Ihr stechender Blick sprach Bände. Wie fettgedruckt telegrafierte sie heraus, dass das hier ihr Revier war und dass Sisi sich in Acht nehmen sollte. Dann wandte sie sich erneut Franz zu, liebreizend wie zuvor. «Pardon, Eure Majestät, meine kleine Schwester ist manchmal ein wenig ungeschickt. Darf ich Euch ein Kipfel reichen?»

Sisi trocknete den Tee mit der Serviette. Auf ihrem Kleid sah man die Spritzer nicht, aber auf dem weißen Tischtuch prangte nun ein hässlicher brauner Fleck. Als sie aufblickte, hatte Nene Franz den Korb mit dem Feingebäck hingehalten und stellte ihn wie ein Hindernis zwischen ihm und Sisi auf. Triumphierend sah sie zu Sisi hinüber.

Ludovika lachte fast hysterisch auf. «Die Kipfel sind wirklich köstlich!»

Sisi wusste nicht, ob sie sich ärgern oder freuen sollte, dass der Flirt vorerst beendet war, da verstummte das Plaudern im Raum, und alle Blicke wandten sich zur Eingangstür des Wintergartens, durch die auch Sisi kurz zuvor gekommen war.

Erzherzogin Sophie umgab eine Aura der Macht, als sie auf den freien Platz neben Sisi zuschritt. Ihr hochgeschlossenes lilafarbenes Kleid war schlicht gehalten und unterstrich ihre Autorität. Noch auf dem Weg befehligte sie dem Pianisten mit einem Nicken das nächste Aufspiel, und zusammen mit der Musik setzte auch das Plaudern im Wintergarten wieder ein.

Tante Sophie blieb neben Sisi stehen und legte ihre schmalen Finger auf die Lehne des freien Stuhls. Sisi stieg der Duft eines ganzen Blumenbouquets in die Nase, dominiert von einem Hauch Lavendel. *Eau de Vie de Lavende.* Sie hatte das Parfum schon einmal gerochen, als Ludovika im Herzog-Max-Palais Pierre-François-Pascal Guerlain empfing, der 1828 seine erste Parfümerie eröffnet hatte und bereits seit etlichen Jahren sämtliche Königshäuser Europas belieferte. Nach langem Betteln hatte Sisi damals mit Nene und ihren jüngeren Schwestern dabei sein dürfen, als er seine schweren Holztruhen öffnete. Der Anblick der fein geschwungenen Flakons, aus denen es vielfarbig schimmerte und duftete, hatte Sisi so sehr beeindruckt, dass sie wochenlang gejammert hatte, wie gerne sie doch ihrem Stand entsagen und Parfümeurin werden wollte!

Ludovika war das *Eau de Vie de Lavande* damals zu schwer gewesen. Zu dunkel. Und zu teuer.

Es war kaum zu glauben, dass die beiden Schwestern Ludovika und Sophie in München miteinander aufgewachsen waren. Der Wiener Hof und die Ehe mit Franz Karl, dem Bruder des damaligen österreichischen Kaisers, hatten wohl eine andere aus der Tante gemacht, eine Erzherzogin. Jetzt glänzten an ihren schmalen Fingern goldene Ringe und Edelsteine, so groß wie die Augen eines Kindes.

«Amüsiert Ihr Euch?», fragte sie und ließ sich von einem Diener helfen, neben Sisi Platz zu nehmen.

Da die Frage der Erzherzogin eindeutig an Nene und Franz gerichtet war, hielt Sisi sich zurück, während Nene strahlend bejahte. Obwohl ihr über den Gebäckkorb die Sicht etwas versperrt war, nahm Sisi wahr, dass Franz nur nickte. Doch auch diese bescheidene Geste der Zustimmung versetzte ihr einen Stich, zumal sie wusste, dass die Vermählung ihrer Schwester mit dem Kaiser quasi beschlossene Sache war.

Sophie und Ludovika tauschten einen vielsagenden Blick, und Nene lächelte. Der dumme Korb mit den Kipfeln und das Gebaren ihrer Schwester trieben Sisi die Röte ins Gesicht. Diesmal nicht aus Scham, sondern aus Entschlossenheit. Sie faltete ihre Stoffserviette und bedeckte sorgfältig den braunen Fleck auf dem Tischtuch.

«Reichst du mir bitte ebenfalls die Kipfel, Nene?», fragte sie und beobachtete mit Vergnügen, wie Nene verwirrt überlegte. Sisis Frage verstieß zwar nicht gegen die Etikette, war aber doch hochgradig frech in diesem Moment. Der Korb stand zudem in Sisis Reichweite. Es wäre ihr ein Leichtes gewesen, sich davon zu bedienen.

«Bitte, Schwester», setzte Sisi süßlich nach und sah Nene herausfordernd an.

«Sehr gern», gab Nene schließlich nach und reichte Sisi die Kipfel. Sisi bedankte sich und nahm ein besonders schönes. Die Wiener Feinbäckerei war bis über Österreichs Grenzen hinaus berühmt, und tatsächlich: Allein der Zucker war so locker wie frischer Pulverschnee!

Als Sisi den Korb zu ihrer anderen Seite platzierte, war die Blickachse zu Franz wieder frei. Der Kaiser hatte den Machtkampf zwischen den Schwestern gelassen verfolgt und wirkte fast amüsiert – zumindest aber deutlich erfreut über das beiseitegeschaffte Hindernis. Ein Kuss auf diese Lippen würde sich definitiv anders anfühlen als der auf einen harten Laib Brot, dachte Sisi und wandte sich ertappt von ihm ab. Ihre Tante jedoch hatte den Blickwechsel interessiert registriert.

«Es ist auch in den hier geladenen Kreisen kein Geheimnis, dass Franz Joseph plant, sich zu vermählen», eröffnete die Erzherzogin die Runde. «Österreich braucht eine starke Kaiserin und die Monarchie einen Thronfolger.»

Sisi sah, wie Ludovika tief einatmete. Das war deutlicher, als sie sich jemals erträumt hatte. Für sich selbst. Für ihre Älteste.

«Welche Sprachen sprecht Ihr, meine Teuerste?», wandte sich Sophie nun direkt an Nene.

«Englisch und Französisch», antwortete Sisis Schwester und schlug bescheiden die Augen nieder.

«Englisch, tatsächlich?» Auf der Miene der Erzherzogin schimmerte ein Staunen.

«Wir hatten ein englisches Kindermädchen», schickte Nene sich an zu erklären. «Mary. Sie hat es uns beigebracht.»

Tante Sophie nickte beeindruckt, und Nene warf Sisi einen überlegenen Blick zu. Dabei hatten sie beide die Sprache zu ihrer Geheimsprache gemacht. Wenn sie auf Englisch sprachen, konnten sie sich vor Lauschern sicher sein, außer vor Vater Max, der auf ihren Englischunterricht bestanden und Mary engagiert hatte. «Das wird einmal eine wichtige Sprache werden, du wirst sehen», hatte er immer zu Nene gesagt, wenn die sich über das unnütze Kauderwelsch beschwert hatte. Vater Max. Sisi überkam eine Welle der Sehnsucht.

«Und beherrscht Ihr auch den Cotillon?»

Nene nickte, und Sisi biss gedankenverloren in ihr Kipfel, als sich Sophie überraschend ihr zuwandte. «Und Ihr, Elisabeth?»

Sisi erstarrte mit vollem Mund. Der feine Zucker musste einen weißen Bart über ihrer Lippe hinterlassen haben, aus den Augenwinkeln konnte Sisi Nenes Schadenfreude erkennen. Auf Ludovikas Gesicht hingegen zeichnete sich Überraschung ab. Zog Erzherzogin Sophie etwa auch Sisi als mögliche Heiratskandidatin für Franz in Betracht?

Sisi schluckte schnell ihren Bissen hinunter und antwortete wahrheitsgemäß, dass sie Englisch, Französisch und ein wenig Ungarisch spreche. «Und natürlich Bayerisch!»

Ihre unvermittelte Ergänzung brachte Franz zum Grinsen und rang sogar Erzherzogin Sophie ein Schmunzeln ab. «Interessant. Aber ich meinte eigentlich: Tanzt Ihr auch den Cotillon?»

«Aber natürlich!» Sisis Wangen pochten vor Aufregung. Was für eine Frage! «Ich liebe Tanzen. Überhaupt alles, was mit Bewegung zu tun hat! Reiten, Wandern, Turnen ...» Da traf sie ein Tritt unter dem Tisch, und eine Welle des Schmerzes jagte durch ihren Körper. Vor Schreck fiel ihr das Kipfel aus der Hand und landete in einzelne Krümel zerfallend auf dem Porzellanteller.

«Verzeihung», entschuldigte Sisi sich höflich, doch das konnte ihr Missgeschick nicht mehr wettmachen. Giftig sah sie zu ihrer Schwester hinüber. Obwohl Nene ihr den Tritt verpasst haben musste, war ihr nichts anzumerken, und gerade holte Sisi Luft, um sich empört zu verteidigen, da übernahm Ludovika das Gespräch, um Schlimmeres zu verhindern.

«Auch in Bayern haben wir eine anspruchsvolle Etikette, liebste Schwester. Wenn auch nicht das spanische Hofzeremoniell.»

«Das sehe ich», sagte Erzherzogin Sophie, und es war ihr deutlich anzumerken, dass sie das Gegenteil meinte. «Dann seid Ihr ja gut vorbereitet, wenn ich Euch später in das spanische Hofzeremoniell einweihe.» Prüfend musterte sie Sisi, fast so, wie Herzog Max wenige Tage zuvor die Hengste des Pferdezüchters inspiziert hatte.

«Nur eines vorweg: Franz wird den Cotillon mit der zukünftigen Kaiserin beenden.» Die Erzherzogin machte eine verheißungsvolle Pause. «Die Blumen besiegeln die Verlobung.» Sie schickte Sisi einen letzten Blick und hob eine Tasse voll Schwarztee an die Lippen. Ihre Bewegung war geschmeidig und voller Anmut, fast wie die einer Tänzerin.

«Ein Hoch auf den jungen Kaiser, die Familie und die Liebe!», hob Ludovika das Glas, und alle stimmten ein. Franz blickte noch einmal zu Sisi hinüber, und trotz eines flauen Gefühls im Magen hielt sie seinem Blick stand.

Nene schob ihren Stuhl zurück, legte grazil die Serviette auf den Tisch, erhob sich von ihrem Platz und schlug mit einem goldenen Löffel an ihr Kristallglas. Sogar die Gäste an den umstehenden Tischen unterbrachen neugierig ihre Gespräche und sahen zu der großen, schlanken Frau hinüber. Das hochgesteckte Haar verlieh ihrem jungen Gesicht etwas Strenges.

«In der Tat, Mama», eröffnete sie ihre Ansprache. «Die Liebe. Wahrlich ein ganz besonderes Sujet, auf das es sich zu trinken lohnt. Wenn aber eine hier im Raum weiß, was das ist, die Liebe», Nene wandte sich der Schwester zu, und Sisi klappte die Kinnlade herunter, als diese Sisis samtgrünes Tagebuch hervorzog, «dann ist es Sisi.»

Wo hatte Nene das Buch her? Sisi wurde ganz heiß. Auf der Fahrt nach Ischl hatte sie noch etwas notiert und es im Hotel auf ihren Nachttisch gelegt. Seither hatte sie es nicht mehr gesehen. Und jetzt war auch klar, warum. Sisi verfolgte mit blankem Entsetzen, wie ihre Schwester das Tagebuch an einem Lesebändchen aufschlug.

«Würdest du uns die Ehre zuteilwerden lassen, uns eines deiner formidablen Gedichte vorzutragen, Schwesterchen?» Sisi rutschte das Herz in die Hose. «Es ist eines deiner besten.»

Nene hielt Sisi das aufgeschlagene Tagebuch entgegen. Alle Augen waren erwartungsvoll auf sie gerichtet. Wie um alles in der Welt konnte sie dieser Aufforderung nicht entsprechen? Sisi griff nach dem Tagebuch und räusperte sich, um Zeit zu gewinnen. Nene schob ihr ein Glas Wasser hinüber, aber Sisi ließ es stehen und setzte krächzend an:

«Du frische junge Liebe,
So blühend wie der Mai,
Nun ist der Herbst gekommen,
Und alles ist vorbei.»

Sisi machte eine betretene Pause und wich dem verwirrten Blick des Kaisers aus. Sie wusste selbst, dass es nicht ihre besten Zeilen waren, die sie da vortrug.

«Nur einmal konnt ich wahrhaft lieben,
Es war das erste Mal.
Nichts konnte meine Wonne trüben,
Bis Gott mein Glück mir stahl.»

Die letzten Verse verhallten, und einen Moment schwebte eine betretene Stille über dem Tisch. Dann klappte Sisi das Tagebuch zu und lächelte mutig. Den Wintergarten erfüllte das goldgelbe Licht der Nachmittagssonne. Zwei.

Drei. Vier. Sisi zählte innerlich die Schläge ihres Herzens mit. Das Schweigen der Teegesellschaft war übersättigt von peinlicher Berührung. Gerade als sich in Sisi der Gedanke formte, dass es schlimmer nicht mehr kommen könnte, ertönte direkt neben ihr ein einsames Klatschen. Tante Sophie applaudierte förmlich, und Franz entschied sich kurz darauf, ebenfalls in den Beifall einzusteigen. Tosender Applaus brandete auf, als der Rest der Gesellschaft zu klatschen begann. Sisi hätte im Boden versinken können. Sie wagte es nicht, ihre Schwester anzusehen, die sich sicher in Sisis Scham sonnte.

«Ein ganz reizender Beitrag.» Franz lächelte ihr zu. Ihm war deutlich anzusehen, dass er sich über ihre Zeilen amüsierte, und Sisi wich seinem Blick aus. Obwohl sie es gestern noch für eine gute Idee befunden hatte, sich als trauernde Herzogin einzuführen, hätte sie die Angelegenheit mit Richard schon heute am liebsten aus ihrer Lebensgeschichte gestrichen. Aber es war zu spät. Die Sache war auf dem Tisch, und mit ihr dieses holprige Gedicht.

«Bisher ist noch keine Künstlerin vom Himmel gefallen», presste Sisi um einen Rest Würde ringend hervor. Dann wandte sie sich ab und eilte zur Flügeltür des Wintergartens. Während sie sich um einen möglichst eleganten Abgang bemühte, verteufelte sie in Gedanken ihre Familie, die so wenig von ihr verstand und so viel auf Äußerlichkeiten gab. Sollte ihre Schwester Franz Joseph doch heiraten! Auf Tante Sophie, den Wiener Hof und das gesamte höfische Zeremoniell konnte sie bestens verzichten.

ZURÜCK IN DIE HEIMAT

Es waren keine zehn Minuten vergangen, da schob Sisi mit ihren Seidenschuhen einen Haufen Pferdemist zur Seite und band im Stall des Hotels einen Hengst los. Sie hatte sich nicht die Mühe gemacht, ihr schwarzes Kleid gegen eine Reiterskluft einzutauschen. Sie hatte nicht einmal den Umweg über die Gästesuite des Hotels Tallachini genommen, um ein paar Sachen zu packen, sondern war so schnell wie möglich zu dem Stall gelaufen, wo die Pferde untergebracht waren. Die Boxen lagen schon im Halbdunkeln, obwohl die Sonne noch nicht hinter den Bergen verschwunden war. Es war etwa vier Uhr nachmittags, und bis zu dem Gasthaus, in dem sie auf der zweitägigen Anreise genächtigt hatten, würde es mehrere Stunden dauern. Sisi musterte das Rottaler Pferd, das sie ausgesucht hatte. Der Hengst war tief und breit gebaut, und über seinem kastanienbraunen Fell wallte eine kräftige dunkle Mähne. Als eines der Tiere, die ihre Kutsche nach Bad Ischl gezogen hatten, war er zwar nicht als Reitpferd ausgebildet, aber dafür war er kräftig und würde die Distanz trotz der Anstrengung ihrer erst wenige Stunden zurückliegenden Anreise hoffentlich durchhalten. Sisi presste die Lippen aufeinander. Sie war noch immer zutiefst beschämt von Nenes Bloßstellung, so sehr, dass ihre Scham in blanke Wut gekippt war. Sie war wütend auf ihre Mutter, die ihr Richard verboten und sie dazu verdammt hatte, mit nach Ischl zu kommen. Wütend auf Nene, die ihr Tagebuch geklaut und nicht nur darin geschmökert, sondern sie sogar gezwungen hatte, *daraus vorzulesen*! Sie war wütend auf Tante Sophie, weil die so einen Stock im Hintern hatte. Und auf Franz' dümmliches Lächeln. *Kaiser von Österreich, pah!* Das traute sie ihm wirklich nicht zu. Entschlossen griff Sisi nach einem Sattel.

«Wo willst du hin?»

Ludovikas Stimme ließ sie herumfahren. Die Gestalt ihrer Mutter wirkte vor dem einfallenden Tageslicht wie ein Scherenschnitt.

«Nach Hause», antwortete Sisi wahrheitsgemäß.

«Es ist schon fast dunkel.» Ludovika baute sich im Stalltor auf. Doch Sisi schulterte nur den Sattel, nahm das Pferd am Halfter und führte es an Ludovika vorbei. Nichts in der Welt würde sie dazu bewegen, auch nur eine Stunde länger in Bad Ischl zu bleiben.

Das grüne Festtagskleid ihrer Mutter wirkte deplatziert im feuchten Dampf der Stallungen. Die warmen Tierkörper, ihr Schnauben und Scharren, der scharfe Geruch des Pferdemistes – Sisi war sich nicht sicher, ob sie Ludovika überhaupt schon jemals in einem Stall gesehen hatte. Doch erst jetzt, als sie ihre Mutter mit dem Rottaler passierte und Ludovika einen Schritt zurückwich, verstand sie, dass es nicht nur eine Sache des Standes war. Ludovika hatte Angst vor Pferden!

Sisi war noch dabei, diese Erkenntnis zu verarbeiten, da packte Ludovika den Sattel, um sie zurückzuhalten.

«Sisi, wenn du jetzt gehst, bist du nicht mehr meine Tochter!»

Sisi fuhr herum. Ihre Mutter sah sie eindringlich an, und Sisi konnte in ihren Augen lesen, dass sie es ernst meinte. Sie zögerte. Ja, ihre fluchtartige Abreise war ein unerhörter Verstoß gegen die Gastfreundschaft ihrer Tante und des Kaisers. Ein Affront und eine Schande für ihre Familie. Aber das interessierte sie nicht mehr. Nene war einen Schritt zu weit gegangen. Überhaupt würde der Aufenthalt ihrer Familie und die gesamte Verlobung ohne Sisis Anwesenheit reibungsloser verlaufen. Man brauchte sie hier nicht.

«Du solltest froh sein, dass ich gehe», zischte Sisi. Sie warf einen letzten Blick auf den Sattel, den Ludovikas Finger noch immer fest umkrallten, ließ ihn kurzerhand von der Schulter gleiten und schwang sich in ihrem Kleid auf den blanken Rücken des Pferdes. Ludovika stolperte ein paar Schritte rückwärts und ließ den Sattel dann ebenfalls los.

«Sisi!», rief sie ihrer Tochter bestürzt hinterher. «Du kannst doch nicht alleine zurückreiten! Das ist viel zu gefährlich!»

Sisi wusste, dass sie damit auf die «grässlichen Unruhen» in Österreich anspielte. Die erst kürzlich zurückliegenden Aufstände. Die Befriedung in Ungarn. Aber was hatte das mit ihr zu tun? Einer einfachen Herzogin in Bayern? Sisi trieb ihr Pferd über den leeren Vorplatz der Stallungen. Der Hengst war breiter gebaut, als sie gemutmaßt hatte, und ohne den Sattel brauchte auch Sisi einen Moment, um sich auf die Bewegungen des Tieres einzustellen. Doch schließlich begannen die beiden zu harmonieren, und das Pferd fiel in vollen Galopp. Welche Energie es freisetzte! Als hätte es nur darauf gewartet, endlich von der Last der Kutsche befreit zu sein, preschte es los. Der

Wind schlug Sisi ins Gesicht und griff in ihre Haare. Sie konnte spüren, wie die Geschwindigkeit und die körperliche Anstrengung ihre heilsame Kraft entfalteten. Eine Kraft, die Sisi nur allzu gut kannte. Der Kontakt mit dem Pferd brachte sie zurück in ihren Körper, in den Moment, zu sich selbst. Erst jetzt wurde sie wieder der Schönheit gewahr, die sie umgab. Die malerischen Häuser am Ufer der Ischl. Der blaue Himmel, fast wolkenlos. Die grün bewaldeten Berge, von der Sonne erleuchtet. Was war schon ihre lächerliche Wut gegen die atemberaubende Schönheit der Natur? Plötzlich musste Sisi lachen. Was für ein herrliches Abenteuer das alles doch war!

JAGDGELÜSTE

Tausend Taler für deine Gedanken.»
Grünne lehnte neben Franz an einer mit vergoldetem Stuck verzierten Wand und blickte seinen Freund neugierig an. Franz drehte eine silberne Schnupftabakdose in der Hand und starrte wie gebannt aus einem der hohen Fenster des Ballsaales. Über die Bemerkung seines Freundes konnte er nur grinsen. Es war nicht schwer zu erraten, was ihn derart fesselte. Durch die gebrochenen Scheiben war zu sehen, wie Herzogin Elisabeth draußen ihr Pferd Richtung Ortsrand trieb.

«Dir gefällt die Kleine, richtig?», hakte Grünne nach. Er traf mit seiner Frage ins Schwarze, aber Franz antwortete nicht, sondern fuhr nur nachdenklich über den in die Tabatiere eingelassenen Cabochon. Der glatte Lapislazuli schmeichelte seinen Fingern und hatte ihm schon oft beim Sortieren seiner Gedanken geholfen. Er konnte sich nicht erinnern, jemals eine so tollkühne Reiterin gesehen zu haben. Die Herzogin hatte auf dem Kopfsteinpflaster und ohne Sattel eine wahrlich erstaunliche Geschwindigkeit erreicht. Ihr schwarzes Kleid flatterte im Wind. Leider würde sie bald aus seinem Sichtfeld verschwunden sein, und Franz' Gewissen erlaubte es ihm nicht, sie aufzuhalten. Er bedauerte, dass er über ihr Gedicht geschmunzelt hatte. Vielleicht wäre sie sonst noch etwas länger geblieben. Die Verse waren zwar wirklich miserabel gewesen, aber sie waren auch sicher nicht für seine Ohren bestimmt. Wahrscheinlich war das Gedicht für niemandes Ohren bestimmt gewesen. Genau aus diesem Grund führte er selbst kein Tagebuch. Verschriftlichte keine Überlegungen. Er hatte von seiner Mutter gelernt, nie etwas aufzuschreiben, das nicht in fremde Hände gelangen sollte. Nie über etwas zu sprechen, wenn es nicht publik werden durfte. Mit niemandem. Nicht einmal mit Grünne. Daher schwieg er auch jetzt. Er war so gut wie verheiratet. Mit Herzogin Helene. Einer attraktiven und vor allem standesgemäßen Frau, die die Erziehung und den Schneid hatte, sich als Kaiserin zu behaupten. Wenn nötig auch gegenüber der eigenen Familie.

Aber würde er sie lieben können?, schoss es ihm durch den Kopf.

Um den einfältigen Gedanken zu vertreiben, klopfte Franz eine Prise Tabak aus der Dose und sog sie mit einem kräftigen Atemzug in die Nase. Die würzige Schärfe der

Gekachelten Virginie, seines bevorzugten Schnupftabaks, brannte in seinen Nebenhöhlen. Herzogin Elisabeth passierte eben die Brücke. Sie bog um die Ecke einer einfachen Häuserzeile, die den Ortsrand von Bad Ischl bildete, und war verschwunden.

Franz bot auch Grünne von seinem Tabak an, aber der Graf schüttelte nur den Kopf. «Wo ist das Problem? Deine Mutter?», fragte er unnachgiebig.

«Da gibt es kein Problem», log Franz und spürte Grünnes bohrenden Blick. Er ließ sich jedoch zu keiner weiteren Aussage hinreißen. Stattdessen verfolgte er interessiert, wie Ludovika draußen aufgebracht zu Herzogin Helene eilte, die vor dem Grand Hotel auf sie wartete. Seine Zukünftige gestikulierte wild mit den Armen. Offenbar echauffierte sie sich über die fluchtartige Abreise ihrer Schwester. Es wurde bald dunkel, und auch unabhängig von der Tageszeit war es sicher keine gute Idee für eine junge Dame, ohne Begleitung durch die Wälder zu reiten. Bestimmt war dies das Thema zwischen Ludovika und Helene. Franz schluckte, um einen Gedanken zu vertreiben. Das hochgeschlossene Kleid mit dem schwingenden Rock stand seiner künftigen Braut ausgezeichnet. Es war dem Anlass angemessen und betonte ihre schlanke Taille. Sie sah gesund aus. Reif. Perfekt. Er würde sich mit Herzogin Helene verloben. Alles hatte seine Richtigkeit.

«Lust auf eine Jagd?», fragte er Grünne und schob die Tabakdose in eine Seitentasche seiner scharlachroten Hose. Ohne eine Antwort abzuwarten, hielt er im Stechschritt auf den Ausgang des Ballsaales zu, den zu beiden Seiten marmorne Säulen säumten. Morgen Abend schon würden sich anlässlich seines Geburtstages Hunderte von tanzenden Paaren unter den gewaltigen Kronleuchtern drehen, die diesem Saal einen ganz eigenen Glanz gaben.

Unten angekommen, trat Franz aus einem Seitenausgang des Seeauerhauses und hielt direkt auf Ludovika und Helene zu, die noch immer aufgeregt vor dem Hotel Tallachini diskutierten. Gefolgt von Grünne querte er diagonal den Brunnenhof, der diesen Teil des Seeauerhauses mit dem Hotel verband. Die eiligen Schritte der Männer ließen Ludovika und Nene herumfahren. Seine Tante erblasste, als sie Franz erkannte, und Nene blinzelte nervös.

«Eure Majestät, es tut mir ja so leid, meine Tochter ...», sprudelte es aus Ludovika hervor, aber Franz unterbrach sie abrupt.

«Ich bringe Euch Eure Tochter zurück, keine Sorge.» Und mit diesen Worten ging er schon an ihr und Helene vorbei auf die Stallungen zu.

«Aber das müssen doch nicht Eure Hoheit ...», rief Ludovika dem Kaiser nach und schnappte nach Luft. Doch Franz verschwand ohne ein weiteres Wort im Halbdunkel der Stallungen. Grünne folgte ihm nach.

Nur wenige Minuten später preschten die beiden Männer schon zu Pferd aus der Stalltür – Franz auf einem schneeweißen Lipizzanerhengst und Grünne auf einem großen Braunen mit kräftigen Hinterläufen.

DIE VERFOLGUNG

Die Hufe des Rottalers rissen die trockene Erde der Landstraße auf. Der sandige Boden lechzte nach Regen. Trotzdem zeugten die üppigen Weizenfelder von der Fruchtbarkeit des Tales. Die brennende Hitze hatte etwas nachgelassen, und Sisi genoss den lauen Wind, der ihr im Galopp entgegenschlug. Die Ischl sah noch immer verlockend aus. Aber für eine Badepause hatte sie noch nicht genug Strecke gemacht. Als Sisi einen prüfenden Blick zurückwarf, entdeckte sie zwei Reiter, die sich in der Ferne aus den Umrissen von Bad Ischl lösten. Die Uniformen passten nicht zur Leibgarde, die Ludovika ihr womöglich nachgeschickt hatte. Trotzdem schienen die Reiter geradewegs auf sie zuzuhalten und kamen rasch näher. Der weiße Waffenrock und die scharlachrote Hose mit den goldenen Lampassen – das war doch Franz! Sisis Herz schlug schneller. Was wollte er von ihr?

Sie trieb dem Pferd so fest ihre Fersen in die Seite, dass es einen Satz nach vorne machte. Fast hätte sie dabei das Gleichgewicht verloren, doch es gelang ihr, sich auf dem Pferderücken zu halten. Ihr ganzer Körper fühlte sich heiß und kalt zugleich an. Ein erneuter Blick zurück zeigte, dass die Reiter immer näher kamen. Sisi steigerte nochmals das Tempo und keuchte vor Anstrengung. Der Mann an Franz' Seite war ihr bereits bei der Ankunft vor dem Hotel aufgefallen und auch im Wintergarten beim Tee en famille. Auch er trug jetzt einen Waffenrock, aber seiner war grün und hatte einen goldenen Kragen. Wer war er?

«Verdammt schnell, die Kleine», keuchte Grünne. Franz gab mit seinem Lipizzaner eine gewaltige Geschwindigkeit vor.

«Hüa! Los!», trieb er das Prachtpferd nochmals an, und Grünne drückte seinem Braunen die Schenkel in die Flanken. Doch dessen körperliche Grenzen waren bereits erreicht. Der Lipizzanerhengst zog derart an, dass Grünnes Brauner nicht mehr mithalten konnte.

«Lass gut sein!», rief Franz seinem Freund zu und trieb sein Pferd weiter an. Grünne ließ seinen Braunen in den Trab zurückfallen. «Wenn unsere Kavallerie nur auch so reiten könnte wie dieses Mädchen», hörte Franz ihn noch sagen, bevor Grünne in der Staubwolke des Lipizzaners verschwand.

Als würden die Hufe des weißen Pferdes die Erde kaum berühren, schien es beinahe über die trockene Erde zu fliegen. *Was für ein atemberaubendes Tempo!* Sisi duckte sich in die Mähne des Hengstes, um mit ihrem Körper möglichst wenig Widerstand zu bieten, und flüsterte dem Tier stärkende Worte zu. Sie wusste, dass es für diese Höchstleistung ihr Vertrauen brauchte. Trotzdem dauerte es nur Sekunden, und Franz hatte bis auf wenige Meter aufgeholt. Sisis Herz pochte. Jeder Muskel, jede Sehne ihres Körpers stand unter Spannung.

«Bleibt stehen!», rief Franz, kaum mehr eine Pferdelänge entfernt. Sisi biss die Zähne zusammen. Niemals. Sie überlegte kurz, dann riss sie die Zügel des Rottalers herum und trieb ihn direkt in ein Maisfeld hinein. Die holzigen Pflanzen schlugen ihr entgegen, und Sisi krallte sich in die Mähne. Die reifen Kolben knüppelten an ihre Beine, doch sie zwang das Pferd, die Richtung zu halten. Der Rottaler kämpfte hart, um gegen die Pflanzen anzukommen, und tatsächlich war Franz nicht mehr hinter ihnen, als sie die Böschung am Waldrand erreichten. Er schien Sisis abrupte Wende ins Maisfeld nicht erwartet zu haben. Würde er versuchen, sie auf der anderen Seite abzupassen?

Die Anstrengung trieb Sisis Pferd den Schaum vor die Nüstern. So würde es die Reise nach Possenhofen nicht durchstehen, schoss es ihr durch den Kopf. Doch nun war es zu spät. Sie trieb das Pferd durch einige stachelige Himbeersträucher hindurch und in den Wald hinein. Das Unterholz war hier so dicht, dass das Vorankommen nicht leichter war als im Maisfeld. «Auf gehts!», trieb Sisi den Hengst an. Sie zuckte zusammen, als ein dorniger Zweig ihr über den nackten Unterschenkel kratzte. Er hinterließ einen blutigen Striemen auf ihrer Haut, aber Sisi leistete sich nur einen kurzen Blick, um die Wunde zu registrieren, dann drängte sie das Pferd weiter. Nach kurzer Zeit erreichten sie endlich einen breiten Waldweg, und sie erlaubte sich und dem Hengst eine kleine Verschnaufpause. Im Schritt stapfte der schweißnasse Rottaler über den warmen Waldboden. Das Licht fiel fast magisch durch die Wipfel des Mischwaldes, und die Erde duftete herrlich. Einen Moment schloss Sisi die Augen und lauschte dem Schnauben ihres Pferdes, seinen dumpfen Tritten und dem Gezwitscher einiger Vögel, die in den Bäumen saßen. Dann trieb sie den Hengst erneut an. Gerade noch rechtzeitig schaffte sie es, sich unter einen tiefhängenden

Ast zu ducken, den sie übersehen hatte. Doch ihr blieb kaum Zeit, den Schrecken zu verdauen, denn in dem Moment brach Franz vor ihr aus dem Gebüsch.

Sisi ließ sich ihre Überraschung nicht anmerken. Sofort drückte sie ihrem Pferd die Fersen in die Seite und hetzte an Franz vorbei. Aber auch der Kaiser brauchte nur den Bruchteil einer Sekunde, um sich zu orientieren und ihr hinterherzupreschen. Wenig später rasten ihre Pferde Seite an Seite über den Waldweg. Kopf an Kopf. Flanke an Flanke. Direkt auf eine Wegenge zu. Sie wirkte wie ein mystisches Tor, das zwei Baumstämme in der Ferne bildeten. Unmöglich würden zwei Pferde nebeneinander dort hindurchkommen.

Den Hengsten tropfte bereits der Schaum von den Mäulern, doch ihre Reiter kannten keine Gnade. Franz' Pferd hatte nun die Nase vorn, und Sisi pochte das Blut in den Schläfen. Sie bemaß die Entfernung bis zum Engpass. Keine hundert Meter mehr. Noch einmal trieb sie ihr Pferd an. Obwohl es das schlechtere Reitpferd war, hatte es einen eisernen Willen. Es war zäh, das spürte sie. Und tatsächlich schloss ihr Hengst auf, überholte und schoss als Erstes durch den Engpass! Sisi stieß einen Freudenschrei aus. Sie hatte es geschafft! Sie hatte das Rennen gegen den Kaiser gewonnen.

«Vorsicht!», brüllte Franz. Der Warnruf traf sie ins Mark. Vor ihr tat sich ein steiler Abgrund auf, und sie riss am Zügel. So heftig, dass ihr Pferd sich aufbäumte und mit den Vorderhufen durch die Luft schlug. Sisi riss die Zügel herum, um den Rottaler auf dem Weg zu halten, der vor dem Abgrund scharf abbog, und tatsächlich setzte das Pferd mit rollenden Augen seine Vorderläufe wieder ab und kam zum Stehen. Einige losgetretene Kiesel stürzten vor Sisi den steilen Abgrund hinunter, um schließlich in einem reißenden Fluss zu verschwinden.

Sisis Atem ging heftig. Ihr Gesicht glühte von der Hetzjagd und deren abruptem Ende. Franz saß ab, packte ihr Pferd am Zügel und fuhr ihm über die Nüstern, um es zu beruhigen. Unter dem Fell des Rottalers waren deutlich sichtbar die Adern hervorgetreten. Als Franz die blutige Spur an Sisis Unterschenkel entdeckte, sah er sie herausfordernd an.

«Warum seid Ihr weggeritten?»

Sisi sprang wortlos vom Pferd und nahm Franz die Zügel aus der Hand. «Warum seid Ihr mir gefolgt?», konterte sie.

Ihre Lungen brannten noch immer von der Anstrengung, und die Hitze pulsierte in ihren Wangen. Schnippisch drehte sie ihr Pferd herum und führte es am Kaiser vorbei zurück Richtung Wald. Die Dornen der Himbeersträucher hatten die Spitze ihres schwarzen Kleides zerrissen.

Hätte Richard doch nur bis zum Abendessen bleiben können!, dachte sie. Dann wäre all das nie passiert.

«Wegen des Gedichts?» Franz ließ nicht locker. Sisi war entschlossen, sich nicht von ihm aufhalten zu lassen, doch Franz packte sie am Handgelenk und hielt sie fest. Sein Griff war etwas zu kräftig, und Sisi fuhr herum und starrte auf seine ihren Arm umklammernde Hand.

«Mit Verlaub, das geht Euch gar nichts an», brachte sie entschieden hervor und riss sich los. Die Bewegung geriet so heftig, dass der verschreckte Rottaler erneut scheute. Der Hengst bäumte sich auf, riss ihr die Zügel aus der Hand, und Sisi versuchte noch, die Riemen der Trense zu packen, doch auch mit einem Hechtsprung nach vorn bekam sie das Tier nicht mehr zu fassen. Es machte einen Satz, zögerte kurz, als es merkte, dass es frei war, dann trabte es in den Wald, aus dem es wenige Momente zuvor in wilder Jagd gekommen war.

Sisi sah an sich herab. Unter ihrer heftigen Bewegung war die Seitennaht ihres Kleides aufgerissen und gab den Blick auf ihr Korsett frei. Filigrane goldene Verzierungen schmückten den weißen Stoff, dessen Rand oberhalb der Brüste mit feiner Spitze besetzt war. Franz begutachtete unverhohlen ihr Unterkleid, während der Rottaler zwischen den Bäumen verschwand. Das Dickicht, das Moos, die Stämme der Bäume erstickten das Wiehern des Pferdes. Franz schien gefesselt von dem unerwarteten Anblick ihres Korsetts, doch wandte er sich schnell wieder ihrem Gesicht zu. Hier, mitten im Wald wirkten seine Augen dunkel und ernst. Plötzlich mischte sich ein Funken Angst in Sisis Gemüt. Konnte sie Franz trauen? Auch ihre Schreie würden hier ungehört verhallen.

«Weil ich gelacht habe, richtig?», fragte Franz, ohne seinen Blick abzuwenden.

«Lebt wohl, Eure Majestät», wich Sisi ihm aus. Ein Lächeln umspielte seine Lippen, aber Sisi ging schon auf den Weg zu, in den ihr Pferd verschwunden war. Es würde nicht weit gekommen sein, so erschöpft, wie es war.

«Wo wollt Ihr hin?», rief Franz ihr nach.

«Nach Hause!», antwortete Sisi und kämpfte sich zielstrebig durchs Unterholz. Franz schüttelte nur den Kopf und ließ sie gehen. Sie passierte ein paar Blaubeersträucher, ohne auch nur eine einzige Beere aufzulesen, und wünschte ihrer Schwester, dass sie ihr Glück mit dem Kaiser finden möge. Da stand ihr Pferd, sie hatte richtiggelegen. Vorsichtig begrüßte sie den Rottaler und legte beruhigend ihre Stirn an seine. Als sie nach dem Halfter griff, scheute das Tier. Sie hatte ihm zu viel abverlangt. Das braune Fell war nass vor Schweiß, und seine Hinterläufe zitterten. Sisi streichelte seinen Hals und flüsterte ihm ein paar liebevolle Worte zu. Der Hengst schnaubte und stampfte mit den Hufen, doch Sisi ließ sich nicht vertreiben. Da spürte sie etwas Kühles in ihrem Nacken, und ein Schauer lief ihr den Rücken hinab. Ein Klicken. Sisi öffnete den Mund, um zu schreien, doch eine Männerhand packte sie von hinten und drückte ihr Mund und Nase zu. Blankes Entsetzen flutete Sisis Körper. Sie bekam kaum Luft.

«Wo ist der Kaiser?», hauchte eine raue Männerstimme mit ungarischem Akzent. Erst langsam nahm sie den salzigen Geschmack der dreckigen Hand in ihrem Mund wahr. Das Gesicht des Mannes war so nah, dass Sisi seinen fischigen Atem riechen konnte. Das war nicht Franz. Aus den Augenwinkeln konnte sie schemenhaft zwei weitere Männer in zerschlissenen Uniformen ausmachen, wahrscheinlich ebenfalls bewaffnet.

«Wo ist der Kaiser?», wiederholte jetzt ein anderer Mann hinter ihr die Frage. Mit Tränen in den Augen schüttelte Sisi panisch den Kopf.

Der Mann, der gesprochen hatte, bedeutete seinem

Kumpan, den Griff um Sisis Mund zu lockern, und trat näher an sie heran. «Sprecht gefälligst!» Er hatte wilde Locken, und seine dunklen Augen starrten sie kalt an. «Er ist Euch gefolgt. Wo ist er jetzt?»

«Ich bin nur eine einfache Frau», flüsterte Sisi. «Lasst mich gehen, bitte.»

Sofort hätte sie die Worte am liebsten zurückgenommen, denn sie fürchtete, dass der gelockte Mann nun keine Verwendung mehr für sie haben könnte. Zumindest nicht bei seiner Suche nach dem Kaiser. Mit einem Messer schob er den aufgerissenen Stoff ihres Kleides zur Seite. Beim Anblick des filigranen Korsetts flackerte etwas in seinen Augen lüstern auf, und dem Mann hinter ihr stockte erregt der Atem. Sisi kämpfte gegen eine Welle der Übelkeit an, als er sich enger an ihren Rücken drängte. Als würde das seine Lust noch steigern, schob er den Lauf der Pistole tiefer in ihren Nacken.

«Recht fein gearbeitet für eine einfache Frau, findest du nicht?» Der Mann grunzte über seine eigene Bemerkung. Sisis Muskeln reagierten blitzschnell. Im Bruchteil einer Sekunde duckte sie sich nach unten weg, um der Waffe zu entgehen, stieß den Mann hinter ihr zur Seite und drückte sich vom Boden ab, um aufs Pferd zu springen. Doch noch im Sprung packte der Mann sie am Bein und zog sie zurück auf den Boden.

«Lasst sie los!», ertönte Franz' Stimme über der Lichtung. Sein Ton hatte die Autorität, sogar den ehrlosen Männern Einhalt zu gebieten. Mit gezogener Pistole trat er zwischen den Bäumen hervor auf die Lichtung.

«Keinen Schritt weiter!» Der Mann mit dem Lockenschopf hatte als Erster seine Fassung wiedererlangt und zielte mit seiner Pistole auf Franz. Franz blieb stehen, die Waffe auf den anderen gerichtet, der Sisi jetzt wieder von hinten umklammerte. «Ihr wollt doch mich, oder nicht?»

Einen Moment lang duellierten sich die Männer mit Blicken. Dann senkte Franz die Pistole und legte sie behutsam ins Moos, ohne dabei den Blick von den Männern abzuwenden.

Er hob die Hände. «Lasst sie gehen.»

Auf ein Nicken des lockigen Mannes hin, der offenbar der Anführer war, schnappte sich ein anderer die Pistole, und der Mann mit dem fischigen Atem gab Sisi frei. Er machte fast enttäuscht einen Schritt zurück. Franz deutete Sisi mit einer Kopfbewegung an, zu verschwinden.

Die Männer ließen sich gegenseitig nicht aus den Augen, während Sisi zitternd aufsaß und mit den Tränen kämpfend ihr Pferd antrieb. Unerwartet packte es einer der Männer an der Trense.

«Nicht so schnell, junge Dame.» Mit einem zornigen Funkeln sah er zu Franz hinüber. «Noch haben wir den Kaiser nicht.»

Plötzlich zückte Franz einen Dolch, den er unter seiner Uniform versteckt getragen haben musste, und Sisi nutzte den Moment der Ablenkung, um ihr Pferd in den Wald zu treiben. Von der anderen Seite brach überraschend ein brauner Hengst durchs Gebüsch, obenauf Franz' Begleiter mit gezogener Pistole. Ein Schuss fiel, und Sisi trieb weiter energisch ihr Pferd an. Sie sah nicht zurück, aber sie konnte deutlich hören, dass hinter ihrem Rücken ein Kampf entbrannte. Schüsse. Dumpfe Schläge, das Klirren von Metall und wildes Kampfgeschrei. Immer wieder sackten die Hufe des Rottalers im weichen Boden weg. Es war, als träte er ins Leere, doch der Hengst fing sich ein ums andere Mal, fand Halt, nur um erneut erschöpft einzusacken. Äste schlugen Sisi ins Gesicht. Dann krachte ein neuer Schuss. Ihr Hengst bäumte sich auf. Sisi riss an den Zügeln, doch es war zu spät. Der Rottaler stürzte getroffen über seine Vorderläufe, Sisi verlor den Halt und ging zu Boden. Ein dumpfer Schmerz breitete sich beim Aufprall in ihrem Rücken aus. Wurzeln und Steine stachen ihr in die Seite. Dann brach das Pferd über ihr zusammen.

DIE RETTUNG

Franz rang nach Atem und wischte sich mit dem Ärmel das Blut aus dem Gesicht, ohne den Griff um seinen Dolch zu lockern. Wieder einmal hatte sich die inzwischen aus der Mode gekommene Waffe bewährt. Der Dolch war leicht, lag perfekt in seiner Hand und fiel selbst unter engen Uniformen nicht auf. Wer mit ihm umgehen konnte, dem war er die perfekte Waffe.

Franz ging neben dem Ungarn in die Knie, den er kurz zuvor im Zweikampf besiegt hatte, und legte einen Finger an dessen Hals. Grünne stand einige Meter weiter bei den Pferden.

«Und?», fragte er heiser, und Franz nickte. Er ließ den leblosen Körper auf dem Waldboden liegen und erhob sich. Ein paar Schritte weiter lag ein zweiter Körper mit dem Gesicht nach unten reglos im Moos. Grünne hatte den Mann, der Sisi festgehalten hatte, schon aus der Entfernung mit einem sauberen Schuss in den Hinterkopf erwischt. Kein schöner Anblick, dachte Franz, aber er hatte schon Schlimmeres gesehen.

«Bist du verletzt?» Franz' Frage verhallte über der schaurigen Szenerie, und Grünne brauchte einen Moment, bevor er atemlos den Kopf schüttelte. Er schien noch ganz im Bann des unerwarteten Kampfes und der beiden Toten. «Einer ist entkommen», konstatierte er schließlich trocken.

Franz nickte düster.

«Wenn das an die Öffentlichkeit gerät ...», begann Grünne, aber Franz bedeutete ihm, nicht weiterzusprechen. Seine Reputation als Kaiser hing an einem dünnen Faden, seit er in Ungarn mit so harter Hand gegen die Revolutionäre vorgegangen war. Selbst sein Verbündeter, der russische Zar Nikolaus, hatte an seinem Vorgehen Anstoß genommen.

«Wo ist die Herzogin?» Kaum hatte Franz die Frage ausgesprochen, hörte er einen gequälten Laut aus dem Unterholz. Er lief in die Richtung und sah ihr Pferd dort liegen. Daneben die Herzogin selbst, halb unter dem schweren Tier begraben. Ohne auf Grünne zu warten oder auf seine Deckung zu achten, stürmte Franz los.

Er kniete neben ihr nieder und sah das flache Heben und Senken ihres Brustkorbes. Herzogin Elisabeth lebte noch, aber sie hatte das Bewusstsein verloren. Franz rief Grünne heran, der mit den Pferden gefolgt war.

Beide Männer mussten ihre ganze Kraft aufbringen,

um Elisabeth sachte unter dem halb toten Pferd herauszuheben. Der Rottaler röchelte und schlug mit den Hufen, war aber nicht mehr in der Lage aufzustehen. Franz würde ihn erlösen müssen, sobald die Herzogin außer Sichtweite war.

Franz legte ihren schmalen Körper auf dem weichen Boden ab und konnte sie nun etwas genauer betrachten. Blutjung war sie. Unschuldig. Er überlegte, wie er sie respektvoll berühren sollte. Das Kleid war an der Seite zerrissen, der ovale Ausschnitt war über eine Schulter gerutscht und hatte diese vollends entblößt.

«Hol eine Decke», befahl er Grünne und umfasste vorsichtig die bedeckte Schulter. Franz rüttelte sanft, doch nichts geschah, kein Flattern der Wimpern. Wäre da nicht die Sorge um sie gewesen, hätte er den Moment gerne ausgekostet. Im Seeauerhaus wäre es ihm nie möglich gewesen, ihr so nah zu sein. Ihren Körper so unverhohlen zu inspizieren. Die schwarze Spitze ihrer Puffärmel kontrastierte die blasse Haut an ihren Armen. Ihre Brust hob und senkte sich sacht unter ihrem Atem. Ihre Glieder, filigran und kräftig zugleich. Die rosigen Wangen. Die vollen Lippen. Zartrosa.

Franz verpasste ihr eine Ohrfeige. Kurz bevor er zu einem zweiten Hieb ansetzte, blinzelte die Herzogin und öffnete schließlich langsam die Augen.

«Habt Ihr Schmerzen?», fragte Franz, doch sie wandte nur panisch den Kopf zu dem Rottaler, der neben ihr röchelte. Ein Ast hatte sich in seine Flanke gebohrt, und der Hinterlauf stand in einem ungesunden Winkel ab.

Franz rutschte etwas zur Seite, bemüht, ihr den Blick

auf das verletzte Tier zu versperren. «Könnt Ihr aufstehen?», fragte er.

Sie nickte. Mühsam rappelte sie sich hoch. Er streckte ihr eine Hand hin, doch sie winkte ab, drückte sich mit zitternden Händen vom Waldboden hoch, bis sie wackelig auf den Beinen stand. Ihre Kraft und ihr Stolz waren einer Zerbrechlichkeit gewichen, die in Franz den Wunsch weckte, sie zu beschützen. Sie reckte den Hals, um einen Blick auf den Hengst werfen zu können, der noch immer am Boden lag. Franz gab Grünne ein Zeichen, sie von diesem Ort wegzubringen. Sein Kompagnon hatte sich mit der Decke in einem höflichen Abstand gehalten. Jetzt trat er einen Schritt näher, um seinem Befehl nachzukommen.

«Herzogin?»

Elisabeth zögerte einen Moment, bevor sie ihren Blick von dem Pferd löste und sich von Grünne mitnehmen ließ. Sie sah noch einige Male zurück, und Franz wusste, dass sie ahnte, was gleich geschehen würde.

Er wartete noch, bis sie etwa zehn Meter weit gegangen waren, dann wandte er sich dem bebenden Hengst zu. Zitternd zog Franz den Dolch aus der Scheide. In der Eile hatte er nicht daran gedacht, die Klinge vom Blut des Ungarn zu reinigen. Doch da war keine Reue über seine Tat, als er die roten Flecken sah. Nur Verwunderung darüber, dass es ihm so viel leichter gefallen war, zwei Menschenleben zu nehmen, als jetzt das dieses Tieres.

ZURÜCK NACH ISCHL

Als Sisi sich noch einmal umdrehte, sah sie, wie Franz in einiger Entfernung dem sterbenden Pferd den Dolch ins Herz rammte. Sie spürte den Stich zwischen ihren eigenen Rippen, als er zustieß. Es war ihre Schuld. Wäre sie nicht Hals über Kopf davongelaufen, hätte dieses Leben nicht ausgelöscht werden müssen. Und nicht nur dieses.

«Bitte kommt», hielt Franz' Begleiter sie zum Weitergehen an, doch Sisi starrte gebannt zurück. Wie ein Fürst der Unterwelt kniete Franz im Halbschatten der hohen Tannen. Ein goldener Lichtkegel fiel auf seine markanten Schultern und fing sich in einem goldenen Knopf, der sich aus seinem Loch gelöst und den Griff des hochgeschlossenen Kragens gelockert hatte. Erst als er sich aus der Hocke erhob, nahm Sisi das Blut auf seiner Jacke wahr. Rote Spuren sprenkelten die zwei Knopfreihen des Stoffes aus weißem Tuch. Auch die goldenen Lampassen seiner Hose waren rot verklebt. Wie hatte sie das zuvor übersehen können?

Franz wischte den Dolch an seiner Hose ab und kam zu ihnen herüber. Das tote Pferd ließ er im Unterholz zurück. Die Wölfe würden es sich in der Dunkelheit holen, dachte Sisi und schlug innerlich ein Kreuz. Die Vorstellung, wie die wilden Tiere den Kadaver zerreißen würden, schmerzte sie. Doch sie wusste, dass Franz das Richtige getan hatte. Das Pferd wäre seinen Verletzungen ohnehin qualvoll erlegen. Franz hatte ihm den Todeskampf erspart.

Als er bei Sisi und seinem Begleiter angekommen war, verharrte er einen Moment. Das Geschehene hing zwischen ihnen wie das aufziehende Gewitter in den Bergkuppen am Horizont. In einem dunkelgrauen Wolkenschleier zuckten bereits die ersten Blitze, gefolgt von Donnergrollen.

«Das ist mein ...», Franz räusperte sich. «Darf ich vorstellen: Graf Grünne», sagte er nüchtern, aber mit einer bestechenden Souveränität. «Er wird uns in einigem Abstand folgen.» Franz blickte Grünne vielsagend an, und der nickte. Ganz im Gegensatz zu Sisi schien Franz es gewohnt zu sein, in schwierigen Situationen einen kühlen Kopf zu bewahren.

«Ich werde Euch nun zurück nach Ischl bringen, Herzogin», verkündete er und ging auf seinen Lipizzaner zu. «Eure Mutter wird bereits krank vor Sorge sein.»

Sisi folgte dem Kaiser bedrückt zu seinem schneeweißen Hengst. Die Mähne war zu feinen Zöpfchen geknotet. Elegant schwang Franz sich auf den Pferderücken und streckte die Hand nach ihr aus. Sisi zögerte einen Moment, dann legte sie ihre Hand in seine. Sie war warm und groß und stark, und die Berührung löste einen Schauer in Sisi aus, der sich über ihren gesamten Körper ausbreitete. Erst durch Franz' Wärme wurde ihr bewusst, wie sehr sie fröstelte. Der Schock saß ihr noch in den Knochen, aber der Gedanke daran, den Rückweg in seinen Armen zu verbringen, wog das mehr als auf.

Graf Grünne half Sisi aufsitzen. Sie musste ein paar Mal hin und her rutschen, bis sie eine halbwegs bequeme Position fand. Franz war jetzt so nah, dass sie seinen

Geruch einatmete. Sie spürte die Wärme seines Körpers in ihrem Rücken. Sie hätte sich gerne an ihn geschmiegt, aber das traute sie sich nicht. Franz würde jede noch so kleine Bewegung wahrnehmen. Jede Regung war eine stille Kommunikation.

«Bereit?», fragte er leise. Seine Stimme war dunkel, aber sanft. Allein ihr Klang erweckte eine Neugierde in Sisi, die ihr bisher fremd gewesen war. Sie nickte, und auf ihr Zeichen hin griff Franz links und rechts von ihr nach den Zügeln. Graf Grünne trat einen Schritt zurück. Dann trieb Franz das Pferd in einen sanften Galopp an.

Es gelang Sisi nicht gleich, sich gemeinsam mit Franz auf die Bewegungen des Lipizzaners einzustellen. Sie war es nicht gewohnt, in Begleitung zu reiten. So holperten sie eine Weile gegeneinander, und es war ein Wunder, dass ihr Ringen das Pferd nicht komplett verwirrte. Zuerst versuchte Sisi, die Führung zu übernehmen. Doch das machte alles nur schlimmer. Der Kaiser schien gar nicht daran zu denken, nachzugeben. Vielleicht aus Prinzip, vielleicht aus Überzeugung? Schließlich entschied Sisi sich für einen anderen Weg. Sie schloss die Augen, um Franz die Führung zu überlassen. Ruhig gab sie sich den Bewegungen des Pferdes hin, das dem Kaiser folgte, spürte Franz' Brust, seine Stärke. Und tatsächlich, ihre Körper begannen, sich mehr und mehr aneinander anzugleichen – bis sie fast fließend in denselben Rhythmus fielen.

Durch die geschlossenen Lider konnte Sisi das Schattenspiel des Lichtes beobachten, das durch die Blätter des Mischwaldes fiel. Auf ihrer Haut tanzte die laue Wärme der untergehenden Sonne, vermischt mit der kühlen Waldluft. Einige Insekten kitzelten sie. Zart, aber stetig wachsend, stieg ein ungeahntes Wohlgefühl in ihr auf. Sisi stellte sich vor, wie es wohl aussehen würde, würde sie jemand beobachten. Das galoppierende Pferd in der Abendsonne. Franz, der seine kräftigen Arme um ihren zarten Körper geschlungen hatte. Die Hufe, die die Erde aufwirbelten. Sisi versuchte, das Bild im Geist festzuhalten. Ein Bild, das sie nie gesehen hatte, nur gespürt. Sie beide, zusammen. Die zarte Möglichkeit versetzte sie in eine dumpfe Traurigkeit. Welche Zukunft konnte es schon für sie geben?

DER WEIHER

Als sie den Rand des Waldes passierten, ließ Franz das Pferd in den Trab zurückfallen. Es eröffnete sich eine Aussicht auf weite Felder und Weiden im Abendlicht. Herzogin Elisabeth hatte sich nach einem unerwarteten Machtkampf auf seine Führung eingelassen. Seither passte sich ihr Körper der Einheit aus Mensch und Tier an, und Franz musste an sich halten, sie nicht noch enger zu umfassen. Einige Strähnen hatten sich aus ihrer Frisur gelöst, und ein goldener Flaum schimmerte in ihrem Nacken. Franz kämpfte gegen das Verlangen an, ihn mit seinen Lippen zu berühren. Es wäre ein Leichtes gewesen, doch er durfte dem Drang nicht nachgeben.

«Warum habt Ihr Graf Grünne weggeschickt?», riss

ihn die Herzogin aus seinem inneren Kampf. Er war überrascht. Seit seinem Amtsantritt hatte ihn niemand mehr so direkt angesprochen. Von ihm als Kaiser wurde erwartet, dass er ein Gespräch eröffnete oder einen Befehl aussprach. Die Herzogin schien das nicht zu wissen, und doch konnte er spüren, dass sein Zögern sie nervös machte.

Franz überlegte, ob er ihr trauen konnte. Aber auch wenn er am liebsten geschwiegen hätte: Was im Wald passiert war, band die beiden aneinander. Er brauchte sie. Brauchte ihr Schweigen.

«Ich wollte allein mit Euch sprechen», sagte er schließlich. «Niemand darf erfahren, was gerade geschehen ist. Habt Ihr mich verstanden, Herzogin?»

«Warum nicht? *Ihr* seid doch angegriffen worden!», erwiderte Elisabeth erregt, und über ihre naive Empörung musste Franz schmunzeln.

«Es waren ungarische Rebellen, die wir da getötet haben. Die Nachricht darüber würde nur einen Brand befeuern, den ich gerade versucht hatte zu löschen», erklärte er.

Es war ihr förmlich anzusehen, dass Herzogin Elisabeth tausend Fragen auf der Zunge brannten, doch sie nickte nur, um sich in ihrer Unwissenheit keine Blöße zu geben. Wahrscheinlich hatte man in ihrer Erziehung wenig Wert auf politische Bildung gelegt, dachte Franz. Für eine Herzogin war es wichtiger, in tadellosem Benehmen geschult zu sein und eine gute Figur in der aktuellsten Mode machen zu können – war sie doch nur dekoratives Beiwerk an der Seite eines Mannes –, als mit den Männern über das Weltgeschehen zu debattieren. Vielleicht hatte man die Politik in Possenhofen aber auch bewusst ausgespart. Es war ein offenes Geheimnis, dass Herzog Max und Tante Ludovika unterschiedliche Ansichten hatten.

Was der Herzog wohl zu der Verlobung des Kaisers mit seiner ältesten Tochter sagte? Und wen Herzogin Elisabeth wohl einmal heiraten würde? Franz wunderte sich über sich selbst, denn er verspürte geradezu Bedauern, dass nicht er selbst es sein würde, der die jüngere der Schwestern zur Frau nahm. Andererseits war er auch froh darüber. Er kannte sich gut genug, und nie wollte er sich den Vorwurf machen müssen, sie verletzt zu haben. Nie würde er durch sie verletzbar sein. Sie war so ganz anders als ihre Schwester Helene. So viel natürlicher. Feuriger. Unbeschwerter. Begehrenswerter.

Franz lenkte das Pferd zu einem kleinen Weiher am Waldrand. Er hielt an, um es trinken zu lassen. Normalerweise wäre er sofort abgesessen, aber er spürte eine so starke Anziehung zu Herzogin Elisabeth, dass es ihm unmöglich war, sich zu regen. Das Pferd sog das Wasser gierig ein, und mit jeder Sekunde wurde seine Reglosigkeit unangemessener. Auch die Herzogin machte keinerlei Anstalten, abzusteigen. Ob sie sich ebenso wünschte, von ihm berührt zu werden? Franz stieg der Puls, als er vor seinem inneren Auge ihre beider Körper sah, nackt, am Rande des Weihers. Er schloss einen Moment die Augen, stellte sich vor, wie er seine Hand über ihren festen Busen gleiten ließ. Er gebot seinen Gedanken Einhalt. Auf keinen Fall durfte er ihr zu nahe treten. Die Leute würden sich so schon ihren Teil denken, wenn sie zu zweit aus dem Wald zurückkehrten.

Franz gab sich einen Ruck und sprang vom Pferd. Er musste sie unbeschadet nach Bad Ischl bringen. Und dann musste er Abstand von ihr nehmen. Liebe machte verletzlich. Angreifbar. Er hatte das bei seiner Mutter gesehen und auch selbst schon eine Kostprobe genommen, als er sich das erste Mal den Kopf hatte verdrehen lassen. Er war damals erst vierzehn Jahre alt gewesen. Der Hofstaat, seine Mutter, alle waren entsetzt gewesen, als sich in dem schmächtigen Jungen die ersten Regungen eines Mannes andeuteten. Franz schmunzelte. Was war er doch für ein Knallkopf gewesen! Bei den Banketten hatte er in seinem Essen gestochert und wie ein Spürhund gewittert, wenn sich die Begehrte näherte. Er hatte nur Augen für sie gehabt. Nur Gedanken für sie. Das hatte ihn in einem Nahkampf fast einen Zeigefinger gekostet. Als man Fräulein Bertha von Marwitz, sie war damals fast doppelt so alt gewesen wie er, wegen seiner amourösen Anstalten fortgeschickt hatte, hatte es ihm fast das Herz zerrissen. Die Dunkelheit, die ihn daraufhin umnachtete, würde er nie vergessen. Es hatte Wochen gedauert, bis wieder Klarheit in seinen Kopf eingekehrt war. Wie er gehört hatte, war es seiner Geliebten noch schlechter ergangen. Durch die Entlassung in Unehre gefallen, hatte sie sich in einer Wäscherei an einem Leinentuch erhängt. Erzherzogin Sophie hatte alle Hände voll damit zu tun gehabt, die Sache zu vertuschen. Seither hatte Franz sich solche Verwirrungen nicht mehr erlaubt – und Erfolg damit gehabt.

All diejenigen werden zugrunde gehen, die du liebst. Es war bestimmt kein Zufall gewesen, dass der Fluch der

Ungarin ihn ausgerechnet zu diesem Zeitpunkt getroffen hatte. Kurz bevor Elisabeth in ihrem schwarzen Kleid aus der Kutsche gestiegen war. Franz konnte nicht anders: Er musste es als eine Warnung sehen. Eine Ermahnung, bei klarem Verstand zu bleiben. Sich nicht zu Taten hinreißen zu lassen, die er später bereuen würde.

Franz packte die Zügel und hielt den Lipizzaner fest, sodass die Herzogin sich nicht einfach wieder davonmachen konnte. Er drehte sich zu ihr um und sah ihr direkt in die Augen. «Warum seid Ihr wirklich weggeritten?»

Die Herzogin errötete und schien zu überlegen. Dann sprang auch sie vom Pferd und machte einen Schritt auf Franz zu. Ihr Gesicht war kaum mehr eine Handbreit entfernt, und aus der Nähe eröffnete das Dunkel ihrer Augen ein Meer aus Mustern und Schattierungen. Erst jetzt fiel ihm auf, dass zarte Sommersprossen ihre Nase sprenkelten.

«Weil ich meiner Schwester nicht im Weg stehen will.»

Eine ganze Weile hatte die Herzogin mit ihrer Antwort gewartet und versuchte nun in seinen Augen zu lesen, ob er sie verstand. Gerade als die Anziehung unerträglich wurde, wich Franz ihrem Blick aus.

«So solltet Ihr nicht am Hof auftreten.» Er deutete auf ihre verdreckte Erscheinung. Staub, trockene Blätter, ja sogar kleine Äste hingen in ihrem zerrissenen Kleid und ihren Haaren. Doch die Herzogin schmunzelte nur.

«Ihr auch nicht», konterte sie und ging voran Richtung Weiher.

Sie hatte recht, auch er selbst musste verheerend aussehen. Wieder fluteten erregende Vorstellungen seinen

Geist. Sein Mund, der ihre vollen Lippen verschlang. Seine Hand, die unter ihr Kleid glitt und zwischen ihren Beinen verschwand. Franz zwang sich, den Blick von der Herzogin abzuwenden, um ihr nicht zu erliegen.

NACKT

Franz wusch sich an einem Zulauf des kleinen Weihers das Blut aus dem Gesicht. Er hatte sich seines Waffenrocks entledigt und seinen Oberkörper entblößt. Sisi konnte aus der Entfernung sehen, wie die Muskeln bei seinen Bewegungen spielten. Ihr Kleid samt Unterröcken hatte sie auf einer entwurzelten Buche abgelegt, und sie rang mit der Frage, ob sie auch ihre Chemise ausziehen sollte. Der Stamm der Buche reichte so weit ins moorige Wasser, dass sein Ende in der schwarzen Tiefe verschwand. Der Weiher musste die kräftigen Wurzeln in einem regenreichen Monat unterspült haben. Die umliegenden Büsche hatten das Hochwasser besser weggesteckt. Mit ihrem geringeren Gewicht waren sie der schweren Buche überlegen gewesen und wirkten gesund und frisch.

Sisi hatte keine Angst vor Franz. Dem Kaiser. Sie hatte Angst vor dem Zorn ihrer Mutter, ja, vor einem Zerwürfnis mit ihrer Schwester. Aber nicht vor Franz. Ob er wohl zu ihr hinüberschauen würde? Noch nie hatte ein Mann sie nackt gesehen. Und noch nie hatte Sisi sich das gewünscht. Doch plötzlich sehnte sie sich danach, dass Franz sich zu ihr umdrehte. Sisi schlüpfte aus ihrer Chemise und streifte das Beinkleid ab. Der Schlamm drang zwischen ihren nackten Zehen hindurch, als sie in das braune Wasser trat, und ein kleiner Fisch schoss eilig davon. Franz hatte ihr den Rücken zugewandt, trotzdem bedeckte sie ihren Schritt mit den Händen. Mit klopfendem Herzen watete sie in das wohltuend kühle Nass. Dreh dich um, flüsterte eine Stimme in ihrem Kopf. Bitte, dreh dich um. Sisi schluckte, um gegen die unerhörte Fantasie anzukommen. Was dachte sie da nur?

Sie drehte sich befangen weg und schritt voran. Das Wasser umspielte ihre Knöchel, ihre Waden, Oberschenkel, ihren Schritt. Als die Wasseroberfläche ihren Bauchnabel kitzelte, blieb Sisi stehen und warf einen Blick über die Schulter. Und obwohl Franz in der Bewegung innehielt, als würde er ihren Blick spüren, widerstand er der Versuchung, nach ihr zu schauen. Sisi nahm einen tiefen Atemzug. Einige Mücken tanzten über dem Wasser, aber die Bergketten hatten das bevorstehende Unwetter noch nicht frei gegeben. Plötzlich ertönte in einiger Entfernung ein Knall. Einige Vögel schreckten aus den Wipfeln der umliegenden Tannen auf, und Sisi zuckte vor Schreck zusammen. Sie fuhr zu Franz herum. Auch er sah nun zu ihr hinüber, doch der Zauber war verflogen. Sisi schlang die Arme um ihre Brust, um sich vor Franz zu bedecken.

Einer ist entkommen, hatte Grünne gesagt. Sisi lief ein Schauer über den Rücken.

Grünne starrte auf das kleine qualmende Einschussloch in der Erde. Er hatte absichtlich danebengezielt. Der

Ungar brauchte einen Moment, um zu verstehen, dass er noch lebte, und Grünne erinnerte sich daran, wie auch er selbst einmal in einer solchen Situation gewesen war, wie es auch ihm unmöglich gewesen war, sich zu regen. Es war, wie die Leute sagten: Manchmal holte einen die Vergangenheit ein.

Den flüchtigen Ungarn zu finden, war nicht schwer gewesen. Grünne hatte nur der Blutspur folgen müssen. Als er ihn schließlich im Gebüsch entdeckt hatte, hatte er seinen Ritt verlangsamt. Aus der tiefen Schnittwunde, die Franz' Dolch dem Mann zugefügt hatte, schimmerte weiß der Knochen.

Als der Ungar seinen Verfolger entdeckte, hatte er sich bäuchlings auf den Boden geworfen und war panisch weitergerobbt. Grünne war ein paar Meter neben ihm her geritten, bevor er die Pistole angelegt hatte. Er wollte Franz' Befehl befolgen. Doch sein Finger hatte wie gelähmt am Abzug gelegen, unfähig, den tödlichen Schuss abzufeuern. War es sein Körper, der ihn hinderte, weil er wusste, wie es war, dem Tod so unmittelbar ins Auge zu blicken? Kurz war sein Freund vor seinem inneren Auge aufgetaucht. In erstaunlicher Klarheit hatte er vor ihm gestanden. Kaum sieben Jahre alt. Rußverschmiert, blond und zitternd. Den Lauf der Pistole auf ihn, Grünne, gerichtet. Eine kalte Hand hatte sich um Grünnes Kehle gelegt, ihm den Atem geraubt. Der Schweiß war ihm ausgebrochen, wie er es schon viele Male erlebt hatte, vor allem nachts, wenn die Träume kamen. Welche Macht eine Erinnerung doch haben konnte! Grünne hatte wieder und wieder versucht, sie abzuschütteln, sie zu überwinden. Doch seine Muskeln, Sehnen, seine Knochen und Eingeweide mussten diese Erfahrung gespeichert haben.

Es war nur gerecht, dass auch seinen Freund seither die Dämonen heimsuchten. Seit Franz auf Grünne gezielt – und abgedrückt hatte. Nicht im Kampf, sondern um einem Befehl zu folgen. Unbedingter Gehorsam gegenüber dem Kaiser. Das war ihnen eingebläut worden. Grünne verweilte einen Moment bei dem Gedanken. Was wog schwerer im Leben? Vor dem Letzten Gericht? Der Ungehorsam gegenüber dem Kaiser? Oder der Verrat gegenüber sich selbst?

Als er verstand, dass Grünne ihn nicht getroffen hatte, rappelte sich der Ungar auf und schleppte sich weiter. Grünne ließ ihn laufen. Der Mann hatte so viel Blut verloren, dass er es nicht aus dem Wald schaffen würde. Es war beeindruckend, wie der Wunsch zu leben dennoch ungeahnte Kräfte in ihm freisetzte. Ob er wusste, wie es um ihn stand?

Grünne schlug ein Kreuz über der Brust und lenkte seinen Hengst in die Richtung davon, in die Franz und die Herzogin verschwunden waren.

IM VERBORGENEN

Die Dunkelheit hatte sich bereits über das Hotel Tallachini gelegt und war auch Ludovika in die Knochen gekrochen. Die Kutsche stand in der breiten Einfahrt zu den Stallungen. Es waren keine Pferde vorgespannt, dennoch hielt Erzherzogin Sophie direkt auf die Droschke zu. Sie vergewisserte sich, dass sie unbeobachtet waren, und bedeutete Ludovika dann, ihr zu folgen. Ein kühler Luftzug streifte Ludovikas Nacken, und sie zog ihren halblangen Mantel enger um die Schultern, bevor sie über den Hof eilte. Hinter ihrer Schwester kletterte sie ins Innere der Kutsche. Ein geheimes Gespräch unter vier Augen.

Ludovika hatte kaum den Saum ihres Kleides über die Schwelle gebracht, da zog Sophie schon die Tür hinter ihnen zu. Mit einem Ruck schloss sie die Spitzenvorhänge. Die zarten hellen Blumenmuster täuschten über die dunklen Geheimnisse ihrer Familie hinweg, dachte Ludovika und faltete nervös die Hände im Schoß. Ihre Schwester nahm ihr gegenüber Platz und blickte sie durchdringend an.

«Du weißt, wie wichtig mir ein Thronfolger ist?» Erzherzogin Sophies kantige Gesichtszüge waren in der Dunkelheit nur zu erahnen, aber in ihren Augen fing sich das Licht einer Laterne, die am Tor zu den Stallungen angebracht war. Ludovika nickte. Die gesenkte Stimme ihrer Schwester ließ keinen Zweifel daran, wie ernst es ihr war. «Daher musst du jetzt die Wahrheit sagen», flüsterte Sophie, und Ludovika schlug das Herz bis in die Ohren. «Gibt es ärztliche Bedenken?»

«Nenes Brüste sind stattlich und fest», antwortete Ludovika und bemühte sich um einen möglichst gelassenen Tonfall.

«Ich erwarte nicht, dass sie Habsburgs Nachkommen selbst säugt», entgegnete Sophie kühl.

«Helene blutet regelmäßig, wenn es das ist, was du meinst», erwiderte Ludovika nicht minder knapp. «Sie ist reif für eine Mutterschaft», setzte sie hinzu.

Erzherzogin Sophie lächelte zufrieden. Gerade wollte sie zu einer weiteren Frage ansetzen, als das entfernte Getrappel von Hufen ihre Aufmerksamkeit auf sich zog. Sacht hob Sophie den Vorhang zur Seite und lugte aus dem Fenster. Durch die Spitze konnte jetzt auch Ludovika sehen, wie draußen Sisi und Franz einritten, gemeinsam auf einem Pferd. Ein Stallbursche lief sofort herbei und nahm Franz die Zügel ab, drei weitere Diener bemühten sich, mit Laternen etwas Licht zu machen. Franz sprang zuerst vom Pferd und hob dann Sisi herunter. Ihr schwarzes Kleid war an der Seite zerrissen, ihre Frisur zerstört – und es war nicht zu übersehen, wie vertraut die beiden miteinander waren.

Ludovika erfasste eine Welle der Empörung. Sie wollte sich schon erheben und aus der Kutsche steigen, um ihre Tochter zur Rede zu stellen, doch Sophie hielt sie zurück. «Und was ist mit ihr?»

«Wie meinst du das?»

«Du hast mich schon verstanden.»

Ludovika atmete scharf ein, hielt dem herausfordernden Blick ihrer Schwester jedoch stand.

ZURÜCK IN ISCHL

Sisi zerrte einige säuberlich aufgehängte Kleider und Korsetts aus dem Holzschrank im Salon ihrer Suite. Sie trug nur ihre Chemise und das luftige Beinkleid aus Leinen. Ihre Haare fielen ihr lose ins Gesicht.

«Wolltest du nicht nach Hause?», durchschnitt Ludovikas scharfe Stimme die Unordnung.

Sisi blickte kurz auf, um in der Miene ihrer Mutter zu lesen. «Meine Pläne haben sich geändert.»

Schnippisch warf sie die Schranktüren zu und schlug einen Koffer auf, der in einer Ecke verstaut worden war. Stapel von Unterröcken und Kleidern lagen im Zimmer verstreut. Ein Schlachtfeld konnte viele Gesichter haben.

«Falls du dein gelbes Kleid suchst», sagte Ludovika schließlich, «das wirst du nicht finden.»

Sisi hielt in der Bewegung inne und sah ihre Mutter erstaunt an. «Warum? Was hast du damit gemacht?»

«Das spielt jetzt keine Rolle.»

«Ich werde auf den Ball gehen, ob du willst oder nicht.» Sisi funkelte ihre Mutter an.

Ludovika nickte nur düster. «Bitte sehr. Dann geh in Schwarz. Das wolltest du doch.»

«Aber das schwarze Kleid ist zerrissen!» Sisis Stimme überschlug sich vor Empörung.

«Dann lass nach einem Schneider rufen.»

Sisi warf einen wütenden Blick auf ihr zerfetztes Kleid. Warum war ihre Mutter so zu ihr? Warum gab sie Nene den Vorzug? Weil Sisi so anders war als sie? So sehr wie Max?

«Franz hat seine Einwilligung zur Verlobung bereits erklärt. Es ist alles arrangiert.» Ludovikas Worte fühlten sich an wie ein Schlag ins Gesicht.

Sprachlos sah Sisi zu, wie ihre Mutter mit erhobenem Haupt den Raum verließ. Ihr anmutiger Hüftschwung unterstrich noch ihre Überlegenheit, und Sisi hätte schreien können vor Verzweiflung. Sie packte den schwarzen Stofffetzen und pfefferte ihn auf den Boden. Da würde auch der kunstfertigste Schneider nichts mehr ausrichten können. Das Kleid war völlig zerstört.

Rücklings ließ Sisi sich aufs Bett fallen. Ihr Magen knurrte, doch die Wut schnürte ihr die Rippen zusammen. Seit dem Bissen vom Kipfel beim Tee en famille hatte sie nichts mehr zu sich genommen. Ihr Magen musste auf die Größe einer Walnuss geschrumpft sein. Wie hatte sie nur so lange durchhalten können, ohne zu essen oder zu trinken? Das Wettreiten, der Kampf im Wald. Die Rückreise und das Bad im Weiher. Das alles hatte sie viel Energie gekostet. Sisi setzte sich auf. Es gab nur eine einzige Erklärung für ihr fast übermenschliches Durchhaltevermögen: Franz. Wann hatte er seiner Mutter die Zustimmung zur Hochzeit mitgeteilt? Offenbar hatte die Entscheidung bei ihm gelegen. *Die Entscheidung.* War nicht die Tatsache, dass es eine Entscheidung gab, schon der Beweis, dass es auch noch eine andere Möglichkeit gegeben hätte? Eine, die er ausgeschlagen hatte? Sisis Mund war wie ausgetrocknet. Wahrscheinlich war nicht nur ihr Magen, sondern auch ihr Gehirn zu einer Walnuss verschrumpelt, dachte sie. Der Gedanke ließ das freundliche Gesicht von Heinrich vor ihrem

Geist aufblitzen, dem Pferdeburschen, der sie immer dafür bewundert hatte, wie sie Nüsse mit den bloßen Händen knacken konnte. Dann Nenes spröde Lippen auf der Kutschfahrt nach Ischl. Doch der Durst verdrängte jede weitere Erinnerung.

Fast ohnmächtig stolperte Sisi quer durch die Suite. Sie machte sich nicht die Mühe, die bereitstehenden Kristallgläser zu füllen, sondern trank direkt aus der Karaffe. Mit jedem Schluck spürte sie, wie das Wasser ihren Körper flutete. Als sie die geleerte Karaffe absetzte, zitterten ihre Hände unter der aufsteigenden Lebenskraft. Sie musste etwas tun. Und es gab nur eine einzige Person, die ihr jetzt noch helfen konnte.

IM SCHATTEN

Das Seeauerhaus lag im Morgennebel, und Tau glitzerte auf der Wiese, auf der sich Franz und Sisi einst geprügelt hatten. Sisi rückte den beschädigten Ausschnitt ihres Kleides zurecht und zog den Mantel enger um die Schultern. Sie hatte ihn übergestreift, um die aufgeplatzte Seitennaht zu verstecken, doch jetzt war sie froh, dass er sie vor der kühlen Morgenluft schützte. Sisi machte sich nicht die Mühe, auf dem Kiesweg zu bleiben, sondern marschierte quer über den Rasen. Sie kam an Beeten mit leuchtenden Sommerastern vorbei, am Springbrunnen mit den badenden Steinfiguren. Spielende Kinder, die sie an ihre Geschwister erinnerten. Statt auf den Eingang zuzuhalten, den sie gestern zum Tee genommen hatte, ging sie direkt in Richtung der Terrasse vor dem Wintergarten. Das Seeauerhaus mit seinem gelben Anstrich, den drei Flügeln und efeuberankten Säulengängen war sicher das prächtigste Gebäude der Stadt. Den Reichsten der Reichen, denjenigen, die sich ohnehin alles hätten leisten können, schmiss man den Luxus noch hinterher. Sisi ertappte sich dabei, wie sie den Kopf schüttelte.

Sie kletterte die kleine Mauer hoch, die die Terrasse eingrenzte. Die Steine boten wenig Halt für ihre Füße. Anders als am Vortag lagen Wintergarten und Terrasse zu dieser frühen Stunde im Schatten, und Sisi spürte, wie sich auf ihren Unterarmen eine Gänsehaut ausbreitete. Die Flügeltür zum Wintergarten war verschlossen. Konzentriert ging Sisi die Glasfront entlang, tastete Fuge um Fuge ab. Durch die Scheiben war der verlassene Teeraum zu erkennen. Tische, Klavier und Tafelsilber waren mit weißen Tüchern abgedeckt, wahrscheinlich um sie vor Staub zu schützen. Wie Sisi gehofft hatte, nahmen die Gäste das Frühstück wohl anderswo ein. Wahrscheinlich auf einem Balkon auf der Ostseite des Gebäudes, wo die Sonne auch am Morgen schon genug Wärme spendete. Sisi tastete sich vor, und am Ende der Terrasse hatte sie Glück. Eine der Glastüren ließ sich aufdrücken. Nicht weit, denn innen stand einer der Tische davor, aber immerhin. Sisi versuchte erst, ihn mit der Hand zur Seite zu schieben, doch er ließ sich keinen Zentimeter verrücken. Entschlossen streifte sie sich den sperrigen, mit Rosshaar gestärkten Unterrock ab. Dann zog sie den Bauch ein, um durch den Spalt zu schlüpfen. Ihr flacher Busen, für den sie sich sonst schämte, war jetzt von Vorteil, dachte sie schmunzelnd.

Einmal im Gebäude angekommen, trat das Gezwitscher der Bergvögel in den Hintergrund und wich einer gespenstischen Reglosigkeit. Hatte draußen ein kühler Wind die Blätter gewiegt, tanzte hier nicht ein Staubkorn in der Luft.

Sisi schlich über den glänzenden Parkettboden quer durch den Saal und bog in einen Gang an der gegenüberliegenden Seite ein. Einige Porträtgemälde blickten streng auf sie herab, als eine Stimme hinter ihr die Stille durchbrach. «Sucht die Dame etwas Besonderes?»

Sisi fuhr auf dem Absatz herum und fand sich einer kratzbürstig dreinblickenden Frau gegenüber. Sie war in teuren Stoff gekleidet und hatte ihre besten Jahre bereits hinter sich.

«Und *Ihr* seid?», fragte Sisi frech. Die Gräfin hatte funkelnde Augen wie eine Elster und herabgezogene Mundwinkel wie eine Dogge. Unter ihren etwas zu kurzen Ärmeln lugten sehnige Unterarme hervor, die in knöcherne Handgelenke übergingen.

«Ich bin Gräfin Esterházy, die Oberhofmeisterin und Hofdame Ihrer Majestät Erzherzogin Sophie.»

Sisi hatte besonders selbstbewusst wirken wollen, doch die Ansage der Gräfin glich einer Kriegserklärung.

«Führt mich bitte zu ihr», sagte sie dennoch bestimmt, um über ihre Unsicherheit hinwegzutäuschen.

Gräfin Esterházy ließ missbilligend ihren Blick an Sisi hinabgleiten. Selbst der Mantel konnte nicht verdecken, dass das schwarze Kleid ohne die gepolsterten Unterröcke schlaff an ihrem schlanken Körper herunterfiel. Doch die Gräfin schien noch etwas entdeckt zu haben, das sie abschätzig mit den Mundwinkeln zucken ließ. Sisi folgte ihrem Blick und sah an sich hinunter. Der Stoff ihres Kleides war am Saum nass von der morgendlichen Wiese und dadurch unansehnlich dunkel geraten.

«Habt Ihr eine Audienz bei Ihrer Majestät?» Der Zweifel in der Frage der Oberhofmeisterin war nicht zu überhören.

«Sie ist meine Tante», sagte Sisi trocken. «Sie erwartet mich.»

Das war eine glatte Lüge, und Sisi musste ihren ganzen Mut zusammennehmen, dem bohrenden Blick der Gräfin nicht auszuweichen. Der breitbandige dunkelgraue Hut der reifen Dame war perfekt auf die Farbe ihres Kleides abgestimmt, und nur eine weiße Feder, die aus der Krempe hervorlugte, gab ihrer Erscheinung einen Hauch Leichtigkeit. Einige Sekunden vergingen, ohne dass eine der beiden Frauen nachgegeben hätte. Dann drehte sich die Gräfin auf dem Absatz um und rauschte davon.

DAS KLEID

Sisi folgte der Oberhofmeisterin durch einige Türen und Durchgangszimmer, bevor sie angewiesen wurde stehen zu bleiben. Nachdem sie bereits zahlreiche Wachen passiert hatten, war diese letzte Tür erstaunlicherweise unbewacht. Gräfin Esterházy ballte eine Faust, sodass ihre kantigen Fingerknöchel hervortraten, und klopfte dreimal an die Tür. Ohne eine Antwort abzuwarten, trat sie ein und fiel sofort in eine tiefe Verbeugung. «Eure Hoheit, Herzogin Elisabeth.»

Sisi konnte sich nicht erinnern, jemals eine so übertriebene Geste der Ehrerbietung gesehen zu haben.

Über Gräfin Esterházys Rücken hinweg war an einem der hohen Fenster die imposante Gestalt ihrer Tante auszumachen. Sie hatte dem Raum den Rücken zugewandt und wurde von einem frühmorgendlichen Lichtkranz umrahmt. Die Ankündigung der Gräfin schien Sophie nicht im Geringsten zu überraschen. Sie ließ sich einen Moment Zeit, sich aus ihrer Position am Fenster zu lösen, und nickte der Gräfin dann elegant zu. «Vielen Dank, Gräfin. Ihr könnt uns nun alleine lassen.»

Mit gesenktem Kopf verließ Gräfin Esterházy rückwärts das Gemach. Den Blick respektvoll zu Boden gerichtet, passierte sie Sisi, die noch immer an der Tür stand.

«Ihr mögt nun eintreten», flüsterte Gräfin Esterházy ihr zu und deutete ein Nicken an.

Bestimmt gab es ein ausgefeiltes Regelwerk darüber, wie man sich «Ihrer Hoheit», der Kaiserinmutter, zu nähern hatte, aber Sisi kannte es nicht. Tante Sophie war zwar ein Familienmitglied, aber durfte sie ihr auch so begegnen? Die Unsicherheit rauschte in Sisis Ohren, als sie den Fuß über die Schwelle setzte und auf ihre Tante zuschritt. Ohne Verneigung blieb sie in der Mitte des Schlafgemachs stehen.

Bis auf einige Lichtinseln auf dem spiegelnden Parkett strahlte der ganze Raum eine erdrückende Schwere aus. Die dunklen Samtvorhänge schluckten das Licht, obwohl sie sorgsam zurückgebunden waren. Auch die Möbel waren dunkel gehalten. Elegant, aber nicht imperial. Gebeizter Nussbaum vielleicht, sicher kein Mahagoni. Ein Landschaftsgemälde von einem Sisi unbekannten Künstler, einige bemalte Vasen, wahrscheinlich aus Gmunden. Auch wenn es fürstlich anmuten sollte, schlug der Geschmack eines kleinstädtischen Bürgermeisters durch.

Die Erzherzogin musterte neugierig Sisis zerschlissene Garderobe. «Was verschafft mir das Vergnügen?»

«Eure Hoheit, ich möchte doch gerne am Ball teilnehmen», brachte Sisi mit einer kleinen Verneigung vor.

«Und?»

Sisi hatte den Rock ihres Kleides gegriffen, aber ihre Finger zitterten. «Ich brauche ein neues Kleid.»

«Und da kommt Ihr zu mir?» Die Erzherzogin blickte Sisi erstaunt an.

«Mit Verlaub, Eure Hoheit sind die Einzige, an die ich mich mit dieser Bitte wenden würde.» Sisi hielt den Atem an.

«Es geht Euch also nicht nur um das Kleid», mutmaßte Sophie und musterte ihre Nichte eingehend. «Wieso glaubt Ihr, dass Ihr die Richtige seid? Für *dieses Kleid*?»

Sisis Finger pochten unter der Hitze ihres Blutes. «Mein Herz sagt es mir», antwortete sie schließlich. Die Überzeugung kitzelte auf ihren Lippen. «Ich werde alles dafür geben.» Sie wunderte sich selbst über die Sicherheit, die sie in diesem Moment fühlte.

«Ich werde auch alles von Euch verlangen», sagte Erzherzogin Sophie und nickte fast schon anerkennend. Auf eine seltsame Weise schien sie sogar zufrieden. Sie hielt einen Moment inne, dann wandte sie sich schwungvoll ab und ging zu einem mächtigen Schrank auf der anderen Seite des Raumes. Mit beiden Händen öffnete sie die Spiegeltüren. Aus dem Inneren glitzerten die prächtigsten Abendkleider, die Sisi je gesehen hatte. Feinste Stoffe. Funkelnde Perlen. Schimmernde Stickereien. Sisi trat neben sie.

«Aber eines solltet Ihr noch wissen», unterbrach Erzherzogin Sophie Sisis Staunen. Kein Muskel auf ihrem schlanken Gesicht ließ erahnen, was sie zu sagen im Begriff war.

«Die Entscheidung», sie sah Sisi durchdringend an, «trifft mein Sohn.»

DAS GEWICHT EINES KLEIDES

Der Kleidersack wog mehr als ihre kleine Schwester Mathilde, aber Sisi wollte ihn unbedingt hochhalten. Das Kleid aus cremefarbener Seide durfte nicht zerknittern, sondern sollte so perfekt bleiben, wie die Erzherzogin es aus dem Schrank genommen hatte. Die Komposition aus hellen und dunklen Tönen war wirklich atemberaubend. Der großzügige Ausschnitt ließ die Schultern frei, und an den Rändern der schmalen Ärmel schimmerten goldene Borten. Die Seide lief in der Taille schmal zu und stürzte dann wie ein Wasserfall über den ausladenden Rock, den ein verlockender, schwarz-goldener Überwurf funkeln ließ.

Sisi schlich durch einen leeren Flur. Sie musste irgendeine Abzweigung verpasst haben, denn diesen Gang erkannte sie nicht wieder. Entgegen ihren Erwartungen hatte Gräfin Esterházy nicht vor der Tür auf sie gewartet. Sie musste alleine den Weg zurückfinden. Am besten, ohne gesehen zu werden.

Sisi stemmte den Kleidersack höher, als eine Tür hinter ihr aufschlug. Eine nackte Frau huschte heraus, und Sisi drängte sich schnell hinter einen Vorhang. Die Frau schien ihre Anwesenheit nicht bemerkt zu haben. Sie hüpfte ein paar Schritte beschwingt durch den Gang, um dann lachend hinter der nächsten Tür zu verschwinden.

Sisi zögerte. Wer war das, und was ging hier vor sich?

Die Tür, hinter der die Frau verschwunden war, stand noch einen Spalt weit offen. Sisi hielt den Atem an, um zu lauschen. Noch einmal schwebte die Frau vor ihrem inneren Auge durch den Flur. Wie ein Nachbild, wenn man zu lange in die Sonne geguckt hatte, sah Sisi ihre festen Hüften, den zarten Bauch und die roten Locken, die auf ihre Schultern fielen. Sich über ihrer Scham kräuselten. Sisi blinzelte die Erinnerung weg und wagte sich aus ihrer Deckung. Kurz war da der Gedanke, schnell zum Hotel zurückzukehren. Doch die offene Tür zog sie magisch an. Sisi setzte vorsichtig einen Fuß vor den anderen. Bemüht, jedes Geräusch zu vermeiden, erhaschte sie einen Blick durch die offene Tür. Ein Himmelbett. Wallende Stoffe. Ein Strahl der Morgensonne durchbrach die von zarten Rauchschwaden erfüllte Luft: Ein nackter Mann – Franz? – inmitten von nackten Frauenkörpern, die ...

«Kann ich Euch helfen?» Sisi ließ vor Schreck fast das Kleid fallen. Sie hielt es sofort wieder höher, als sie Graf Grünne erkannte, der hinter ihr stand und sie aufmerksam ansah.

«Ich, ich ... habe mich verlaufen», stotterte Sisi. Sie musste knallrot angelaufen sein, aber den Grafen schien das nicht zu stören. Er sah sie nur durchdringend an. Sisi konnte seine Miene nicht deuten, aber die echte Aufmerksamkeit, die sie in seinen Augen las, gab ihr Sicherheit. In diesem Moment war Grünne wie ein Anker für sie. Wie ein Rettungsring, an dem sie sich festhalten konnte, während alles um sie herum zu schwanken schien.

«Ich führe Euch hinunter.» Seine Stimme war weich und klangvoll. Er schritt an ihr vorbei und den Gang entlang. Sisi warf noch einen letzten Blick zur offenen Tür, bevor sie ihm folgte. Sie erinnerte sich daran, wie er sie im Wald weggeführt hatte, damit sie nicht zusehen musste, wie Franz ihr Pferd erstach. Jetzt führte er sie abermals weg. Was war es diesmal, das sie besser nicht sehen sollte?

Der Graf begleitete sie bis nach draußen. Die Sonne war jetzt schon stärker auf der Haut zu spüren. Es würde wieder ein heißer Tag werden. Die Wachsoldaten am Eingang schauten verwundert, als Sisi mit dem Kleidersack an ihnen vorbei das Haus verließ und neben Grünne die kleine Eingangstreppe hinabschritt. Wahrscheinlich fragten sie sich, wer sie wohl hereingelassen hatte.

Graf Grünne bot an, Sisi von einem Diener bis zum

Hotel geleiten zu lassen, doch sie schüttelte den Kopf. Eine Frage brannte ihr auf der Zunge, aber sie wusste nicht, ob sie die Antwort wissen wollte.

«War das gerade ... der Kaiser?», überwand sie sich schließlich doch.

Grünne hielt einen Moment ihrem forschenden Blick stand, dann nickte er, verbeugte sich kurz und verschwand ohne ein weiteres Wort zurück die Treppen hinauf und ins Haus.

Geschockt starrte Sisi ihm nach. Das Plätschern des Springbrunnens rauschte in ihren Ohren, als sie fast schlafwandelnd den Kiesweg entlangtakste. Sie kam sich schäbig vor. Einfältig. Unerfahren und naiv. Der Arm, der Tante Sophies Kleid hielt, schmerzte unter der übermäßigen Anstrengung. *«Ich werde auch alles von dir verlangen.»* Die Drohung, die Erzherzogin Sophie in ihre Worte gelegt hatte, nahm im Licht des Tages noch dramatischere Farben an. Das Kleid wog plötzlich Tonnen in Sisis Hand.

Wie hatte sie annehmen können, dass sie stark genug sei, es zu tragen? Gerade noch war sie sich sicher gewesen.

Doch *das* änderte alles.

DIE ENTSCHEIDUNG

Sisi strich tief in Gedanken versunken über die Rückseite der Silberbürste. In das blanke Metall war das Wappen ihres Hauses geprägt, das Wappen der Wittelsbacher. Ihre Fingerkuppen glitten über die Köpfe der zwei Löwen, deren Klauen die fürstliche Krone hielten und sich schon in Kindheitstagen in ihr Gedächtnis eingeprägt hatten. Obwohl Sisi sich nie zur Herzogin berufen gefühlt hatte, war Bayern doch ihre Heimat. Dort war sie geboren, im Münchner Herzog-Max-Palais. Dort hatte sie ihre Kindheit verbracht. Mit ihren Geschwistern, den Pferden und den Hunden. Dem Starnberger See, den bayerischen Wäldern und ihrem geliebten Vater Max. War sie bereit, das alles hinter sich zu lassen?

Bei der Überlegung begann ihr Herz zu rasen. Sie versuchte sich zu beruhigen. Die Chance, dass Franz sich für sie entscheiden würde, war ohnehin gleich null. Sisi hob den Blick und begegnete im Spiegel des Frisiertisches ihren eigenen Augen. Etwas Dunkles, Beschwertes lag darin. Der Salon der Hotelsuite lag verlassen hinter ihr, aber aus einem Vorzimmer waren die Stimmen von Ludovika und Nene zu hören, die sich eben anschickten, zum Ball aufzubrechen.

Sisi hatte ihre Haare zu zwei Zöpfen geflochten und zu den Seiten hin zurückgebunden. Das Kleid hatte sie noch nicht angelegt, nur die weiße Chemise fiel über ihre nackten Schenkel. Über den Spiegel des Frisiertisches verfolgte sie, wie der Atem ihre hervortretenden Schlüsselbeine hob und senkte. Ein Schauer lief über ihre Haut, als ein kühler Luftzug sie streifte. Die Sonne war hinter den Bergen verschwunden, und eines der Fenster stand noch offen. Das Zirpen einiger Grashüpfer kündigte das baldige Hereinbrechen der Dunkelheit an.

In Kürze würde der Empfang beginnen. Es war ein

inoffizielles Fest mitten in der Sommerfrische. Dennoch würden anlässlich Franz' Geburtstag wichtige Leute kommen, auch über den Kreis der Familie hinaus. Herzöge und Herzoginnen würden ihm gratulieren. Grafen und Gräfinnen. Fürsten und Fürstinnen.

«Keine Sorge, mein Liebes, es wird dein Abend», hörte sie ihre Mutter zu Nene sagen, und der Satz schnürte Sisi die Kehle zu. *Dein Abend.* Was wohl in Nene vorging? Den ganzen Nachmittag hatten die beiden es nicht in einem Raum miteinander ausgehalten. Sisi hatte sich danach gesehnt, dem Streit mit ihrer Schwester zu entgehen. Es stand so viel zwischen ihnen. Nie hätte sie gedacht, dass es einmal so weit kommen könnte. Sie liebte Nene. Bis zur Ankunft in Ischl hatte sie sie geliebt wie nichts auf der Welt. Doch seit gestern gab es eine neue Figur auf dem Spielfeld ihres Lebens. Was würde Nene denken, wenn sie wüsste, was ihre Schwester gesehen hatte im Seeauerhaus?

Das Ganze lag Sisi schwer im Magen. Sie hatte den Tag auf ihrem Bett verbracht, mit klopfendem Herzen, und wie betäubt verfolgt, wie Ludovika Nene auf den Abend vorbereitete. Die Friseurin war wieder da gewesen. Hatte Nene die Nägel gefeilt. Die Füße gebadet. Die Haare gebürstet. So lange, bis sie geglänzt hatten wie frische Kastanien. Diesmal waren es nicht die Schmetterlinge im Bauch gewesen, die es Sisi unmöglich gemacht hatten, etwas zu sich zu nehmen. Diesmal war es der Drang gewesen, das Gesehene mit Nene zu besprechen. Zu gestehen, dass sie sich ein Kleid geborgt hatte, das Nenes in den Schatten stellen würde. Sich der Last zu entledigen, die sie sich und den anderen damit aufgebürdet hatte. Ja, am liebsten wäre Sisi aufgesprungen, um alles zu gestehen. Ihr schlechtes Gewissen abzulegen und ihrer Schwester in die Arme zu fallen. Doch nun fiel nebenan die Tür ins Schloss. Ludovika und Nene waren fort, und Sisi war allein.

Vielleicht vergesse ich den Kaiser ebenso schnell wie den Pferdezüchter, schoss es Sisi durch den Kopf. Doch im selben Moment, da sie das dachte, wusste sie, dass das nicht passieren würde. Das, was sie mit Franz erlebt hatte, war nicht ungeschehen zu machen. Ebenso wenig wie das, was sie im Seeauerhaus gesehen hatte. Sisi vergrub das Gesicht in den Händen. Lohnte es sich, für diesen Mann zu kämpfen? Welche Art von Leben würde auf sie warten? Ein glückliches Dasein mit einem Gefährten, der sie liebte? Oder würde er das Bett vornehmlich mit Frauen teilen, die mehr über die Liebe wussten als sie?

Sisi senkte den Blick zu ihrem rechten Unterarm. Knapp über dem Handgelenk hatte sie einen Schatten entdeckt. Dort, wo Franz sie gestern gepackt hatte, schimmerte ein sanfter Bluterguss. Wenn auch nur blass, zeichneten sich deutlich einzelne Finger ab. Sie rieb vorsichtig über die Stelle, doch der Schatten wollte nicht verschwinden.

An einer Schranktür hing Erzherzogin Sophies Kleid. Der feine Stoff, die goldenen Borten und der schimmernde Überwurf strahlten ein dunkles Versprechen aus.

Was auch immer sie heute erwarten würde: Dieses Kleid gehörte einer Monarchin.

DER BALL

Mit flauem Magen verfolgte Franz, wie der Zeremonienmeister den Stock hob, und hoffte, dass er diesmal sanfter auf dem Parkett aufschlagen würde. Doch als er mit einem lauten Knall aufsetzte, war es Franz, als hämmere er direkt auf seinen Schädel ein. Trotzdem erlaubte er es sich nicht, eine Miene zu verziehen. Jede seiner Regungen hatte die Macht, politische Beziehungen zu erschüttern. Seit Beginn des Festes waren alle Augen auf ihn gerichtet. Als Kaiser thronte er neben seiner Mutter über dem bereits halb gefüllten Saal, und seit einer halben Stunde rief der Zeremonienmeister seine Gäste einzeln herein. Die Begrüßung unterlag einem strengen Regelwerk. Die Anzahl der Schritte, die Tiefe der Verbeugungen, der Winkel des gebeugten Knies – alles war genau bemessen.

«Der Herzog und die Herzogin von Wittenberg!», hallte die Stimme des Zeremonienmeisters jetzt durch die dröhnende Stille. Franz nickte gefasst, als sich die von Wittenbergs vor ihm verneigten. Die Herzogin hatte ein fliehendes Kinn, eine unansehnlich vorstehende Stirn, und selbst in der Verneigung fiel noch auf, dass der Herzog um einiges kleiner gewachsen war als sie. Franz sah, dass sich einige Gäste darüber vielsagende Blicke zuwarfen. Was man über ihn und seine zukünftige Gemahlin wohl bald sagen würde?

Auf sein Zeichen hin erhob sich das Paar und begab sich zu den anderen Gästen am Rand des Saales. Dutzende Augenpaare verfolgten dort bereits die Begrüßungszeremonie. Bunt stachen die Damen zwischen den Männern in Frack und Uniform hervor. Ihre Kleider übertrumpften sich gegenseitig mit Rüschen und Volants, und die edlen Seidenstoffe glänzten um die Wette. Obwohl der offizielle Anlass des Festes Franz' dreiundzwanzigster Geburtstag war, schien der ganze Raum nur eine Frage zu atmen: Wen würde der Kaiser zur Gemahlin wählen?

Nach den innenpolitischen Unruhen beobachteten Preußen, Frankreich und Sardinien-Piemont das schwächelnde Österreich mit Neugier. Wollte Franz sich langfristig in Europa behaupten, musste er seine Vormachtstellung im Deutschen Bund ausbauen. Aus diesem Grund hatte seine Mutter zuerst nach einer deutschen Prinzessin Ausschau gehalten. Am besten aus dem Hause der Hohenzollern, um die Beziehung zu Preußen zu stärken, doch Prinzessin Anna war zum Zeitpunkt ihrer ersten Erkundigungen bereits verlobt gewesen.

Franz' Blick war starr auf die Eingangstür gerichtet, doch er war nicht bei der Sache. Die letzten Tage hatten ihre Spuren hinterlassen. Es war ihm gelungen, ein paar Stunden zu vergessen, was im Wald geschehen war, indem er sich mit Rauschmitteln betäubt und in nächtliche Ausschweifungen hatte fallen lassen. Aber jetzt drängten die Bilder wieder in sein Bewusstsein. Der Kammerdiener hatte bei seiner Rückkehr aus dem Wald zwar keine Fragen gestellt, aber unter seinen zitternden Fingern hatte Franz sich wie ein Monster gefühlt, als er ihm die blutige Uniform abnahm. In Ungarn hatte er mit öffentlichen Auspeitschungen und Hinrichtungen von erneuten Aufständen abzuschrecken versucht. Die harten Maßnahmen hatten sich spürbar auf sein Ansehen ausgewirkt.

Am oberen Ende des Zeremonienstabes prangte ein zweiköpfiger Goldadler mit den kaiserlichen Insignien: Zepter, Reichsapfel und Kaiserkreuz. *«Auf den Grundlagen der wahren Freiheit, auf den Grundlagen der Gleichberechtigung aller Völker des Reiches und der Gleichheit aller Staatsbürger vor dem Gesetz sowie der Teilnahme der Volksvertreter an der Gesetzgebung»*, hatte er selbst in einem Manifest bei seiner Thronübernahme verkündet. *«Groß sind die Pflichten, groß ist die Verantwortlichkeit, welche die Vorsehung Uns auferlegt.»* Franz betrachtete nachdenklich seine kräftigen Hände, die so unschuldig auf den vergoldeten Armlehnen ruhten. Er wusste, dass er dieser Aufgabe nicht gewachsen war. Die Versprechung war zu groß. Aber sie war nötig gewesen, um die Krone zu halten.

Franz rief sich zur Ordnung und wandte seinen Blick wieder der Tür zum Saal zu. Der Zeremonienmeister rieb sich erschöpft die glänzenden Wangen. Während Franz seinen düsteren Gedanken nachgehangen war, hatte er ein weiteres Dutzend Adeliger eingelassen. In einem Vorraum warteten nochmals ebenso viele Gäste auf ihre Vorstellung. Der hochgeschlossene Kragen des Fracks schien die Hitze im Kopf des Zeremonienmeisters zu bündeln, und unter dem schwarzen Schoßjackett zeichnete sich ein Bauchansatz ab, der den Wohlstand seiner Adelsfamilie verriet. Erneut hob er den Stock. Dreimal klopfte er so energisch auf den Boden, dass Franz es unter dem Dröhnen diesmal nicht vermeiden konnte, etwas länger als nur für ein Blinzeln die Augen zu schließen.

EINLASS

Die hohen Fenster des Ballsaales warfen ihr Licht verheißungsvoll über den dunklen Park, der fast so verlassen dalag wie am frühen Morgen. Helle Fackeln flackerten entlang der Wege, dazwischen tanzten einige Glühwürmchen einen zauberhaften Tanz. Aus der Ferne war das Gemurmel der mitgereisten Diener zu hören, die zwischen den abgestellten Kutschen auf ihre Herrschaften warteten und sich die Zeit mit Karten- und Würfelspielen vertrieben.

Sisi ging bedrückt auf den von Laternen geschmückten Eingang zu. Der Kies knirschte unter ihren Schritten, und die Steine drückten unangenehm durch die dünnen Sohlen.

Als sie den Fuß der Steintreppe erreichte, der zum Haupteingang des Hauses hinaufführte, beschleunigte Sisis Herzschlag nochmals. Unter den Augen einiger Diener raffte sie ihren Rock und schritt die Stufen hinauf. Der feine Stoff ihres Kleides raschelte unter ihren geschmeidigen Bewegungen, und der Türsteher konnte einen staunenden Blick nicht unterdrücken. Am Eingang nahm ein elegant gekleideter Diener ihr das Jäckchen ab, das sie über ihr weit ausgeschnittenes Dekolleté gelegt hatte, und wies ihr den Weg eine weitere Treppe hinauf. Bang sah Sisi nach oben. Auf den Stufen war ein samtener Teppich ausgelegt, der ihre schmerzenden Fußsohlen beruhigen würde. Aus dem oberen Stockwerk drang gedämpftes Gemurmel und vereinzelt das Gelächter einiger Damen. Mit jedem Schritt, mit jeder Stufe wuchs ihre Aufregung.

Das Ende der Schlange aus wartenden Gästen reichte bis in den Gang hinein, der im ersten Stock zum Ballsaal führte. Da Sisi Ludovika und Nene nirgends entdecken konnte, ignorierte sie die neidischen Blicke der Damen und schritt geradewegs die Schlange entlang in einen großzügigen Vorraum. Die ungewollte Aufmerksamkeit, die ihr Verhalten erregte, legte sich eng um ihre Kehle. Frauen in feinster Garderobe und Männer in Frack und in Uniformen unterhielten sich flüsternd zwischen einigen Biedermeiermöbeln. Durch die geöffnete Tür am anderen Ende des Raumes konnte Sisi zwei weitere überfüllte Zimmer ausmachen, die zwischen ihr und dem Ballsaal lagen. Sie stellte sich auf die Zehenspitzen, um über die Köpfe hinwegzusehen, doch auch hier konnte sie Ludovika und Nene nirgends entdecken.

«Verzeihung», brachte Sisi hervor und drängte sich an einer Dame vorbei, die in eine Unterhaltung über das neue Betäubungsmittel Morphium vertieft war. Obwohl die Dame es nicht wagte, ihrem Unmut über die Dränglerin Luft zu machen, sprang Sisi ihre Empörung wie ein bellender Hund ins Gesicht. Dass es bei einer gerümpften Nase und einem kühlen «Bitte sehr» blieb, war wohl allein dem atemberaubenden Kleid von Erzherzogin Sophie zu verdanken, das sie trug. Allein die Ausmaße des Rockes flößten Respekt ein, und die goldenen Borten funkelten im Kerzenschein.

«Die Herzogin Ludovika in Bayern und die Herzogin Helene in Bayern», rief der Zeremonienmeister zwei Räume weiter aus, und Sisi verschlug es den Atem.

DER AUFTRITT

Franz straffte kaum merklich seine Haltung, als die Namen von Herzogin Ludovika und Herzogin Helene erklangen. Trotzdem ging ein erwartungsvolles Raunen durch die Reihen der Anwesenden, als hätte ein Stein die Oberfläche eines Sees durchbrochen. Alle sahen atemlos zur Eingangstür, wo nun Ludovika in einem hellgrünen Kleid erschien, vortrat und sich mit einem tiefen Knicks verbeugte. Die Federn ihres grünen Fächers erinnerten Franz an die Triebe duftender Tannenzweige. Franz bedeutete seiner Tante, sich zu erheben. Sie kam der Aufforderung nach und schickte ihm ein stolzes Lächeln, als hinter ihr Herzogin Helene in der Tür erschien. In ihrem hellblauen Kleid aus Seide schien sie geradezu zu leuchten, und die Efeuranken, die sich um ihre Stirn wanden, verliehen ihr etwas Märchenhaftes. Die Wittelsbacher waren zwar politisch gesehen nicht die erste Wahl, aber ihre Töchter dafür umso bezaubernder, dachte Franz. Er beobachtete, wie Helene mit gesenktem Blick ein paar Schritte über das Parkett schwebte und einige Meter vor ihm in einen Knicks sank. Der weite Rock ihres Kleides umspielte ihre anmutige Pose, und für einen Moment verstummte sogar das Gemurmel in der Schlange vor der Tür des Ballsaales. Alles an Helenes Auftritt war wie erwartet – *perfekt*.

Nichts anderes hatte auch seine Mutter bestätigt bekommen, wie Franz wusste, als sie am Vorabend mit ihrer Schwester über *die Details* gesprochen hatte. *Die Details*, über die man selbst beim Tee en famille schwieg. Laut

Ludovika konnten von beiden Töchtern Thronfolger erwartet werden. Helene jedoch war älter, und mit einer Schwangerschaft würden weniger Risiken einhergehen. Für sie. Und das Kind.

Franz nickte Helene zu, sich aus dem Knicks zu erheben, und die Herzogin hob das Kinn und wagte es, ihn offensiv anzusehen. Ihre schwarzen Augen fixierten Franz so kampfeslustig, dass er darüber einen Moment den hämmernden Kopfschmerz vergaß. Dies nun waren seine letzten Schritte als alleinstehender Monarch. Franz' Finger schlossen sich fester um die Armlehne des Stuhles, und er lächelte. Er war bereit.

Plötzlich hörte man von draußen aufgeregtes Getuschel. Die Menschen im Vorraum stoben auseinander, als hätte ein kräftiger Windstoß einen herbstlichen Blätterhaufen aufgewirbelt. Franz wandte den Blick zur Tür, und der Sturm ergriff auch von seinem Inneren Besitz.

«Ich bitte vielmals um Verzeihung», wandte sich Sisi entschlossen an den Zeremonienmeister, der die Flügeltür bewachte. «Ich bin Herzogin Elisabeth in Bayern.»

Entgegen ihrer Erwartung kündigte der Mann sie nicht an, sondern betrachtete nur staunend ihr Kleid. Es übertraf jedes andere im Raum, und die giftigen Blicke der Damen waren nicht zu übersehen. Sisi beachtete sie nicht, sie sah direkt zu Franz und seiner Mutter hinüber, die auf der gegenüberliegenden Seite des Saales auf einem fußhohen Podest thronten. Der Kaiser saß da wie vom Donner gerührt, und in der Miene ihrer Tante konnte sie ein gewisses Wohlwollen erkennen.

Um sie herum jedoch entbrannte ein heftiges Gemurmel. Als Sisi merkte, dass man Anstoß an ihrem Verhalten nahm, wandte sie schnell den Blick vom Kaiser ab und senkte das Kinn. Der kühle Luftzug auf ihrem Dekolleté verriet ihr, dass sie sich zu sehr geputzt hatte. Ihr Blick glitt schnell zu ihren Seidenslippern, um sich zu versichern, dass sich der Umweg über den Kiesweg gelohnt hatte. Zu ihrer Erleichterung waren die Seidenschuhe weder nass noch verstaubt. Flehend schielte sie zum Zeremonienmeister hinüber. Fast augenblicklich ließen drei Stockschläge das Tuscheln der Gäste verstummen und machten einer fast gespenstischen Stille Platz.

«Herzogin Elisabeth in Bayern», rief der Zeremonienmeister aus, und Sisi hob das Kinn. Unter aller Augen begann sie, den Saal zu queren. Noch immer ging ihr Atem schneller, als es der Situation angemessen war, und sie konzentrierte sich darauf, das Ein- und Ausatmen auf den Rhythmus ihrer Schritte zu verlangsamen.

Einige Meter vor Franz blieb sie stehen und sank in einen tiefen Knicks. Es hatte funktioniert: Ihr Atem ging nun erstaunlich ruhig, und ihre tadellosen Schuhe schenkten ihr Vertrauen.

«Herzlichen Glückwunsch zum Geburtstag, Eure Majestät», richtete Sisi das Wort an den Kaiser, und am Rand des Saales schnappten einige Damen nach Luft.

Franz hingegen nickte nur. Seine Augen glühten. «Vielen Dank, Herzogin.»

Einen Moment hielt Sisi seinen direkten Blick, dann erhob sie sich und ging zielstrebig auf ihre Mutter und

Schwester zu. Beide erwarteten sie, bleich wie die weißen Rosen in den Gestecken, die den Ballsaal schmückten.

UNTERREDUNG

Am Rand des Saales luden ein paar Tische und Sitzgelegenheiten zum Verweilen ein. Auch wenn niemandem nach Plaudern zumute war, hielt Ludovika auf eine der Sitzgruppen zu. Es brauchte keinerlei Geste, ihren Töchtern klarzumachen, dass sie ihr zu folgen hatten.

Ludovika suchte einen Tisch in der Mitte aus und wies Nene den Platz zu, der ihr einen ungehinderten Blick auf den Kaiser ermöglichte. Nene faltete nervös ihre Hände im Schoß. Ihre leicht hochgezogenen Schultern verrieten ihre innere Anspannung.

Bevor Sisi Gelegenheit hatte, sich ebenfalls zu setzen, richtete Graf Grünne von der Seite das Wort an sie.

«Der Kaiser wünscht Euch zu sprechen.» Der Graf musste sich von hinten genähert haben und deutete eine höfliche Verbeugung an.

«Jetzt?», fragte Sisi ungläubig.

«Noch vor Beginn der offiziellen Zeremonie», erwiderte Grünne und wandte sich zum Gehen.

Sisi sah zu ihrer Schwester. Nene war das Lächeln auf den Lippen gefroren. Sisi streifte Ludovika mit einem entschuldigenden Blick und konnte in deren funkelnden Augen lesen, dass ihre Mutter längst bereute, sie nicht schon im Wald bei den Pilzen zurückgelassen zu haben.

Sisi riss sich los und folgte dem Grafen.

Franz entfernte sich ein paar Schritte von seiner Mutter und stieg vom Podest, hielt sich jedoch immer noch so, dass er die Tür im Blick hatte und das Ankommen der Gäste begleiten konnte. In den goldenen Lampassen seiner beigen Galauniform spiegelten sich die hundert Lichter des Kronleuchters.

«Ihr wolltet mich sprechen?», fragte Herzogin Elisabeth, die nun neben ihn trat.

«Vielen Dank, dass Ihr mir einen Moment Eurer wertvollen Zeit schenkt», antwortete Franz trocken, ohne den Blick von der Tür abzuwenden. Noch immer erschienen dort neue Gäste, verneigten sich und erhoben sich auf sein Zeichen. Franz wies Grünne mit einer Geste an, ihnen einen privaten Moment zu geben, und mit einer Verneigung kam der Graf der Aufforderung nach. Wie ein Leibwächter postierte er sich hinter Sisi und dem Kaiser, gerade weit genug weg, um ihre Unterredung nicht zu stören.

«Ich möchte, dass Ihr versteht», begann Franz mit gedämpfter Stimme, «warum ich Eure Schwester wählen werde.»

Sisi glaubte, den Boden unter den Füßen zu verlieren. Sie sah Franz an, die Fassungslosigkeit musste ihr ins Gesicht geschrieben sein. Was hatte er gerade gesagt?

«Ich wähle Herzogin Helene», fuhr Franz fort, «weil es das Vernünftigste ist.»

«Mit mir könntet Ihr dieselbe Verbindung unserer Familien erreichen», brachte Sisi verwirrt hervor. Sie hatte so laut gesprochen, dass Erzherzogin Sophie rügend zu ihr herübersah.

Franz schüttelte den Kopf. «Ich entscheide nicht aus politischem Kalkül», setzte er seine Erklärung fort. Was er zu sagen hatte, schien ihm nicht leicht über die Lippen zu gehen.

«Sondern?», hauchte Sisi fast tonlos.

Franz zögerte, bevor er sich ihr direkt zuwandte. «Ich hätte Angst, dass ich Euch nur unglücklich machen würde.» Er schwieg. Seine blauen Augen erzählten, dass da noch mehr war, für das er aber keine Worte fand.

«Mit Verlaub», nahm Sisi ihren ganzen Mut zusammen, «ich glaube, Ihr habt nicht nur davor Angst.» Sie entschied, aufs Ganze zu gehen. «Sondern auch vor dem, was zwischen uns ist.»

Franz hielt ihrem durchdringenden Blick einen Moment stand und atmete scharf ein. «Herzogin Elisabeth, ich ...»

«Mesdames et Messieurs!», ertönte da die Stimme des Zeremonienmeisters, und der Stab schlug dreimal auf den Boden. Das Zeremoniell war eröffnet. Franz verbeugte sich knapp und schritt wieder zu seinem Platz.

Sisi blieb wie betäubt zurück. Es war eine Gnade, dass Erzherzogin Sophie in diesem Moment nicht zu ihr herüberschaute. Gräfin Esterházy aber tat ihr diesen Gefallen nicht. Unverhohlen und beinahe schadenfroh sah sie Sisi ins Gesicht. Hochmut kommt vor dem Fall, schien sie sagen zu wollen.

Ohne Zweifel, Sisi musste einen kläglichen Anblick abgeben. Sie spürte ihre Füße nicht mehr. Nicht mehr die Luft auf ihrer Haut. Sie schmeckte keinen Geschmack. Roch keinen Geruch. Ja, sie hörte nicht einmal den Einsatz der Tanzmusik. Genauso musste sich die Wirkung dieses Morphiums anfühlen, über das die Damen im Vorraum gesprochen hatten.

Einen Moment war es Sisi so, als könnte sie sich von oben sehen. Aus den kristallenen Augen des Kronleuchters. Dann trat Grünne an ihre Seite, bereit, sie zu ihrer Familie zurückzugeleiten. An den Tisch ihrer Schwester, der zukünftigen Kaiserin.

DER COTILLON

Das Fest stand kurz vor dem Höhepunkt. Die Musikanten spielten einen Walzer auf, und zumindest die Gäste schienen sich zu amüsieren. Franz hatte wieder neben seiner Mutter Platz genommen, flankiert von Grünne. Niemand wartete darauf, dass er sich an den Vergnügungen beteiligte. Als Kaiser und Gastgeber würde er heute nur einen einzigen Tanz tanzen: den Cotillon.

Auch wenn er sie eben abgewiesen und gedemütigt hatte, wanderte sein Blick immer wieder zu Herzogin Elisabeth. Ihr Mut und Eigensinn hatten ihn von Neuem beeindruckt. Einer so unangepassten und dennoch so einnehmenden Frau war er noch nie begegnet.

Einige der Gäste, Erzherzogin Sophie und natürlich Ludovika und Herzogin Helene, mussten seinen Blick beobachtet haben, denn sie steckten die Köpfe zusammen. Franz bedauerte, dass er sich nicht weiter an Elisabeths Anblick laben konnte, aber es war besser so. Für ihn und auch für sie. Und für Helene.

Der Walzer war schneller zu Ende, als es Franz lieb war. Es würde das letzte Mal sein, dass der Zeremonienmeister seinen Stock dreimal auf den Boden stieß und Franz sich währenddessen als freier Mann fühlen konnte. Der Cotillon würde seine Entscheidung verkünden, und das Blumenbouquet aus roséfarbenen Rosen stand schon bereit, um sie zu besiegeln. Wie es sich wohl anfühlte, jemandem versprochen zu sein?

Ein fader Geschmack lag Franz auf der Zunge. Waren es die Nachwirkungen des Opiums, oder hing es womöglich doch mit seiner Wahl zusammen? Fakt jedenfalls war: Er hatte nicht genug gegessen an diesem Tag. Zu viel geraucht, zu viel getrunken. Zu viele Dinge getan, von denen all diese Gäste hier besser nichts wussten. Er verdiente Herzogin Elisabeth nicht. Auch wenn er damals gelacht hatte, so glaubte er doch daran, dass die ungarische Frau die Wahrheit gesagt hatte. In ihrer Verzweiflung hatte sie bessere Worte für die Dunkelheit in seinem Herzen gefunden als er selbst.

Seit er mit knapp sieben Jahren den Abzug der Steinschlosspistole gedrückt hatte, um seinen besten Freund Grünne zu erschießen, wusste Franz mit jeder Faser seines Körpers, dass er denjenigen, die er wirklich liebte, kein Glück bringen würde. So war es mit Grünne gewesen, aber auch mit seinem Vater und mit Fräulein Bertha von Marwitz. Und so würde es mit Elisabeth kommen, sollte er es wagen, sie zu heiraten. Er durfte das nicht zulassen. Weil er sie liebte.

Die Vorstellung, dass ein anderer an ihrer Seite glücklich werden sollte, schmerzte ihn. Franz schob den Gedanken beiseite. Er tat das Durcheinander in seinem Herzen als Nachwirkung der diversen Drogen ab, die er sich selbst verabreicht hatte, und schalt sich einen Narren. Liebe, das war nichts für einen der mächtigsten Männer der Welt. Liebe, das war eine Erfindung einfacher Leute, die keine Vorstellung davon hatten, wie viel Verantwortung und Macht in einer einzigen Geste liegen konnten. Liebe, das war doch nur der Irrglaube dummer Menschen. Aber auch wenn Franz sich damit selbst Mut zusprechen wollte, auch wenn er mit aller Kraft seinen eigenen Worten glauben wollte, es gelang ihm nicht.

Er wandte sich mit dem ganzen Körper bewusst Herzogin Helene zu. Er musste sich von dieser Träumerei verabschieden. Seine Zukünftige richtete sich voller Hoffnung auf.

«Mesdames et Messieurs. Le Cotillon, s'il vous plaît», hallte die Ankündigung des Zeremonienmeisters durch den Saal, und sofort suchten die Herrschaften auf der Tanzfläche ihren Platz für diesen besonderen Tanz. Die Damen links, die Herren rechts, bildeten alle Anwesenden ein Spalier und warteten darauf, dass der Kaiser zu ihnen herunterschritt.

OHNMACHT

Die Umstehenden nahmen ihre Plätze ein. In ihren von den vorangegangenen Tänzen noch geröteten Gesichtern war Vorfreude und Neugier zu lesen, die in hartem Kontrast zu der Frage standen, die Sisi ausfüllte wie schwarzer Ahornsirup. Wie in Gottes Namen sollte sie den Cotillon überstehen?

Wie die Figuren auf einem Schachbrett standen sich die Tanzenden gegenüber, bereit, eine Choreografie aufzuführen, in der jede Position, jeder Schritt, jede Geste einstudiert war. Scherte eine Person aus, brachte sie die gesamte Harmonie durcheinander. Ein hässlicher Tropfen Wasser in einem Aquarell. Den ersten Fehler hatte Sisi sich schon geleistet, indem sie versehentlich einen falschen Platz im Gefüge der Gäste hatte einnehmen wollen, noch betäubt von ihrer Unterredung mit dem Kaiser. Ihre Nebenfrau hatte sich brüskiert aufgeplustert, und nur Sisis Mutter war es zu verdanken gewesen, dass Sisi einer Tirade entging. Unter den rügenden Augen der Umstehenden hatte Ludovika die Hand ihrer Tochter gegriffen und sie unsanft an den rechten Platz geführt. Bevor sie Sisi dort abstellte, drückte sie brüsk ihren Arm. «Mach uns keine Schande», flüsterte sie, fast ohne ihre Lippen zu bewegen.

Ludovika entfernte sich, um ein paar Schritte weiter ihre Anfangsposition zu beziehen. Sie deutete einen Knicks an, um ihren Tanzpartner zu begrüßen, und erinnerte Sisi daran, es ihr gleichzutun. Sisis Blick fiel auf den blonden Jungen gegenüber, der sich etwas eckig vor ihr verneigte. Er war vielleicht zwölf Jahre alt, hatte hektische Flecken im Gesicht und die Ärmel seines übergroßen Fracks einmal umgeschlagen. Sisi blinzelte, um ihrer Gefühle Herr zu werden. Würden zumindest ihre Füße ihrem Willen folgen? Die Menge würde ihre Nachlässigkeiten nicht ausgleichen können. Den Adelsleuten fehlte der Sinn der Schwalben. Vielleicht hatten sie ihn auch nie gehabt. Aber wahrscheinlicher erschien es Sisi, dass er zwischen Handkuss und Verbeugung verloren gegangen war. Sisi erinnerte sich daran, wie sie in Possenhofen einmal einen Schwarm beobachtet hatte. Einen ganzen Nachmittag lang hatte sie im Heu einer Scheune gelegen und den Vögeln zugeschaut. Ihre dunklen Körper hatten zauberhafte Muster in den Sommerhimmel geschrieben. Nie waren ihre Spuren gleich gewesen. Einzig eines war klar zu erkennen: ihr Sinn für den Flug der anderen. Damals hatte Sisi lieber ihrer Seele gelauscht als dem Geschichtsunterricht ihres Hauslehrers. Sie hatte das immer als Begabung angesehen, als Geschenk. Jetzt erschien ihr das Flüstern ihres Herzens nur noch hinderlich.

Der Dirigent hob die Arme, und die Musiker setzten die Bögen an. Dann schwebte der erste Klang durch den Saal über die Festgesellschaft, die unter Hochspannung die Brautwahl des Kaisers erwartete.

Dutzende Paare schritten im Takt der Musik aufeinander zu, verneigten sich. Drehung. Schritt. Verneigung. Sisi musste ihre gesamte Konzentration aufbringen, um die richtigen Schritte zu machen. Nene dagegen brillierte. Ihr unterlief kein einziger Fehler. Anmutig und beinahe schwebend hatte sie die volle Kontrolle über sich und den

Tanz. Und alle nahmen Notiz davon: Tante Sophie, Gräfin Esterházy, Ludovika, Grünne. Und auch Franz. Nene war das vollkommene Abbild der jungen, eindrucksvollen, zukünftigen Kaiserin von Österreich. Das Bild, das Sisi nie ausfüllen würde. Plötzlich machte alles Sinn. Dafür war sie hier. Deshalb hatte Ludovika darauf bestanden, sie mitzunehmen. Die Rose sollte neben der Distel prachtvoller leuchten.

Sisi hatte keine Zeit, der Erkenntnis Raum zu geben, denn Franz erhob sich, und das Dénouement des Cotillons begann. Sein Gang war so elegant wie der eines Panthers. Einen Moment noch zögerte er, dann schien er seine Entscheidung getroffen zu haben. Im Takt der Musik stieg Franz in die Schrittfolge ein. Dutzende Augenpaare verfolgten seine Bewegungen – und die der Dame, auf die er sich zubewegte: Es war Nene.

Ein Raunen ging durch den Saal, und die Rose erstrahlte. Franz ergriff Nenes Hand, ohne Sisi anzusehen, und zog sie zu sich heran. Er schloss die Hand um ihre zarten Finger und flüsterte ihr etwas zu. Nene sah überwältigt zu ihm auf. Das Glück leuchtete in ihren Augen.

Sisi versuchte matt, sich weiter in den Tanz zu fügen. Ein Schritt vor. Ein Schritt zurück. Ihr Partner bot ihr die Hand für die Drehung. Sisi klammerte sich daran fest, und der Boden schien unter ihr zu schwanken wie ein Schiff auf hoher See. Nur Sisis Stolz bewahrte sie vor der Blamage, der Demütigung nachzugeben und den Saal zu verlassen. Wie Aufziehpüppchen bewegten sich die Tanzenden um sie herum, während sich die Musik zu ihrem Finale steigerte. Mit dem letzten Ton kamen Nene und Franz zum Stehen. Franz wartete, bis auch Nenes ausladender Rock zur Ruhe kam, dann küsste er der Herzogin die Hand und schaute über die Schulter zurück, wo Grünne darauf wartete, ihm das Blumenbouquet zu reichen.

Franz nickte, als er die Blumen entgegennahm, und drehte sich erneut zu Nene. Sisis Mund war trocken. Der Strauß besiegelt die Verlobung, dröhnte es in ihrem Kopf. Sie sehnte sich danach, tatsächlich eine Blume zu sein. Draußen mit den Astern eingegraben zu sein und den Mondschein auf den Blättern zu spüren. Sie gab sich dem Gedanken hin, versuchte, sich von ihm forttragen zu lassen, ihre Seele vorauszuschicken nach Possenhofen, in die Natur, zu ihren Pferden, zurück nach Hause. Bald schon, bald, würde sie dorthin zurückkehren und diesen schmerzhaften Albtraum hinter sich lassen.

Ein erstauntes Raunen der Menge holte sie in die Wirklichkeit zurück. Sie sah zu Nene, die jetzt das Blumenbouquet überreicht bekommen müsste, doch etwas stimmte nicht. Franz ging an Nene vorbei – und hielt auf sie zu!

Sisi blieb das Herz stehen. Im Saal war es so still, dass man eine Stecknadel hätte fallen hören. Sisi sah Franz an, der sie eben noch abgewiesen hatte. Seine Miene verriet keinerlei Regung. Förmlich, nun wieder ganz nach Art der Etikette, offerierte er ihr, Sisi, das Bouquet. «Herzogin?»

Ihr Körper brauchte einen Moment, die Benommenheit zu vertreiben und einer unheimlichen Klarheit Platz zu machen. Dann, mit einem Mal, war Sisi erwacht. Sie sah Franz in die Augen und fand darin ein Universum aus Licht und Dunkelheit, Leidenschaft und Schmerz.

TEIL 2

DAS TASCHENTUCH

Der Novemberregen hing wie ein Vorhang über dem Starnberger See. Ein paar Schwäne trieben vor dem Schloss auf der Wasseroberfläche. Wie weiße Bojen schwappten ihre gefiederten Körper im unregelmäßigen Takt der Wellen. Sisi hätte viel dafür gegeben, ihren Kopf unter einem Flügel vergraben zu können, so wie sie. Aber drei Gräfinnen, eine unansehnlicher als die andere, standen mitten in der Kaminstube um sie herum und warteten auf ihre Entscheidung.

«Und, Sisi? Welche der Damen soll dich nach Wien begleiten?»

Ludovika sah ihre Tochter hoffnungsvoll an und nickte den Gräfinnen ermutigend zu.

Sisi schluckte bei dem Gedanken, länger als einen Abend in Gesellschaft einer dieser Frauen verbringen zu müssen. Alle waren über vierzig, sprengten beinahe ihre Kleider und versuchten wahlweise mit einer hochtoupierten Frisur ihr dünnes Haar zu vertuschen oder mit einem schmalen Lächeln über ihre verbitterten Züge hinwegzutäuschen.

«Ich benötige die Dienste keiner der Damen, Mama», ergriff Sisi das Wort und wandte sich dann direkt an die Gräfinnen. «Verzeihung, dass meine Mutter Euch heute umsonst herbemüht hat.»

Ludovika starrte ihre Tochter entgeistert an, und die Gräfinnen schnappten empört nach Luft. Nach einem fragenden Blick zu Ludovika, die sie mit einem Nicken erlöste, rauschten sie mit gerafften Röcken aus der Kaminstube. Ihre Mutter sah Sisi strafend an und eilte den Damen nach. Auch Zwergspitz Lupa sprang von ihrem durchgesessenen Fauteuil und flitzte ihr hinterher.

«Ich bitte inständigst um Verzeihung, dass Ihr nun ganz umsonst den langen Weg hierher unternommen habt», waren Ludovikas Worte noch aus der Eingangshalle zu hören, doch ihr höfliches Gesäusel vermochte die Empörung der Gräfinnen anscheinend nicht zu mildern. Das beleidigte Gezeter der Damen schmerzte Sisi selbst aus der Entfernung noch in den Ohren, und sogar Nene, die die ganze Zeit über seelenruhig neben ihr gestickt hatte, hielt die Nadel einen Moment reglos in der Luft.

Den gesamten Vormittag hindurch hatte es geregnet, und jetzt regnete es immer noch. Die Luft war selbst drinnen feucht und klamm. An den Fensterscheiben der Kaminstube perlten dicke Tropfen ab und fanden sich zu Rinnsalen zusammen. Sisi hatte nach dem Mittagessen ausreiten wollen, aber Ludovika hatte es verboten, da sie erstens eine Zofe aussuchen sollte und sich draußen zweitens «den Tod» holen könnte. Dabei fühlte sie sich dem Tod hier drinnen deutlich näher.

«Willst du ihm nicht lieber ein Taschentuch anfertigen lassen?», frotzelte Nene mit Blick auf den Stickrahmen in Sisis Hand.

«Wozu?», konterte Sisi und setzte schnippisch einen neuen Stich. «Solange es von mir ist, wird Franz es gerne zur Hochzeit tragen.»

«Das bezweifle ich ...», erwiderte Nene spitz und sah spöttisch zu ihr herüber. Und tatsächlich: Wieder verfing sich der Faden und bildete einen störenden Knoten. Sisi biss die Zähne zusammen. Mittlerweile ließ sich in ihrem Stickrahmen immerhin ein Blumenmotiv erahnen, das sich etwas fahrig um ein «F» rankte. Sie hatte sich zwar ernsthaft Mühe gegeben, dennoch war der Fadenlauf krumm und schief. An manchen Stellen hatten sich Schlaufen gebildet, und bei einer Blume war ihr das Garn ausgegangen, und sie hatte auf eine andere Farbe ausweichen müssen.

Obwohl sie keine Lust mehr auf diese albernen Stickereien hatte, duckte Sisi sich so tief wie möglich über ihre Arbeit, um Ludovikas nahendem Zorn zu entgehen. Die stampfenden Schritte ihrer Mutter, die sich nun wieder der Kaminstube näherten, verhießen nichts Gutes.

«Auch wenn es dir nicht passt, Elisabeth, du brauchst eine Zofe.» Ludovika baute sich in der Tür zur Kaminstube auf und verschränkte die Arme vor der Brust. «In Wien wirst du keinen Schritt alleine tun dürfen!»

Sisi zog ein paar Mal scheinheilig am Faden, schwieg aber.

«Alles wird genau festgelegt sein. Wer dich wohin begleitet und wann. In welcher Entfernung.»

«Selbst in deiner Hochzeitsnacht wirst du nicht alleine sein», flüsterte Nene, und Sisi stach sich vor Schreck in den Finger. Der Gedanke an die erste Nacht mit Franz, in der Wiener Hofburg, im Beisein Fremder, bohrte sich wie eine Faust in ihre Magengrube. Wenn sie eben Ja gesagt hätte, zu einer der Gräfinnen, wäre die dann womöglich dabei gewesen, wenn ...

«Nene!» Auch Ludovika war der Kommentar nicht entgangen.

«Ist doch wahr», sagte Nene schnippisch und widmete sich erneut ihrer Stickerei.

Befangen schielte Sisi auf den Stickrahmen ihrer Schwester hinüber. Nenes Stiche saßen perfekt, und unter ihren geschickten Fingern erblühte jede Blume in der ihr angemessenen Farbe. Nene hatte sogar einen kleinen Marienkäfer hinzugestickt, der zwischen den Rosen über das Tuch krabbelte.

«Bald gehen mir die Anwärterinnen aus!», jammerte Ludovika weiter. «Es kommt nicht jede für das Amt in Frage, falls es dich interessiert!» Seufzend bückte sie sich, um Lupa auf den Arm zu nehmen, die verzweifelt an ihrem Rock hochsprang. «Deine Zofe muss einen großen Hausstand zu leiten wissen, dir bei der Erziehung der Kinder zur Seite stehen und in allen Angelegenheiten rund um die Ehe eine treue Beraterin sein.»

Am liebsten hätte Sisi ihren verfluchten Stickrahmen in eine Ecke gepfeffert, da riss sie ein Klopfen aus ihren Sorgen.

«Eine Lieferung für die Herzogin Elisabeth», kündigte der alte Wilhelm an und trat zur Seite, um zwei zierlichen Pagen Platz zu machen, die einen Karton und einen üppigen Strauß Rosen in die Stube balancierten.

«Ein ... ein Geschenk des Kaisers», stammelte einer von ihnen, und Nene erblasste.

«Für mich?» Sisis Miene hellte sich schlagartig auf.

«Jawohl, Herzogin.» Der Page errötete und fiel in eine tiefe Verneigung, sein Begleiter tat es ihm nach.

Mit leuchtenden Augen trat Sisi näher und hielt ihre Nase in die duftenden Rosen. «Es liegt auch ein Brief dabei!» Sie nahm den Umschlag heraus, doch Ludovika schnappte ihn ihr aus der Hand. Ernüchtert widmete Sisi sich stattdessen der Kiste. Sie hob den Deckel einen Spalt an und erhaschte einen Blick auf zwei mit Goldfaden bestickte Seidenslipper. Jauchzend legte sie den Deckel beiseite, hob sie heraus und schlüpfte hinein. Die Schuhe schmiegten sich wie angegossen an ihre Füße. Sisi trat vor einen Wandspiegel und hob begeistert den Rock, um die Muster zu bestaunen. Die Schuhe hatten einen dezenten Absatz und eine schmale Passform. Die Sohle war so geschmeidig, dass sie sich bewegen konnte wie eine Katze. Blumen und Blätter rankten sich in engen Stichen über Spitze und Spann. Ihrer Schwester wegen hätte sie ihre Freude gerne verborgen, aber es gelang ihr nicht.

Nene beugte sich tief über ihre Handarbeit. Da war sie wieder, die Distanz zwischen ihnen. Seit der Rückfahrt aus Bad Ischl hatte Sisi mehrere Anläufe unternommen, mit ihrer Schwester an die frühere Beziehung anzuknüpfen, aber schon nach wenigen Tagen hatte sie das aufgegeben. Sie konnte Nenes Groll ja durchaus verstehen.

«Franz Joseph und seine Mutter werden uns zu Weihnachten einen Besuch abstatten», verkündete Ludovika und faltete den Brief wieder zusammen.

«Das ist ja schon in vier Wochen!», juchzte Sisi und machte vor Freude nun doch einen Sprung. Ludovika rügte sie mit einem strengen Blick.

«Da solltest du die höfische Etikette beherrschen», ermahnte sie, und Sisis Laune sackte sofort ein Stockwerk tiefer. Die höfische Etikette war der Teil ihrer Zukunft, auf den sie sich am wenigsten freute. Und das war weit untertrieben. Sich das ausufernde Regelwerk anzueignen, das das Leben am Wiener Hof strukturierte, versprach eine echte Qual zu werden. Sisi hatte gehofft, dass es mit ein paar Stunden Lektüre getan sein würde. Aber weder Ludovika noch Max hatten ihr sagen können, wo sie die Etikette nachlesen konnte. Während es Ludovika unangenehm gewesen war einzugestehen, dass sie nicht wusste, ob es überhaupt ein Buch dazu gab, hatte ihr Vater nur gegrummelt, dass Sisi sich gut überlegen solle, von wem sie sich zu einem Aufziehpüppchen umziehen lassen wolle. Dann hatte er zum ersten Mal die Tür seines Arbeitszimmers vor ihr zugeschoben und seine Tochter im Flur stehen lassen.

Sisi vertrieb die Erinnerung. Ihre Mutter hatte recht. Vier Wochen waren reichlich wenig Zeit! Sisi biss sich auf die Zunge, aber das Grinsen ihrer Schwester verriet, dass sie ihr die Sorge angesehen hatte.

«Und du, Nene, wirst ihr alles beibringen», entschied Ludovika.

Sisi und Nene blickten zu ihrer Mutter, eine geschockter als die andere.

«Was, ich?! Bloß, weil Sisi sich zu fein ist, eine Zofe auszusuchen?»

«Nein, Nene, weil ich möchte, dass du lernst, deine Lage zu akzeptieren, genau wie ich die meine akzeptiert habe. Und zwar *mit Würde und Anmut* ...»

«... *in jedem Schritt und jeder Geste»,* stimmten Sisi und Nene in Ludovikas Singsang ein, und zumindest für einen kurzen Moment war es beinahe wieder so wie früher. Als sie noch Schwestern waren. Einfach nur Schwestern.

KÜSS DIE HAND

Der Regen hatte nachgelassen, und der Himmel war etwas aufgeklart. Auf den grünen Blättern von Ludovikas botanischer Sammlung fing sich das zarte Licht, das zu den Fenstern des Salons hereinfiel. Einige der Pflanzen hatten handtellergroße Blätter hervorgetrieben, andere Dornen so groß wie Nägel.

Sisi stand ihrer Schwester in der Mitte des Salons gegenüber und sehnte sich nach der kalten Luft und dem Geruch nasser Erde nach dem Regen.

«Worauf wartest du? Ich hab keine Lust, hier den ganzen Tag zu verbringen.»

Sisi seufzte und sank in die Knie. Sie würde einen ordentlichen Muskelkater bekommen, so sehr nahm ihre Schwester sie in die Mangel.

«Tiefer», zwang Nene sie Richtung Boden. «Noch tiefer.»

Sisi kauerte nun fast auf dem Parkett, und Nene huschte ein Lächeln übers Gesicht. Seit über einer Stunde malträtierte ihre Schwester sie nun schon mit ihren Befehlen, während Ludovika vorgab, ihre Pflanzen zu wässern. Ein Vorwand, ihre beiden Töchter aus den Augenwinkeln zu beobachten, das wusste Sisi genau.

«Achte auf deine Füße.» Nene verdrehte die Augen. «So unkonzentriert lernst du den Handkuss nie.»

Sisi rückte ihre Füße zurecht. Der hintere leicht ausgestellt, der vordere gerade auf die Person ausgerichtet, der Respekt und Gruß gebührten. In diesem Fall Nene, die es sichtlich genoss, Sisi zu quälen.

«Und jetzt wieder tiefer.»

Sisis Augen wanderten wütend zu ihrer Mutter hinüber, die ihr diese Tortur eingebrockt hatte. Ludovika musste sich an einem der Dornen gestochen haben, denn sie begutachtete eingehend ihren Zeigefinger. Als hätte sie eine abgründige Freude daran, drückte sie einen Tropfen Blut aus der Wunde und saugte an ihrer Fingerkuppe.

«Blick zum Boden!» Sisi gehorchte und beneidete ihre Mutter um den stechenden Schmerz. Er wäre eine willkommene Abwechslung zu dem Brennen in ihren Oberschenkeln gewesen. Sie stellte sich die Verletzung so intensiv und lebendig vor, dass sich der metallene Geschmack von Blut auf ihre Zunge legte.

«Und jetzt der Kuss.»

Nene streckte Sisi von oben herab die Hand hin. Sisis Muskeln bebten vor Erschöpfung, kurz davor, unter ihr nachzugeben. Gerade wollte sie die Hand ihrer Schwester nehmen, da brach sie ab.

«Warum soll ich das üben? *Ich* bin bald die Kaiserin!»

«Aber noch bist du es nicht!»

Einen Moment starrten beide Schwestern sich wütend in die Augen. Dann stemmte Nene die Hände in die Hüften und wandte sich an ihre Mutter.

«Aus ihr wird nie eine gute Kaiserin werden, Mama.»

«Und dennoch wird Sisi die Kaiserin, Nene. Nicht du», entgegnete Ludovika kühl.

Sisi grinste überlegten, doch ihre Mutter bedachte sie mit einem strengen Blick. «Und deshalb wird sie auch dankbar deinen Anweisungen folgen.»

Ludovikas unbeugsame Miene zwang Sisi erneut in die Knie, und als sie schließlich die Hand ihrer Schwester küsste, konnte sie nicht sagen, für wen von ihnen beiden es die größere Niederlage war.

FORELLEN ENTGRÄTEN

Nur der hoffähige Hochadel und die hohe Geistlichkeit erhalten Zutritt zu der Zweiten Antecamera», referierte Nene. «Alle anderen werden in der Ritterstube empfangen.»

Sisi rutschte auf ihrem Stuhl hin und her. Ihre Sitzhöcker schmerzten auf dem harten Eichenholz, aber Nene hatte sie nicht aufstehen lassen, um ein Kissen zu holen. Sisi war schon immer von schmaler Statur gewesen, aber die Aufregung der letzten Wochen hatte sie ihre Knochen noch deutlicher spüren lassen. Ihre Oberschenkel glühten und pochten noch von den vielen Verneigungen, die sie mit Nene hatte üben müssen.

«Die Geheime Ratsstube ist nur den obersten Hochwürdenträgern zugänglich.» Nene las laut aus einem Buch und zeigte mit einem Stift auf die benannten Zimmer in einem Grundriss der Hofburg. Sie hatten die Karte über den Tisch im Salon ausgebreitet. Es war neben der Tafel im Kaminzimmer der größte Tisch, den sie hatten finden können. Dennoch musste Sisi die Karte an einer Ecke halten, denn sie hing so weit über den gegenüberliegenden Rand hinüber, dass sie sonst einfach vom Tisch gerutscht wäre. Ludovika kämmte im Hintergrund Zwergspitz Lupa und summte der Hündin ein Lied vor. Der kleine Kläffer schien sich über Sisi und Nene lustig zu machen, wie er da auf ihrem Schoß lag, und Sisi hätte ihm am liebsten die Zunge rausgestreckt.

«Und was ist das?» Sie zeigte auf das leere Zimmer in der Mitte der Karte. Nene folgte ihrem ausgestreckten Zeigefinger und grinste. Das musste sie offenbar nicht im Buch nachlesen. Mit wenigen Bleistiftstrichen zeichnete sie etwas in das leere Rechteck, das in Wirklichkeit ein relativ großes Zimmer sein musste. Es war ein Bett.

«*Das* ist das Schlafzimmer des Kaiserpaares.»

Die nachlässig angefertigte Zeichnung passte nicht zu Nene. Das Bett war schief und hässlich geraten, und die krummen Striche begannen vor Sisis Augen zu tanzen.

Sie blinzelte, doch die Linien kamen nicht zur Ruhe. Sisi spürte, dass Ludovika ihre Reaktion genau beobachtete. Nie hatte sie mit Sisi darüber gesprochen, was sie in diesem Zimmer erwarten würde. Ob sie es noch vorhatte?

«Hier werden Forellen entgrätet und filetiert», zischte Nene. Entsetzt starrte Sisi ihre Schwester an. Diesmal war es ihr gelungen, die Bemerkung vor Ludovika zu verbergen. «Du hast keine Ahnung, richtig?» Überlegen schlug Nene das Buch zu und grinste.

Sisi schwieg, doch ihr war klar, dass sie ihre Schwester nicht täuschen konnte. Wusste Nene, was ihr in der Hochzeitsnacht bevorstand? Hatte Ludovika sie bereits in die Geheimnisse der Frauen eingewiesen?

Bisher beschränkte sich alles, was Sisi wusste, darauf, was sie einmal im Stall gesehen hatte, als eine Stute gedeckt worden war. Mit Nene hatte sie sich damals hinter einigen Strohballen versteckt und beobachtet, wie zwei Stallknechte einen braunen Hengst zu der Stute geführt hatten, deren Hinterbeine mit einem Strick zusammengebunden waren. Der Hengst hatte die Stute schnaubend bestiegen, und die Stute hatte unter dem Vorgang schmerzerfüllt gewiehert. Ihre traurigen Augen mit den langen Wimpern hatten sich Sisi ins Gedächtnis gebrannt. Ihr lief ein Schauer über den Rücken.

«Die Räumlichkeiten sollte Sisi nun kennen», wandte Nene sich an Ludovika, stand auf und schüttelte ihren Rock auf. Ihre Stimme klang laut und schrill. «Wenn du nichts dagegen hast, würde ich gerne morgen weitermachen, Mama.» Sie schickte Sisi einen arroganten Blick.

«Es hat sowieso keinen Zweck mehr, ihr heute noch etwas beizubringen.»

Ludovika vertrieb Lupa von ihrem Schoß und richtete sich in ihrem Stuhl auf. «Wollt ihr nicht noch etwas über die Geschichte Österreichs lernen oder über die Geografie der Kronländer?»

«Es geht doch eh nichts mehr in ihren Kopf.»

Ludovika überlegte einen Moment, aber Nene verschränkte die Arme vor der Brust.

«Meinetwegen», gab Ludovika nach. «Aber sprich nicht so über deine Schwester, Nene.»

Die unerwartete Maßregelung trieb Nene ein gefährliches Funkeln in die Augen.

«Dafür werdet ihr morgen umso früher mit dem Unterricht beginnen», setzte Ludovika nach. «Beim Mittagessen will ich Sisi jedes Kronland aufsagen hören. In der jeweiligen Landessprache!»

Nene biss sich auf die Lippen und starrte Ludovika feindselig an. Doch ihre Mutter hob nur eine Augenbraue und hielt dem Blick ihrer Tochter stand.

«Falte das zusammen!», fauchte Nene stattdessen Sisi an und deutete auf die Karte der Hofburg, die mittlerweile vom Tisch gerutscht war. Sisi machte sich eilig ans Werk, um ihre Schwester nicht noch weiter zu reizen, und überlegte, was sie mit dem freien Abend noch anstellen konnte. Der Gedanke an die Hochzeitsnacht lag ihr schwer im Magen, und ein Blick aus dem Fenster zeigte, dass es schon wieder regnete. Ludovika würde sie heute nicht mehr ausreiten lassen. Normalerweise hätte sich Sisi um die Erlaubnis ihres Vaters bemüht, aber Max war nach

München gefahren, um den Abend mit seinen unehelichen Kindern zu verbringen.

«Gute Nacht», sagte Nene betont laut und riss Sisi aus ihren Gedanken.

«Es ist nicht gut, mit so viel Wut im Bauch ins Bett zu gehen», sagte Ludovika, erhob sich aus ihrem Stuhl und winkte ihre Tochter heran. Einen Moment schien es, als würde Nene sich ihrem Willen widersetzen. Doch dann schritt sie erhobenen Hauptes auf Ludovika zu und ließ sich widerwillig von ihr den Scheitel küssen. «Gute Nacht, mein Kind.»

Nene drehte auf dem Absatz um und marschierte schon auf die Tür zu, da hielt sie bei Sisi noch einmal inne. «Ich kann dir die Antwort zeigen, die du suchst», zischte sie. Ohne ein weiteres Wort dampfte sie aus dem Salon.

Sisi sah ihr entgeistert nach. Hatte sie das gerade richtig verstanden? Fast hätte das Rascheln des weiten Rockes Nenes Worte verschluckt. Sie drückte die Karte an ihre Brust. Wollte ihre Schwester ihr wirklich helfen? Oder erwartete Sisi am Ende nur wieder eine neue Gemeinheit? Was auch immer es war – sie durfte die Chance nicht versäumen, ihr Unwissen auszuräumen. Sie nahm einen tiefen Atemzug, um sich Mut zu machen, und beeilte sich, ihrer Schwester zu folgen.

DER ZAR

«Stellt das Bett bitte dort drüben hin.»

Franz hörte die Stimme seiner Mutter so deutlich, als stünde sie direkt neben ihm. Und das, obwohl mindestens hundert Meter zwischen ihnen lagen. Die Sonne fiel verhalten durch die hohen Fenster des langen Flures, dessen Akustik Franz einmal mehr in Erstaunen versetzte. Es war, als hätten die zahlreichen Architekten der Hofburg bei jeder ihrer Erweiterungen seit dem Mittelalter darauf abgezielt, den Bediensteten die Gerüchte des Hofes in die Ohren zu spielen. Wie die meisten Gänge des Leopoldinischen Traktes war auch dieser viel zu lang, um alltagstauglich zu sein. Franz bedauerte, dass er die weiten Strecken in den Innenräumen nicht zu Pferd zurücklegen konnte.

Ihm fiel auf, wie hastig er schon wieder unterwegs war, und er ermahnte sich zur Ruhe. Eile mit Weile, hatte Franz' Vater immer gesagt, als er noch bei Sinnen war. Oder als man das zumindest noch hatte annehmen können. Im Grunde wusste niemand genau, wann Franz Karls geistige Umnachtung begonnen hatte. Seine Krankheit war ein schleichender Prozess gewesen und hatte seine Sinne wahrscheinlich schon weit früher befallen, als Franz selbst oder seine Mutter es geahnt hatten. Ganz ähnlich wie der Lauf der Sonne, die über den Tag hinweg fast unbemerkt ihre Bahn beschrieb. Auf einmal stand sie im Westen, und es war schon Nachmittag. Nach einem Tee über einer berstend vollen Akte setzte die Dämmerung ein. Die blaue Stunde verging mit einem Gang in die Gemächer. Und kaum, dass man sich's versah, umfing einen nicht mehr zu ignorierende Dunkelheit.

Als Franz endlich in der Tür am Ende des Ganges ankam, manövrierten einige Diener gerade einen riesigen Baldachin ins Zimmer. Die drei zierlichen Knaben taten sich schwer, das wuchtige Objekt zu balancieren. Das Gewicht der ornamentalen Samtvorhänge, die von dem schweren Gestänge hingen, ließ sie bald in diese, bald in jene Richtung torkeln. Wäre es nicht um sein zukünftiges Ehegemach gegangen, hätte Franz sich über die Szenerie amüsieren können. Doch es missfiel ihm, dass seine Mutter sich ohne sein Wissen an die Einrichtung seiner Gemächer machte. Und der seiner zukünftigen Frau.

«Vorsicht mit dem Kronleuchter!», entfuhr es Erzherzogin Sophie, als der Baldachin nur einen Fingerbreit an dem Kristallleuchter in der Mitte des Raumes vorbeischwenkte.

«Hast du das angeordnet?», fragte Franz scharf.

Die Erzherzogin drehte sich elegant zu ihm um, blieb ihm jedoch die Antwort schuldig. Stattdessen musterte sie Franz eingehend. Die Art, wie seine Mutter ihn ansah, bereitete ihm Unbehagen. Ein unpassender Genuss lag darin, etwas Selbstgenügsames, das Franz nicht ausstehen konnte. Er spürte, wie sich in ihm etwas zusammenzog. Er hatte es noch nie haben können, wenn Sophie stolz auf ihn war.

Ein Lächeln umspielte jetzt ihre Lippen. «Es ist der Ort, den das Hofzeremoniell vorsieht», sagte sie liebevoll, was Franz' Unwohlsein noch steigerte.

«Angrenzend an deine Gemächer», setzte er trocken hinzu.

Sie nickte vielsagend. «Die Wiege der Habsburger Dynastie.»

Am liebsten hätte Franz entgegnet, dass sie den amtierenden Kaiser keineswegs in diesen Räumlichkeiten gezeugt hatte, doch es schickte sich nicht, solche Dinge gegenüber seiner Mutter zu äußern.

Erzherzogin Sophie griff nach seiner Hand. Zärtlich und besitzergreifend. Franz erduldete es aus Respekt vor ihrer Liebe. Obwohl sie seine Erziehung früh einer Kinderfrau übergeben hatte, hatte sie immer an seiner Seite gestanden. Sie hatte an seine Zukunft geglaubt, und nicht nur das: Sie hatte für seine Zukunft gekämpft. Im Zuge der Revolutionen hatte sie sowohl den amtierenden Kaiser als auch ihren eigenen Gatten dazu bewegt, seinetwillen auf den Thron zu verzichten. Ohne Sophies außerordentlichen Sinn für Diplomatie, ohne ihr politisches Gespür und ihren beinharten Willen wäre Franz nicht mit achtzehn Jahren zum Kaiser avanciert.

Er straffte sich. «Ich möchte unser Schlafgemach in einem anderen Stockwerk haben», beschied er. Es war Zeit, dass er ihrem Einfluss Grenzen setzte. Was er mit Sisi erlebt hatte – darin hatte seine Mutter keinen Platz.

Ein flüchtiger Schatten huschte über Sophies Gesicht, doch Franz hielt ihren Blick.

«Ganz wie du wünschst.»

«Und den Baldachin lässt du bitte auch entfernen. So etwas hat man heute nicht mehr.»

Erzherzogin Sophie nickte würdevoll.

«Du kannst diese Räumlichkeiten noch an deine Gemächer anschließen», verkündete Franz.

«Es ist alles deine Entscheidung.» Seine Mutter nickte den Dienern zu. Als hätten sie auf ihr Zeichen gewartet, setzten sie sich wieder in Bewegung, um Bett und Baldachin aus dem Zimmer zu schaffen. Die Erzherzogin presste die Lippen aufeinander, als sie dabei den Kronleuchter streiften. Ein Kristallelement ging zu Boden und zerbarst auf dem Tafelparkett.

«Du entschuldigst mich», wandte Franz sich zum Gehen. Es war gut, dass er nach dem Rechten gesehen und die Aktion seiner Mutter gestoppt hatte, aber sein Schreibtisch war mit Stapeln von Akten beladen, die er bis zur Abenddämmerung durcharbeiten musste.

«Franz?»

Er hielt in der Bewegung inne. Die Diener hatten mit Bett und Baldachin das Zimmer verlassen, und so standen seine Mutter und er allein in dem nun wieder leeren Raum. Eine seltene Begebenheit, folgte ihnen beiden doch sonst auf Schritt und Tritt eine Schar Bediensteter, Hofdamen oder sonstiger Untergebener.

«Ja, Mutter?», fragte er und drehte sich zu ihr um.

«Zar Nikolaus wird dich um deine Hilfe bitten», sagte Erzherzogin Sophie, ohne die Stimme zu erheben.

«Hilfe?»

«Er will die Krim.»

Franz musterte sie. «Woher weißt du das?»

Seine Mutter lächelte nur. «Du wirst dich positionieren müssen. Er hat dir mit den Ungarn geholfen. Also überlege dir gut, was du sagst, wenn er dich fragt.»

Franz zog scharf die Luft ein. Er nickte. In seinen wenigen Jahren als Kaiser hatte er eines schnell lernen müssen: War ein Unwetter verzogen, braute sich verlässlich schon bald ein neues zusammen.

DIE ANTWORT

Nene tat einen Schritt zur Seite, um die knarzende Diele in der Mitte des Flurs auszulassen, und drückte die Tür zu Max' Arbeitszimmer auf. Wie immer war sie nur angelehnt – als Zeichen dafür, dass Max keine Geheimnisse hatte. Ihr Vater machte keinen Hehl aus seinen Affären, besuchte offen seine unehelichen Kinder und hielt auch politisch nicht damit hinterm Berg, dass er mit der Republik liebäugelte.

Nene stoppte die Tür genau rechtzeitig, um das Quietschen zu verhindern, das sie beim vollständigen Öffnen erzeugte. Auch ihre Schwester war wohl schon öfter heimlich hier gewesen, dachte Sisi. Kein Wunder! Das Zimmer im ersten Stock des Schlosses lockte nicht nur mit einer ganzen Wand voll Bücher, sondern auch mit allerlei schillernden Devotionalien, die ihr Vater von seinen Weltreisen mitgebracht hatte.

Nene gab Sisi ein Zeichen, als Erste durch den Spalt zu schlüpfen. Lautlos huschte sie an ihr vorbei über die ausgetretene Schwelle. Sofort schlug ihr der vertraute Geruch von Staub, kaltem Zigarrenrauch und geöltem Holz entgegen. Die drei Fenster gingen zur Südseite des

Schlosses hinaus. Ihr Vater verbrachte viel Zeit an dem wuchtigen Sekretär, der wie ein Mahnmal in der Mitte des Zimmers thronte. Vor allem während der Mittagsstunden, wenn die restliche Familie an der langen Tafel im Kaminzimmer speiste, las Max hier oft «Fliegende Blätter» oder «Neueste Nachrichten aus dem Gebiete der Politik». Abends kehrte er nochmals in sein Arbeitszimmer zurück, um über einer Zigarre und einem Cognac zu meditieren.

Sisi konnte sich nicht erinnern, dass ihr Vater jemals vergessen hatte, ihr zuvor eine gute Nacht zu wünschen. Aber seit sie aus Bad Ischl zurück war, war er kein einziges Mal gekommen, um noch ein paar abendliche Worte zu tauschen. Auch ihre anderen Geschwister hatte er seither nicht mehr besucht, und Sisi schmerzte es, dass sie ihretwegen leiden mussten. Maperl war ja erst vier!

Sisi sah sich im Arbeitszimmer um. Auf der den drei Fenstern gegenüberliegenden Bibliothekswand stand über mehrere Regalbretter verteilt das «Große Conversations-Lexikon für die gebildeten Stände». Die Enzyklopädie hatte zweiundfünfzig Bände, und so war Sisi nie der Lesestoff ausgegangen, wenn sie nicht hatte schlafen können und Max ihr erlaubt hatte, ihm abends Gesellschaft zu leisten. Im Nachthemd hatte sie dann auf dem Teppich gekniet und den Geruch der Enzyklopädie eingeatmet, während sie zu Hölderlin, Holland und Holstein geschmökert hatte oder zu Lunge, Luft und Luther. Manchmal hatte Max aus dem Nichts begonnen, von seinen Reisen zu erzählen. Von den Pyramiden und dem Nil. Den südländischen Märkten mit den bunten Gewürzständen, Teppichen und getrockneten Aprikosen. Er war damals über Korfu, Patras, Athen, Alexandria und Kairo nach Jerusalem gereist. Sisi hatte den Atem angehalten, während er die alten Geschichten zum Leben erweckte, und gebannt seinen Berichten gelauscht. Sie hatte gemeint, das verbrannte Holz am Nil selbst zu riechen, so anschaulich hatte ihr Vater seine Erlebnisse und Eindrücke geschildert. Lange hatte Sisi jedes Wort für bare Münze genommen. Sie hatte ihren Vater für den furchtlosesten aller Abenteurer gehalten. Erst in den letzten Jahren hatte sie sich manches Mal gefragt, ob Max nicht vor allen Dingen ein guter Geschichtenerzähler war.

Nene drückte die Tür vorsichtig bis auf einen Spalt zu und ging zielstrebig zu einer Kommode hinüber. Sie öffnete einige Schubladen, wobei sie sich bemühte, keinerlei Geräusche zu machen, kramte in Papierstapeln und alten Zeitungen. Sie schaute unter eine Holzschachtel – «Havanna-Zigarren» – und rüttelte schließlich an der untersten Lade. Sie klemmte offensichtlich. Sisi kam sich etwas lächerlich vor, einfach untätig dazustehen, während Nene sich mit ihrem ganzen Gewicht dagegen warf. Doch als sie ihre Hilfe anbot, wies ihre Schwester sie zurück und krempelte die Ärmel ihres Kleides hoch. Mit einer letzten Kraftanstrengung bekam sie die Schublade schließlich auf. Es tat ein kurzes Rumpeln, und beide Schwestern hielten den Atem an. Doch es blieb ruhig. Nur das rhythmische Wischen eines Schrubbers war entfernt zu hören. Wahrscheinlich der alte Wilhelm, der sich im Kaminzimmer am Steinboden zu schaffen machte.

Nene wartete noch einen Moment, um sich zu vergewissern, dass sie wirklich unbemerkt geblieben waren. Dann holte sie eine kleine Box mit orientalisch verziertem Einband hervor und warf Sisi einen verschwörerischen Blick zu. *Das* hatte sie gesucht.

Nene hielt Sisi die Box hin. «Aber kein Wort zu Papa.»

Sisi zögerte, nach dem Kästchen zu greifen. Der Einband verhieß Geheimnisvolles. Die goldenen Ornamente riefen ihr die Wandmalereien der Alhambra ins Gedächtnis, die Max ihr auf einer Fotografie gezeigt hatte. Die überdachten Säulengänge, deren Umrisse sich in den glatten Wasserbecken spiegelten, hatten sich ihr eingeprägt. Sie versprühten für Sisi die Magie von «Tausendundeiner Nacht». Das Buch hatte sie vor einiger Zeit aus dem Regal stibitzt und nicht wieder zurückgebracht, fiel ihr ein. Sie nahm sich vor, das dieser Tage nachzuholen.

Sisi wischte sich die schwitzigen Finger am Rock ab und nahm die Schachtel. Der samtene Einband schmeichelte ihren Händen, und sie erlaubte sich, mit den Fingerkuppen die eingeprägten Linien entlangzufahren, die sich über das Deckblatt rankten. Mit klopfendem Herzen hob sie den Deckel herunter. Es kamen einige Spielkarten zum Vorschein, und Sisi stockte der Atem. Es waren keine normalen Karten, jedenfalls nicht solche, die sie kannte. Statt Bube und Dame, statt Eichel und Schelle sprangen ihr zwei ineinander verschlungene Körper entgegen. Sisi schluckte. Die Figuren auf der obersten Karte waren nackt! Eine Frau mit großen Augen und spitz zulaufenden Brüsten saß rücklings auf einem schnauzbärtigen Mann, der mit beiden Händen ihren Hintern hielt. Sisi spürte Nenes neugierigen Blick. Ihre Schwester schien ihre Reaktion auf das, was sich ihr hier offenbarte, genau zu beobachten. Sisi hob die oberste Karte herunter, bemüht, ihr Erstaunen Nene nicht zu offenbaren. Zwei neue Körper kamen zum Vorschein, wieder nackt, aber diesmal lag der Mann hinter der Frau und saugte an ihren Brüsten. Sisi hätte es gerne vermieden, ihre Hand erneut am Rock abzuwischen, aber ihre Finger waren vor Aufregung so feucht, dass sie Angst hatte, Abdrücke auf den Karten zu hinterlassen. Mit zitternden Händen blätterte sie weiter. Nene durchbohrte sie fast mit ihrem Blick, und diesmal konnte Sisi ihren Schock nicht verbergen: Auf der nächsten Karte waren gleich *drei* nackte Körper abgebildet! Zwei Frauen und ein Mann. Eine der Frauen saß etwas erhöht auf einem Schemel. Sie hatte ihre Beine vor dem Gesicht der zweiten Frau gespreizt. Dieser wiederum stieß der Mann von hinten etwas zwischen die Pobacken, das so mächtig war, dass es Sisi den Atem verschlug. Der Phallus des Mannes glich einem Krummsäbel und entsprach in Länge und Durchmesser fast dem Oberschenkel der Frau, die vor ihm auf dem Boden kniete!

«Tut das nicht weh?», entfuhr es Sisi. Am liebsten hätte sie die Frage zurückgenommen, doch es war zu spät.

«Wenn es besonders wehtut, wird es ein Thronfolger», erwiderte Nene trocken und nahm Sisi unsanft das Kartenspiel aus der Hand. «Und den zu empfangen ist, wie du sicherlich weißt, deine einzige Aufgabe am Hof.»

Sisi beobachtete schockiert, wie ihre Schwester die Box wieder in der untersten Schublade des Sekretärs verschwinden ließ, die Lade schloss und sich anschließend aus der Hocke erhob, um das Arbeitszimmer zu verlassen.

Ihrem Hüftschwung war deutlich die Freude darüber anzusehen, dass sie Sisi einen ordentlichen Schreck eingejagt hatte.

Sisi blieb allein im Zimmer zurück. Ein Schauer lief über ihre Haut. Obwohl sie schon oft ohne Begleitung hier gewesen war, hatte sie sich doch nie verloren gefühlt. Die Sonne war hinter einer grauen Wolkenfront verschwunden, und plötzlich wirkte das verlassene Zimmer mit seinen dunklen Schränken leer und bedrohlich. Ihr Vater fehlte ihr, ebenso wie die liebevolle Schwester, die sie in Nene einmal gehabt hatte. Hatte sie sie für immer verloren? Sisis Blick wanderte zur untersten Schublade des Sekretärs, wo das Kartenspiel schlummerte. Das wohlbehütete Geheimnis, über das ihre Mutter es versäumt hatte, sie aufzuklären. Ob das, was die Karten zeigten, der Wahrheit entsprach? Ob es wirklich so wehtun würde? Die glänzenden Augen der Stute drängten sich Sisis innerem Auge auf. Die Erinnerung an ihre langen dunklen Wimpern und ihren schmerzerfüllten Blick waren kaum zu ertragen. Sisi schlich ans Fenster, um das Bild in ihrem Kopf über den Anblick des Starnberger Sees zu vertreiben. Die Wellen kündigten einen Sturm an, und sie versuchte ihre Gedanken an das trockene Eichblatt zu heften, das sich vor dem Fenster verzweifelt an einen kahlen Zweig klammerte. Es gelang ihr nicht. Als die erste Windbö in den Fensterläden klapperte und das Eichblatt herunterriss, war es Sisi, als hörte sie das Wiehern der Stute über der hereinbrechenden Dunkelheit verhallen.

DAS WIEDERSEHEN

Vier Wochen später stand Sisi am selben Fenster und blickte in die Winternacht. Der Schnee war später gekommen als erwartet, aber gerade noch rechtzeitig zu Franz' Ankunft. Der ganze Nachmittag war im dichten Schneetreiben versunken, und als es abends kurz aufgeklart hatte, war die Landschaft von einer zauberhaften Schneeschicht überzogen gewesen.

Niemand hatte viel Zeit gehabt, den Schnee zu begrüßen, denn das ganze Schloss war damit beschäftigt gewesen, den Besuch der vornehmen Gäste vorzubereiten. Jede Steinfliese war geschrubbt, jedes Glas akribisch poliert worden. Ludovika hatte sogar befohlen, alle Vorhänge zu waschen und zu bügeln. Dann, pünktlich um zehn Uhr, war das geschäftige Treiben verebbt. Alles war angerichtet, die Bediensteten konnten durchatmen. Erwartungsvolle Stille kehrte ein.

Doch proportional zur äußeren Ruhe, die das Schloss erfasst hatte, war Sisis innere Unruhe gestiegen. Ludovika hatte die Kinder zu Bett gebracht, und eine Stunde später hatte sich auch Max zurückgezogen. Selbst die Sterne hatten sich hinter einer dicken Wolkendecke versteckt.

Sisi beobachtete aus dem Arbeitszimmer ihres Vaters, wie bauschige Flocken vom dunklen Himmel segelten. Die Dezemberkälte hatte Eisblumen an die Fensterscheiben gezaubert, und eine weiche Stille lag über der Landschaft. Doch die helle Nacht machte Sisis Aufregung nur noch unerträglicher. In wenigen Stunden würden Franz und seine Mutter in Possenhofen ankommen, um die

Weihnachtsfeiertage mit ihnen zu verbringen. Das erste Mal würden Sisi und Franz eine Nacht unter demselben Dach verbringen. Ob sie schon beieinander schlafen würden? Sisi tat einen tiefen Atemzug, um einen Anflug von Panik zu vertreiben.

Siebenundzwanzig Nächte hatte sie es nicht gewagt, erneut herzukommen und die unterste Schublade des Sekretärs zu öffnen. Jeden Abend hatte sie die drei nackten Körper an ihrer Zimmerdecke gesehen und schlaflos beobachtet, wie sie sich in ihrer Vorstellung in Bewegung setzten. Bei Vollmond waren ihre Kunststücke besonders eindrücklich gewesen, wenn das Mondlicht durch die kargen Bäume zuckende Schatten an die Wände warf. Seit siebenundzwanzig Nächten begleiteten sie diese Bilder, aber heute endlich hatte Sisi sich entschlossen, nochmals herzukommen. Sollte Franz schon bei diesem Besuch ihren Ehevollzug wünschen, war dies die letzte Gelegenheit, auch die anderen Karten anzusehen und den Wissensvorsprung wettzumachen, den Franz zweifellos hatte. Mit dem Verbot des Beischlafs vor der Ehe schien er es ja nicht so genau zu nehmen.

Das Kartenspiel lag unschuldig vor ihr auf dem Fensterbrett. Etwas hielt Sisi auch jetzt noch zurück, das Kästchen abermals zu öffnen. Sie ahnte, dass es nicht nur die Furcht davor war, was sie noch unter dem orientalischen Einband entdecken würde. Es war auch das Unbehagen darüber, nicht zu wissen, ob es wahr war, was die Karten abbildeten. Die Frage, ob Nene ihr nur einen Schrecken hatte einjagen wollen. Und zu guter Letzt ihre Verwirrtheit über eine Neugier, die Sisi an sich selbst unheimlich war. Die Verführung, der Liebesakt, all das erregte ein eigenartiges Kribbeln in ihr.

Seit Nene ihr die Karten gezeigt hatte, hatten die beiden Schwestern kein Wort mehr über die Hochzeitsnacht verloren. Vielleicht wusste Nene am Ende doch nicht mehr darüber als Sisi selbst. Oder sie wollte ihr Wissen nicht mit ihr teilen. Sisi erinnerte sich an die Lust, die sie empfunden hatte, als sie sich selbst berührt hatte. Als sie gewollt hatte, dass Franz sie am Weiher ansah. Daran, wie sie sich nach seinen Armen verzehrt hatte. Das Verlangen, das sie gespürt hatte. Sie öffnete mit zitternden Fingern das Kästchen. Scham und Unsicherheit ließen sie noch zögern. Doch mit jeder neuen Karte, die sie vom Stapel hob, keimte auch eine unerhörte Erregung auf, die sich zwischen ihren Beinen bemerkbar machte. Mit stockendem Atem prägte Sisi sich Karte um Karte ein, während sich das Pochen in ihrer Scham ins Unerträgliche steigerte.

Die Bilder der nackten, ineinander verschränkten Körper, ihre detailliert gezeichneten Geschlechtsteile und die Fantasien, die sie in ihr erzeugten, all das hielt Sisi noch lange wach. Erst als hinter den Bergketten auf der gegenüberliegenden Seite des Sees die Dämmerung aufkeimte, löste sie sich von ihrer verbotenen Recherche. Sie nahm die Karte mit den drei Liebenden aus dem Stapel und verstaute den Rest wieder in der untersten Schublade des Sekretärs.

WEIHNACHTEN

Der Starnberger See glitzerte in der Mittagssonne. Es war so schneidend kalt, dass den Wartenden der Atem vor der Nase gefror. Sisi hatte sich mit ihrer Familie und der bescheidenen Dienerschaft auf den Steinstufen des festlich geschmückten Eingangs versammelt und verfolgte nervös, wie sich am Ende des Uferweges eine beeindruckende Eskorte näherte. Zahlreiche Leibgardisten ritten vor, neben und hinter einer geschlossenen goldenen Kutsche, deren Dach ausufernde Schnitzereien zierten. Ihre Extravaganz ließ keinen Zweifel daran, dass sie wichtige Fahrgäste transportierte. Den bewaffneten Reitern war anzusehen, welch weiten Weg sie hinter sich hatten. Einige schienen sich mit letzter Kraft im Sattel zu halten, und Sisi war dankbar, dass Ludovika daran gedacht hatte, auch für das Dienstpersonal eine kräftige Rinderbrühe zubereiten zu lassen.

«Vergesst nicht, Kinder. Erst verbeugen, dann küsst Ihr dem Kaiser und Eurer Tante die Hand.»

Ludovika hatte die Worte zwar an all ihre Kinder gerichtet. Aber ein kurzer Blick zu Sisi genügte, um zu verraten, wem die Ermahnung wirklich galt.

«Und von dir erwarte ich, dass du dich heute zusammennimmst», zischte Ludovika Max leise zu. Als ihr Gatte nicht auf die Aufforderung reagierte, ließ sie sich zu einem flüchtigen Seitenblick hinreißen. Doch Max starrte stur geradeaus. Sisi konnte an seinen funkelnden Augen sehen, wie die Wut sich langsam in ihm aufbaute, und auch die Wangen ihres Vaters färbten sich gefährlich rot. Sisi hatte schon Angst, dass Max hier und jetzt explodieren würde, doch ihr Vater löste sich nur aus dem Empfangskomitee und marschierte zurück ins Haus. Ludovika schnappte nach Luft, und unter der Dienerschaft erhob sich ein leises Murmeln.

Sisi sah ihrem Vater fassungslos nach, doch Nene stieß ihr den Ellenbogen in die Seite. Sisi wusste, wie nervös auch ihre Schwester war. Die Schinderei, mit der sie Sisi die Etikette eingetrichtert hatte, sollte nicht umsonst gewesen sein. Am Ende würde Ludovika ihrem Zorn auf Max noch Luft machen, indem sie Nene für Sisis Fehlverhalten bestrafte!

Sisi riss sich zusammen und verfolgte aufgewühlt, wie die Kutsche die letzten Meter durch den Schnee heranrollte und vor dem Eingang zum Stehen kam. Doch sie wartete vergeblich darauf, dass Franz oder die Erzherzogin ausstieg. Stattdessen saß ein offenbar ranghoher Leibgardist ab, trat an die Kutsche heran und öffnete von außen die Tür.

«Wir sind da, Eure Majestät.»

Mit ernster Miene und in einen dunklen Pelzmantel gehüllt trat Franz als Erster nach draußen. Als sie zum ersten Mal seit Wochen wieder die Aura seiner einschüchternden, imposanten Erscheinung spürte, stockte Sisi der Atem. Fast wie im Wald, als er ihrem Pferd den Dolch ins Herz gerammt hatte.

Grünne, Gräfin Esterházy und zuletzt Erzherzogin Sophie folgten dem Kaiser aus der Kutsche. Ihre Gestalten, wenngleich ebenfalls in Pelz und Mäntel gehüllt, muteten deutlich lichter an als die des Kaisers. Erst als Franz'

Blick den von Sisi traf, hellten sich seine Züge auf, und Sisi lächelte ermutigt zurück. Aus dem Augenwinkel sah sie, dass Erzherzogin Sophie das alles voller Wohlwollen zur Kenntnis nahm.

«Wo ist nun das ehrwürdige Geburtstagskind?», fragte sie und streckte die Arme nach Sisi aus, ließ ihrem Sohn aber den Vortritt. Der Schnee knirschte unter Franz' Lederstiefeln, als er auf Sisi zuging, und sein mächtiger Mantel schwang im Takt seiner Schritte.

Ludovika gab ihrer Tochter zu verstehen, sich zu verbeugen, doch Sisi nahm sie wie durch eine dicke Wand aus Watte wahr. Sie war so gebannt, dass sie einfach stehen blieb.

Franz quittierte das mit einem souveränen Lächeln. «Alles Gute zum Geburtstag, Herzogin.»

Er beugte sich sacht herunter, um nach Sisis Hand zu greifen. Sisi erschauerte bei der Berührung. Wie völlig anders ihr Körper doch auf den Kaiser reagierte, als er es noch bei Graf Richard getan hatte. Pulsierend und hungrig, keine Spur von der oberflächlichen Schwärmerei, die sie bei dem Pferdezüchter empfunden hatte. Franz ließ ihren Blick nicht los und deutete einen Handkuss an. Sisis Mund war trocken vor Aufregung. Sie spürte, wie Ludovika neben ihr nervös das Gewicht von einem Bein aufs andere verlagerte. Sisi jedoch gelang es nicht, sich zu regen. Ihre wochenlange Vorbereitung, die genau einstudierten Gesten und Floskeln, all das Vorgenommene und Erdachte, schienen in diesem Augenblick ihres Wiedersehens verschwunden.

«Herzlichen Glückwunsch, Elisabeth», übernahm Sophie das Ruder und trat an die Stelle des Kaisers. «Ein aufregendes Lebensjahr liegt vor Euch.»

In den Worten der Erzherzogin schwang eine Mahnung, ja fast Drohung mit. Sisi lächelte tapfer. Langsam erwachte sie aus ihrer Lähmung und erinnerte sich endlich wieder an die Etikette. Sie verbeugte sich und küsste Erzherzogin Sophie die Hand. Die Tiefe ihrer Haltung, die Ausrichtung ihrer Füße und der Abstand zu Erzherzogin Sophie – Sisis Handkuss ließ keinen Zweifel daran, dass sie eisern geübt hatte. Als sie schließlich aufblickte, nickte Sophie ihr zufrieden zu, und Ludovika atmete erleichtert auf. Die erste Prüfung hatte Sisi bestanden.

Während Ludovika ihre Schwester in Possenhofen willkommen hieß, suchte Sisi sehnsüchtig Franz' Blick. Auch wenn er ein Lächeln wagte, so glaubte Sisi doch deutlich zu spüren, dass etwas zwischen ihnen stand. Dem Beispiel seiner Mutter folgend wandte auch Franz sich jetzt Ludovika und Nene zu und begrüßte dann auch die anderen Geschwister.

«Wo ist denn dein werter Gatte, unser lieber Max?» Erzherzogin Sophie sah sich unter den Wartenden um.

«Der bittet höflichst um Verzeihung», erklärte Ludovika knapp. «Ihm war nicht gut.»

Sisis Mutter gab sich unter den Augen ihrer Schwester keine Blöße, aber Sisi sah deutlich, dass sie in Selbstmitleid versank. Erzherzogin Sophie wechselte einen kurzen Blick mit ihrem Sohn, doch Franz entschied sich zu schweigen.

«Ich hoffe, es ist nichts Schlimmes», sagte Sophie und

zog sich die Handschuhe von den Fingern. «Wo ist der Kamin? Ich bin bis auf die Knochen durchgefroren.»

Ohne eine Antwort abzuwarten, schritt sie an Ludovika und ihren Kindern vorbei Richtung Schlosseingang und ließ damit keine Fragen offen, wer von beiden hier über die kommenden Festtage regieren würde.

HOL DEN STOCK

«Warum hast du Franz nicht wenigstens begrüßt?»

Statt zu antworten, bückte sich Max und griff nach dem Stock, den sein Bernhardiner gerade schwanzwedelnd vor seinen Füßen im Schnee abgelegt hatte. Gegen einen inneren Widerstand ankämpfend, ignorierte er die feuchte Stelle in der Mitte, wo der Hund den Stock im Maul getragen hatte, holte aus und schleuderte ihn mit aller Kraft von sich.

Die körperliche Anstrengung half ihm, seinen Unmut zu kanalisieren. Am liebsten hätte er sich vor dem Gespräch mit seiner Tochter gedrückt, doch Sisis Körperhaltung ließ keinen Zweifel daran, dass sie ihm das nicht mehr durchgehen lassen würde, wie sie es in den letzten Wochen getan hatte. Nicht nachdem er so offen seine Ablehnung gegenüber ihrem Verlobten und seiner aufgeblasenen Mutter demonstriert hatte.

Eigentlich hatte er vorgehabt, stumm seinen Dienst zu tun. Wie ein braver Hund. Oder sein Kammerdiener, der alte Wilhelm. Aber das Schrubben, Wischen und Bürsten der vergangenen Tage war ihm gehörig auf den Sack gegangen. Dazu noch die rastlose Umtriebigkeit seiner Frau. Die neue Stimmung im Haus, die verflixte Zukunft, die Sisi bevorstand – in seiner Brust hatte sich ein Gewitter zusammengebraut.

Sisi trat einen Schritt auf ihn zu. Der Schnee hatte unter seinen nervösen Tritten eine braune Farbe angenommen und war jetzt nur noch dreckiger Matsch.

«Was hast du gegen ihn?»

Sie verschränkte ihre Arme vor der Brust. Sie hatte keine Jacke übergezogen, sondern stand nur in ihrem Kleid im Hof und zitterte in der Kälte. Die schwarzen Rauten auf ihrem weißen Rock griffen die Muster der verschneiten Landschaft auf: schwarze Bäume, Äste und Steine im weißen Pulverschnee. Konnte es offensichtlicher sein, dass sie *hierher* gehörte, nach Possenhofen?

Der Hund flitzte heran und legte ihm den Stock in die Hand, und Max wollte gerade erneut ausholen, da packte Sisi den Ast hinter seinem Rücken und hielt ihn fest.

Sie sah ihm in die Augen. «Du hättest Franz und Sophie begrüßen müssen. Wie stehe ich denn jetzt da?»

Max riss seiner Tochter den Stock aus der Hand und warf ihn in den Schnee.

«Tut mir leid, Sisi. Aber alles, wofür Franz Joseph von Österreich steht ...» Er rang um die richtigen Worte. «Ich glaube an die Republik, Sisi. Die Zukunft liegt in der Macht des Volkes, nicht in der Hand einiger weniger.»

«Aber du bist doch selbst ...»

«Ein einfacher Herzog, ja!», fiel Max ihr ins Wort. «*In* Bayern, zum Glück nicht *von*! Und ich bin beileibe kein blutrünstiger Monarch, wenn du verstehst, was ich damit sagen will.»

Sisi schwieg betroffen, und am liebsten hätte Max seine Tochter in den Arm genommen. Es schmerzte ihn, dass sie das sorglose Glück, das sie hier hatte, zugunsten des verlogenen Tands einer vorgestrigen Monarchie aufgeben wollte.

«Es ist falsch, mit Gewalt etwas zementieren zu wollen, das nicht mehr existiert, Sisi.»

Sisi traten Tränen in die Augen, und er konnte sehen, wie sie ihre Lippen zusammenpresste.

«Graf Richard – der Pferdezüchter», stammelte Max. «Er hätte mir gefallen für dich! Ich hätte euch das Glück gewünscht. Ein einfaches Glück, in dem eure Liebe erblühen kann.»

Sisis Kinn zitterte, und eine Träne lief über ihre Wange. Doch die Verletztheit in ihren Augen hatte sich in etwas anderes verwandelt. In Wut.

«Was weißt du schon von Liebe!», pfefferte sie ihrem Vater entgegen und machte auf dem Absatz kehrt. Ihre kleinen Schritte hinterließen tiefe Spuren im tauenden Schnee. Auf der Schwelle rutschte Sisi aus, und gerade noch rechtzeitig fing der alte Wilhelm, der an der Eingangstür gewartet hatte, sie auf. Sie stürmte hastig weiter.

Max sah ihr bewegt nach. Erst als sie im Inneren des Schlosses verschwand, ließ er die Hände in die Hosentaschen verschwinden. Der Hund stand erwartungsvoll hechelnd vor ihm, und Max kniete sich neben ihn in den Matsch, um ihn zu kraulen. Die Nässe war ihm bis in die Socken gekrochen, aber eine Erkältung käme ihm gerade recht, dachte er. Dann würde er die Festtage guten Gewissens in seinem Bett verbringen können.

KRAMPUS

Auch wenn das Gästezimmer gut geheizt war, fühlte Franz in der Nähe des Fensters einen kühlen Luftzug. Die Risse in den Fugen zwischen Glas und Rahmen erzählten von den vielen Jahren, die ihre Spuren in Schloss Possenhofen hinterlassen hatten. Im Gegensatz zu den eleganten und weitläufigen Räumlichkeiten der Hofburg wirkte das Gästezimmer, das Ludovika für ihn hatte herrichten lassen, eng und vollgestopft. Es schien, als hätte man versucht, möglichst viele Sessel und Schränkchen in den Raum zu zwängen.

Zwischen zahlreichen Überwürfen und Rüschendeckchen, den großen Daunenkissen und dem heraufziehenden Geruch frischer Rindersuppe packte Graf Grünne die Koffer aus. Neben mehreren Uniformen und Socken lagen bereits eine Kuhglocke und ein dreckiger Kartoffelsack auf dem Doppelbett. Eben platzierte er noch ein Bündel Zweige auf der gesteppten Tagesdecke. Franz' Blick ruhte etwas zu lang auf den Birkenruten. In einigen Dörfern war es eine Mutprobe, den Krampus herauszufordern, wenn er lärmend durch die Gassen zog, um die unartigen Kinder zu bestrafen. Franz hatte in seiner Jugend einmal beobachtet, wie einige Jungen einen Krampus mit Schneebällen gereizt hatten, und es für einen großen Spaß befunden, wie sie auseinandergestoben waren, um flink den Hieben zu entgehen. Doch als er jetzt die Rute betrachtete, kamen ihm noch andere Dinge in den Sinn. Obwohl er wusste, dass er die Nacht alleine verbringen würde, drängten sich seiner Vorstellung Fantasien auf, die er nicht kontrollieren konnte. Wie es wohl wäre, mit Herzogin Elisabeth das Bett zu teilen, hier in Possenhofen? Die Vorstellung, seine Verlobte könnte sich nachts in sein Zimmer stehlen, um sich heimlich an ihm zu wärmen oder ihm mit einer Rute Züchtigung anzudrohen, brachte sein Blut in Wallung. Franz trat ans Bett und nahm eine cremefarbene Bischofsmütze von der Tagesdecke, um sich von den Bildern zu lösen, die sich in seinen Geist drängten. Er konzentrierte sich auf das goldene Kreuz, das in der Mitte der Mitra aufgenäht war, doch trotz des heiligen Hutes in seiner Hand konnte er nicht davon ablassen, in Gedanken mit den Zweigen über den nackten Bauch der Herzogin zu fahren. Franz schüttelte den Kopf, um seine Vorstellungen zu vertreiben. Er schritt zurück ans Fenster und beschloss, sich stattdessen mit dem unangenehmsten Thema dieser Reise zu beschäftigen: Herzog Max.

Er beobachtete einen Moment, wie sein Schwiegervater im Innenhof mit einem Hund um einen dicken Ast raufte. Der bullige Bernhardiner hatte den Stock mit seinem mächtigen Kiefer gepackt, und Max hielt am anderen Ende dagegen. Gebannt verfolgte Franz das Ringen im Schnee. Der Ast stand unter Hochspannung, und eine Weile war unklar, wer den Kampf gewinnen würde. Die zwei Kontrahenten zogen und zerrten, und

Franz erwartete schon, dass der dicke Ast gleich entzweibrechen würde.

«So schlecht kann es ihm nicht gehen», konstatierte er und fragte sich, wie seine Begegnung mit dem Schwiegervater wohl ausgehen würde. Er hatte sich vorgenommen, das Versäumnis von Bad Ischl nachzuholen und ganz förmlich um Elisabeths Hand anzuhalten. Aber der Herzog schien auf das, was man tat und zu tun pflegte, reichlich wenig zu geben, und so musste Franz damit rechnen, dass er sein Gesuch offen ablehnen würde. In Bad Ischl hatte Franz die Ausrede seines Fehlens noch gelten lassen. Aber dass Herzog Max bei ihrer Einfahrt in Possenhofen provokativ ins Schloss gegangen war, hatte ihm die Zuversicht genommen, mit seinem Antrag auf Wohlwollen zu stoßen.

Der Bernhardiner tat einen letzten Ruck und entriss Max den Stock. Grimmig wandte sich der Herzog dem Eingang zu und sah flüchtig zum Gästezimmer hinauf. Einen Moment trafen sich dabei ihre Blicke.

«Es bleibt also dabei? Du lässt am Heiligabend den Nikolaus kommen?», fragte Grünne, und Franz wandte sich mit düsterer Miene vom Fenster ab.

«Ich denke darüber nach und werde es dich wissen lassen», knurrte er.

Grünne nickte. Er zog einen Mantel aus Ziegenfell aus dem Koffer und schüttelte ihn so kräftig aus, dass es staubte.

«Verzeihung», hüstelte er.

Franz beobachtete, wie es den Staub durch die Luft wirbelte. Wie die Wogen eines wilden Ozeans überschlugen sich die feinen Körner, verloren dann an Energie und Geschwindigkeit und segelten langsam zu Boden.

«In jedem Fall werde ich dieses Jahr den Krampus machen», sagte Franz unvermittelt.

Grünne blickte erstaunt auf und schaffte es gerade noch, die Bischofsmütze zu fangen, die Franz ihm zuwarf.

«Und wen mache ich?», stammelte er verdattert.

«Den heiligen Nikolaus.»

Grünne betrachtete perplex die Mütze in seiner Hand. «Meinst du nicht, dass das die falschen Signale sendet?»

Franz schmunzelte und zuckte mit den Schultern. «Bei Herzog Max bin ich ohnehin unten durch. Da lasse ich mir den Spaß nicht nehmen.»

Grünne sah köstlich aus, wenn er sich unwohl fühlte. Er klammerte sich an den Bischofshut und drehte ihn nervös in seinen Händen.

«Fürchtest du dich?» Franz warf sich das Krampusfell um und setzte die schreckliche Holzmaske auf. Sie roch nach Zirbe, einem Holz, dem man gemeinhin eine beruhigende Wirkung zusprach. Vielleicht würde sie ihm helfen, den Abend durchzustehen, ohne über die Herzogin herzufallen.

«Waaah!», brüllte Franz und lief mit erhobenen Armen, die Finger gespreizt, auf Grünne zu. Sein Freund zuckte ernsthaft zusammen, offenbar keineswegs auf ein solches Manöver vorbereitet. Franz lachte und wandte sich einem Standspiegel zu, der zwischen Schrank und Fenster stand.

«Der Feind schläft nicht, Grünne», witzelte er hinter seiner Maske.

Die Widderhörner, dazu die roten Lippen und die weißen Zähne, dick wie große Zehen, mochten auf Kinder vielleicht bedrohlich wirken. Dass es ihm aber gelungen war, seinen Freund zu erschrecken, bescherte Franz eine diebische Freude.

«Und der Heilige Geist wacht über alles.» Grünne hatte seinen Schreck bereits abgeschüttelt und setzte die Bischofsmütze auf den Kopf. «Selbst über die Geschöpfe der Dunkelheit ...»

Grünne hatte den Satz kaum ausgesprochen, als es dreimal an der Tür klopfte.

«Herein», befahl Franz, ohne seine Verkleidung abzunehmen.

Die Tür öffnete sich einen Spaltbreit, und ein junger Leibgardist steckte den Kopf hindurch. Seine Wangen waren von Kälte und Kaminfeuer gerötet, und er schaute einen Moment überrascht zwischen Grünne mit der Bischofsmütze und Franz hin und her, den er unter der Krampusverkleidung nur vermuten konnte. Von unten hörte Franz seine Kollegen lachen und mutmaßte, dass man bereits mit Bier und Brühe für ihr leibliches Wohl gesorgt hatte.

«Eure Majestät?», hob der Junge an. «Ein Gesandter des russischen Zaren.»

«Für mich? Hier in Possenhofen?»

«Jawohl, Eure Majestät.»

Franz blickte fragend zu Grünne, der die Stirn in Falten legte. So schnell hatte wohl auch er nicht mit den Russen gerechnet. Einen Moment war es, als stünde die Zeit zwischen den beiden Freunden still. Dann gab Franz sich einen Ruck.

«Eintreten!»

Kaum hatte er den Befehl gegeben, schwang die Tür auf. Der junge Leibgardist trat schnell zur Seite, wobei er fast über seine eigenen Füße stolperte, und der russische Gesandte trat mit tiefer Verbeugung ins Zimmer. Unter seinem dunklen Gehrock blitzte ein weißes Hemd hervor. Äußerst verunsichert, wen er ansprechen sollte, blickte er zwischen Grünne und Franz hin und her. Während Grünne die Bischofsmütze abnahm und ebenfalls eine Verneigung zeigte, zog Franz die Maske noch tiefer ins Gesicht. Der Leibgardist half dem Russen auf die Sprünge, indem er einen vielsagenden Blick in Richtung der Krampusgestalt warf.

«Bitte erhebt Euch.»

Der russische Gesandte kam der Aufforderung nach und richtete sich auf. Nervös zupfte er an seiner Halsbinde, die zu einer Schleife geknotet war, und öffnete mehrfach den Mund, ohne dass ihm ein Laut über die Lippen kam. Erst als Franz sich ungeduldig räusperte, begann der Gesandte endlich zu sprechen.

«Eure Majestät, Seine Hoheit Zar Nikolaus erbittet Eure Bündnistreue.» Er reichte Franz ein Schreiben.

Ernüchtert nahm Franz die Maske ab und überflog die Zeilen. Er war froh, dass seine Mutter ihn gewarnt hatte und ihn das Gesuch des Zaren nicht unvorbereitet traf.

«Krieg gegen die Osmanen?», fragte er, ohne seinen Wissensvorsprung preiszugeben. Der Brief war förmlich gehalten und vom Zaren persönlich unterzeichnet. Lediglich der unklar formulierte Zeitpunkt des Vorhabens ließ eine böse Vorahnung in Franz aufkeimen.

«Hat der Zar bereits Truppen mobilisiert?»

Die Frage war unangenehm scharf geraten und entsprach in etwa dem Sturm, der sich in Franz zusammenbraute.

«Das entzieht sich meiner Kenntnis, Majestät.»

Das nun schoss den Vogel ab. Franz gab Grünne das Schreiben und machte einen Schritt auf den Gesandten zu.

«Ihr seid der Neffe des Zaren, erzählt mir nicht, dass Ihr das nicht wisst!»

Er versuchte, seine Rage unter Kontrolle zu bringen, doch er konnte sich nicht mehr zurückhalten. Er machte einen Satz auf den Gesandten zu, packte ihn am Revers und presste ihn gegen die Wand. «Na los, antwortet!»

Der Gesandte versuchte sich zu befreien, doch Franz hatte ihn fest im Griff.

«Ja!», röchelte er, aber Franz dachte nicht daran, den Griff zu lockern. «Das hat er.»

Franz ließ von dem Russen ab, der sofort heftig zu husten begann.

«Richtet Eurem Onkel aus», seine Stimme zitterte noch vor Wut, «dass ich in Kürze heiraten werde. Und ich möchte diese Ehe nicht in einem Krieg beginnen.»

Der Gesandte starrte Franz ungläubig an.

«Und jetzt verschwindet.»

«Jawohl, Eure Majestät», haspelte er und versuchte vergebens ein höfliches Nicken. Den Blick zum Boden gerichtet, entfernte er sich rückwärts gemäß der Etikette. Kaum hatte er das Zimmer verlassen, zog der Leibgardist von außen die Türe ins Schloss.

Grünne wartete noch einen Moment, bevor er ansetzte, und Franz verschränkte die Arme vor der Brust.

«Der Zar hat dich in Ungarn unterstützt.»

«Er hätte mich um Hilfe bitten sollen, *bevor* er seine Truppen aufmarschieren lässt.»

Grünne schwieg, doch an seiner Miene konnte Franz ablesen, dass ihn diese Antwort nicht zufriedenstellte.

Er schüttelte den Kopf. «Ich werde mich nicht zum Spielball des Zaren degradieren lassen, der nach seiner Pfeife tanzt, sobald er zu den Waffen ruft.»

«Du spielst mit dem Feuer.» Grünne kniff die Augen zu Schlitzen zusammen.

Aber Franz setzte nur seine Maske wieder auf und deutete auf die Bischofsmütze in Grünnes Hand.

«Und du spielst jetzt den Nikolaus.»

Zufrieden wandte er sich erneut seinem Spiegelbild zu. Eine wahrlich abgründige Figur sah ihm entgegen. Gerade recht, um dem Herzog zu begegnen.

DIE HOCHZEITSNACHT

Sisi lehnte über ihrem Schreibtisch und starrte auf die drei nackten Körper. Seit sie die Karte in der letzten Nacht aus dem Spiel entwendet hatte, zermarterte sie sich den Kopf darüber, ob Franz von ihr erwarten würde, was darauf abgebildet war. Erst als sich die Tür zu ihrem Zimmer knarzend öffnete, bemerkte sie, wie sie darüber die Zeit vergessen hatte.

«Um Gottes willen, Sisi, wie du noch aussiehst!»

Es war Abend geworden, draußen war es schon stockdunkel, und in der Spiegelung der Fensterscheibe konnte Sisi sehen, wie Ludovika bei ihrem Anblick die Hand vor den Mund schlug.

Schnell ließ sie die Karte in ihrem Tagebuch verschwinden und drehte sich zu ihrer Mutter um. Sie hatte noch nicht einmal das Korsett angelegt, sondern es gerade einmal in Chemise, Beinkleid und Schuhe geschafft.

«Alle sind schon im Kaminzimmer und warten auf dich!»

Schuldbewusst ging Sisi zu ihrem Korsett, das auf der Lehne eines Sessels lag. Ludovika half ihr dabei, es anzulegen.

«Einen Kaiser lässt man nicht warten, und deine Tante gleich dreimal nicht!»

Während Ludovika Sisi mit nervösen Fingern das Korsett zuschnürte, kämpfte Sisi gegen den Drang an, damit herauszuplatzen, was sie so beschäftigte. Unmöglich, sie zu den Karten zu befragen. Doch ihre allgemeine Sorge konnte sie nicht länger für sich behalten, und so versuchte sie es so harmlos wie möglich. «Werde ich heute schon die Nacht mit Franz verbringen, Mama?»

«Natürlich nicht!» Ludovika hielt überrascht inne. «Das alles kommt erst nach der Hochzeit.»

Sisi spürte, wie ihr die Röte ins Gesicht stieg, aber Ludovikas Finger setzten sich in ihrem Rücken schon wieder eifrig in Bewegung. Mit entschlossenen Rucken zog sie das Korsett fest, und Sisi wartete gebannt, ob sie noch etwas sagen würde. Doch ihre Mutter streifte über den Spiegel des Frisiertisches nur kurz ihren Blick und schritt zu dem Gestell mit den gestärkten Unterröcken, das in einer Ecke des Zimmers stand. Sie hatte Sisi kaum in die ausladenden Röcke geholfen, da trippelte Ludovika schon mit hektischen Schritten zu Sisis Kleid. Sie griff mit den Armen durch den Ausschnitt und hielt es ihrer Tochter so hin, dass sie hineinschlüpfen konnte. Sisi tauchte durch mehrere Lagen üppigen cremefarbenen Stoffes und ließ sich das Kleid über die Unterröcke streifen. Die Ärmel endeten in weiten Spitzenbesätzen mit floraler Verzierung. Ludovika hängte den Verschluss im Rücken ein, drehte ihre Tochter zu sich um und sah ihr ernst in die Augen.

«Franz weiß schon, was zu tun ist», sagte sie mit fester Stimme. «Jetzt komm!» Und damit schritt sie voran aus dem Zimmer.

Sisi genehmigte sich noch einen kurzen Blick auf ihr Tagebuch mit der Karte zwischen den Seiten und schickte sich an, Ludovika nachzufolgen.

DIE RUTEN

Eine angenehme Hitze schlug Sisi entgegen, als sie hinter ihrer Mutter in die Stube trat. Ihre Geschwister hockten auf Fellen um den Kamin und sahen staunend zu Graf Grünne auf, der in einem imposanten Bischofskostüm mit weiß-goldenem Umhang und Mitra einen prall gefüllten Sack umklammerte. Der Heilige Nikolaus an

Weihnachten? Sisi entfuhr vor Überraschung ein kurzes Lachen, und sie biss sich auf die Lippen.

«Du kommst mit mir», flüsterte Ludovika ihr streng zu und ging auf Erzherzogin Sophie und Gräfin Esterházy zu, die in zweiter Reihe auf Sesseln saßen. Die Erzherzogin hatte ein atemberaubendes rotes Kleid angelegt. Ein farblich passender Schal aus Tüll umspielte ihre Schultern und ihren schlanken Hals. Ein Lächeln lag auf ihren Lippen, und die Falten um ihre Augen zeigten, dass sie sich amüsierte. Ganz im Gegensatz zu Gräfin Esterházy, die mit steinerner Miene dem Fest beiwohnte. Ihre Gestalt jagte Sisi ein Frösteln über die Unterarme. Die Gräfin hatte die Augen zu Schlitzen zusammengezogen und ihre Hände so in den Schoß gelegt, dass ihre knöcherigen Finger ein spitzes Dreieck beschrieben.

«Seid ihr auch alle brav gewesen?», fragte Grünne gerade mit sonorer Stimme und ließ die Hand in den Sack gleiten, um ein erstes Päckchen hervorzuholen. Eine rosafarbene Papierschachtel mit einer aufwendigen weißen Schleife kam zum Vorschein, und die Augen der Kinder leuchteten vor Spannung, wem das erste Geschenk wohl zukommen würde. Sisi seufzte leise. Sie hätte sich viel lieber zu ihren Geschwistern auf die Felle gekuschelt als in den Dunstkreis der grimmigen Gräfin. Aber wieder einmal war es der strenge Blick ihrer Mutter, der ihr befahl, sich auf einem rot gepolsterten Hocker zu Sophies Rechten niederzulassen.

Tante Sophie lächelte zufrieden, und Ludovikas Gesichtszüge entspannten sich merklich. Sisi legte die Hände übereinander in den Schoß und versuchte, eine möglichst anmutige Figur zu machen. Flüchtig sah sie noch einmal zur Gräfin hinüber, die mit kühler Miene verfolgte, wie Grünne das nächste Päckchen aus dem leeren Sack zog und es Nene überreichte. Nene strich einmal liebevoll über die Papierschatulle, bevor sie das Band löste und eine Brosche herausnahm, deren Steine in violetten Farben glitzerten. Ihre Augen leuchteten kurz auf, doch dann huschte ein Schatten über ihr Gesicht.

Grünne war bei Sisi angekommen und schüttelte in einer amateurhaft schauspielerischen Leistung seinen leeren Sack vor ihr aus.

«Für Euch habe ich nichts», brummte er rügend, und Sisi schmunzelte. Erzherzogin Sophie und Ludovika warfen sich einen verwunderten Blick zu, da schlug mit einem heftigen Windstoß die Tür zum Kaminzimmer auf. Erst war nur ein vager Umriss zu erkennen, dann schälte sich eine bedrohliche Gestalt aus dem dunklen Flur, eine gefährliche Fratze mit Widderhörnern und blutigen Zähnen. Sisi schlug die Hand vor den Mund, um ihr Kichern vor ihren Geschwistern zu verbergen. Sie hatte Franz an den makellosen Absätzen seiner Schuhe erkannt, die unter dem struppigen Ziegenfell hervorlugten. Grimmig ließ der Krampus den Blick über die Anwesenden schweifen, und Sisis jüngster Bruder Maperl flüchtete sich auf Ludovikas Schoß. Er begann verängstigt zu weinen. Ludovika streichelte ihm schmunzelnd über die blonden Locken.

«Bei mir bist du sicher», murmelte sie in sein Ohr. Maperl klammerte sich nur noch fester an seine Mama und vergrub das Gesicht an ihrem Busen.

Der Krampus beachtete ihn kaum, sondern humpelte direkt auf Sisi zu. Mit jedem Schritt schepperte eine Kuhglocke an den dreckigen Kartoffelsack, den er hinter sich her schleifte. Die Sohlen seiner blanken Lederstiefel knarzten und hinterließen Schneespuren auf dem Teppich, die sich schnell in dem gewebten Stoff verloren.

«Mir ist gar Schlimmes zu Ohren gekommen», knurrte er und baute sich vor Sisis Hocker auf. Die sah grinsend an ihm hinauf. Ihre Augen leuchteten vor Vergnügen.

«Einige von euch», der Krampus hob mit seinem Rutenbündel ihr Kinn, «sind nicht brav gewesen.»

Die Berührung der Rute jagte einen Schauer durch Sisis Körper. Wie elektrisiert wagte sie es nicht, sich zu regen. Durch die Löcher der Holzmaske konnte sie Franz' stahlblaue Augen sehen, und für einen Moment fühlte es sich an, als gäbe es nur sie zwei. Das knisternde Kaminfeuer, die Blicke der Anwesenden, ja sogar die Mauern des Schlosses verblassten wie in einer an den Rändern ausgeblichenen Fotografie. Dafür kitzelten die Zweige des Rutenbündels umso intensiver auf Sisis Haut, und die Erregung verschlug ihr den Atem.

«Euch steht heute kein Geschenk des Nikolaus zu», fuhr der Krampus fort, und das Rutenbündel zitterte kaum merklich in seiner Hand.

«Aber das ist doch der Franz!», rief Mathilde und sprang auf. Sie hüpfte lachend auf den Krampus zu und blickte strahlend zu Sisi hinüber. «Keine Angst, Sisi! Den musst du nicht fürchten!»

Damit war der Bann gebrochen. Franz ließ die Rute sinken, und Sisi wandte lachend den Kopf ab.

«Gut aufgepasst, kleine Herzogin», sagte Franz und stellte den Kartoffelsack zu ihren Füßen ab.

«Hast du gehört, Maperl?», knuddelte Ludovika liebevoll ihren jüngsten Sohn. «Das ist nur dein Cousin aus Wien!»

Doch Maperl war keineswegs bereit, sich so schnell zu beruhigen. Er sah misstrauisch zu Franz hinüber, der noch immer die bedrohliche Maske aufhatte. Ein blutiges Beil steckte in seiner Seite, und ein Pferdefuß baumelte am Saum des Ziegenfells. Erst als Franz die Hörner packte und sich mit einem kräftigen Ruck von der Holzmaske befreite, entspannte Maperl sich merklich und verschränkte beleidigt die Arme vor der Brust.

«Ich bin gar nicht drauf reingefallen», schmollte er, als alle lachten. «Was habt ihr nur? Das weiß doch jedes Kind, dass der Krampus gar keine solchen Stiefel hat!»

Mathilde warf ihrem Bruder einen vorwurfsvollen Blick zu, widmete sich dann aber doch dem dreckigen Kartoffelsack, aus dem es seltsam krächzte.

«Was ist denn da drinnen?» Neugierig hob Mathilde einen Zipfel an und lugte hinein. «Aber da lebt ja was!»

«Spatzel», ermahnte Ludovika sie. Doch Mathilde kletterte schon mit glühenden Wangen in den Sack.

«Da ist was Lebendiges, Mama!» Nur noch die abgewetzten Sohlen ihrer roten Lederschühchen, die sie im Haus immer trug, lugten aus dem Sack heraus.

«Ein Papagei!», gluckste sie und krabbelte mit einem kleinen Käfig wieder hervor. Hinter den goldenen Stäben saß erhaben und etwas verstört ein grüner Papagei mit rotem Schnabel. Seine Flügel liefen auf eine einzige spitze rote Feder zu, und an seinem Hals leuchtete eine hellblaue Blässe. Der Blick aus seinen dunklen Knopfäuglein sprang wild von einem zum anderen.

«Aber sei vorsichtig, der ist gefährlich», flüsterte Franz Mathilde ernst zu.

«Ist der für mich?» Mathilde sah an ihrem Cousin hinauf, und die Hoffnung leuchtete in ihren grünen Augen. Doch Franz schmunzelte und schüttelte den Kopf.

«Aber ich habe ihn gerettet. Aus diesem Sack!» Mathilde umklammerte den Käfig und tippte mit dem Fuß gegen den schlaffen Kartoffelsack auf dem Boden.

«Trotzdem ist er für jemand anderen bestimmt.»

Mathilde musterte enttäuscht den Papagei. «Für Sisi?»

Franz nickte, und es war Mathilde anzusehen, wie gern sie ihre Beute behalten hätte. Ihr Blick wanderte hilfesuchend zu Ludovika, doch ihre Mutter senkte nur bedrohlich das Kinn. Also tippelte Mathilde los und hielt Sisi mit einem Seufzen den goldenen Käfig hin.

«Ja, wer bist denn du?», fragte Sisi das Tier. Aber der Papagei krallte sich nur mit seinen rauen Füßchen in die schwingende Sitzstange, die Lider zuckten misstrauisch über seine schwarzen Augen.

Franz ging neben Sisi in die Knie. Einen Moment konnte sie seine Wärme spüren. Sie hätte sich gewünscht, dass er seine Hand auf ihren Rock legte, doch Franz steckte nur einen Finger zwischen den Gitterstäben hindurch, um den Papagei aus der Reserve zu locken.

«Was ist los mit dir? Na los! Zeig, was ich dir beigebracht habe!»

Der Papagei schwieg eisern.

Auf Franz' Nicken hin verkündete Erzherzogin Sophie, dass es Zeit sei, sich der Rinderbrühe zu widmen, um ihre Herzen von innen zu wärmen. Noch vor Ludovika erhob sie sich aus ihrem Sessel, wartete dann jedoch einen Moment ab, um ihrer Schwester den Vortritt zu lassen.

Erhobenen Hauptes schritt Ludovika voran an die Tafel und trommelte lautstark ihre Kinder an den Tisch.

Franz kniete immer noch vor Sisi. «Vielen Dank», bedankte sie sich leise. «Ich bin mit meinem Geschenk leider nicht fertig geworden.»

Franz lächelte. «Und mein Geschenk tut nicht, was es soll.»

Der Kaiser schickte dem Papagei einen strengen Blick, erhob sich und bot Sisi die Hand. Mit einem verheißungsvollen Lächeln ließ sie sich aufhelfen. Franz nickte der Gräfin kurz zu, die sich zwar von ihrem Stuhl erhoben, entgegen Franz' stummer Bitte aber als Einzige mit ihnen zurückgeblieben war, um den Kaiser und seine Verlobte ja nicht aus den Augen zu lassen.

Franz führte Sisi an die lange Tafel, und während sie sich setzte, traf ihr Blick kurz den von Nene, die glühend eifersüchtig vor ihrem leeren Teller saß, während der alte Wilhelm die kleine Dienerschar mit riesigen Töpfen voll dampfender Suppe in die Stube führte.

NOCKERL

Sisi sog den würzigen Duft der Festsuppe ein. Drei pralle Nockerl schwammen in der klaren Brühe, und die glänzenden Fettaugen, die auf der Oberfläche trieben, verhießen Stärkung und Würze. Die ganze Familie drängte sich an der langen Tafel. Nur der Stuhl neben Ludovika war leer. Die Fäuste der Kinder umklammerten schon gierig die Silberlöffel, als sich Sisis Mutter räusperte und mit einer Kuchengabel an ihr Glas schlug.

«Sprichst du uns ein Gebet, Nene?»

Ludovika unterstrich ihre Frage mit einem auffordernden Lächeln, und Nenes Augen blitzten auf. Einen Atemzug später schob sie mit zitternden Fingern die Stoffserviette beiseite und erhob sich mit engelsgleicher Miene von ihrem Platz.

«Selbstverständlich, Mama.» Nene hob ihr Glas. «Gott segne dieses Mahl, unsere Familie und ihre junge Liebe.»

Nene prostete erst Franz zu und wandte sich dann kampfeslustig Sisi zu. «Einen gesunden Appetit.»

Sisi stockte in böser Erwartung der Atem, doch Nene ließ sich nur zurück auf ihren Stuhl sinken, und Ludovika schenkte ihrer Tochter ein zufriedenes Nicken.

«Die Hochzeitsvorbereitungen laufen auf Hochtouren», eröffnete Tante Sophie beiläufig die Konversation und entfaltete eine Serviette über ihrem Schoß. «In ganz Wien gibt es kein anderes Gesprächsthema mehr.»

«Gönnt uns doch bitte einen Abend Pause, Mama», unterbrach Franz seine Mutter.

Sisi musterte die Anordnung des Silberbestecks, das Ludovika nur für die Tauffeiern ihrer Kinder aus dem Bauernschrank in ihrem Salon holte. Gleich drei Löffel standen zur Auswahl. Sisi griff nach dem äußersten, wie sie es gelernt hatte, und hob den Blick zu ihrer Tante, die ihr zufrieden zunickte. Sie schlürfte den ersten Löffel Suppe leer und erntete einen rügenden Blick von Gräfin Esterházy. Franz hingegen schmunzelte.

«Wenn ich ehrlich bin, auch hier denken wir an nichts anderes», nahm Ludovika den Faden des Gesprächs wieder auf und nippte an einem Glas Wein, offensichtlich um ihre Nervosität zu mildern.

«Der Jubel wird groß sein, wenn Ihr in Wien ankommt», wandte sich Erzherzogin Sophie an Sisi. «Franz hat einiges dafür arrangiert ...»

«Mama! Sisi hat heute Geburtstag.» Franz blickte seine Mutter vorwurfsvoll an.

«Vom Amt der Kaiserin gibt es keinen Urlaub!»

«Und dennoch würde ich Euren Sohn gerne heute noch auf eine Kutschfahrt entführen!», platzte Sisi dazwischen.

Gräfin Esterházy klirrte vor Schreck der Löffel in den Suppenteller, und Sisi biss sich auf die Lippen. Auch Erzherzogin Sophie staunte doch sehr ob Sisis vorlauter Ansage.

«Sisi!» Ludovika war vor Empörung das Blut aus den Wangen gewichen. Ihre Finger umklammerten den Löffel, während alle Augen nun auf ihre Tochter gerichtet waren. Sisi hätte sich am liebsten unter der bodentiefen Tischdecke verkrochen.

«Hab ich was verpasst?», tönte da die Stimme ihres Vaters durch den Raum.

Max stand in der Tür zum Kaminzimmer. Sein Blick glitt über die Köpfe der Anwesenden und blieb kurz an Tante Sophie hängen, bevor er den Papagei entdeckte.

«Oh, wen haben wir denn da?»

«Den hat Franz mir zum Geburtstag geschenkt», verkündete Sisi stolz.

«Ach, tatsächlich.» Max schlurfte in Hausschuhen auf den freien Platz an der Tafel zu, und Ludovika griff erneut zum Glas.

«Sisi, Sisi», ertönte es da aus dem Käfig.

«Oh, und Geschmack hat er auch.»

Max zog den Stuhl zurück und nickte der Erzherzogin einfach nur zu. Franz würdigte er keines Blickes. Die Etikette war ihm offensichtlich völlig egal. Der ganze Tisch schwieg schockstarr, als er die Serviette aus dem Ring holte und sie kräftig ausschüttelte.

«Euch geht es offensichtlich wieder besser», richtete Franz eisig das Wort an den Herzog. «Das freut mich.»

«Ja, mich auch.» Max schlürfte die Suppe wonniglich in sich hinein. «Nockerl ... ich liebe Nockerl.»

Sisi stieg vor Scham die Röte ins Gesicht. Dass ihr Vater sich derart aufführen musste! Ausgerechnet jetzt, wo es ihr einmal wichtig war.

Die Spannung zwischen dem Kaiser und ihrem Vater war mit Händen zu greifen. Nach einigen endlosen Augenblicken wandte Franz sich schließlich Sisi zu.

«Um auf Euer Angebot zurückzukommen, Herzogin. Ich fahre heute gerne eine Runde mit Euch mit.»

Sisi erinnerte sich an ihren vorlauten Vorschlag und wagte ein Lächeln.

«Gräfin?», Tante Sophie sah zu Gräfin Esterházy. «Wärt Ihr so freundlich, die beiden zu begleiten.»

«Selbstverständlich, Eure Majestät.» Die Gräfin senkte entsprechend der Etikette den Kopf. Als sie wieder aufsah, traf Sisi ihr kühler Blick.

Einen Moment später erwachte nun auch Ludovika aus ihrer Starre, und Nene grinste hämisch. Es folgten die weiteren Gänge, zu denen im Plauderton Belanglosigkeiten ausgetauscht wurden. Sisi, die dem sonst nicht viel abgewinnen konnte, war heute regelrecht dankbar dafür. Alles war besser als ein weiterer Affront seitens ihres Vaters.

DIE AUSZEIT

Gräfin Esterházy hatte nicht nur die Augen einer Elster. Auch ihre Nase erinnerte Sisi an den hinterhältigen Rabenvogel. Die Geschichten über Elstern hatten ihr immer Angst gemacht, und so war Sisi, ohne viel darüber nachzudenken, auch gegenüber der Gräfin von vornherein misstrauisch gewesen. Wie um ihre Vorsicht zu bestätigen, steckte in Gräfin Esterházys schwarzem Hut wieder eine weiße Feder, die im Takt der Pferdehufe wippte.

Franz und Sisi saßen der Gräfin schweigend gegenüber. Sie hatten dicke Decken über Beine und Schultern geworfen. Jeder seine eigene, was die Gräfin still registriert hatte. Ihre wachen Augen standen in hartem Kontrast zur märchenhaften Stimmung am Ufer des Starnberger Sees.

Zwei Haflinger zogen ihre offene Kutsche durch den vom Vollmond erleuchteten Schnee. Über dem glitzernden Weiß lag eine fast unheimliche Stille. Nur die Pferdehufe sanken knirschend in die unberührte Schneedecke.

Stumm gab Sisi Franz zu verstehen, dass sie die Gräfin gerne loswerden wollte. Zu ihrer Überraschung nickte er und bedeutete dem Kutscher, ein paar Meter weiter anzuhalten. Der Gräfin wollten fast die Augen aus dem Kopf fallen, als die Kutsche vor einem Steg zum Stehen kam.

«Ich möchte Euch etwas zeigen», traute Sisi sich zu Franz zu sagen.

Er lächelte, kletterte aus der Kutsche und streckte Sisi die Hand entgegen, um ihr herauszuhelfen. Die Gräfin beobachtete alles mit Argusaugen, schwieg aber still. Ihre Abneigung gegen einen Schneespaziergang bei diesen Temperaturen war ihr deutlich anzusehen. Ohne die Hand des Kaisers anzunehmen, sprang Sisi mit einem Satz aus der Kutsche in den Schnee. Gräfin Esterházy rückte ihren Hut zurecht und erhob sich, um ebenfalls auszusteigen, aber Franz schloss vor ihr die Tür.

«Gräfin, Ihr habt Euch eine Auszeit verdient.» Er nickte der Gräfin milde zu und wandte sich dann an den Kutscher, wobei er eine Hand hinter dem Rücken verschwinden ließ wie ein englischer Butler. «Fahrt die Gräfin eine Runde!»

Der Kutscher hob schon die Peitsche, um die Pferde anzutreiben, da gebot ihm die Gräfin streng Einhalt. Der Kutscher hielt in der Bewegung inne. Die Peitsche stand einen Moment aufrecht in der Luft, und es war unklar, welchem Befehl er folgen würde. Sisi war überrascht. Obwohl Franz der Kaiser war, musste diese Frau viel Macht besitzen.

«Eure Majestät», setzte Gräfin Esterházy süßlich an und unterstrich ihre Anrede mit einem sanften Absenken des Kinns. «Sosehr ich mich darüber freue, dass Euch mein Wohlergehen so am Herzen liegt, ziehe ich es doch vor, Euch zu begleiten.»

Sisi hielt beeindruckt den Atem an. Die Gräfin war eine Meisterin der Etikette! Franz war anzusehen, dass er innerlich die Argumente abwägte. Sollte er sich über den Willen der Gräfin und den Befehl seiner Mutter hinwegsetzen? Oder würde er seiner Verlobten dadurch die Ehre rauben?

Schließlich lenkte Franz ein. Er öffnete von außen die Tür der Kutsche und bot auch der Gräfin die Hand an. Mit einem dozierenden Blick an Sisi legte Gräfin Esterházy ihre behandschuhte Hand in die des Kaisers und schwebte über die Trittbretter zu ihnen hinab. Sisi schluckte ihre Enttäuschung hinunter und nickte Franz zu.

«Hier entlang.»

Sie ging voran, direkt auf den Steg zu, und ihre Stiefel versanken bis zum Knöchel in der weißen Schneedecke.

«Ich werde hier vor der Kutsche warten», erklang da die Stimme der Gräfin.

Sisi drehte sich überrascht um. Hatte Franz der Gräfin durch sein Einlenken ermöglicht, ihm diesen Schritt entgegenzukommen? Obwohl Gräfin Esterházy schnell ihren Blick abwandte und sich an der Seeseite der Kutsche positionierte, meinte Sisi sogar einen Hauch von Vergnügen in ihrer Miene zu erhaschen.

«Danke, Gräfin», wandte sich Franz der Elster zu. «Wir werden Euch nicht in Verlegenheit bringen.»

Sisi schritt voran, und Franz folgte ihr die paar Stufen zum Steg hinunter. Sie konnte spüren, dass er schmunzelte. Die Holzplanken schimmerten glatt und vereist, und Sisi stampfte sich den Schnee von den Sohlen. Sie spürte Franz direkt hinter sich. In stiller Übereinkunft ging sie weiter voran. Keiner von ihnen wagte es, ein Wort zu sprechen, aus Angst, die Magie des Augenblicks zu zerstören. Sisis Herz pochte wild, als sie Schritt um Schritt auf das Ende des Steges zuhielt. Franz war ihr ganz nah. Seine Schritte, sein Atmen schürten in ihr das Verlangen, und doch hatte sie Scheu davor, sich zu ihm umzudrehen. Was sollte sie zu ihm sagen? Was erwartete er von ihr?

Am Ende des Steges angekommen, zögerte Sisi. Ein sanfter Wind kräuselte die Wasseroberfläche, und der Mond glitzerte auf den Wellen. Sie nahm all ihren Mut zusammen und drehte sich um. Franz war zwei Schritte hinter ihr stehen geblieben. Im Hintergrund stand Gräfin Esterházy bei der Kutsche und ließ sich keine ihrer Bewegungen entgehen.

Franz folgte Sisis Blick und schmunzelte. «Ich würde lieber gegen Russland ins Feld ziehen als gegen die höfische Etikette.»

Seine trockene Bemerkung entlockte Sisi ein Lächeln.

«Hier ist es fast so, als stünde man auf dem Wasser», sagte sie mutig und ließ ihren Blick über den dunklen See schweifen.

«Ich will Euch nichts vormachen, Herzogin.» Franz musterte Sisis Gesicht, und seine ernste Miene stand der Romantik des Moments entgegen. «Es wird nicht einfach für Euch. In Wien.»

Sisi sah ihn durchdringend an und versuchte, in seinen Zügen zu lesen. «Meint Ihr mit Wien den Hofstaat oder meint Ihr damit auch Euch?»

Franz schwieg, seine Augen ruhten auf ihrem Gesicht. Sisi fragte sich schon, ob sie mit ihrer direkten Frage zu weit gegangen war, da holte er die Hand hinter dem Rücken hervor und zog mit der anderen ein Samttuch zur Seite. Zum Vorschein kam ein prachtvolles Diadem.

Sisi starrte atemlos auf das filigrane Schmuckstück, dessen tausend Diamanten im Mondschein funkelten.

«Ich befürchte, ich meine damit auch mich.»

Das Herz schlug Sisi bis zum Hals.

«Darf ich?», fragte Franz und hob das Diadem, um es Sisi in die Haare zu setzen. Sisi zögerte einen Moment, dann nickte sie. Franz trat so nah an Sisi heran, dass sich ihre Gesichter fast berührten. Vorsichtig setzte er ihr das Diadem auf.

«Ihr seid mutig.» Seine Stimme war nun kaum mehr als ein leises Flüstern, und Sisis Lippen zitterten unter ihrem Atem. Ob aus Lust oder aus Furcht, vermochte sie nicht zu sagen.

LOSLASSEN

Max drehte eine neue Havanna-Zigarre zwischen den Fingern. Etwas hielt ihn zurück, sie anzuzünden. Reglos stand er in seinem dunklen Arbeitszimmer. Durch den Teppich unter seinen Füßen drang die Wärme des Kaminzimmers. Das Lachen der Leibgardisten war endlich verstummt, das Bier musste sie müde gemacht und in ihre Betten gedrückt haben. Auch auf Max' Schreibtisch standen zwei geleerte Krüge, doch Genuss hatten sie ihm nicht beschert. Der Gedanke an seine Tochter, die mit dem Kaiser unterwegs war, nagte an ihm. Er hatte durchaus erwartet, dass die Feiertage ihn anstrengen würden, doch der Besuch der Wiener Verwandtschaft setzte ihm noch mehr zu als befürchtet.

Durch die beschlagene Fensterscheibe konnte er erkennen, wie sich Sisi und Franz in der Ferne auf einem Steg gegenüberstanden. Es missfiel ihm, dass die Gräfin die beiden nicht bis ans Ende begleitet hatte, denn Franz war seiner Tochter deutlich näher, als es Max' Wohlbefinden zuträglich war. Er schnaubte und legte die Zigarre auf die Fensterbank. Nicht einmal der Tabak würde ihm heute schmecken.

Max ließ seine Finger knacken und bemerkte, dass er nicht mehr alleine war.

«Was ist?», knurrte er. Auf dem Steg setzten sich Franz und Sisi jetzt in Bewegung, und Max hielt den Atem an. Doch Franz hielt einen respektvollen Abstand zu seiner Tochter. Genau wie Ludovika zu ihm. Aber aus anderen Gründen.

«Wie lange willst du dich hier eingraben?»

«Es sind deine Gäste. Ich habe sie nicht eingeladen.»

«Wir haben schon lange aufgehört, uns füreinander zu bemühen, das stimmt.» Ludovika machte eine Pause, und Max konnte spüren, wie sie ihn von hinten anstarrte. Ein aus der enttäuschten Liebe geborener Widerwillen trieb seinen Puls in die Höhe.

«Aber deine Tochter hat unsere Unterstützung verdient.»

«Unterstützung? Dafür, dass sie diesen kranken Monarchen ehelicht?»

«Sie hat diese Entscheidung selbst getroffen.» Ludovika holte tief Atem und stockte kurz, bevor sie die nächsten Worte aussprechen konnte. «Wie du weißt, war ich selbst für die Verbindung mit Nene.»

Max schluckte.

«Wir beide hatten schon immer andere Ansichten.»

Seine Frau war von hinten an ihn herangetreten und legte unerwartet ihre Arme um seinen Oberkörper. Max spürte Ludovikas Wärme im Rücken. Ihren weichen Busen. Wie lange war das nicht geschehen? Er konnte sich kaum erinnern.

«Er ist zwar nicht wie du, Max. Aber er hat bestimmt seine Qualitäten.» Sie legte den Kopf zwischen seine Schulterblätter. «Bitte, verweigere ihm nicht deine Gunst.»

Sosehr Max die Umarmung seiner Frau genoss, der Drang, sich ihren Armen zu entziehen, wurde übermächtig. Er löste sich von ihr, doch die Enge in seiner Brust ließ erst nach, als Ludovika sich mit leisen Schritten entfernte.

GUTE NACHT

Die Schneeflocken tanzten um das Schloss, als Sisi und Franz mit der Kutsche zurückkehrten. Die Fenster zur Seeseite lagen bereits in der Dunkelheit, nur der Eingang war noch mit zwei Laternen beleuchtet. Kaum hatte der Kutscher die Pferde vor der Treppe zum Eingang angehalten, sprang er vom Kutschbock, um den Herrschaften herauszuhelfen. Diesmal nahm Sisi der Gräfin zum Gefallen demonstrativ seine Hand und schickte Franz ein verschwörerisches Grinsen. Ihre Ohren waren eiskalt, aber sie hatte sich geweigert, das Diadem abzunehmen und stattdessen eine Mütze aufzusetzen.

Im Gang flackerte eine Kerze auf, als der alte Wilhelm herbeieilte, um ihnen die Tür zu öffnen. Sisi spürte das Diadem in ihren Haaren. Es machte sie stolz, dass Franz es ihr geschenkt hatte. Gleichzeitig erinnerte es sie an die Krone, die sie mit der Hochzeit annehmen würde. Die Krone, die so vieles verändern würde. *Ihr seid mutig*, schoss ihr Franz' Bemerkung durch den Kopf.

«Was habt Ihr?» Er sah sie eindringlich an, und Sisi merkte zu spät, dass sich ihre Bedrückung auf ihrem Gesicht spiegelte. Ja, sie zweifelte daran, dass sie der Aufgabe gewachsen war, aber mit Franz konnte sie darüber nicht sprechen.

«Alles ist bestens», log sie und setzte ihr schönstes Lächeln auf. Franz nickte, ohne weiter in sie zu dringen, und Sisi atmete erleichtert auf. Er ließ ihr den Vortritt, und so schritt sie voran in die Eingangshalle. Auch wenn sie schon tausendmal hier gewesen war, so sah sie sie plötzlich mit anderen Augen. Wie nahm Franz wohl ihr Zuhause wahr? Was dachte er über die Halle, die Möbelstücke und die bescheidene Dienerschaft?

Dem alten Wilhelm stand die Müdigkeit ins Gesicht geschrieben, trotzdem verbeugte er sich so tief vor dem Kaiser, wie Sisi es zuvor noch nie bei ihm gesehen hatte. Max legte keinen Wert darauf, dass man sich in Verbeugungen erging, weder ihm gegenüber noch gegenüber der Familie. Doch Franz schien die Unbeholfenheit des alten Kammerdieners nicht zu bemerken und ebenso wenig die Anstrengung, die ihn die Geste kostete. Für ihn war es eine Selbstverständlichkeit, dass man sich vor ihm verbeugte, und Sisi fragte sich, ob sie sich je daran gewöhnen könnte.

Den ganzen Weg in den ersten Stock klopfte Sisis Herz hart gegen ihre Brust. Am oberen Ende der Treppe würden sich ihre Wege trennen, sollten sie in separaten Zimmern schlafen, wie Ludovika es vorausgesagt hatte. Sisi trat zwei Schritte in den Gang hinein, um sich etwas Zeit zu verschaffen, bevor sie sich zu Franz umdrehte. Gräfin Esterházy erklomm nun ebenfalls die letzten Stufen und streifte sich die Handschuhe von den Fingern, machte aber auch jetzt keine Anstalten, sie alleine zu lassen.

Nach einem endlosen Moment nahm Franz sanft Sisis Hand und sank in einen Handkuss. Die Berührung war so zärtlich, dass Sisi ganz warm ums Herz wurde.

«Schlaft gut, Herzogin», sagte er lächelnd, und kurz versank Sisi in seinen tiefen Augen.

«Gute Nacht», riss sie sich los und bog in den rechten Arm des Gangs ein, an dessen Ende ihr Zimmer lag.

Sie traute sich nicht, sich noch einmal nach Franz umzudrehen, und so hörte sie nur, wie er sich von der Gräfin verabschiedete.

Leise zog Sisi die Tür hinter sich zu und lauschte gebannt den Schritten des Kaisers. Erst als die Tür am anderen Ende des Gangs ebenfalls ins Schloss fiel, traute sie sich, die kalte Türklinke loszulassen.

DER TRAUM

Franz spürte den kalten Steinboden unter seinen Füßen. Er hatte vergessen, in seine Pantoffeln zu schlüpfen, als er in seinem Kinderzimmer aus dem Bett geklettert war. Schreie hatten ihn aus dem Schlaf gerissen und in diesen dunklen Gang gelockt, dessen im Kerzenschein nur schwach erleuchtetes Gemäuer unter furchterregenden Schreien erzitterte. Mit offenem Mund tapste er voran, seine verschnupfte Nase hinderte ihn am Atmen. Auch wenn er es niemals jemandem sagen würde, er fürchtete sich mit seinen fünf Jahren ganz allein in diesem unheimlichen Flur.

Die Vorhänge und Türen zu beiden Seiten des Gangs verzogen sich im Schummerlicht zu bedrohlichen Fratzen. Franz war kaum mehr eine Armlänge von der schweren Holztür am Ende des Gangs entfernt, da schwang die Tür auf, und eine mit Blut besprizte Zofe rannte ihm entgegen. Franz' Herz setzte einen Moment aus. Ein leerer Eimer schaukelte unter ihren schnellen Schritten und klapperte, als sie kurz vor ihm stehen blieb. Mit schreckgeweiteten Augen sah die Zofe ihn an. Dann rannte sie weiter, panisch, wie ein Tier auf der Flucht.

Ein neuer Schrei ließ die Wände erzittern, nun klar und deutlich die Stimme seiner Mutter. Obwohl er sie noch nie in dieser Tonlage gehört hatte, nie in diesem Aufruhr, gab es keinen Zweifel. Seine Mutter Sophie schrie um ihr Leben. Seine starke Mutter, die sich nie einen schwachen Moment erlaubte. Nie hatte er sie weinen sehen. Nie befreit lachen. Mit pochendem Herzen wagte Franz es schließlich, die angelehnte Tür einen Spalt aufzudrücken. Mit einem Auge lugte er hindurch. Was er sah, jagte ihm das blanke Entsetzen durch die Knochen.

Franz fuhr jäh aus den Laken. Das Brusthaar klebte schweißnass auf seiner Haut, und seine Adern bebten. Trotzdem war ihm kalt. Er fuhr sich mit der Zunge über die trockenen Lippen und brauchte einen Moment, um sich in der Realität zu fangen.

Lange hatte ihn diese Erinnerung nicht mehr heimgesucht. Es konnte kein Zufall sein, dass sie sich ausgerechnet heute, in der Weihnachtsnacht, wieder in sein Bewusstsein drängte, diese Erinnerung, die er weit von sich geschoben hatte. Er war fünf Jahre alt gewesen, als er mitangesehen hatte, wie seine Mutter ein Kind verlor. Sophie war damals selbst nur knapp dem Tod entgangen. Sie hatte auf einem großen Bett gelegen, inmitten von zerwühlten Decken und blutüberströmten Laken. Die Haare zerzaust und verklebt. Ihre Finger hatten sich in die Matratze gekrallt, und verzweifeltes Schluchzen hatte ihren Körper geschüttelt. Franz hatte damals gesehen, wie ein Bündel weggetragen wurde. Ein zu kleiner Körper, in weißes Tuch gewickelt. Blutige Fingerabdrücke auf hellem Stoff.

Franz wusste, was einer Frau drohte, wenn sie ein Kind zur Welt brachte. Was einer Frau blühte, wenn sie in die Welt bringen wollte, was sie knapp zehn Monate unter dem Herzen getragen hatte, und daran grausam scheiterte. Er hatte erlebt, wie seine Mutter wochenlang das Bett nicht verlassen hatte. Wie sie das Essen verweigerte und immer magerer wurde. Wie ihre Augenhöhlen einfielen und ihre Wangenknochen hervortraten. Sie hatte Franz kaum mehr wahrgenommen, wenn er sich zu ihr gesetzt hatte, auf den Rand ihrer weichen Matratze.

Franz hatte sich damals geschworen, ein guter Sohn zu sein. Die Liebe, die sie verloren hatte, doppelt wettzumachen. Er seufzte und ließ sich in die Kissen zurückfallen. Es wäre ein Mädchen gewesen, hatte er sich später sagen lassen. Seine kleine Schwester.

Franz rieb sich die Augen und fragte sich, ob er noch einmal würde einschlafen können. Er hatte Angst vor dem, was er sich vorgenommen hatte. Sich der Liebe zu verschreiben. Und er zweifelte, ob er dem gewachsen war, was er sich von ganzem Herzen wünschte: Sisi glücklich zu machen.

Der Gedanke beschäftigte ihn noch bis zum Morgengrauen. Das Zwielicht des anbrechenden Tages und die ersten Geräusche, die aus den unteren Etagen heraufdrangen, erlaubten es Franz endlich, nach seinem Kammerdiener zu schicken. Dennoch hing die durchgrübelte

Nacht noch den ganzen Vormittag hindurch wie Blei über seinem Gemüt.

DER STREIT

Im Gegensatz zu den übrigen Räumen des Schlosses war die Kapelle nicht geheizt. Obwohl Sisi ihren neuen cremefarbenen Muff aus Hermelin trug, waren ihre Finger taub vor Kälte, als sie zusammen mit Nene hinter ihren jüngeren Geschwistern Stellung vor dem Altar bezog. Unter Ludovikas strengen Augen warteten sie als Chor auf ihren Einsatz. Das Vorspiel der Orgel dröhnte in Sisis Ohren. Durch das ornamentale Fenster über dem Eingang fiel das blasse Licht eines bewölkten Dezembervormittags auf die fast leeren Kirchenbänke. Auf der einen Seite des Mittelgangs saß mit grimmiger Miene Vater Max. Auf der anderen Erzherzogin Sophie und Franz. Sisi lächelte, doch der Kaiser studierte ein Gesangsbuch auf seinem Schoß, und Erzherzogin Sophie schien ihren eigenen Gedanken nachzuhängen. Sie hatte die Hände andächtig gefaltet, und ihr Blick ruhte abwesend auf dem goldenen Tabernakel.

Ludovika hob die Hand, und der Chor holte Luft. Dann gab ihre Mutter den Einsatz, und Franz tauchte endlich aus seiner Lektüre auf. Er sah sie an, sein Blick war durchdringend und warm. Sisi verschlug es den Atem.

«O du fröhliche, o du selige, gnadenbringende Weihnachtszeit», drang Nenes Stimme klar und hell an ihr

Ohr. Sisi wich dem grimmigen Blick ihres Vaters aus und stieg in den Chorgesang ihrer Geschwister ein.

Max sah mit vernichtender Miene zu Franz hinüber und stand auf. Er marschierte den Mittelgang entlang Richtung Ausgang und stürmte aus der Kirche, ohne sich nochmals umzusehen. Die Tür fiel krachend hinter ihm ins Schloss.

Der Chor hielt einen Moment inne. Sisis Herz klopfte bis in ihre Ohren. Doch Ludovika dirigierte einfach weiter, und so fanden ihre Geschwister einige Takte später in den Fluss des Textes zurück.

«Welt liegt in Banden, Christ ist erstanden:
Freue, freue dich, oh Christenheit!»

Mit geweiteten Augen beobachtete Sisi, wie Franz aufstand, seiner Mutter knapp zunickte und schnellen Schrittes den Mittelgang entlangeilte, um die Kapelle ebenfalls zu verlassen. Ein weiteres Mal fiel laut die Tür ins Schloss, und Sisi stiegen Tränen in die Augen. Die Liedzeilen kannte sie im Schlaf, und tausendmal hatte sie die Melodien gesungen, aber ihre Stimme wollte ihr nicht mehr gehorchen. Ludovika warf ihr einen strengen Blick zu und fuchtelte im Takt in Sisis Richtung, doch Sisi starrte nur zurück. Sie hasste ihre Mutter dafür, dass sie den Chor ihrer Kinder anhielt, weiterzusingen. Wie konnte sie das, was um sie herum geschah, nur so konsequent ignorieren?

Das Publikum bestand jetzt nur noch aus Erzherzogin Sophie, die steif in der zweiten Holzbank hockte und die Stellung hielt, bis die Stimmen in der Apsis verhallt waren. Wie eine Boje bei stürmischem Wellengang saß sie unerschütterlich da und applaudierte ihren Nichten und Neffen, als wäre nichts geschehen, während Ludovika den Chor drängte, wieder in den Kirchenbänken Platz zu nehmen. Sisi wollte am liebsten ebenfalls den Mittelgang entlang aus der Kirche stürmen, aber die mahnenden Augen ihrer Mutter ließen sie vor ihrer zukünftigen Schwiegermutter Vernunft annehmen. Was auch immer Franz und Max zu besprechen hatten, sie würden es ohne ihr Beisein regeln.

Kaum war der Gottesdienst beendet, rannte Sisi aus der Kirche. Das Glockengeläut verlieh ihren Vorahnungen zusätzliches Gewicht. Sie eilte über den verschneiten Innenhof, stürmte durch die Eingangstür ins Schloss und hetzte durch die leeren Gänge. Wohin waren Franz und ihr Vater verschwunden? Max' Arbeitszimmer lag verlassen im blassen Tageslicht, das sich durch die dicken Winterwolken kämpfte. Weder im Salon noch im Kaminzimmer fand sie eine Spur der beiden Männer, und gerade wollte Sisi verzweifelt aufgeben und sich in ihrem Zimmer vergraben, als sie unter dem Klirren und Brutzeln, das aus der Küche drang, auch entfernte Stimmen hörte. Sie kamen aus einem der oberen Geschosse. Sisi zwang sich, noch schneller zu laufen, obwohl ihre Füße längst eiliger unterwegs waren, als es sich für eine Dame gehörte. Sie hastete die Treppen hinauf, nahm Stockwerk um Stockwerk bis ins Dachgeschoss. Außer Atem kämpfte sie sich die letzten Treppenstufen empor. Ihre Hand klammerte sich ans Geländer, und ihre Finger pochten unter der Aufregung. Die Stimmen waren nun deutlich zu hören. Ein heftiges Auf- und Abschwellen zweier aufgebrachter Parteien. Sisi schlich in den vor ihr liegenden Gang. Der Wortwechsel wurde noch lauter. Die beiden Männer schienen sich im Musikzimmer verschanzt zu haben, das Max sich hier oben eingerichtet hatte. Seit Sisi denken konnte, hatte Max sich für die bayerische Volksmusik begeistert und auch selbst einige Instrumente gelernt. Die leisen Klänge der Zither hatten ihr nachts, wenn sie sich schlaflos im Bett wälzte, oft das Gefühl vermittelt, nicht alleine wach zu sein.

«Wisst Ihr was, Euer Ehren?», polterte die Stimme ihres Vaters ihr entgegen. «Ihr könnt mich mal kreuzweise!»

Keine zwei Meter vor Sisi schwang eine Tür auf, und Franz stürzte hinaus. Fast wäre er in Sisi hineingerannt, doch im letzten Augenblick hielt er an. Er hatte einen hochroten Kopf, und der Zorn glänzte in seinen Augen.

«Bitte verzeiht», presste Franz zwischen den Lippen hervor. Da flog pfeifend eine Flöte an seinem Ohr vorbei und brach an der Wand hinter Sisi entzwei. Ihr klappte die Kinnlade herunter, und Franz warf einen bösen Blick zurück. Max baute sich wutschnaubend in der Tür auf und setzte schon an, Franz weitere wütende Sätze nachzubrüllen. Da sah er seine Tochter und machte den Mund wieder zu. Sisi hatte das Gefühl, den Boden unter ihren Füßen zu verlieren.

Franz wandte sich Sisi zu. «Es war wunderschön, Euch wiederzusehen, Herzogin.» Er verbeugte sich, um Sisis Hand zu küssen.

«Aber Euer Geschenk! Ich habe noch ein Geschenk für Euch!», stammelte Sisi.

«Gebt es mir, wenn wir uns das nächste Mal sehen.»

Franz hielt Sisis verzweifeltem Blick stand und hielt ihre Hand noch einen Moment in seiner. Dann riss er sich los und schritt an Sisi vorbei. Ungläubig verfolgte sie, wie Franz die Treppe hinabeilte. In ihrem Herzen stürzte eine Welt zusammen. Und auch draußen verdunkelte sich der Himmel. Erste Schneeflocken segelten an die Fensterscheiben der Dachschrägen. Als Sisi sich wieder ihrem Vater zuwenden wollte, war die Tür verschlossen. Sisi stampfte einmal mit dem Fuß auf den Boden, machte auf dem Absatz kehrt und jagte die Stiegen hinunter.

DIE STICKEREI

Sisis Finger krallten sich in das feine weiße Tuch. Eine Blume war nicht fertig geworden, aber im Gesamtkontext betrachtet, war das auch schon egal. Sisi hetzte die Treppen hinunter, querte eiligen Schrittes die Eingangshalle und rempelte dabei den alten Wilhelm an.

«Entschuldigung!», rief sie und zwängte sich im letzten Augenblick durch die zufallende Tür.

«Auf gehts!», rief ein Soldat auf dem Vorplatz, und knirschend fuhr die kaiserliche Kutsche an. Sisi setzte das Herz aus. Ein Tross berittener Leidgardisten, deutlich kleiner als die Besetzung bei der Ankunft, flankierte die Droschke durch den Park. Die Vorhänge an den Fenstern waren vorgezogen und ließen auf die Laune der Insassen schließen.

«Halt!», schrie Sisi. Doch der tosende Wind verschluckte ihre Worte. «Wartet!»

Sisi sprang in zwei Sätzen die Stufen der Eingangstreppe hinunter und wollte gerade abermals rufen, da hielt sie inne. Es war aussichtslos. Die Eskorte passierte schon das Tor des Schlossparks und verschwand zwischen einigen hohen Tannen. Niemand würde sie mehr hören.

Sisi spürte, wie sich ihre Kehle zusammenzog und ihr wütende Tränen in die Augen stiegen. Der Schnee vor dem Schloss war von zig Hufen zermatscht, und Sisi kroch die Nässe in ihre Pantoffeln. Sie wollte, dass Franz das Taschentuch bei sich hatte. Sie wollte sich von ihm verabschieden, ihn noch einmal sehen. Sie wollte nicht zulassen, dass ihr Vater ihn tatsächlich vertrieben hatte! Vielleicht würde er sich dazu bewegen lassen, seine Entscheidung zurückzunehmen und doch noch länger zu bleiben?

Sisi drehte sich mit einem Schwung um und rannte abermals in den alten Wilhelm hinein, der hinter ihr die Tür wieder geöffnet hatte. Diesmal verschluckte sie ihre Entschuldigung und sprintete die Treppen hinauf. Drei Stufen auf einmal, zwei Astlöcher, dann rechts in ihr Zimmer. Kaum war sie hineingeplatzt, kam sie schlagartig zum Stehen. Max saß auf dem Bett und hatte schuldbewusst die Hände im Schoß gefaltet. Die Matratze bildete unter seinem stolzen Gewicht eine Mulde, und der Überwurf, den Sisi am Morgen sorgsam glatt gezogen hatte, lag in Falten.

«Worüber habt ihr gestritten, Franz und du?», fauchte Sisi. «Was hast du zu ihm gesagt?»

«Dass ...», setzte Max an, doch der Satz verebbte auf seiner Zunge. «Dass ich nicht mitkommen werde», nahm er einen neuen Anlauf. «Nach Wien. Zu eurer Hochzeit.»

«Was?» Sisi schnappte nach Luft. «Lass mich allein», funkelte sie ihren Vater an. «Sofort.»

Max erhob sich seufzend und ging an ihr vorbei aus dem Zimmer. Lautlos zog er die Tür hinter sich zu. Sisi drückte sie fest ins Schloss und drehte den Schlüssel um. Hektisch zog sie sich das opulente Kleid mit den großen Volants und dem spitzenbesetzten Ausschnitt vom Körper. Die Knöpfe wollten sich nicht auf Anhieb lösen lassen, also riss sie das Kleid mit Gewalt auf. Wie kleine Murmeln hüpften und kullerten die Knöpfe über den Teppich. Einer von ihnen stieß an ihren frisch gewachsten Kalbslederstiefel und blieb dort liegen. Entschlossen stieg Sisi aus den steifen Unterröcken. Sie nestelte ein dunkelgraues Reitkleid aus dem Schrank und schlüpfte hinein. Der lange Rock fiel in luftigen Wellen an ihren Beinen hinab bis auf den Boden. Sie zog die aus demselben Stoff maßgeschneiderte Jacke über ihre weiße Bluse und schloss eilig die vielen Knöpfe bis hoch zum Kragen.

Die Abenddämmerung brach bereits an, als Sisi in Reitkleid, Pelzmantel und wehender Fuchsschwanzmütze aus dem dunklen Stalltor galoppierte. Die Entschlossenheit hatte ihre Wangen gerötet, und Sisi trieb dem schwarzen Hengst die Fersen in die Seiten. Noch immer tanzten dicke Flocken vom Himmel, und ein schneidender Wind schlug ihr entgegen. Sisi duckte sich tiefer in den Kragen ihres Mantels und preschte den Spuren nach, die die Kutsche und die Hufe der berittenen Eskorte im Schnee hinterlassen hatten. Ihre Hand umklammerte das Taschentuch, und sie blinzelte entschlossen einige Schneeflocken weg, die auf ihrer Stirn geschmolzen waren und sich den Weg durch ihre Augenbrauen bahnten, um ihr die Sicht zu rauben.

DAS LICHT

Die Umrisse der Tannen, die den Weg säumten, verschwammen in der anbrechenden Dunkelheit zu einer schwarzen Front. Das Schneetreiben hatte sich in der letzten Stunde so sehr verdichtet, dass Franz das Gefühl hatte, sich in einer anderen Welt zu befinden, weit weg von Sisi, Possenhofen und seinen Pflichten als Kaiser. Die geschlossenen Vorhänge und die fast gespenstische Stille, die im Inneren der Kutsche herrschte, taten ihr Übriges.

Seit ihrer überstürzten Abreise hatten Franz und Grünne kein Wort miteinander gewechselt. Sein Freund kauerte in warme Felle gewickelt auf der gegenüberliegenden Kutschbank und starrte konzentriert durch einen kleinen Spalt zwischen Vorhang und beschlagener Scheibe nach draußen. Franz beobachtete, wie der Atem vor Grünnes Mund zu kleinen Wölkchen gefror. Doch trotz der eisigen Kälte war es Franz nicht in den Sinn gekommen, sich eines der Felle überzuwerfen. Im Gegenteil. Sein Körper pochte unter einer so gewaltigen Hitze, dass selbst der leichte Stoff seiner Festtagsuniform ihn unangenehm einengte.

Die Worte des Herzogs ließen Franz nicht los. Mit jedem Meter, den die Kutsche zurücklegte, fraß sich die Wut tiefer in seine Eingeweide. Grimmig schob er den Vorhang zurück. Die Kutsche passierte nun eine kleine Ortschaft, alpenländische Häuser duckten sich in der Dämmerung. Verschneite Dächer, kleine Fenster. Ein paar Bauernhöfe. Viehwagen, hier und da der schwarze Fleck eines dampfenden Misthaufens, den der Schnee noch nicht zugedeckt hatte.

Franz hatte vor, die Nacht im Hotel Bayerischer Hof zu verbringen und am nächsten Morgen weiterzureisen, über Bad Ischl nach Wien. Doch als die Kutsche den Ortsausgang erreichte, blieb sein Blick an einem zweigeschossigen Gebäude hängen. Hinter auffallend hohen Fenstern erhellte das flackernde Licht eines Kaminfeuers die Wände des dahinter liegenden Raumes, und die Zufahrt war akkurat vom Schnee geräumt. Über der schweren Eingangstür aus Eichenholz schimmerte eine rote Laterne. Es war, als kämpfte sich ihr sanfter Lichtschein der Kutsche entgegen. Als brannte sie nur für ihn, Franz, und flüstere ihm verführerische Worte ins Ohr. So musste sich ein Schiffbrüchiger auf stürmischer See fühlen, dachte Franz, der endlich das Feuer eines Leuchtturms am Horizont erblickte. Dieses kleine Licht versprach Vergessen. Und mehr noch: eine süße Verheißung.

«Halt die Kutsche an», befahl er.

Grünnes Blick verdüsterte sich schlagartig. Er presste kaum merklich die Lippen zusammen, ohne sich aber zu rühren.

«Worauf wartest du, du hast mich schon verstanden»,

setzte Franz nach. Er konnte sich denken, dass Grünne lieber an ihrem Plan festgehalten und nach München weitergefahren wäre. Aber Franz hatte keine Lust, sich vor seinem Freund zu rechtfertigen. Auch wenn Grünne ihm nahestand – Franz war noch immer der Kaiser. Es stand seinem Kompagnon nicht zu, über seine Taten zu richten. Das, was Franz vorhatte, würde ihm Linderung verschaffen. Und dafür war ihm nun jedes Mittel recht.

Grünne brauchte noch einen Atemzug, bis er schließlich eine Hand aus dem Fell befreite und an das Dach der Kutsche klopfte.

«Haltet an», rief er und zog die Decke enger um sich.

«Hooo!», erklang draußen die beruhigende Stimme des Kutschers. Nicht nur die Pferde gehorchten aufs Wort. Auch der Schneesturm schien sich deutlich zu lichten.

Die kaiserliche Kutsche verlangsamte ihre Fahrt und bog in die geräumte Zufahrt ein. Vor dem Eingang blieb sie stehen. Das rote Licht war nun so nah, dass Franz die Flamme der Kerze sehen konnte, die hinter dem Glas flackerte.

Grünne schüttelte die Felle ab und öffnete die Tür. Die frische Luft schlug Franz schneidend entgegen. Einzig das unruhige Schnauben der Pferde und das Klirren des Zaumzeugs durchbrachen die Stille. Er verfolgte, wie eine der letzten unschuldigen Flocken Richtung Boden segelte und im Matsch neben der Kutsche verging. Kurz fragte er sich, ob es verwerflich sei, sich auf diese Art Erleichterung verschaffen zu wollen. Nach der Demütigung, die ihm widerfahren war …

«Bist du dir sicher?» Wie ein Jagdhund schien Grünne den aufkeimenden Zweifel gewittert zu haben.

Doch Franz nickte nur. Jeder Muskel seines Körpers stand unter Hochspannung. Erst als Grünne seufzend aus der Kutsche stieg und den Leibgardisten mit einem Nicken bedeutete, abzusteigen, lockerte sich die Enge um seine Brust merklich.

Franz beobachtete, wie die sechs Soldaten von ihren Pferden sprangen und sich den Schnee von den Uniformen klopften. Im Stechschritt hielten sie auf den rot beleuchteten Eingang zu. Kurz war das Geschnatter einiger Frauen zu hören. Ausgelassenes Gelächter.

Der letzte Soldat wartete an der Tür, bis Grünne die Steinstufen erklommen hatte. Der Graf nahm die Mütze ab und schlüpfte an ihm vorbei ins Innere des Hauses, ohne sich noch einmal zu Franz umzudrehen.

FANNY

Auf einem Tresen glänzten zwei halb volle Sektflöten, und eine Zigarette verglomm langsam in einem Aschenbecher. Obwohl nur das Knistern des Kaminfeuers zu hören war, schienen die unverputzten Wände noch das lebhafte Schwatzen zu atmen, das sie bis eben zurückgeworfen hatten. Grünne befahl seinen Männern mit einer Geste, sich in einer Reihe zu formieren und Haltung anzunehmen. Dann trat er selbst weiter in den kleinen Saal hinein. In einer gemütlichen Sitzgruppe vor einem

Kamin lümmelten einige junge Frauen in aufreizenden Kleidern und beäugten neugierig den unerwarteten Besuch. Hinter ihnen züngelte das Feuer gierig an einigen frischen Holzscheiten empor, und Grünne sah amüsiert, wie sich die hellen Flammen in den sehnsüchtigen Augen der Leibgardisten spiegelten. Nach der Fahrt in der kalten Kutsche war die Wärme in dem Etablissement auch für ihn eine Wohltat. Und obwohl er den Befehl verachtete, um dessen willen er dieses Haus betreten hatte, so musste er sich doch eingestehen, dass ihm der Anblick der Damen eine heimliche Freude bereitete. Einige trugen puffige kurze Röcke, die das Auge wie von selbst auf ihre schlanken Beine lenkten. Andere hatten offenherzige Blusen an, manche nur ein Mieder, gekonnt kombiniert mit einer Kette oder einem bestickten Band um den Hals. Ohne Zweifel musste hier jemand mit Geschmack das Regiment führen.

Gerade, als Grünne den Mund öffnen wollte, um nach dieser Person zu fragen, schwang die schwere Tür hinter dem Tresen auf, und eine welkende Schönheit mit ausladenden Hüften betrat den Raum. Sie registrierte die Ankunft der Männer aus den Augenwinkeln, griff nach der brennenden Zigarette und klopfte fast verächtlich die Asche herunter. Unverhohlen musterte sie Grünne. Die Glut ihrer Zigarette glomm gefährlich auf, als sie einen Zug nahm, und er straffte den Rücken. Da trat die Dame hinter dem Tresen hervor und kam auf ihn zu. Sie ging völlig aufrecht, ja, sie durchschritt den Raum, als würde sie eine Parade abnehmen. Graue Haarsträhnen hatten sich aus ihrer Hochsteckfrisur gelöst, und mit jedem

Schritt umspielte der rotsamtene Stoff ihres bodenlangen Kleides ihr üppiges Dekolleté.

«Alle Freier verlassen bitte sofort das Etablissement», befahl Grünne, so selbstbewusst es ihm möglich war. Er nickte seinen Männern zu, und die Leibgardisten zerstreuten sich enttäuscht in alle Richtungen, um die angrenzenden Zimmer zu überprüfen.

Die Dame blieb vor Grünne stehen und kniff die Augen zusammen. Kräftiges Rouge ließ ihre Wangenknochen hervortreten, und aus der Nähe konnte Grünne sehen, dass sie ihre Falten unter einer Schicht Puder zu verstecken versuchte.

«Ich hoffe, Ihr habt einen guten Grund dafür, Euch hier so aufzuführen.» Ihre Stimme war scharf wie ein Messer.

«Seine Majestät gedenkt hier einzukehren», sagte Grünne und versuchte, sich noch ein wenig größer zu machen.

«Seine Majestät?», erkundigte die Dame sich neugierig. Grünne nickte und gönnte sich noch einen kritischen Blick zu den Frauen am Feuer, bevor er weitersprach.

«*Der Kaiser von Österreich* hat gewisse Vorlieben.»

Die hygienischen Damen tauschten aufgeregte Blicke, und obgleich ihre Chefin versuchte, die Fassung zu bewahren, sah Grünne ihr an, dass auch sie für einen Moment zu atmen vergaß. Gier flackerte in ihren kohlschwarzen Augen auf, und Grünne spürte, wie sich seine Mundwinkel wider Willen zu einem Grinsen verzogen. Dieses Spiel würde er als Sieger verlassen. Doch die Dame wandte sich nur ab und stolzierte zurück zum Tresen. Mit erstaunlicher Gelassenheit drückte sie die Zigarette im Aschenbecher aus und hob herausfordernd das Kinn.

«Fanny», rief sie laut in den Raum und sah Grünne überlegen an. Ihre Augen schienen zu lächeln.

Grünne kämpfte einen Moment gegen seine Neugier und hielt ihren Blick. Doch dann gab er sich geschlagen und wandte sich der Sitzgruppe zu. Gerade noch rechtzeitig, um zu sehen, wie ein nackter Unterschenkel von der Armlehne eines Ohrensessels geschwungen wurde und sich eine natürliche Schönheit mit vollen, tiefroten Lippen erhob. Die junge Frau machte ein paar Schritte auf Grünne zu und lächelte. Er spürte, wie ihm der Schweiß ausbrach.

Im Gegensatz zu ihren Kolleginnen war Fanny schlichter gekleidet. Sie trug einen eng anliegenden, leicht durchscheinenden schwarzen Seidenrock und eine weiße Bluse, fast ein Tuch nur, das ihre vollen Brüste perfekt versteckte und dennoch alles versprach.

Grünne spürte die amüsierten Augen der Chefin auf sich und riss seinen Blick von Fanny los. Er räusperte sich, und obwohl ihm noch immer heiß und kalt zugleich war, rief er nach ihrem Vorbild laut in den Raum: «Doktor Griebe!»

Augenblicklich schwang die Eingangstür auf, und ein kalter Wind pfiff durchs Foyer. Ein beleibter Mann mit ausgedünntem Haar und Brille schlurfte herein, schnaufend und beflissen eine lederne Arzttasche vor die Brust gedrückt. Seine Stiefel hinterließen feuchte Spuren auf dem Parkett, und hinter ihm fiel krachend die Eichentür ins Schloss.

«Der kaiserliche Leibarzt wird ein hygienisches Zertifikat anfertigen», erklärte Grünne knapp und nickte der Chefin zu. Sie deutete eine sanfte Verneigung an und hieß Fanny mit einem Blick, vorauszugehen. Während die junge Schönheit lautlos in einen Nebenraum verschwand, kramte die Dame hinter dem Tresen eine Kerze hervor, drehte sie mit Gewalt in einen Halter aus Messing und wandte sich dann Dr. Griebe zu.

«Wenn der Herr Doktor mir bitte folgen wollen?»

Der Arzt tupfte sich mit einem Tuch über die Stirn und schickte sich keuchend an, den beiden Schönheiten nachzukommen.

Grünne blieb fast verloren im stillen Saal zurück. Das Feuer im Kamin hatte sich etwas beruhigt. Die Scheite glühten, und die leicht bekleideten Damen sahen ihn neugierig an.

SPUREN

Sisi ließ ihr Pferd in den Trab fallen. Hinter ihr kämpfte sich das einsame Licht des Abendsterns durch ein Loch in der dichten Wolkendecke und verabschiedete diesen so schicksalhaften Weihnachtsfeiertag, und noch immer hatte sie den Kaiser nicht eingeholt. Das Schneetreiben hatte wieder eingesetzt und begann schon, die Spuren der Kutsche zu überdecken, denen Sisi seit fast zwei Stunden folgte. Im schummrigen Zwielicht konnte sie kaum mehr etwas erkennen, die Flocken brannten im Gegenwind wie kleine Nadelstiche auf ihrer Haut.

«Brrrr, Duke.» Sisi zog leicht am Zügel, um ihr Tempo zu verlangsamen. Der Hengst machte noch ein paar Schritte, bevor er schnaubend an einer Weggabelung zum Stehen kam. So weit war sie alleine noch nie von Possenhofen weg gewesen. Sisi blinzelte und versuchte, ihre Augen an die Dunkelheit zu gewöhnen. Dicke Flocken segelten um sie herum zu Boden, schmolzen auf ihren vom Ritt erhitzten Wangen und liefen in Bächen ihr Kinn hinab. Die Spuren der Kutsche führten direkt in den Wald hinein. Dichte Tannen säumten den Weg, und eine bedrohliche Stille schwebte über den Wipfeln. Sisis Herz begann, vor Aufregung schneller zu pochen. Der Überfall im Wald war erst vier Monate her. Die Erinnerung an den kühlen Lauf der Pistole in ihrem Nacken, an den fischigen Atem des Ungarn trieben ihr einen Schauer über den Rücken.

Sisi strich über Dukes weiche schwarze Mähne und seinen schlanken Hals, um sich zu beruhigen. Den Namen hatte sie ihm in Erinnerung an ihr englisches Kindermädchen Mary gegeben – und wegen Graf Richard, ihrer reizenden Schwärmerei vom letzten Sommer. Sie seufzte und steckte die Hand in ihre Manteltasche. Der weiche Stoff des Taschentuchs war bereits feucht und klamm. Es war Zeit, umzudrehen.

Sisi packte erneut den Zügel und wollte Duke schon mit einem kräftigen Zug in die entgegengesetzte Richtung lenken, da blitzte in ihrem Augenwinkel ein kleines Licht auf. Sie wandte sich so erschrocken um, dass Duke aufzuckte und unruhig mit den Hufen stampfte. Sisi fasste die Zügel enger. Sie kniff die Augen zusammen und hielt den Atem an. Ein kleines Pünktchen nur, aber ohne Zweifel, da war ein Licht! Und jetzt, da sie genauer hinsah, schimmerten noch weitere helle Punkte zwischen den dichten Zweigen hindurch und kündigten eine kleine Ortschaft an. Entschlossen drückte Sisi ihre Waden an die Flanken des Pferdes und trieb Duke mutig in die Dunkelheit.

Als sie die ersten Häuser erreichte, verlor sich die Fährte der Kutsche im schlammigen Sumpf eines ausgefahrenen Weges, der Neuschnee hatte noch eine zuckrige Schicht darüber gepudert. Dies nun war das Ende ihrer Verfolgungsjagd. Auf den letzten Metern hatte Sisi ihren Hengst noch einmal angetrieben, doch vergebens. Das Herz schlug ihr vor Anstrengung bis zum Hals. Nur das Stapfen der Pferdehufe durchbrach die abendliche Stille.

Vereinzelt flackerte noch der Schein einer Kerze in einer Stube, doch hinter den meisten Fenstern herrschte bereits Dunkelheit. Sisi stoppte ihr Pferd und starrte hoffnungslos auf das wirre Geflecht der Spuren. Aus einem Stall drang das Muhen einer Kuh. Dann war da wieder diese weiche Stille. Sisi ließ die Zügel locker und erlaubte es Duke, ein paar Schritte in die Ortschaft zu stapfen. Hinter einem Fenster war kurz der Umriss einer Frau zu sehen, bevor auch dort das Licht erlosch. Duke setzte sachte ein Bein vor das andere. Der Schnee knirschte unter seinen Hufen, und langsam beruhigte sich Sisis Herzschlag unter seinem rhythmischen Tritt. Sie sog die kalte Luft in ihre Lungen. Der Geruch von Kuhmist, feuchter Erde und verbranntem Holz vermittelte ihr ein trügerisches Heimatgefühl. Würde sie in der Dunkelheit den Rückweg finden? Oder sollte sie sich lieber in einen Kuhstall schleichen und dort in der Wärme der Tiere heimlich die Nacht verbringen?

Während sie ihre Möglichkeiten abwägte, ließ sie sich von Duke immer tiefer in die Ortschaft tragen. Nachdenklich glitt Sisis Blick über die dunklen Dächer. Es waren nur ein paar Häuser, einige Rauchschwaden stiegen in den Himmel auf, und dann war da, am Ende der Ortschaft, kurz bevor die schneebedeckten Weiden begannen, das rote Licht einer einzelnen Laterne.

Sisi lenkte Duke interessiert auf das geheimnisvolle Licht zu. Je weiter sie sich vorwagte, desto deutlicher zeichnete sich ein zweigeschossiges Gebäude in der Nacht ab. In der akkurat geräumten Zufahrt standen zwei Kutschen, und daneben scharrten einige Pferde mit den Hufen im Schnee. Eine der Kutschen hatte ein reich verziertes Dach, ihr Anstrich glänzte im Schein der roten Laterne roségolden. Sisi schnappte überrascht nach Luft. Das waren die kaiserlichen Kutschen! Sie parierte Duke und schüttelte amüsiert den Kopf. Er war hier abgestiegen? In diesem gottverlassenen Kaff?

Das hatte sie nun wirklich nicht erwartet. Zweifellos, das Haus mit den hohen Fenstern und dem auffälligen Eingangsbereich war das vornehmste der Ortschaft, aber dennoch kein Hotel Bayerischer Hof oder eine andere der prunkvollen Unterkünfte, in denen man einen Kaiser vermutet hätte! Sisi schwang sich vom Pferderücken. Sie packte Duke an der Trense und wollte ihn gerade auf den

Eingang unter der Laterne zuführen, da zögerte sie. Ein seltsames Gefühl stieg in ihr auf. War es Angst? Aufregung? Beklemmung? Sisi gelang es nicht, es zu deuten, aber es schien sie von innen zu lähmen. Den ganzen Weg über war sie fest entschlossen gewesen, Franz einzuholen, doch nun, wo sie angekommen war, wo sie ihn wider Erwarten tatsächlich gefunden hatte, hielt sie etwas zurück. War es die Angst davor, wie Franz reagieren würde, wenn er sie sah? Wenn er erfuhr, dass sie ihm allein gefolgt war, des Nachts, nur um ihm sein Geschenk zu überbringen? Oder war es der Anblick des seltsamen Gebäudes, der dieses Gefühl in ihr heraufbeschwor?

Sisi musterte erneut das eigenartige Haus. Hinter dem roten Glas der Laterne flackerte nervös die Flamme einer Kerze. Die hohen Fenster im Erdgeschoss waren hell erleuchtet und ließen den Schnee auf den Fensterbrettern einladend glitzern. Was konnte sie verlieren, wenn sie sich erst einmal ein Bild vom Inneren machte?

Sisi nickte, wie um sich selbst zu bestärken, und führte Duke etwas abseits in den Schatten einer Scheune, wo sie ihn an einem Balken festband. Der Hengst schnaubte widerwillig und scharrte mit den Hufen. Sisi klopfte ihm beruhigend auf den Hals. Sie legte den Zeigefinger über die Lippen. Duke stieß sachte mit seinem Maul gegen ihren Bauch, als wolle er sie warnen, aber Sisi tätschelte ihm nur die Stirn und lugte hinter der Scheune hervor. Der Kutscher hatte seinen Hut tief ins Gesicht gezogen und schien auf dem Kutschbock eingeschlummert zu sein.

Leise huschte Sisi aus dem Schatten, stapfte durch den

Schnee auf eines der Fenster zu und drückte sich darunter an die Hauswand. Sie hielt einen Moment den Atem an, um zu lauschen, und tatsächlich konnte sie gedämpft Stimmen hören, die sich leise unterhielten. Mit ihrem Stiefel suchte sie in einem Riss in der Steinmauer Halt und zog sich vorsichtig am Fensterbrett hoch.

Es gelang ihr so gerade, über den unteren Rand des Fensters einen Blick ins Innere des Hauses zu erhaschen. Das Foyer glühte im warmen Schein eines Kaminfeuers. Schwere Samtvorhänge, eine dunkle Vitrine, in einer Ecke ein paar opulente Sessel, mit rotem Samt überzogen. Gebannt klammerte Sisi sich ans Fensterbrett. Ihr war, als blickte sie in ein altes, verlassenes Märchenschloss. Da entdeckte sie in einem der Sessel, eher einer Ottomane, eine junge Frau. Sie hockte kichernd auf der Armlehne und schien in eine Unterhaltung vertieft. Ihr weiter dunkler Rock war so weit zur Seite gerutscht, dass ihr entblößtes Bein zu sehen war, doch das schien sie keineswegs zu stören. Im Gegenteil. Sie spielte mit den nackten Zehen am Zipfel eines Tuchs, das notdürftig ihre Schultern bedeckte, und als es vollends heruntergeglitt, ließ sie es achtlos liegen. Im Hintergrund schlüpfte jetzt eine zweite junge Frau durch eine Tür und hüpfte mit glänzend roten Wangen auf die Sitzgruppe zu. Ihr kurzer Rock erinnerte an den einer Seiltänzerin, und aus ihrem knappen Mieder quoll ein üppiger Busen hervor.

Mit einem Schlag begriff Sisi, was sie hier vor sich hatte. Im selben Augenblick, da die Erkenntnis ihren Körper flutete, erhob sich die Frau aus dem Sessel und wandte sich zu ihr um. Sisi ließ schnell das Fensterbrett los und fiel mit rasendem Herzen in den Schatten der Hauswand. Es war, als schlügen die Wogen eines wilden Ozeans über ihr zusammen. War Franz tatsächlich in diesem Haus eingekehrt?

Sisi spürte einen stechenden Schmerz in ihrer Bauchgegend, und unter dem Tosen Tausender Gedanken, die durch ihren Kopf jagten, erfüllte sie eine betäubende Leere. Selbst den geschmolzenen Schnee, der vom Fensterbrett direkt in ihren Nacken tropfte, spürte sie kaum. Gerade als sie beschloss, noch einen zweiten Blick zu wagen, flog die Haustür auf, und Franz marschierte heraus, dicht gefolgt von Grünne und einer Entourage von Soldaten. Sisi erstarrte. Das Entsetzen legte sich wie eine kalte Hand um ihre Kehle. Mit stockendem Atem kauerte sie sich hinter einen Vorsprung an der Hauswand und betete, dass niemand die Spuren entdeckte, die sie im Schnee hinterlassen hatte und die direkt zu ihr führten.

Mit weit aufgerissenen Augen starrte Sisi in die Dunkelheit. Sie wagte es nicht, sich zu bewegen. Sie hörte Schritte im Schnee, das Wiehern einiger Pferde und schließlich das Quietschen eines Trittbretts und die Tür einer Kutsche, die ins Schloss fiel. Dumpfe Befehle hallten durch die verschneite Nacht. Das Leder der Sättel knarzte, als die Soldaten ihre Pferde bestiegen. Eine Peitsche knallte, und umgeben vom Getrappel der Eskorte holperten die Räder der Kutsche die Zufahrt hinaus.

Gebannt verfolgte Sisi, wie der Tross in der Dunkelheit verschwand. Sie verharrte reglos in ihrem Versteck, bis auch die letzten Geräusche in der Entfernung verstummten. Ihr ganzer Körper zitterte. Mit tauben Fingern tastete sie in der Manteltasche nach dem Taschentuch. Wie naiv sie doch gewesen war! Hatte sie wirklich geglaubt, ab jetzt die Einzige für Franz zu sein? Den Kaiser von Österreich? Wo doch schon ihr Vater Max, ein unbedeutender Provinzherzog, sich die Langeweile in den Schößen fremder Frauen vertrieb?

Sisi versuchte, die Tränen hinunterzuschlucken, die ihr in die Augen stiegen. Sie musste sich zusammenreißen. In Selbstmitleid versinken wie Ludovika, das wollte sie nun wirklich nicht! Sie war drauf und dran, den Kaiser von Österreich zu heiraten, einen geheimnisvollen, mächtigen Mann. Und niemand hatte sie darauf vorbereitet. Sie wusste weder, was es mit der Liebe auf sich hatte, noch kannte sie die Geheimnisse der fleischlichen Lust. Ja, vielleicht war sie dumm und naiv. Aber *hilflos* keinesfalls! Den Kopf in den Sand stecken und das eigene Schicksal beweinen, dafür war ihr dieses herrliche Leben zu schade.

Entschieden erhob sich Sisi aus der Hocke und klopfte den Schnee von ihrem Mantel. Mit pochendem Herzen schritt sie auf die dunkel lackierte Holztür zu und erklomm vorsichtig die vereisten Steinstufen zum Eingang. Sie nahm einen tiefen Atemzug, griff nach dem glänzenden Türknauf und trat ein.

Eine Welle der Wärme schlug ihr entgegen, durchsetzt mit dem schweren Duft von Sandelholz und Weihrauch. Die junge Dame mit dem Mieder und auch die mit den nackten Zehen war verschwunden. Nur das rote Tuch lag noch neben der Ottomane und zeugte davon, dass Sisi sich das Gesehene nicht eingebildet hatte. Vorsichtig ließ sie die Tür hinter sich ins Schloss gleiten und wagte sich einige Schritte ins Foyer hinein. Das verglimmende Kaminfeuer strahlte eine so intensive Wärme aus, dass Sisi unter ihrem gefütterten Wintermantel der Schweiß ausbrach. Sie nahm die Fuchsschwanzmütze vom Kopf und drehte sie unsicher in den Händen, während sie sich vorsichtig umsah. Der Raum verströmte eine irritierende Geborgenheit. Der Weihrauch weckte Erinnerungen an die Gottesdienste in der kleinen Schlosskapelle in Possenhofen, und die ausgesessenen Sessel, der offene Kamin und die samtenen Vorhänge luden zum Ausruhen ein. Für einen Moment ließ Sisi sich vom Trost dieses Ortes verführen, dann gab sie sich einen Ruck. Entschlossen hielt sie auf eine goldene Glocke auf dem hölzernen Tresen zu und schlug mit der flachen Hand darauf, bevor sie es sich anders überlegen konnte. Augenblicklich kam ihre Aufregung zurück. Was in aller Welt tat sie hier?

Der helle Klang war kaum verhallt, da betrat eine Dame den Raum. Ein überraschtes Staunen huschte über ihr geschminktes Gesicht, als sie Sisi sah. Sie war aufreizend gekleidet und hatte ihre grauen Haare mit allerlei Nadeln und Spangen zu einer lockeren Frisur hochgesteckt.

«Wie kann ich Euch helfen?», fragte sie freundlich.

Sisi brachte kein Wort heraus. Die Dame trat neugierig ein paar Schritte näher, so, als wollte sie Witterung aufnehmen.

«Ihr wollt ja wohl sicher nicht bei mir anheuern, oder?»

«Nein, nein», krächzte Sisi verunsichert. Was hatte sie sich nur dabei gedacht? Am liebsten wäre sie auf der

Stelle umgedreht und hätte sich irgendwo tief unter der Schneedecke vergraben.

Sie ärgerte sich über sich selbst. So stand es also um ihren Mut! Fieberhaft überlegte sie, was sie nun sagen sollte, doch das schwere Parfum der Frau benebelte ihr die Sinne. Sie gab sich einen Ruck, kramte eine Silbermünze aus ihrer Tasche und legte sie stumm neben das Glöckchen. Die Dame hob erstaunt eine Augenbraue, und Sisi konnte sehen, wie unter ihrer Schminke verräterische Falten hervorblitzten. Sie betrachtete skeptisch die Silbermünze, biss darauf, dann setzte sie ein erstauntes Lächeln auf.

«An wen habt Ihr gedacht?»

«Nein, nein, ich möchte nicht ... Der Kaiser hatte hier gerade ...», weiter kam Sisi nicht. Die Frau winkte ab.

«Dazu kann ich Euch keine Auskunft geben.»

Sie ließ die Silbermünze in einem kleinen Beutel verschwinden und lächelte Sisi kühl an. *Verschwinde!* sagte ihr Blick.

Sisi nahm einen tiefen Atemzug, dann streifte sie einen silbernen Armreif vom Handgelenk und legte ihn auf den Tresen. Max hatte ihr das Schmuckstück aus Patras mitgebracht. Interessiert musterte die Dame die feinen Silberfäden, die sich auf der Oberfläche kunstvoll ineinanderschlangen. In der Mitte des Armreifs erhob sich eine silberne Blüte, die sie merklich in ihren Bann zog.

Unschlüssig wiegte sie den Kopf hin und her.

Sisi wollte den Armreif gerade wieder an sich nehmen, da schnellte die Hand der Bordellchefin vor und griff nach dem Reif. «Wartet!»

Die Berührung ihrer rauen Haut ließ Sisi erschauern.
«Aber zu niemandem ein Wort.»

DIE KERZE

Aus dem Zimmer im oberen Stockwerk drang ein roter Lichtschein, der einen bedrohlichen Schatten auf den alten Dielenboden warf. Alles in Sisi schrie danach, sofort den Rückzug anzutreten.

«Was ist, Schätzchen? Habt Ihr es Euch anders überlegt?»

Als hätte sie ihre Gedanken erraten, drehte sich die Dame zu ihr um. Sisi erahnte ein Lächeln auf ihren Lippen, doch das Schummerlicht des Flurs verschluckte ihre Züge. Einen letzten Moment zögerte sie, dann nahm sie all ihren Mut zusammen, ging forschen Schrittes an der Frau vorbei und betrat das Zimmer.

Dunkle Tücher verdeckten die unverputzten Wände und tauchten den Raum in ein weiches Licht. Neben der Tür stand ein alter Schminktisch, übersät mit Zigaretten, halb leeren Weinflaschen und Flacons von billigem Parfum. In der Mitte des Zimmers prangte ein Bett mit zerwühlten Laken, auf dem sich eine junge Frau rekelte. Sie trug ihr dunkelblondes Haar offen, wallend, so, als könnte nichts auf dieser Welt es bändigen. Ihre schlanken Beine blitzten unter einem schlichten schwarzen Rock hervor, und nur ein durchsichtiges Tuch verhüllte ihren spitzen Busen.

«Kundschaft», posaunte die Bordellchefin ins Zimmer und drückte Sisi einen Messinghalter mit einem brennenden Kerzenstummel in die Hand. «Wenn die runtergebrannt ist, ist die Zeit rum.»

Ohne auch nur eine weitere Sekunde auf ihren Gast zu verschwenden, drehte sie sich auf dem Absatz um und verschwand mit schwingenden Hüften den Flur hinunter. Nur der süßliche Geruch ihres Parfums hing noch eine Weile in der Luft.

Unsicher wandte Sisi sich der Frau auf dem Bett zu, die sie freundlich anlächelte. Sie klemmte sich eine Zigarette zwischen die tiefrot geschminkten Lippen und winkte sie heran. Ganz so, als wäre es das Selbstverständlichste der Welt, dass eine Frau ihre Dienste in Anspruch nahm. Mit klopfendem Herzen folgte Sisi ihrer Geste. Ein paar Schritte vor dem Bett blieb sie stehen, doch die Frau grinste und winkte sie noch näher. Zögernd trat Sisi etwas dichter an sie heran, bis die junge Frau sich elegant aufsetzte und zu ihr vorbeugte. Sisi hielt den Atem an, doch sie nahm ihr nur den Messinghalter aus der Hand, zündete ihre Zigarette an der brennenden Kerze an und stellte sie neben dem Bett auf eine kleine Holzkiste. Unzählige Wachsflecken erzählten von all den Freiern, die hier im sanften Schein schon ihr Vergnügen gesucht hatten. So auch Franz, schoss es Sisi durch den Kopf. Diese Frau, was hatte Franz mit ihr geteilt? Was hatte sie empfunden, als sie seinen warmen Körper umschlungen hatte? Als ...

«Möchtest du auch?», riss die junge Dame Sisi aus ihren Gedanken und bot ihr ihre Zigarette an. Ein frecher

Unterton lag in ihrer Stimme. Etwas Herausforderndes, Selbstbewusstes, das Sisi überforderte.

«Danke ... ich rauche nicht.» Sie schüttelte den Kopf.

Ohne den Blick von Sisi abzuwenden, ließ die Dame sich zurück in ein Daunenkissen sinken, nahm einen tiefen Zug von der Zigarette und blies ihr den Rauch entgegen. Neugierig musterte sie Sisis elegantes Reitkleid. Die Nässe war in den Saum des langen Rockes gedrungen und hatte den Stoff dunkel verfärbt.

«Wie heißt Ihr?»

«Elisabeth, äh, Sisi ...», presste Sisi hervor. Zu spät kam ihr der Gedanke, dass es womöglich dumm war, hier in diesem Etablissement so offen ihren Namen zu nennen. Wer wusste, was man mit der entlaufenen Tochter des Herzogs anstellen würde? Doch die junge Frau klopfte nur desinteressiert die Asche ihrer Zigarette auf den Boden.

«Ich bin Fanny», sagte sie dann und setzte sich auf. Herausfordernd sah sie Sisi an. «Was kann ich für Euch tun?»

Eine zarte Röte lag auf Fannys Wangen und verlieh ihrer blassen Haut einen gesunden Schimmer. Dazu die dunklen Augen und die dunkelblonden Haare. Ohne Zweifel, diese Frau konnte einem Mann den Verstand rauben!

«Hat ... hat der Kaiser Gefallen an Euren Diensten gefunden?», traute Sisi sich schließlich zu fragen und spürte, wie ihre Wangen vor Scham pochten.

Fanny stutzte. «Was interessiert Euch das?», fragte sie reserviert.

Während Sisi überlegte, wie sie darauf antworten sollte, erhob sich die Dirne und tat einen Schritt auf sie zu. Erst jetzt entdeckte Sisi, dass zwischen ihren Brüsten ein vergoldetes Medaillon schimmerte. Fanny trug es an einem ledernen Band um ihren Hals. Den runden Anhänger zierte die Gravur einer Rose, und eine leere Fassung verriet, dass hier wohl ein Edelstein verloren gegangen war.

«Ich werde seine Frau», entschied sich Sisi, aufs Ganze zu gehen, und fühlte sich nur noch mehr wie ein kleines, unreifes Mädchen. Wenn Franz die Dienste dieser Frau in Anspruch genommen hatte, was wollte er dann von ihr?

Fanny nahm einen tiefen Zug von ihrer Zigarette und hielt für einen Moment den Rauch in ihren Lungen, bevor sie ihn wieder ausblies. Zu gern hätte Sisi in diesem Moment ihre Gedanken gelesen.

«Ich ... möchte ihn nicht enttäuschen», setzte sie nach, und Fanny lachte kurz auf. Sisi musste schlucken.

«Verzeiht, ich wollte nicht ...» Die Dirne lächelte entschuldigend und nahm noch einen tiefen Zug. «Der Kaiser hat einen guten Geschmack», sagte sie. «Und Ihr seid mutig, das gefällt mir!»

Sisi glaubte, ein anerkennendes Lächeln auf den Lippen der Frau zu sehen, das jedoch sofort einem anderen Ausdruck wich, den sie nicht deuten konnte. Fanny wandte sich ab und ging grazil auf den Schminktisch zu.

«Was wisst Ihr über Euren Körper?», fragte sie und drückte ihre Zigarette in dem vollen Aschenbecher aus, wobei zwei alte Stummel an den Seiten herunterfielen.

«Bitte?», entfuhr es Sisi entsetzt, und die Dirne lachte. Sisi spürte, wie ihr Herzschlag sich beschleunigte. Wie nur war sie auf diese dumme Idee gekommen?

Fanny bückte sich, um ein schwarzes Büchlein vom

Boden aufzuheben, und schob es zwischen die Flacons auf den Tisch. Während sie sich auf eine freie Ecke des Schminktisches setzte und lasziv die Beine übereinanderschlug, blieb Sisis Blick einen Moment an dem zerfledderten Einband hängen. Die goldenen Lettern auf dem Buchrücken waren so abgenutzt, dass sie kaum noch zu erkennen waren, doch Sisi wusste sehr genau, was einst auf diesem Buchrücken gestanden hatte. Es war eines der Gesangsbücher, die sie in der Schlosskapelle in Possenhofen benutzt hatten, als sie noch ein Kind war. Wo hatte Fanny es her? Waren sie sich womöglich schon einmal begegnet?

«Euch interessiert, was dem Kaiser gefällt», unterbrach Fanny ihre Gedanken. Sie war vom Schminktisch aufgestanden und kam nun neugierig näher. Dabei ließ sie das Tuch, das ihren Oberkörper umspielte, von der Schulter rutschen, und Sisi spürte, wie das Blut in ihren Adern zu rauschen begann. Sie schielte verlegen auf den Messinghalter, doch das Wachs brannte langsamer herunter, als Sisi gehofft hatte.

Fanny stand jetzt direkt vor ihr. «Egal, was der Kaiser will, erst müsst Ihr Euch selbst kennenlernen», sagte sie beinahe sanft und blickte Sisi dabei tief in die Augen. Sisi merkte, wie sie erneut errötete. Fanny strich ihr sacht über die Wange, und ein wohliger Schauer lief ihr über den Rücken. Ihr spitzer Busen war so nah, dass er Sisi fast berührte. Ein Kribbeln keimte in ihrer Körpermitte auf und schien sich von dort aus ihres ganzen Körpers zu bemächtigen. Doch je intensiver das Gefühl wurde, desto mehr drängte Sisi sich ein einziger Gedanken auf: *Weg hier!*

Atemlos wich sie einen Schritt zurück, drehte sich um und stolperte hastig auf die angelehnte Zimmertür zu.

«Nichts erregt einen Mann mehr als echte weibliche Lust.»

Sisi erstarrte in ihrer Bewegung.

«Zeig mir, was dir gefällt!», setzte Fanny aufmunternd hinzu. «Trau dich!»

Doch Sisi riss die Tür auf und stürzte aus dem Zimmer. Sie hastete den Flur entlang, sprang in großen Sätzen die schmale Treppe hinunter, und erst, als die Haustür des Bordells hinter ihr ins Schloss knallte, erlaubte sie sich stehen zu bleiben. Keuchend legte sie eine Hand auf ihr wild hämmerndes Herz und rang nach Atem.

Die Wolken waren aufgerissen, und ein gelber Mond, fast ein Vollmond, erleuchtete die malerische Schneelandschaft.

Sisi nahm ein paar tiefe Atemzüge, dann stapfte sie durch den glitzernden Schnee zur Scheune und vergrub ihr Gesicht an Dukes Hals. Der vertraute Geruch und das warme Fell ihres Begleiters legten sich wie ein süßer Balsam auf ihre aufgewühlte Seele. Dankbar strich sie ihrem Hengst über die weichen Nüstern, und Duke antwortete mit einem sanften Schnauben.

Bevor Sisi sich auf seinen Rücken schwang, warf sie einen letzten Blick zurück zu den erleuchteten Fenstern des Bordells. Was zur Hölle war dort drinnen mit ihr geschehen? Sie wünschte sich, dass alles nur ein böser Traum gewesen sei. Dass sie gleich in ihrem warmen Bett erwachen und über ihre albernen Nachtfantasien schmunzeln würde. Doch sie wusste, dass sie das Erlebte nicht mehr rückgängig machen konnte. Diese Nacht hatte ihr nicht nur ein Geheimnis über ihren zukünftigen Mann zugeflüstert. Diese Nacht hatte auch ein Tor in ihrem Innern aufgestoßen. Ein Tor zu einem Teil ihrer selbst, der ihr bis dahin verborgen gewesen war und von dem sie nicht wusste, was er für sie bereithielt. Und genau das machte ihr Angst. Verdammt viel Angst.

EINE SCHAUFEL HAFER

Noch bevor Sisi die Stallungen von Schloss Possenhofen erreichte, stieg sie ab. Das Schloss lag im Dunkeln, und nur der Schrei eines Uhus zeugte davon, dass Sisi nicht die Einzige war, die nicht schlief. Beruhigend strich sie dem Hengst über den Hals und hoffte, dass seine dumpfen Huftritte niemanden wecken würden. Behutsam öffnete sie das Tor zum Stall. Das Schnauben einiger Pferde und eine angenehm feuchte Wärme hießen sie willkommen.

«Wo warst du?»

Sisi fuhr herum. Im Schatten des Torbogens stand mit verschränkten Armen ihre Mutter. Ludovika trug einen leichten Morgenmantel über ihrem Nachthemd, und ihre Füße steckten in seidenen Pantoffeln.

«Mein Gott, Mama, hast du mich erschreckt.»

Schnell führte Sisi Duke in den Stall, um der Konfrontation aus dem Weg zu gehen. Es drang nicht viel Licht von draußen herein, dennoch wussten ihre Hände genau, was zu tun war. Sie schlang die Zügel durch einen Metallring vor der Box, hob die Sattellappen und löste die Schnallen des Bauchgurtes. Entgegen ihrer Hoffnung, Ludovika könnte sich einfach zurück ins Bett begeben, jetzt, da sie wusste, dass Sisi wohlbehalten wieder zurück war, beobachtete sie über den Rücken des Hengstes hinweg, wie ihre Mutter näher kam.

«Könntest du mir erklären, wo du so lange gewesen bist?», fragte sie streng.

Sisi wich ihrem Blick aus und nahm ihrem Pferd den Sattel ab, darauf bedacht, dass der Bauchgurt nicht hinunterfiel. Ludovika trat auf ihre Tochter zu und musterte sie schweigend. Gern wäre Sisi einfach an ihr vorbei in die Sicherheit ihres Zimmers gehuscht. Doch Ludovika versperrte ihr den Weg.

«Du bist den Spuren des Kaisers gefolgt, richtig?» Ihre Stimme war weicher als sonst. Trotzdem brachte Sisi kein Wort heraus.

«Und du hast ihn gefunden.» In Ludovikas schlichter Feststellung schwang ein Hauch von Anteilnahme mit.

Sisi nickte und presste die Lippen aufeinander. Mit zitternden Fingern nestelte sie Duke die Trense vom Kopf und entließ ihn mit einem Klaps in seine Box. *Jetzt nicht weinen, bloß nicht weinen.*

«Was ist passiert?»

Sisi schluckte und suchte noch nach den richtigen Worten. Schließlich brach es aus ihr heraus. «Ich habe Franz gefunden, in einem ...» Sie verstummte.

«In einem was?» Ihre Mutter sah sie mit bohrendem Blick an.

«Er war in einem ... Etablissement.»

Ihre Mutter schien einen Moment zu brauchen, um diese Nachricht zu verdauen, dann nickte sie und nahm ihrer Tochter die Trense aus der Hand. Mit einer Selbstverständlichkeit, über die Sisi bloß staunen konnte, warf sie Duke eine Schaufel Hafer hin und reichte ihr einen Striegel.

«Besser, du akzeptierst von Anfang an, dass du Franz mit anderen Frauen wirst teilen müssen, Sisi. Das gilt es auszuhalten, als Gemahlin eines Monarchen.» Ihre Mutter wandte sich zum Gehen.

Sisi schluckte. «Wie schaffst du das, Mama?», flüsterte sie. «Wie hältst du all das aus?»

Ludovika ging wortlos weiter zum Ausgang des Stalles.

«Mama?», beharrte Sisi fest.

Kurz vor dem Stalltor hielt ihre Mutter inne. Sie schien zu überlegen, ob sie antworten sollte.

«Es wird einfacher mit der Zeit», sagte sie gefasst.

Für einen Moment traf Sisi ihr ernster Blick. Dann schloss Ludovika das schwere Holztor hinter sich und ließ sie alleine mit dem Mahlen und Schnauben der Pferde zurück.

IM OSTEN

Auf einem schmalen, schneebedeckten Kamm weit im Osten tauchte ein Schatten auf. Ein Reiter galoppierte im Gegenlicht der kühlen Wintersonne den

Hügel hinab und kam immer näher. Schmutz und Blut verdeckten die einst leuchtend roten Streifen auf seinem blauen Waffenrock. An einem Grenzstein parierte er sein Pferd. Ruhig ließ der Reiter seinen Blick über die weiße Hügellandschaft schweifen, über die Weite, die sich vor ihm auftat. Er hob seinen rechten Arm in die Höhe. Bald erschienen weitere Reiter auf dem Hügel, dann auch Fußvolk, bis am Ende eine riesige Streitmacht die Hügelkette säumte. Die Morgensonne ließ die Bajonette der Gewehre und die Säbel an den Koppeln der Soldaten aufblitzen. Auf ihren schwarzen Helmen glänzten doppelköpfige goldene Adler, erhoben sich im gleißenden Licht zu einem gefährlichen Angriff, stiegen auf, kreischend, immer höher. Ihre Schreie und ihr gewaltiges Flügelschlagen dröhnten in Franz' Ohren. Ein unbändiges Geflatter schob sich vor die Sonne, färbte den Himmel erst golden, dann tiefschwarz, dunkler als die Nacht.

Franz schreckte auf. Er rieb sich die Augen. Sein Atem ging heftig. Unter der Uniform und den drei dicken Wolljacken, die er wegen der Kälte in der Wiener Hofburg übergezogen hatte, stauten sich Hitze und Feuchtigkeit.

Das Arbeitszimmer lag in vollkommener Dunkelheit. Franz hatte am Abend sorgsam die Samtvorhänge vorgezogen, um die eisige Kälte nicht ungehindert durch die Ritzen der großen Fenster eindringen zu lassen, dennoch war die Winterluft längst in jede Ecke gekrochen.

Nachdem die Osmanen am Vortag Oltenița erobert und damit einen taktischen Sieg gegen Russland errungen hatten, hatte er schon gefürchtet, in dieser Nacht keinen Schlaf zu finden, und sich stattdessen auf arbeitsame Stunden eingestellt, bis der nächste Morgen aufziehen würde. Es lagen noch einige Papiere auf seiner Brust, und von dem Sessel aus, in dem Franz eingenickt war, konnte er die Aktenstapel sehen, die sich auf seinem Schreibtisch und einigen Stühlen türmten. Wie lange er wohl so geschlafen hatte? Die Kerze auf dem Beistelltisch war längst heruntergebrannt, der metallene Leuchter bereits so kalt wie das Gemäuer. Franz ließ die Papiere achtlos auf den Boden gleiten, bevor er aufstand und ans Fenster schritt. Mit einem Ruck zog er den Vorhang zurück. Der Mond erhellte einige Eisflächen auf dem Paradeplatz. Ein kristallener Hauch von Schnee glitzerte auf den kargen Ästen der Bäume und Sträucher in den Gärten.

Dass er Zar Nikolaus, seinen langjährigen Verbündeten, in diesem Krieg nicht unterstützte, lag Franz wie ein Stein im Magen. Er wusste, wie gefährlich diese Entscheidung war. Der brennende Wunsch nach der Krim hatte den Zaren in den letzten Wochen seine gesamte Aufmerksamkeit gekostet. Doch es war nur eine Frage der Zeit, bis er sich in seiner Wut über eine Niederlage gegen ihn, Franz, und Österreich wenden würde.

EINE UNERHÖRTE IDEE

Sisi! Sisi!» Der grüne Papagei pickte in seinem Käfig an einer Karotte und äugte neugierig zum alten Schneider hinüber, der zu Sisis Füßen den Saum ihres Brautkleides absteckte. Die Erleichterung, sie nicht erneut in Schwarz kleiden zu müssen, hatte ihn trotz seiner steifen Gelenke fast beschwingt auf dem Kissen niederknien lassen. Jetzt wanderten seine Augen andächtig über die goldenen und silbernen Stickereien, und er murmelte unverständliche Worte vor sich hin, wahrscheinlich um sich die Details einzuprägen, die er noch ändern wollte. Durch die Seidenvorhänge an den Fenstern fiel das goldene Licht eines Spätnachmittags. Bald würde die Wintersonne hinter den Bergen verschwinden und der achten Raunacht Platz machen.

Vier Tage war es her, dass Sisi ihren sechzehnten Geburtstag gefeiert hatte. Drei Tage waren vergangen seit jener denkwürdigen Nacht in dem Haus mit der roten Laterne. Sisi hatte seither ein Wechselbad der Gefühle erlebt. Hinterrücks hatte sie bei den einfachsten Tätigkeiten abwechselnd das Entsetzen darüber befallen, dass ihrem Verlobten bei seiner Abreise aus Possenhofen nichts Besseres eingefallen war, als seinen Körper in die Arme einer hygienischen Dame zu werfen, dann wieder hatte sie überraschend ein gewaltiges Kribbeln erfasst. Das Bild von Fanny war in ihrem Geist auferstanden. Ihre dunkelroten Lippen, die Franz' markante Züge liebkosten.

«Rüschen! Mehr Rüschen! Mehr Rüschen!», kreischte der Papagei und riss Sisi aus ihren Gedanken. Ludovika, die in der Tür stand und jeden Handgriff des Schneiders kritisch beobachtete, warf dem Vogel einen bösen Blick zu. Sie selbst hatte diesen Ausruf erst vorhin an den Schneider gerichtet, als Sisi in ihrem Kleid hinter dem

Paravent hervorgetreten und auf ein kleines Podest gestiegen war, das man für die Anprobe in ihrem Zimmer aufgestellt hatte. Aber Sisi hatte auf das schlichte Seidenkleid bestanden.

Ihre Mutter trat einen Schritt zur Seite, und schnaufend erschien eine wuchtige ältere Dame neben ihr in der Tür.

«Ottilie Gräfin von Düchtel», kündigte Ludovika sie an und versuchte, zuversichtlich zu klingen. Noch immer hatte Sisi sich keine Kammerzofe ausgesucht, und sie konnte sehen, dass ihre Mutter allmählich der Mut verließ.

Die Gräfin stapfte drei Schritte ins Zimmer hinein und sank vor Sisi in eine tiefe Verbeugung. So tief, dass sogar Ludovika eine Augenbraue hob.

«Bitte erhebt Euch doch», bat Sisi höflich.

Ottilie von Düchtel kam der Aufforderung ächzend nach. Sie musste die Hand auf einem Knie abstützen und schwankte kurz, bevor sie wieder aufrecht stand. Ihr Atem rasselte, und Sisi gab ihr einen Moment, bevor sie erneut das Wort an sie richtete.

«Sprecht Ihr Ungarisch?»

«Jawohl, Eure Majestät», schnaufte Gräfin von Düchtel atemlos und zog ihr bordeauxfarbenes Seidentuch enger um die Schultern, wohl um einen kleinen Buckel zu verstecken. Die Farbe des Tuchs war verblichen und der weiße Spitzenkragen ihres Kleides deutlich angegraut. Wahrscheinlich eine verarmte Witwe, dachte Sisi, die sich von der Anstellung einen lukrativen Unterhalt erträumte. Es tat ihr leid, dass sie ihre Hoffnungen enttäuschen musste.

Aber es gelang ihr beim besten Willen nicht, sich diese Gräfin als Vertraute vorzustellen.

«Und Böhmisch?», fragte Sisi, und die Gräfin blickte verwirrt zu Ludovika. Doch die presste nur die Lippen aufeinander.

«Leider nicht, Eure Majestät», antwortete die Gräfin wahrheitsgemäß.

«Dann kann ich Eure Dienste nicht gebrauchen», sagte Sisi so freundlich, wie es ihr möglich war. «Vielen Dank. Ihr könnt gehen.»

Die Gräfin erblasste. «Ich kann Böhmisch lernen, Herzogin», bot sie beflissen an. Aber Sisi schüttelte den Kopf.

«Vielen Dank, dass Ihr den weiten Weg auf Euch genommen habt.»

Ottilie von Düchtel nickte, sank in einen nicht mehr ganz so tiefen Knicks und verließ eilig den Raum.

Ludovika schloss für einen Moment die Augen, offensichtlich um Beherrschung ringend. «Solltest du heute keine Wahl treffen, Sisi, stelle ich meine Bemühungen ein. Und dann wirst du auch niemanden haben, der dir beisteht in deiner Hochzeitsnacht!»

Beim letzten Wort zuckte Sisi so sehr zusammen, dass der gute Schneider, der gerade einen Abnäher an ihrer Hüfte absteckte, mit der Nadel abrutschte und sie in die Seite stach.

«Verzeihung, Hoheit», murmelte er, ohne von seiner Arbeit aufzusehen.

Sisi biss sich auf die Lippen und sah hinüber zu ihrem Schminktisch, wo unter einem Schmuckkästchen die Karte schlummerte, die sie aus dem Schreibtisch ihres

Vaters entwendet hatte. Während die Zeichnung der drei nackten Körper vor ihrem inneren Auge Farbe annahm, warf sie einen Blick in den großen Standspiegel, den Ludovika für die Anprobe hatte hereintragen lassen. Das weiße Seidenkleid floss sanft an ihrem Körper hinab und bildete einen bezaubernden Kontrast zu ihren kastanienbraunen Locken. Die Schlichtheit des Schnittes und der verheißungsvolle Glanz der filigranen Verzierungen brachten Sisis Schönheit zum Leuchten. Als Entgegenkommen für das schlichte Kleid hatte Ludovika auf eine lange, goldbestickte Courschleppe bestanden, die sie selbst aussuchen wollte.

Sisi sah zu ihrer Mutter, die dem Diener ein Zeichen gab, die nächste Bewerberin hereinzurufen.

«Das ist die Letzte, überlege es dir gut!», warnte sie ihre Tochter leise und wandte sich dann laut zur Tür: «Mathilde Gräfin von Keller!»

Als Gräfin von Keller in einem mintgrünen Kleid den Raum betrat, stockte Sisi kurz der Atem. Der blasse Ton des locker sitzenden Stoffes verlieh ihrer Haut einen kränklichen Teint, und ihre knöcherne Statur wirkte streng und verbraucht. Die schmalen Lippen hatte sie so fest aufeinandergepresst, dass alles Blut herausgewichen war. Wie in Gottes Namen sollte ihr diese Frau beistehen? Sie in schwierigen Situationen stützen? Sie gar in die Geheimnisse der Liebe einweihen? Der fleischlichen Lust? Was konnte Sisi von ihr schon lernen?

«Sprecht Ihr Ungarisch?», fragte sie gelangweilt, und Mathilde von Keller schüttelte den Kopf. Sisi warf ihrer Mutter einen hilflosen Blick zu, und gerade wollte sie die

Dame höflich abweisen, wie sie es bei allen vorherigen Bewerberinnen getan hatte, als diese entschuldigend lächelte. Nun sah Sisi auch, warum die Gräfin so krampfhaft versucht hatte, ihre Lippen nicht zu öffnen: Ihr fehlte oben und unten jeweils ein Schneidezahn, und selbst Ludovika kapitulierte nun, noch bevor Sisi überhaupt etwas sagen konnte.

«Danke, Gräfin, aber meine Tochter sucht eine Hofdame, die die Sprachen der Kronländer beherrscht.»

Sisi starrte der alten Frau entgeistert nach. Langsam begann sie sich zu fragen, ob eine solche Person, wie sie sie suchte, überhaupt existierte. Wen konnte sie sich schon so eng an ihrer Seite vorstellen? So nah bei ihr, dass sie sie sogar in ihrer Hochzeitsnacht begleitete? Wer konnte ihr zuflüstern, was Franz von ihr erwartete? Was ihm gefiel?

Da zuckte plötzlich, wie aus dem Nichts, eine Idee in ihrem Geist auf. Eine Idee, die so unerhört und gleichzeitig so brillant war, dass sie Sisis Herz höherschlagen ließ.

DAS ANGEBOT

Die abgewetzten Holzdielen knarzten unter Sisis Füßen. Der Messinghalter hatte sich unter ihrer zitternden Hand erwärmt, und die brennende Kerze warf zuckende Schatten an die Wände des Flurs. «Ihr kennt ja den Weg», hatte die Bordellchefin geraunt und diesmal gleich zwei Silbermünzen verlangt, um den Weg in den zweiten Stock freizugeben. «Geht einfach rein.»

Die alte Holztür war geschlossen, und aus dem Inneren drang das rhythmische Quietschen eines Bettes. Sisi hielt den Atem an. Das Schnaufen eines Mannes war zu hören, das sich langsam steigerte, erst in ein angestrengtes Ächzen, dann in ein lautes Stöhnen. Fannys Stimme mischte sich darunter, ebenfalls stöhnend, und Sisi spürte, wie ihr die Röte ins Gesicht stieg. Welche der vielen Stellungen aus dem Kartenset mochte wohl zu diesen Geräuschen passen? Und hatte es sich auch so angehört, als Franz ...

Sisi brach den Gedanken schnell ab. Sie starrte auf den vergilbten Porzellanknauf an der Tür und überlegte, ob sie der Anweisung der Bordellchefin folgen sollte. War sie bereit für das, was im Inneren vor sich ging? Sollte sie nicht lieber abwarten, bis das Geschehen im Zimmer sein Ende fand? Sisis Blick suchte die Tür nach einem Schlüsselloch ab, durch das sie vorab einen Blick hätte werfen können, doch es gab keines.

«Das kann noch ewig dauern, nun geht schon», drang die Stimme der Bordellchefin an ihr Ohr. Sie fuhr herum. Die Dame stiefelte mit einem Korb Wäsche an ihr vorbei. «Ihr habt mehr bezahlt, als der Kerl da drinnen je in einem Bordell ausgeben wird, Schätzchen.»

Mit dem Korb drückte sie die gegenüberliegende Zimmertür auf und verschwand hinein. Die Tür schwang hinter ihr zu. Der süße Geruch ihres Parfums raubte Sisi den Atem, und sie wandte sich ab, um sich endlich mit dem auseinanderzusetzen, weshalb sie hergekommen war.

Das Bett in Fannys Zimmer quietschte nun so schnell,

dass Sisi fast schwindelig wurde. Bevor das Gefühl sie überwältigen konnte, griff sie nach dem Knauf, drehte ihn einmal herum und drückte die Tür auf.

«Eure Frau ist hier!», rief Sisi mutig in den stickigen Raum, zog schnell den Kopf wieder zurück und drückte sich mit klopfendem Herzen an die Wand im Flur. Das Quietschen und Stöhnen hallte noch einen Moment in ihr nach, genau wie das Bild, das Sisi wider Willen entgegengesprungen war. Der haarige Rücken eines kahlköpfigen Mannes. Fanny, kniend und auf ihre Ellenbogen gestützt. Den Rock so weit hochgerafft, dass er ihre Schenkel freigab.

«Was ...?!», hörte sie den Mann von drinnen brüllen. «Verschwinde, du Göre!»

«Wenn Ihr sie warten lassen wollt?», rief Sisi und kniff die Augen zusammen, als könne das ihrer Lüge mehr Überzeugungskraft verleihen. «Sie sitzt unten im Foyer. Draußen war es ihr zu kalt!»

«Verdammt! Das kann doch nicht wahr sein!», grummelte es aus dem Zimmer, und Sisi hörte das Rascheln von Stoff. Fluchend polterte der Mann wenige Momente später aus der Tür an ihr vorbei. Das Hemd hing ihm noch halb aus der Hose, als er den Flur entlangrumpelte und über die Treppe verschwand.

«Du kannst nicht einfach meine Kunden verscheuchen!», flüsterte eine Stimme, so nah, dass sie Sisi am Ohr kitzelte. Sie fuhr herum und blickte direkt in Fannys gerötetes Gesicht, das neben ihr im Türrahmen erschienen war. Um Fannys Augen lag ein mildes Lächeln. «Wenn sich das rumspricht!»

Sisi stieß erleichtert die Luft aus ihren Lungen.

«Ihr werdet Eure Kunden künftig nicht mehr brauchen», verkündete sie, deutlich mutiger, als sie sich fühlte, und ging an Fanny vorbei ins Zimmer.

Fanny lachte herzhaft auf. «Womit soll ich dann die Miete zahlen?», fragte sie. «Den ganzen Tag Püppchen anziehen und mit goldenen Gabeln Kekse essen, das kann sich nicht jeder erlauben.»

Sisi nahm einen tiefen Atemzug. Ohne es zu wollen, versetzten Fannys Worte ihr einen Stich, doch sie schob das Gefühl beiseite, drehte sich um und sah die junge Frau ernst an. Was hatte Franz gesehen, als er in diese braunen Augen geschaut hatte? Oder hatte er sie nur von hinten bestiegen, wie der haarige Mann?

Fanny verschränkte die Arme vor der Brust. Ihre Augen funkelten fast verächtlich. Sisi versuchte, den Kloß in ihrem Hals zu vertreiben. Was hatte sie erwartet? Dass Fanny ihr mit einem Handkuss dankte, dafür, dass sie hier hereinmarschierte und ihren Freier verscheuchte?

Sisi räusperte sich. «Ich möchte Euch vorschlagen», begann sie, «mit mir an den Hof zu kommen. Nach Wien.»

Sie spürte, dass sie errötete, und fuhr sich verlegen mit der Zunge über die Lippen. Auf einmal kam sie sich unsäglich dumm vor. Wie hatte sie sich das nur vorgestellt?

In ihrem Zimmer, umgeben von polierten Möbeln und Seidenvorhängen, hatte sich alles so leicht angefühlt. Die Vorstellung, Fanny könne sie nach Wien begleiten, hatte ihr so einen gewaltigen Auftrieb gegeben, dass sie sogar kurzzeitig die Schwere vertrieben hatte, die Sisis Herz erdrückte, wenn sie an Franz dachte und an ihr zukünftiges Leben am Hof. Aber in dem schummrigen Zwielicht des abgedunkelten Zimmers, zwischen wachsverschmierten Kisten und abgewetzten Dielen, sah die Wirklichkeit ganz anders aus. Fannys strohige Haare fielen ihr so wild ins Gesicht, dass Sisi bezweifelte, sie jemals bändigen zu können. Der feuchte Geruch von verbrauchter Luft und Schweiß taten ihr Übriges.

Fanny, die einige Momente ungläubig geschwiegen hatte, erwachte aus ihrer Starre. «Nach Wien?»

«Ja, als meine Hofdame ...» Sisis Stimme wurde leiser.

Fast wünschte sie sich, Fanny würde ihr Angebot ablehnen. Vielleicht war sie am Ende ganz zufrieden in diesem dunklen Zimmer mit den schiefen Wänden? Mit den schnaufenden Freiern, die sich hier grunzend Befriedigung verschafften, um hinterher grußlos zu verschwinden? War das Leben einer vornehmen Dame überhaupt etwas, das Fanny lockte? In das sie sich würde fügen können?

Fanny ließ amüsiert den Blick über Sisis hellblaues Kleid gleiten, und Sisi blinzelte nervös.

«Das soll ja wohl ein Scherz sein, oder?»

Sisi schüttelte den Kopf und spürte, wie der Kloß in ihrem Hals noch größer wurde. «Ihr bringt mir alles bei, was ich ...», sagte sie heiser, «... was ich wissen muss.»

Fanny hob die Augenbrauen, und Sisi kostete es alle Kraft der Welt, ihren Blick zu halten und nicht auf der Stelle das Weite zu suchen. Beiläufig zog Fanny das Tuch um ihre Brust etwas enger und machte einen Schritt auf Sisi zu.

«Du willst also von mir lernen?», grinste sie.

Sisi nickte und spürte, dass ihre Wangen vor Scham glühten. Sie atmete erleichtert auf, als Fanny an ihr vorbei zum Schminktisch schritt und eine Schachtel Zigaretten aus der Unordnung kramte.

«Ich soll also an den Kaiserhof, sagst du.» Sie zündete sich eine Zigarette an der Kerze an, die der Freier auf der Holzkiste zurückgelassen hatte, und musterte Sisi prüfend. «Und was springt für mich dabei raus?»

Damit hatte Sisi nun wieder gerechnet. Sie zog ein kleines ledernes Säckchen hervor, dessen Inhalt verheißungsvoll klimperte. Fanny starrte es ausdruckslos an und blies den Rauch aus. Sie nahm noch einen tiefen Zug von der Zigarette, bevor sie sie auf dem Rand des Aschenbechers ablegte und nach dem Säckchen griff. Neugierig lugte sie hinein, und ihre Augen leuchteten auf.

«Und der Kaiser? Er wird mich erkennen.»

Sisi musterte Fannys schönes Gesicht. So verrückt es war, sie konnte nur hoffen, dass Franz bereits die Nähe so vieler hygienischer Damen gesucht hatte, dass dieses eine Antlitz nicht in seinem Gedächtnis haften geblieben war. Fanny in eine hoffähige Dame zu verwandeln, würde kein Leichtes sein. Aber es war eine Chance, an die sie sich klammerte.

«Ich glaube nicht!», sagte Sisi leichthin.

Möglichst zuversichtlich schritt sie zum Fenster, schob einige Gläser zur Seite und öffnete einen Flügel. Der Schnee war unter der warmen Sonne des letzten Tages angetaut, und aus der weißen Wiese neben der Zufahrt blitzten schon einige Flecken Erde hervor. Von ein paar

Eiszapfen tropfte es vom Dach, und die ganze Landschaft schien unter der Transformation zu ächzen. Sisi legte zwei Finger zwischen die Lippen und pfiff. Heinrich, der auf dem Kutschbock an einem Hölzchen schnitzte, blickte auf. Er brauchte einen Moment, bevor er Sisi am Fenster entdeckte. Mit einem Satz sprang er von der Kutsche, klopfte an den Verschlag, trat dann an die Gepäckablage heran und wuchtete sich eine große Holzkiste auf die Schultern. Hinter ihm öffnete sich die Kutsche, und der schwarze Stiefel des alten Schneiders tastete auf dem Trittbrett nach einem sicheren Halt. Heinrich marschierte zielstrebig auf den Eingang des Hauses zu, und Sisi schloss aufgeregt das Fenster.

DIE VERWANDLUNG

«Seife nimmt dem Haar den Glanz», erklärte Sisi und verquirlte in einer Porzellanschüssel drei rohe Eier mit einem Schuss Cognac. «Das hier macht es geschmeidig.»

Die cremefarbene Masse verströmte einen schweren und zugleich luftigen Duft, den Sisi nur allzu gut kannte. Sich auf vertrautem Terrain zu bewegen, gab ihr selbst an diesem zwielichtigen Ort Sicherheit und Zuversicht. Sie legte die Gabel neben der Flasche Gautier-Cognac ab, die sie aus der Speisekammer im Schloss Possenhofen stibitzt hatte, und lächelte Fanny über den Spiegel des Frisiertisches zu, dessen Glas ein langer Sprung in zwei ungleiche Hälften teilte. Fannys Haare hatte Sisi nass zurückgekämmt und ihr ein weiches Handtuch über die Schultern gelegt. Anstelle des Aschenbechers und der Flacons glänzten nun allerhand Bürsten, Spangen und Döschen auf dem alten Tisch. Heinrich hockte auf einer der Holzkisten, die er in Fannys Zimmer geschleppt hatte, und sah neugierig zu den beiden Frauen hinüber.

«Darf ich?», fragte Sisi und hob die Schüssel.

Fanny lugte neugierig hinein, schnupperte und nickte schließlich. Sisi trat einen Schritt näher. Obwohl noch eine Handbreit zwischen ihnen lag, spürte sie Fannys Wärme.

Sorgfältig verteilte sie die Mixtur in den nassen Haaren ihrer zukünftigen Zofe und massierte sie behutsam bis in die Spitzen ein. Sanft ließ sie die feuchten Strähnen zwischen ihren Fingern hindurchgleiten. Die weichen Haare schmeichelten ihren Händen, und Sisi genoss es, Fanny so nah zu sein. Wieder keimte ein sanftes Kribbeln in ihrem Körper auf, kitzelte auf ihrer Haut und ließ ihren Atem stocken. Fast andächtig musterte sie Fannys langen Hals, ihre eng anliegenden Ohren, auf denen goldene Härchen schimmerten. Als Sisi sie versehentlich mit dem Handgelenk streifte, jagte ihr die unerwartete Berührung einen Schauer über den Nacken. Schnell wandte sie sich ab, und schon verblasste der Zauber des Moments. Was geschah da nur mit ihr?

Fast entschuldigend lächelte sie Heinrich zu, der bis zu den Ohren rot angelaufen war, trocknete sich an einem Handtuch die Hände ab und warf Fanny über den Spiegel einen verstohlenen Blick zu. Fanny hingegen sah Sisi ohne Scheu an. Wärme lag in ihren Augen.

Sie streckte sich schnell zu einer offenen Holztruhe hinüber und fingerte einen schönen Hornkamm hervor. Vorsichtig setzte sie die Zinken an Fannys Haar an und presste konzentriert die Lippen aufeinander. Während sie den Kamm Strich für Strich durch die Haare zog, spürte sie, wie Fanny und Heinrich jede ihrer Bewegungen verfolgten. Nur der alte Schneider breitete schnaufend einige Stoffe auf dem Bett aus und schien ihnen absichtlich den Rücken zuzuwenden.

An einer Strähne blieb Sisi hängen und hielt kurz den Atem an. Doch Fanny reckte nur neugierig das Kinn.

«Woher weißt du das alles?», fragte sie. Ein Staunen lag auf ihren Lippen.

Sisi grinste stolz. Ohne auf die Frage zu antworten, legte sie Fanny das Handtuch um den Kopf und steckte es fest.

«Wir lassen das einwirken, während der Schneider Eure Maße nimmt», sagte sie und winkte den Alten heran.

Der Schneider brummte widerwillig. Schon wieder hatte er sich von Sisis Charme zu einer Tat bezirzen lassen, die er wohl längst bereute.

Fanny erhob sich schwungvoll von ihrem Hocker, trat in die Mitte des Raumes und ließ aufreizend das Tuch von ihren Schultern gleiten. Dem Schneider fiel vor Schreck das Maßband aus der Hand, doch Fanny streifte auch noch den schwarzen Rock ab und positionierte sich, nun splitternackt, mitten im Zimmer. Nur das Handtuch thronte noch wie eine Krone auf ihrem Kopf, und das Medaillon mit der Rose glänzte zwischen ihren Brüsten.

«Geht es so?», fragte sie frech und grinste Sisi herausfordernd an.

Sisi verschlug es den Atem. Der Schneider schickte ihr einen verzweifelten Blick, doch sie registrierte es kaum. Gebannt starrte sie auf Fannys nackten Körper. Der spitze Busen. Die leichte Taille, deren Kontur in eine wohlgeformte Hüfte überging. Ein zarter Bauchansatz. Und darunter das dunkle Haar über ihrer Scham. Sisi konnte den Blick nicht abwenden. Ob Franz diese Details aufgefallen waren? Ob er all diese Stellen berührt, liebkost hatte?

«Wo hast du den Kaiser kennengelernt?», unterbrach Fanny Sisis Gedanken.

Sisi blinzelte und nahm einen tiefen Atemzug, um sich zu sortieren. Nun erst nahm sie auch den Schneider richtig wahr, der immer noch hilflos zu ihr herüberschaute. Seine Stirn glänzte im flackernden Licht der Kerze, und seine Augen schienen Sisi anzuflehen, ihn zu erlösen. Doch sie bedeutete ihm mit einem Nicken, sich ans Werk zu machen.

«Er ist mein Cousin», antwortete sie Fanny knapp und beobachtete, wie der Schneider um ihren nackten Körper herumtrat und das Maßband unsicher an ihren Schultern anlegte.

«Ich werde Euch einige Kleider anfertigen lassen», erklärte sie. «Habt Ihr spezielle Wünsche?»

Und während der Schneider sein Maßband zittrig über ihren Busen legte, schmunzelte Fanny, und ihre Augen leuchteten.

«Oh ja, die habe ich!»

FREUNDINNEN

Zwei Tage später warf Fanny der Bordellchefin einen Luftkuss zu und schritt wie eine echte Dame des Hochadels die Stufen vor dem Eingang des Etablissements hinab. Trotz des helllichten Tages flackerte in der roten Laterne die Flamme einer Kerze. Als wollte sie sich verabschieden, warf sie einen sanften Schimmer auf den lilafarbenen Mantel, der locker über Fannys blaues Krinolinenkleid fiel.

Sisi beobachtete zufrieden, wie Heinrich bei ihrem Anblick die Kinnlade herunterklappte. Die Verwandlung war wirklich gelungen! Fannys Haar hatte Sisi mit Roter Bete und Honig gefärbt. Feuerrot blitzten unter ihrem blauen Hut nun einige Locken hervor, den Rest hatte sie mit ein paar Spangen kunstvoll hochdrapiert.

«Heinrich?», sprach Sisi ihren Freund an, ohne dass es ihr gelang, den Blick von Fanny abzuwenden. «Bitte kümmere dich um das Gepäck dieser Dame.»

Auch Heinrich brauchte einen Moment, um aus seiner Starre zu erwachen. Erst als Fanny schon fast bei ihnen und der Kutsche angekommen war, hastete er die Zufahrt entlang zu den zwei vor dem Eingang wartenden Koffern.

Sisi sog erleichtert die Luft in ihre Nase und ging Fanny einen Schritt entgegen. Der Duft von feuchter Erde und Gras hing über den abgetauten Wiesen. Seit dem harten Wintereinbruch an Weihnachten hatte es nicht mehr geschneit, im Gegenteil: Eine milde, fast frühlingshafte Wärme lag in der Luft.

Schmunzelnd blieb Fanny einige Schritte vor Sisi stehen und drehte sich einmal um die eigene Achse. «Und, *Hoheit*?» Sie deutete eine Verneigung an, und freche Grübchen zeichneten sich auf ihren Wangen ab.

Sisi grinste. Fanny schien ihre neue Rolle zu gefallen. Sisi trat einen Schritt zur Seite und wollte schon in die Kutsche steigen, da drehte sie sich noch einmal um und sah ihre Zofe ernst an.

Ein Schatten huschte über Fannys Gesicht. «Du hast es dir anders überlegt, oder?» Enttäuschung schwang in ihrer Stimme mit.

«Aber nein, warum sollte ich ...» Sisi schüttelte den Kopf. Sie biss sich auf die Unterlippe. «Nur eine Bitte habe ich noch», sagte sie leise. «Wenn Ihr jetzt mit mir geht, dann möchte ich, dass Ihr ausschließlich mir zur Verfügung steht.»

Fanny stutzte. «Du meinst ganz und gar?»

Sisi nickte und sah Fanny fest in die Augen. Kurz flackerte darin etwas auf, das sie nicht deuten konnte. War es Misstrauen? Unmut? Angst?

«Du bittest eine Dirne, dir treu zu sein?», setzte Fanny nochmals ungläubig hinzu.

Sisi nickte erneut. «Das ist meine Bedingung.»

«Und was ist, wenn ich Nein sage?»

Sisi zögerte. *Dann wäre all das umsonst gewesen*, dachte sie. Ihr Bemühen. Ihre Hoffnungen. Sisi würde ohne Zofe nach Wien reisen und sich dort mit einer Dame zufriedengeben müssen, die ihre Tante ihr zuwies. Es würde niemanden geben, den sie fragen konnte, der ihr beibrachte ... Sisi schüttelte den Gedanken schnell ab.

«Ich bitte keine Dirne», sagte sie fest. «Ich bitte eine Freundin.»

Sisi versuchte, in Fannys Gesicht zu lesen. Es war, als würde der Wunsch sie ängstigen. Wie eine Schnecke, die die Berührung eines Grashalms in ihr Haus trieb. Doch wider Erwarten straffte Fanny auf einmal den Rücken und reckte Sisi herausfordernd ihr Kinn entgegen.

«Wie Ihr wünscht, *Hoheit*.»

Erleichtert atmete Sisi auf und musste über sich selbst lachen. *«Franziska Gräfin von Lotti?»* Sie deutete einladend auf den Eingang der Kutsche und nickte Heinrich zu, ihrer Zofe hineinzuhelfen. Fanny warf einen letzten Blick zurück zur Laterne, griff nach Heinrichs ausgestreckter Hand und stieg über das Trittbrett ins Innere.

«Dann müssen wir nur noch meine Mutter überzeugen», seufzte Sisi.

Und das war vielleicht die schwerste Hürde überhaupt.

COGNAC

Ludovikas Hand ruhte reglos auf der Rückenlehne eines Samtsessels. Ihr Blick war nach draußen gerichtet, als könnte die Aussicht in die Ferne ihr Erleichterung verschaffen. Ihre hervorgetretenen Kiefermuskeln verrieten ihre Anspannung. Sisi biss sich auf die Lippe. Dass das Dekolleté ihrer Mutter bereits rote Flecken zeigte, war beileibe kein gutes Zeichen! Es musste etwas vorgefallen sein, das sie über die Maßen verärgert und in einen Sumpf des Selbstmitleids getrieben hatte. Als hätte selbst die Natur sich auf Ludovikas Laune eingestellt, hing ein trüber Nebel über den Gärten von Possenhofen. Die auf Hochglanz polierte Tafel spiegelte matt das einfallende Tageslicht, und nur eine nicht entzündete Kerze, die in der Mitte des Tisches wie ein Mahnmal auf einem gehäkelten Rüschendeckchen prangte, ließ die Gemütlichkeit erahnen, die diesen Ort zu anderen Zeiten erfüllte. Sisi packte Fanny leise an der Hand, um sie unbemerkt zurück in die Eingangshalle zu ziehen. Es gab wahrlich günstigere Momente, sie ihrer Mutter vorzustellen! Da wandte Ludovika den Kopf zur Tür. Müdigkeit glänzte in ihren Augen, und die fahlen Lippen erzählten von der Schwäche, die sie von innen zu lähmen schien.

«Sisi? Was gibt es denn?»

Sisi lächelte verlegen. An Rückzug war nun nicht mehr zu denken. Sie schickte Fanny einen verschwörerischen Blick und trat einen Schritt vor.

«Mama, darf ich vorstellen: Franziska Gräfin von Lotti.» Sie machte eine Pause, um den Namen wirken zu lassen, bevor sie hinzufügte: «Sie wird mich nach Wien begleiten, als meine Kammerzofe.»

Ihre Mutter war für einen Moment so perplex, dass sie jede Etikette vergaß. Entgeistert starrte sie Fanny an, die nun neben Sisi trat. Der Rock ihres blauen Kleides warf vornehme Falten, als sie in einen Knicks sank.

«Eine Anordnung meiner Schwester?», fragte Ludovika knapp.

«Nein, Mama, ich selbst habe die Gräfin gebeten.»

Ein Staunen breitete sich im Gesicht ihrer Mutter aus, und Sisi lächelte, um ihre Anspannung zu überspielen. Sie hatte für Fanny eine wasserdichte Geschichte erfunden, doch eine Erklärung, wie sie zu ihr gekommen war, die hatte sie sich nicht zurechtgelegt. Fanny schien Sisi anzumerken, dass sie in Not war, und kam ihr zuvor.

«Ich bin die Tochter von Franz Baron von Kolowrat und Xaverine Gräfin von ...» Fanny zögerte und suchte offensichtlich nach dem richtigen Namen. Sisi blieb vor Schrecken das Herz stehen.

«Eschenbach», hauchte Fanny und lächelte.

Doch Ludovika war noch nicht zufrieden. Wie ein Spürhund ließ sie ihren Blick über Fannys Erscheinung gleiten. Sie musterte die sorgfältig hochgesteckten, feuerroten Haare und glitt über den lilafarbenen Mantel und den blauen Rock hinab bis zu den hellen Seidenschuhen.

«Ich kenne Euren Vater», sagte sie dann und legte herausfordernd die Stirn in Falten. «Ihr stammt aus dritter Ehe?»

Sisi hatte Fanny in der Kutsche genaue Instruktionen zu ihrer Abstammung und Familiengeschichte gegeben und betete, dass sie sich von der spitzfindigen Frage nicht aufs Glatteis führen ließ. Tatsächlich überlegte Fanny einen Moment, und Sisi wäre ihr beinahe zu Hilfe geeilt.

«Aus vierter Ehe, um genau zu sein», antwortete sie da mit einem zauberhaften Lächeln auf den Lippen. «Mein Vater war vor meiner Mutter noch mit Gräfin von Rochlin vermählt. Kurz zwar nur, aber sie waren verheiratet!»

Ludovika nickte anerkennend, und Sisi ließ leise den Atem aus ihren Lungen strömen. Das war gerade noch mal gut gegangen!

«Stimmt, wie konnte ich das nur vergessen!» Mit einem tadelnden Schnalzen ob ihrer scheinbaren Vergesslichkeit schüttelte ihre Mutter den Kopf. «Gräfin von Rochlin habe ich leider nie kennengelernt.»

«Oh, da könnt Ihr von Glück reden!», feixte Fanny. «Sie war eine scheußliche Tratschtante! Mit einer spitzen Zunge!»

Ludovika lächelte milde. «Verzeiht meine unhöfliche Fragerei, aber ich habe noch nie von Euch gehört.»

«Ich hingegen habe schon viel von Euch gehört», erwiderte Fanny übermütig.

«Und ich vermute mal, nur das Beste», brummte eine tiefe Stimme aus einer Ecke.

Fast gleichzeitig fuhren Sisi und Fanny zu Herzog Max herum. Ohne dass sie ihn bemerkt hatten, musste er ihrer Unterredung mit Ludovika die ganze Zeit über beigewohnt haben. Der Herzog saß in einem Ohrensessel am kalten Kamin, der Schatten des Nachmittags hatte diesen Teil des Raumes bereits erobert. Die obersten Knöpfe seines Leinenhemds hatten sich gelöst und gaben den Blick auf einige graue Brusthaare frei. In der einen Hand drehte er ein leeres Cognac-Glas, in der anderen hielt er die angebrochene Flasche. Seine Augen funkelten düster, und seine Stimmung schien so schwarz wie die verrußten Innenwände der Feuerstelle.

Sisi beobachtete, wie ihr Vater sich schnaufend aus dem Sessel wuchtete und mit dem Glas auf dem Kaminsims

Halt suchte. Er rutschte ab, und das Glas ging klirrend auf dem Steinboden zu Bruch. Sisi kniff wütend die Augen zusammen.

Seit ihrer knappen Unterredung nach Franz' überstürzter Abreise hatte sie kein Wort mehr mit ihrem Vater gewechselt. Dass Max nun erneut drohte, sich danebenzubenehmen, ließ ihren Zorn wieder hochkochen. Grimmig wankte Max auf Fanny zu, die höflich vor ihm in einen Knicks sank.

«Ihr könnt Euch wieder erheben», grunzte er, «ich habs nicht so mit der Etikette.»

Fanny erhob sich irritiert blinzelnd, und Max beugte sich unangemessen nah an sie heran, als könnte seine Nase ihm mehr über die Gräfin verraten als seine Augen. Der Geruch von Alkohol schwappte Sisi entgegen, doch Fanny hielt dem Herzog tapfer das Widerspiel. Wahrscheinlich hatte sie in ihrem Beruf schon brenzligere Situationen gemeistert, schoss es Sisi durch den Kopf. Einen Moment betrachtete sie staunend Fannys Profil, dann wandte Max sich unvermittelt ihr zu. Mit glasigen Augen starrte er sie an.

«Möchtest du was trinken?» Seine Wangen glühten unter der Hitze des Alkohols.

Sisi verschlug es vor Überraschung den Atem. Sie? Etwas trinken?

«Was dein Vater dir damit sagen will: Er möchte mit dir reden», erklärte Ludovika und hob die Augenbrauen. «Franziska Gräfin von Lotti?», wandte sie sich Fanny zu. «Ich werde Euch ein Zimmer herrichten lassen. Wenn Ihr mir bitte folgen würdet.»

Sisi nickte ihrer neuen Zofe zu und beobachtete, wie Fanny der Herzogin eilig nachtrippelte. Sie lauschte, wie sich ihre Schritte über den Steinboden der Eingangshalle entfernten und sich schließlich auf dem Teppich der Treppe verloren. Leise glitt hinter den beiden Damen die Tür ins Schloss, und Stille legte sich über den Raum, nur durchbrochen von dem angestrengten Schnaufen ihres Vaters.

DIE TOCHTER

Deine Mutter und ich, wir haben bis aufs Blut gestritten.»

Max starrte in die dunkle Höhle des offenen Kamins. Kalte Asche bedeckte den Boden der leeren Feuerstelle wie eine niedergebrannte Landschaft, vereinzelt durchsetzt von schwarz verkohlten Scheiten. Sisi kauerte mit angezogenen Knien neben seinem Sessel auf dem Teppich, wie sie es als Kind schon getan hatte.

«So wie du mit Franz gestritten hast», setzte sie leise hinzu.

Der Herzog nickte und wandte den Blick zu Boden. Obwohl Sisi ihm die ganzen letzten Tage hindurch in Gedanken heftigste Vorwürfe entgegengeschleudert hatte, erfüllte sie nun ein seltsames Mitgefühl. So war es wohl, das Wesen der Liebe.

Max griff nach der Flasche und schüttete einen Schwall Cognac in sein Glas – so schwungvoll, dass ein Teil der

Flüssigkeit über den Rand hinaus auf seine Stoffhose schwappte. Sisi wollte schon aufspringen, um ein Tuch zu holen, da berührte ihr Vater sie an der Schulter und drückte sie sanft zurück auf den Teppich.

«Ach lass doch», brummte er.

Sisi zog die Beine an und schlang die Arme um ihre Knie. Obwohl der Tag so warm war, dass sie sogar im Erdgeschoss aufs Heizen verzichtet hatten, lag ein Frösteln auf ihrer Haut. Was hätte sie nur dafür gegeben, dass ihr Vater nicht ihretwillen in diesem desolaten Zustand war! Die Verlobung mit Franz, die bevorstehende Hochzeit und das untrennbar damit verbundene Lebewohl – das alles lastete wohl noch schwerer auf seiner Seele, als Sisi es vermutet hatte. Und auch sie selbst erfasste bei dem Gedanken daran eine ungeahnte Traurigkeit. Am liebsten wäre sie aufgesprungen und ihrem Vater in die Arme gefallen, aber etwas hielt sie zurück.

Entschlossen nahm Sisi ihm stattdessen die Flasche aus der Hand und nahm selbst einen großen Schluck. Der Cognac brannte auf ihrer Zunge und den ganzen Weg ihre Kehle hinunter. Sisi zwang sich zu einem Lächeln, und Max strich ihr mit der rauen Hand übers Kinn.

«Was hatte ich gerade gesagt?», fragte er.

«Dass ihr euch gestritten habt.» Sisi spürte, wie der Cognac in ihrem Inneren eine wohlige Wärme entfaltete.

«Ach ja, bis aufs Blut.» Max nahm Sisi die Flasche aus der Hand, trank einen Schluck und fuhr sich nachdenklich mit der Zunge über die Lippen. «Bist du dir sicher, dass du diesen Mann heiraten möchtest, Sisi?»

Auch wenn Sisi erwartet hatte, dass ihr Vater mit ihr

über Franz reden wollte, traf die Frage sie doch unerwartet. Was sollte sie darauf antworten? Kannte sie selbst denn überhaupt die Antwort?

«Das habe ich mir gedacht», seufzte Max und wischte sich mit dem Handrücken über die glühende Stirn.

«Nein, du irrst, Vater.» Sisi richtete sich auf. «Ich habe noch nie für einen Mann so viel empfunden wie für Franz.»

«Und was ist mit Graf Richard?», fragte er. «Der Pferdenarr hat dir doch gefallen.»

Sisi schüttelte den Kopf. «Das war eine dumme Schwärmerei, Papa. Die Schwärmerei eines kleinen Mädchens.»

«Und jetzt bist du kein kleines Mädchen mehr?» Max sah sie durchdringend an, doch Sisi hatte das Gefühl, er blickte einfach in sie hinein, mit seinen vom Alkohol getrübten Augen, bis auf den Grund ihrer Seele.

Sie schluckte. «Ich empfinde für Franz etwas, was ich noch nie empfunden habe», krächzte sie.

Ihr Vater nickte. «Aber ich vermute mal, es ist nicht nur Liebe», setzte er schwerfällig hinzu, «sondern auch Angst!»

Sisi verschlug es den Atem. Es war, als spülten Max' Worte, seine aufrichtige Sorge und sein tiefes Wohlwollen all die Zweifel in ihr hoch, die sie in den letzten Tagen nicht zugelassen hatte. Verwirrt starrte Sisi in den schwarzen Kamin. Eine betäubende Leere breitete sich in ihr aus. Ganz so, wie es an jenem Weihnachtsabend gewesen war, als sie sich mit klopfendem Herzen an die Hauswand gedrückt hatte, unweit der roten Laterne.

Sisi ließ es zu, dass Max zärtlich ihre Hand zwischen

seine Pranken nahm. Sie spürte kaum die Wärme seiner Hände, so weit hatten die Wogen in ihrem Inneren sie bereits davongetragen. Erschöpft legte sie die Stirn an das Knie ihres Vaters und schloss die Augen. Gab sich hin, ließ sich fortspülen. An einen Ort, wo sie nichts mehr spüren würde. Nichts entscheiden musste. An einen Ort, der sie in die Arme schloss und all ihren Schmerz betäuben würde.

«Ich werde mit nach Wien kommen», hörte sie ihren Vater wie aus weiter Ferne sagen und spürte, wie er sanft ihr Haar streichelte. «Ich werde dich zu diesem gottverdammten Altar führen, in dieser gottverdammten Kirche, zu diesem gottverdammten Mann, in diesem gottverdammten Wien.»

Seine warmen Hände legten sich an ihre Wangen, hoben ihr Gesicht vorsichtig an, bis sie in seine eindringlichen Augen sah. Dunkel und so mandelförmig wie ihre eigenen, leuchteten sie ihr entgegen, als wollten sie Sisi zurückrufen.

«Und wenn du dann JA sagst, Sisi», flüsterte er, «dann, meinetwegen, hast du meinen Segen. Aber wenn du in dieser Kirche noch einen Funken Zweifel da drinnen spürst», Max tippte sanft auf Sisis Brust, «dann musst du mir das nur sagen, und ich nehme dich wieder mit nach Hause.» Er lächelte, und Sisi ließ sich von ihm auf seinen Schoß ziehen. «Heirate diesen Mann nicht, nur weil du es dir vorgenommen hast, hörst du? Sondern nur, wenn du das auch wirklich willst.»

Sisi zögerte noch einen Moment, dann fiel sie ihrem Vater um den Hals, und sie spürte, wie er sie fest an sich drückte. Der Dunst von Schweiß und Cognac hüllte sie ein, aber es stieß sie nicht ab, nein, ihr war, als breite Max seine tröstenden Schwingen um sie. Tränen stiegen Sisi in die Augen, und sie hatte keine Kraft, ihnen etwas entgegenzusetzen. Stumm ließ sie zu, wie sie über ihre Wangen liefen und auf das Hemd ihres Vaters tropften.

«Mein Mädchen», hörte sie ihn sagen, aber mehr noch spürte sie das Brummen seiner tiefen Stimme. Und für einen Augenblick war es so, als sei sie wieder genau das kleine Mädchen, das mit seinem geliebten Vater durch die Wälder vom Starnberger See streifte.

Sie schwor sich, auf Max' Worte zu hören. Ja, sie würde in Wien nur JA sagen, wenn sie wirklich keinen Zweifel mehr in ihrem Herzen spürte.

DAS TELEGRAMM

Keine Widerrede!», donnerte Franz. «Die Morgengabe wird um keinen Taler gekürzt. Und auch auf die Almosen ans Volk werde ich nicht verzichten. Das ist mein letztes Wort.»

Er hoffte, dass die Entschiedenheit in seiner Stimme den Finanzminister endlich abwimmeln würde. Aber Freiherr von Baumgartners graue Locken wippten unter seinem heftigen Kopfschütteln, und seine Augen traten beängstigend weit aus ihren Höhlen.

Franz sah ihn streng an. «Und auch die Hochzeit wird

so prunkvoll, wie es einem Kaiser und einer Kaiserin gebührt.»

Er bedachte auch seine Mutter mit einem entschiedenen Blick, die der Privataudienz etwas abseits am Fenster stehend beiwohnte. Die untergehende Frühlingssonne tauchte ihre Gestalt in ein weiches Licht und ließ ihr violettes Kleid erstrahlen. Die Bäume des Parks hatten erste Knospen getrieben, und wenn sie sich in wenigen Wochen geöffnet hätten, würde er, Franz, heiraten. Mit einem feierlichen Festakt, den ihm niemand ausreden konnte. Worum es ging, hatte er ja längst verstanden: Die Kasse der Krone war leer. Der Kampf gegen die Aufständischen hatte Unsummen verschlungen, und noch immer behielten einige Kronländer Wien aus Protest die Steuern vor.

«Aber die Missernte, Hoheit! Es könnte aussehen wie die reinste Verschwendungssucht, wenn Ihr nach dem harten Winter ...», stammelte der Finanzminister mutig, doch Franz fiel ihm ins Wort.

«Und da wollt Ihr den Leuten ein Fest vorenthalten, bei dem sie ihre Not wenigstens für einen Tag vergessen können?»

Freiherr von Baumgartner schnappte nach Luft. Doch bevor er etwas erwidern konnte, schwang die Tür zum Konferenzzimmer auf, und Grünne trat atemlos ein. Er musste sich beeilt haben, denn seine Wangen hatten eine rötliche Farbe angenommen. Grünne verbeugte sich knapp vor Franz und grüßte auch den Minister und die Erzherzogin mit einem kurzen Nicken.

«Was gibt es denn so Dringendes?» Franz runzelte die

Stirn. Die Anhörung seines Ministers hatte ihn schon mehr Zeit gekostet, als es sein Arbeitspensum erlaubte.

«Verzeihung, Hoheit, uns erreichte eben ein Telegramm. Es ...»

Bevor Grünne weitersprechen konnte, gebot Franz ihm mit einer Handbewegung Einhalt. Ohne dass sein Freund es bemerkt hatte, war hinter ihm ein blutjunger Bursche, kaum ein Mann, mit einem Stapel Brennholz in den Raum geschlüpft und huschte nun eilig zu einem großen Kachelofen in der Ecke des Zimmers. Unter aller Augen lud er einige Scheite in den Ofen und stahl sich schleunigst wieder davon. Kaum hatte er die Tür hinter sich zugezogen, bedeutete Franz mit einem Nicken, dass Grünne nun sprechen solle.

«Eure Majestät. Zar Nikolaus I. hat seine Truppen an unserer Grenze aufmarschieren lassen.»

Franz sah alarmiert zu seiner Mutter, deren Gesicht mit einem Schlag an Farbe verlor. Seit Frankreich und England vor wenigen Tagen an der Seite des Osmanischen Reiches in den Krieg eingetreten waren, war Russland in Bedrängnis geraten. Franz hatte bereits geahnt, dass dies Folgen für ihn haben würde.

«Der Zar will Eure Bündnistreue erzwingen, Hoheit», setzte Grünne hinzu.

Obwohl sein Freund den Blick zu Boden richtete, konnte Franz den Vorwurf in seinen Worten hören. Ja, er hatte ihn gewarnt. *Du spielst mit dem Feuer*, hatte er vor gut drei Monaten gesagt. Doch Franz war zu stolz gewesen, sich von wem auch immer in einen Krieg zwingen zu lassen. Jetzt würde er die Zeche dafür zahlen. Nicht nur Russland, auch Frankreich und England waren mittlerweile verärgert über sein Verhalten in dieser Angelegenheit. Die Engländer und die Franzosen hätten sich gewünscht, dass er auf ihrer Seite die Waffen gegen den russischen Kriegstreiber erhob. Franz schüttelte den Kopf. Es war die Ironie des Schicksals, dass die Lage sich ausgerechnet jetzt zuspitzte, da der Termin näher rückte, den er dem Zaren als Grund für seine Neutralität in diesem Krieg genannt hatte: seine Hochzeit.

Franz erhob sich aus seinem Arbeitsstuhl. Seine Hand zitterte. Stille hing über dem großen Konferenztisch, auf dessen lackierter Oberfläche sich die Kristallgläser des Deckenleuchters spiegelten, in denen die letzten Sonnenstrahlen funkelten und blitzten.

«Schickt ihm Soldaten entgegen!», wandte er sich knapp an Grünne und versuchte die Anspannung zu verbergen, die in seinem Inneren wuchs. «Und zwar mehr, als er selbst hat ... Dreihunderttausend Mann.»

«Ihr wollt *was*?» Der Minister rang nach Luft.

«Krieg gegen den Zaren?», fragte auch Grünne überrascht und taxierte Franz mit einem durchdringenden Blick.

«Das kommt ganz darauf an, wie der Zar reagiert», erwiderte Franz ungehalten. «Wenn er schlau ist, zieht er sich zurück.»

«Aber Majestät. Noch ein Krieg, und Ihr seid ruiniert!» Der Minister war kalkweiß geworden. «Egal, wie er ausgeht!»

«Verhandelt mit dem Zaren», sprang Grünne ihm zur Seite.

«Ihr meint, ich soll mich ihm andienen und klein beigeben? Niemals!», donnerte er und erntete von seiner Mutter einen zustimmenden Blick.

Grünne machte einen Schritt auf ihn zu. «Hoheit, wenn Ihr Euch den Zaren zum Feind macht, dann stehen wir allein in Europa da!»

Franz lachte ungläubig. Seine Berater taten ganz so, als riefe er von sich aus zu den Waffen! «Nikolaus I. ist *an meiner Grenze* aufmarschiert», presste er zwischen den Lippen hervor, «*nicht ich an seiner!*» Er stemmte die Hände auf den Tisch. Bedrohlich beugte er sich vor und glühte Grünne und den Minister an. Das Blut pochte ihm in den Schläfen. «Ihr habt meinen Entschluss gehört! Jetzt lasst mich bitte allein.»

Die beiden Männer verbeugten sich vor Franz und seiner Mutter und verließen wie geschlagene Hunde den Raum. Ein Diener zog lautlos die Tür hinter ihnen zu, ganz so, als fürchtete er, den Kaiser durch das leiseste Geräusch noch weiter zu reizen. Franz nahm einen tiefen Atemzug und versuchte, das Zittern seiner Hand unter Kontrolle zu bekommen. Doch vergebens.

Wie er es auch drehte und wendete, er musste sich eingestehen, dass er in der Falle saß. Und die Schlinge zog sich ausgerechnet jetzt zu, wo er in wenigen Wochen mit Herzogin Elisabeth vor den Altar treten würde. Für einen Moment schloss er die Augen, dann fegte er mit einer kräftigen Handbewegung das Frühstücksgedeck vom Tisch. Klirrend ging das feine Porzellan zu Boden und zersprang, Tee und Orangensaft ergossen sich über das Parkett.

Gelassen trat seine Mutter an ihn heran und richtete ihm den Kragen. Franz hasste diese Geste, doch hatte er ihr in diesem Moment nichts entgegenzusetzen.

«Ich bin stolz auf dich», sagte sie und strich ihrem Sohn mit beiden Händen liebevoll die Arme entlang. Sie stand so dicht vor ihm, als wollte sie ihn küssen. «Zeig dem Zaren, wer hier der Herr im Hause ist.»

Die Erzherzogin lächelte, verabschiedete sich mit einem Nicken und ging. Franz wartete, bis der Diener auch hinter ihr die Tür ins Schloss gezogen hatte, dann rieb er sich die Schläfen. Erschöpft ließ er sich auf seinen Stuhl gleiten. Das Porzellan war am Boden in hundert Stücke zerborsten. Waren das die Scherben, in die sein Reich zerspringen würde? War das alles, was er der Herzogin würde bieten können? Einzelne, unverbundene, messerscharfe Splitter?

Franz seufzte und vergrub das Gesicht in seinen Handflächen. Er bereute zutiefst, die Regentschaft je übernommen zu haben.

PETIT FOUR

Napoleon III. war gerade schlecht gelaunt seinem Ehebett entstiegen. Weder am Abend zuvor noch an diesem Morgen hatte seine Ehefrau Eugénie de Montijo sich ihm hingegeben. Sie hatte sich ihm regelrecht verweigert!

Der französische Kaiser versuchte verzweifelt mit der Tatsache umzugehen, dass die Frequenz ihres ehelichen

Beischlafs rapide abgenommen hatte, seit sie über den Umgang mit Österreich stritten. Wieder und wieder drängte Eugénie auf eine Allianz mit dem Vielvölkerstaat. Diese Flausen musste ihr die Frau des österreichischen Botschafters höchstpersönlich in den Kopf gesetzt haben. Manchmal verfluchte er die Freundschaft seiner Frau mit Pauline von Metternich. So wie jetzt, wo sein persönliches Wohlergehen darunter leiden musste.

Dass Eugénie sich ihm verwehrte, wäre für Napoleon wesentlich weniger schmerzvoll, hätte er eine Mätresse an seiner Seite, die seiner Frau das Wasser reichen könnte. Doch er fand keine, die ihm gefiel. Napoleon III. musste sich eingestehen, dass er Eugénie liebte. Und das war das eigentlich Schmerzliche an der ganzen Sache. Er, Napoleon, war seiner Frau regelrecht verfallen.

Der französische Kaiser biss in ein pinkes *Petit Four*, eine Köstlichkeit, die er sich jeden Morgen erlaubte, als ihn auf einmal der Verdacht beschlich, dass nicht der Streit um Österreich der Grund für die Enthaltsamkeit seiner Frau war, sondern etwas anderes. Napoleon hob das silberne Tablett an, auf dem sein Diener ihm das Frühstück serviert hatte, und betrachtete sich in der Spiegelung des Metalls. Wer nur war der graue Mann, den er da erblickte? Er war doch erst sechsundvierzig Jahre alt! Doch in letzter Zeit trug er seinen Kinnbart etwas länger, um sein Doppelkinn zu verstecken und seinem ganzen Gesicht wieder mehr Kontur und Schmiss zu geben. Er neigte den Kopf, um sich aus einem anderen Winkel zu betrachten. Sollte er etwas mehr auf seine Ernährung achten? Sich mehr bewegen?

Der Kaiser blickte fragend auf das zweite *Petit Four*, das noch auf seinem Teller lag, als der Diener wieder die Tür öffnete und Kriegsminister Jean-Pierre Stoffel ankündigte. Napoleon stöhnte. Er mochte diesen Mann nicht, und mit der Ankündigung seines Besuchs rutschte seine Laune noch tiefer in den Keller. Schnell stellte er das Tablett wieder auf den Tisch zurück, als der Minister den Raum betrat.

«Majestät ...» Minister Stoffel verbeugte sich tief und strahlte über sein ganzes teigiges Gesicht.

«Was gibt es?», fragte Napoleon ungehalten. Er musterte angewidert den gewaltigen Bauch des Mannes. Wie nur hatte sich sein Kriegsminister so gehen lassen können? Wenn Napoleon sich auch um die Falten an seinem Kinn sorgte, das war wirklich nichts gegen diesen Mann hier. *Der sieht aus wie ein Mastschwein,* dachte er. Aber Jean-Pierre Stoffel hatte dem Kaiser bei dessen Staatsstreich am 2. Dezember 1851 gegen die Republik loyal zur Seite gestanden, und so konnte Napoleon ihn schlecht aus dem Amt jagen, nur weil ihm sein Bauch nicht passte.

«Zar Nikolaus ist an der Grenze zu Österreich aufmarschiert», sagte der Minister aufgeregt.

Schlagartig hellte sich Napoleons Miene auf. «Tatsächlich?»

«Jawohl, Eure Majestät!», antwortete der Minister, als hätte er die russischen Truppen höchstpersönlich an die österreichische Grenze getrieben.

«Très bien ...», entfuhr es Napoleon, «très bien ...» Er brauchte noch einen Moment, um die Nachricht in ihrer ganzen Pracht zu verstehen. Dann breitete sich ein Grinsen auf seinem Gesicht aus. Mit der Hand machte er dem Minister eine wedelnde Geste, die unmissverständlich dem Befehl zu verschwinden gleichkam.

Als der Kaiser wieder alleine war, griff er nach dem *Petit Four* und verschlang das rosa Konfekt mit nur einem einzigen Bissen. Sein Tag war gerettet. Vergessen war die Enthaltsamkeit seiner Frau. Vergessen sein schleichender Verfall. Endlich war die Chance gekommen, Franz Joseph von Österreich den Garaus zu machen. Bald würde er, Napoleon III., der mächtigste Mann Europas sein. Und dann würde auch seine Frau ihm wieder zu Diensten sein, dessen war er sich sicher.

NENE

Sisi starrte in die Wellen, die sich am Bug des Schaufelraddampfers brachen, und dachte an die Worte ihres Vaters zurück. Vier Monate war es her, dass sie mit ihm vor dem kalten Kamin gesessen und einen großen Schluck von seinem Cognac genommen hatte. Vier Monate schon rang sie mit ihren Zweifeln, mit ihren Hoffnungen und der Ungewissheit.

Ein starker Ostwind türmte das Wasser der Donau bedrohlich auf und griff so fest in ihr beigefarbenes Reisekleid, dass ihre Finger sich noch fester an die Reling klammerten. Auch eine Rosenlaube, die für die zeremonielle Einfahrt an Deck errichtet worden war, hatte alle

Mühe, dem reißenden Fahrtwind nicht zu erliegen. Zwischen den roten Blüten flatterten samtene Ziertücher im stürmischen Wind, und auch die Rosengirlanden an den übrigen Geländern und Säulen des Prunkdampfers warf es wütend hin und her. Es war schon später Vormittag, aber vor Aufregung hatte Sisi noch immer keinen Bissen heruntergebracht. Eine Stunde waren sie jetzt auf dem mattgrünen Strom unterwegs, für ihre letzte Reiseetappe flussabwärts von Linz in Richtung Wien.

Die vergangenen Wochen waren träge dahingezogen. Sisi hatte sich trotz ihrer Zweifel weiter in den Schnellsiedekurs der höfischen Etikette gefügt, und auch Fanny hatte die neuen Gesten, Reglements und Schrittfolgen mit erstaunlicher Wissbegier aufgesogen. Zusehends hatte ihre neue Zofe den Platz in Sisis Leben eingenommen, den Nene seit Bad Ischl nicht mehr besetzte. Auch Ludovika hatte sich Fanny gewidmet und darauf geachtet, sie zunehmend in die Leitung ihres eigenen Hausstandes einzuführen. So hatte Fanny nach und nach begonnen, die Einkäufe und Besorgungen zu koordinieren, den Bediensteten ihre Aufgaben zuzuteilen und im Namen der Herzogsfamilie Einladungen an Verwandte und Bekannte aufzusetzen. Wenn sie damit nicht gerade alle Hände voll zu tun hatte, war sie des Nachts in Sisis Zimmer geschlüpft. Mit seidenen Tüchern hatte sie Sisis Bauchnabel umspielt, war über ihre Brüste gefahren und hatte ihr all die Stellen gezeigt, die ihr Körper für sie bereithielt. Doch obwohl sie sich so nahegekommen waren, über die Hochzeitsnacht hatte Fanny noch kein Wort verloren.

Sisi seufzte und versuchte, den Gedanken abzuschütteln. Der Himmel war wolkenlos, und auch wenn sich die Sonne erstaunlich warm anfühlte für einen Tag im April, frischte die Brise diesen Tag doch gewaltig auf. Schaulustige hatten sich an der Anlegestelle eines kleinen Städtchens mit bunten Häusern versammelt. Mit Blumen und Fähnchen winkten und jubelten sie strahlend dem Dampfer zu. Sisi zwang sich zu einem Lächeln und hob ihnen ihre Hand zum Gruß entgegen. Für diese Menschen da am Ufer war sie eine junge Herzogin auf dem Weg in einen Traum. Niemand von ihnen kannte ihre Zweifel, ihre Ängste.

Sisi sah zu ihrer Familie. Selbst Max, der in seinem besten Frack neben Ludovika auf dem Oberdeck stand, winkte den Leuten pflichtbewusst zu. Nur Nene stand abseits alleine an der Reling und schien ins Leere zu starren. Sisi wusste, dass ihre Schwester nur auf diesen Dampfer gestiegen war, um nicht das Gesicht zu verlieren. In wenigen Tagen würde Sisi mit dem Mann vor den Altar treten, der Nene versprochen gewesen war. In wenigen Tagen würde ihre Schwester dabei zusehen müssen, wie Sisi die Entscheidung ihres Lebens traf. Eine Entscheidung, für die es für Nene nur eine einzige Antwort gegeben hätte: JA.

Sisi schloss seufzend die Augen und spürte dem Wind entgegen, der ihr aus Richtung Osten entgegenwehte, aus der Richtung, in der Wien lag. Auch wenn sie mit ihrer Schwester nicht besprechen konnte, was in ihrem Inneren vorging, so war es doch einer der letzten Momente, in dem Sisi noch einmal auf sie zugehen konnte. Wenn sie Nene nicht tatenlos verlieren wollte, musste sie jetzt handeln.

Sisi ließ die Finger vom lackierten Holz der Reling gleiten und hielt mit wehendem Rock auf Nene zu. Die Brise drückte heftig gegen ihre Brust, als wollte sie Sisi mit aller Kraft zum Umkehren zwingen. Zurückhalten. Doch sie stemmte sich gegen den Wind und kämpfte sich Schritt für Schritt vorwärts, ihrer Schwester entgegen.

Ihr Atem ging heftig, als sie neben Nene an die Reling stolperte. Sie beugte sich übers Geländer und versuchte, sich zu beruhigen. Eine Weile blickten sie gemeinsam in die Wellen, die das gewaltige Schaufelrad des Dampfers in die Donau pflügte, und keine von beiden sprach ein Wort. Unter ihnen schlugen zwei Flaggen an ihren Masten im Wind tanzend aneinander. Die schwarz-gelbe des Landes Österreich und die rot-weiß-rote der Marine. Sisi wartete noch einen Moment, dann wagte sie es, jene Frage zu stellen, die sie seit Bad Ischl beschäftigte.

«Gibt es irgendeine Chance, Nene, dass du mir verzeihst?»

Reglos starrte Nene in die Wellen. Nur ein Blinzeln verriet, dass der Wind und die Flaggen Sisis Worte nicht verschluckt hatten.

«Ich weiß, dass ich dich sehr verletzt habe», setzte Sisi vorsichtig nach. «Und es tut mir wirklich leid.»

Ihr Bemühen schien an ihrer Schwester abzuprallen wie an einer steinernen Wand. Doch je mehr Sisi die abweisende Haltung ihrer Schwester schmerzte, umso klarer spürte sie, dass sie nicht bereit war, sich von Nene zu trennen. Sie durfte ihre Schwester nicht verlieren, das würde sie nicht ertragen. Aufschlagende Gischt legte sich in feinen Tropfen auf Sisis Gesicht, und Tränen drängten in ihre Augen.

«Weißt du, was mir am meisten zu schaffen macht?», sagte Nene schließlich. «Für dich ist das alles nur ein Abenteuer.»

Halt suchend klammerte Sisi sich an die Reling.

«Vielleicht wäre es anfangs keine überschwängliche Liebe gewesen zwischen Franz und mir», fuhr Nene fort und wandte sich nun Sisi zu. «Aber ich wäre eine gute Kaiserin gewesen.»

Alles um Sisi herum schien sich zu drehen, als sich Nene vorbeugte und ihr mit einer überraschend zärtlichen Geste eine Locke hinters Ohr strich, die sich im Fahrtwind gelöst hatte. Die sprudelnden Wellen am Schaufelrad. Ihr leerer Magen. Die Farben der flatternden Flaggen.

«Du jedoch, Schwesterchen ...», Nene lächelte sanft, «... du wirst keinen einzigen Tag dort überstehen.»

Wie gelähmt verfolgte Sisi, wie Nene sie an der Reling stehen ließ und, vom Wind hin und her geworfen, unter Deck verschwand. Einen Moment noch glaubte sie, ihren flatternden Rock zu sehen, doch dann verblasste auch dessen rosa Farbe, und zurück blieb nur ein dumpfes Gefühl, wie nach einem Schlag ins Gesicht.

«Alles in Ordnung?»

Sie hatte nicht bemerkt, dass Fanny zu ihr getreten war. Einige rote Locken hatten sich aus ihrer Frisur gelöst und umspielten ihr hübsches Gesicht. Sisi lächelte.

«Ja», log sie und nickte, wie um sich selbst zu überzeugen. «Ja, alles in Ordnung.»

Fanny runzelte die Stirn und sah kurz zum mit Girlanden geschmückten Eingang hinüber, in dem Nene vor einigen Sekunden verschwunden war.

«Der Kaiser hat *dich* gewollt, nicht wahr?», fragte sie. «Nicht sie.»

Sisi sah in Fannys dunkle Augen. Ja, Franz hatte Sisi nach dem Cotillon das Blumenbouquet gereicht. Er hatte entgegen allen Vorsätzen sie gewählt.

Sosehr der misslungene Versuch einer Versöhnung mit Nene sie schmerzte, so tief erfüllte Sisi die Dankbarkeit darüber, eine neue Vertraute an ihrer Seite zu wissen. Eine zaghafte Zuversicht stieg in ihr auf, dass ihre Freundin dem Bevorstehenden gewachsen war. Was den Kaiser betraf, nagten noch Zweifel an ihr. Erst wenn sie vor dem Altar stand, würde sie wissen, wie sie sich entscheiden würde. Aber zumindest was Fanny anging, hatte sie schon die richtige Wahl getroffen.

DIE ANKUNFT

Über den mit Blumengirlanden geschmückten Dächern des Nussdorfer Hafens dämmerte es bereits, als der Dampfer einlief. Da die Schifffahrtsrinne in Wien zu schmal war, musste Sisi hier mit ihrer Familie von Bord gehen und den Rest der Strecke mit der Kutsche zurücklegen. Vor der Hofburg würde sie Franz wiedersehen.

Seit seiner überstürzten Abreise, seit seinem Besuch im Bordell, hatte er Sisi einige Briefe geschrieben, aber Sisi hatte nicht den Mut gehabt, mehr als ein paar belanglose Zeilen zu antworten. Bald, wenn das Schiff angelegt und die Kutsche ihr Ziel erreicht hätte, würde sie Franz nicht mehr ausweichen können. Wie würde es wohl sein, ihn nach alldem wiederzusehen?

Als das Schiff langsam in den Hafen einlief, trat Sisi an Deck und positionierte sich an der Seite ihrer Eltern auf dem Podest unter der Rosenlaube. Sie hatte ein frisches Seidenkleid angezogen, ihre vom Wind zerzausten Haare in einer kunstvollen Flechtfrisur gebändigt und zuletzt das funkelnde Diadem auf den Scheitel gesetzt, das Franz ihr auf dem Steg überreicht hatte. Atemlos blickte sie auf das rege Treiben im Hafen. Trotz der überschaubaren Größe der von Weinbergen umgebenen Ortschaft schien die Menschenmenge, die jetzt auf die Anlegestelle zuströmte, geradezu riesig. Flugblätter flatterten über die Köpfe der Schaulustigen hinweg, Väter trugen ihre Söhne und Töchter auf den Schultern, um ihnen einen besseren Blick zu ermöglichen, Frauen winkten mit Blumen und Fähnchen. Da waren alte Weiber in einfachen Kleidern, Damen von Welt mit steifen Hälsen und feinen Hüten, junge Männer in Uniformen, Bauern in bunter Tracht, Kinder in Lumpen, Mütter, die Säuglinge in den Armen hielten. Sie alle fieberten der Ankunft der kaiserlichen Braut entgegen. Sisi stockte der Atem. Würden vor der Hofburg genauso viele Menschen darauf warten, ihrem Wiedersehen mit Franz beizuwohnen? Obwohl sie es die ganze Zeit über gewusst hatte, obwohl sowohl Nene als auch Ludovika sie stets darauf vorbereitet hatten, dass sie fortan niemals mehr allein sein würde, dämmerte ihr erst jetzt die Tragweite dieser Worte. Aufgewühlt griff sie nach der Hand ihres Vaters und sah, dass selbst ihn, der diese Reise gar nicht hatte antreten wollen, der Jubel um sie herum ergriff.

Mit pochendem Herzen spürte Sisi, wie die Schaufelräder ihre Richtung wechselten. Die Dampfmaschine stöhnte auf, und das Wasser gurgelte und gluckste unter dem Manöver. Das Schiff stemmte sich gegen den Strom, lenkte ein und rotierte langsam auf die Anlegestelle zu. Je näher sie dem Ufer kamen, desto schneller hämmerte Sisis Herz. Max schien ihre Nervosität zu spüren, denn er drückte ermutigend ihre Hand. *Heirate diesen Mann nicht, nur weil du es dir vorgenommen hast, hörst du? Sondern nur, wenn du das auch wirklich willst*, hallte seine Stimme in Sisis Kopf.

Mit einem Ruck stieß der Dampfer an der Anlegestelle auf, und einige Matrosen schickten sich an, ihn mit zwei mächtigen Tauen festzuziehen. Die Menschen drängten nun so heftig gegen die Absperrungen, dass es schien, als müssten die Holzplanken unter ihrer Kraft nachgeben. Die uniformierten Leibgardisten hatten alle Mühe, die Leute zurückzudrängen.

«Komm, Sisi», flüsterte Max, «Zeit, an Land zu gehen.»

Sisi nahm noch einen tiefen Atemzug, bevor sie die zwei Stufen vom Podest hinunterstieg und an Nene und Fanny vorbei auf die kleine Brücke zuhielt, die von Deck führte. Vorsichtig setzte sie einen Fuß auf den wackeligen

Untergrund. Trotz der sorgfältigen Vertäuung wogte der Dampfer mit den Bewegungen des Hafenwassers auf und ab, und Sisi musste sich am Geländer festhalten, um nicht das Gleichgewicht zu verlieren.

Dicht gefolgt von ihrem Vater, Ludovika und Nene schritt sie die Gasse auf dem Pier entlang, zwei prachtvollen Kutschen entgegen. Eine golden, eine schwarz, schnaubten vor beiden schneeweiße Lipizzaner mit schwarzen Scheuklappen und roten Überwürfen mit goldfarben aufgesticktem Wappen. Schüchtern winkte Sisi den Menschen hinter den Absperrungen zu. Sie sehnte sich danach, dass der Weg nie enden würde. Dass am Ende der Gasse keine Kutsche auf sie wartete. Dass sie nirgends mehr hinfahren würde. Niemanden wiedersehen. Vor allem nicht Franz.

«Irgendwann wird es nicht mehr wehtun, Liebes», hörte sie ihre Mutter hinter sich sagen, und sie konnte sich denken, dass sie die Worte an Nene gerichtet hatte. Wie ihre Schwester sich wohl fühlte, wenn sie all das hier sah? Den Freudenjubel, die Begeisterung, mit der man Sisi empfing? Doch sie hatte keine Zeit, sich darüber den Kopf zu zerbrechen, denn zwei Soldaten in rotem Waffenrock öffneten den Verschlag der goldenen Kutsche und wiesen ihr mit einer Verneigung, einzusteigen. Die Helme mit den weißen Rosshaarbüschen fingen die letzten Sonnenstrahlen ein. Sisi raffte ihren Rock, nahm die Hand eines Leibgardisten und erklomm die drei Stufen des Trittbretts, um im dunklen Inneren zu verschwinden. Ihr war, als hinge der schwere Geruch von Erzherzogin Sophies *Eau de Vie de Lavande* noch in den rot gepolsterten Sitzen.

Kein Zweifel: Bald schon, sehr bald, würden sie das Ziel ihrer Reise erreichen.

WIEN

Das Johlen und Jubeln der Menge verschluckte das Klackern der Hufe auf dem Kopfsteinpflaster. Seit ihrer Abfahrt am Hafen von Nussdorf war der Strom an Menschen nicht abgerissen, der sich hinter den Absperrungen drängte, um die Einfahrt der Braut mitzuerleben. Hier, mitten in Wien, war es, als pulsierten die abendlichen Straßen im Licht geschmückter Laternen.

Im Inneren der Kutsche ruckelte es Sisi sanft hin und her. Ihre Wangen schmerzten vom angestrengten Lächeln, und sie hatte begonnen, ihren Ellbogen am unteren Rand des Fensters abzustützen, um weiter zu den Jubelnden hinauszuwinken. Nur durch eine Scheibe getrennt, kaum ein paar Schritte entfernt von ihrem Sitz, flogen die Gesichter einer vor Neugier glühenden Masse vorbei. Dass all diese Menschen gekommen waren, um sie zu begrüßen, rührte Sisi zutiefst. Gleichzeitig erinnerte sie sich nur zu gut an die Worte ihrer Tante. *Franz hat einiges arrangiert*, hatte Sophie beim Nockerl-Essen mit Stolz in der Stimme gesagt, doch bei Sisi hatte ihre Offenbarung einen faden Beigeschmack hinterlassen. War das alles hier nur Maskerade? Das Ergebnis einer großen Bestechungsaktion?

In einiger Entfernung sah sie Soldaten, die von einem

Wagen aus Brot und Kleidung verteilten. Ein kleiner Junge schlüpfte in ein viel zu großes Hemd, schlug strahlend die Ärmel hoch und hüpfte lachend davon.

«Franz lässt Almosen verteilen, anlässlich Eurer Hochzeit», kommentierte Ludovika. «Eine gewöhnungsbedürftige Idee.»

Sisi bemühte sich, die Worte an sich abprallen zu lassen, und bedauerte, dass anstelle ihres Vaters nicht Ludovika in die zweite Kutsche gestiegen war. Weiter lächelnd und winkend starrte sie aus dem Fenster und versuchte, den düsteren Gedanken keinen Raum zu geben. Plötzlich aber drängelte sich ein bärtiger Mann durch die Jubelnden, durchbrach die Absperrung und hisste kaum eine Handbreit vor Sisis Gesicht ein Laken. Schwarze Lettern sprangen ihr entgegen. *Tod der Monarchie*. Das alles dauerte höchstens ein paar Sekunden, dann packten zwei Soldaten den Mann von hinten und prügelten ihn gnadenlos mit Stöcken nieder. Sisi schlug erschrocken die Hand vor den Mund. Das Entsetzen über die Gewalt der Soldaten breitete sich in ihrem ganzen Körper aus, durchdrang jede ihrer Poren. Doch sie hatte kaum Zeit, Luft zu holen, geschweige denn, den Inhalt der Worte zu begreifen, die der Mann ihr entgegengehalten hatte, da traf ein harter Schlag die Kutsche. Ein weiterer folgte, und Sisi blinzelte verwirrt, als neben ihr am Fenster der Saft einer geplatzten Tomate hinabtropfte.

Erschrocken sah sie zu Ludovika hinüber, doch die wich ihr aus und presste nur die Lippen aufeinander. Von Nene hingegen erntete Sisi einen hämischen Blick. *Hab ich dich nicht gewarnt?*

«Tod der Monarchie», hörte Sisi noch einen entfernten Ruf auf der Straße, «Tod dem Kaiser und Elisabethen!» Wieder trafen faulige Tomaten die Kutsche. *Rums. Rums.* Die Schreie der Menschen, die Knüppel der Soldaten, ja, selbst der Jubel und die im goldenen Licht der Laternen glänzenden Gesichter – in Sisis Geist vermengte sich alles zu einer dissonanten Masse. Sie spürte, wie das Blut in ihren Ohren zu rauschen begann. Ihr Korsett, ihr Kleid, ihre Schuhe, selbst das Diadem raubten ihr plötzlich den Atem. Hatte Nene recht? Würde sie keinen einzigen Tag am Hof überstehen? Die Gedanken schnürten ihr die Kehle zu. Enger und enger. Da spürte sie eine zarte Berührung an ihrer Hand. Erst sacht, dann fester, bis der Druck in ihrer Brust nachließ und sich schließlich ganz verflüchtigte.

Sisi wandte den Kopf und blickte in Fannys warme Augen. *Ich bin für dich da,* schienen sie zu sagen, *und zusammen schaffen wir das.*

Ja, mit dieser Frau an ihrer Seite würde Sisi es schaffen. Schaffen, den richtigen Weg zu wählen und zu gehen! Auch wenn sie noch nicht wusste, welcher das für sie sein würde.

DIE HOFBURG

Franz' weißer Waffenrock leuchtete ihnen schon von Weitem entgegen. Die Dunkelheit hatte den Himmel in ein tiefes Blau gefärbt, und nur einige lang gezogene

Wolkenschwaden griffen noch das letzte Licht der am Horizont verschwundenen Sonne auf.

Sisi sah mit großen Augen aus dem Fenster der Kutsche. Sie war so nah an die Scheibe gerückt, dass das Glas unter ihrem Atem leicht beschlug. Seit dem Mann mit dem Laken und den verfaulten Tomaten hatte niemand mehr ein Wort gesprochen, und je näher sie der Hofburg kamen, desto aufgeladener war die Stille im Inneren der Kutsche. Eben hatten sie einen der Torbögen des Burgtors passiert, und mit der Durchfahrt war der Strom der Menschen, die ihre Fahrt begleitet hatten, abrupt abgerissen. Das Klackern der Hufe drang nun deutlich an Sisis Ohren. Wie das aufgeregte Ticken einer zu schnellen Uhr schien es die Zeit herabzuzählen, die bis zum Wiedersehen mit Franz noch verblieb. Sisi drückte sich noch enger an die Scheibe.

Vor ihnen erstreckte sich ein riesiger Park, an dessen Ende Sisi eine lange prunkvolle Fassade erkennen konnte, auf die ihre Kutsche nun zuhielt. Die bodentiefen Fenster waren hell erleuchtet, und vor dem Eingang hatte sich ein Begrüßungskomitee aufgereiht, angeführt von Franz. Mehr ein weißer Punkt noch, winzig klein vor der mehrstöckigen, massiven Burganlage, deren Ausmaße keinen Zweifel daran ließen, dass dies das Machtzentrum eines großen Reiches war. Unzählige Schornsteine durchbrachen die Satteldächer, und die Verzierungen an den zahlreichen Vorsprüngen, Giebeln und Bögen schienen sich gegenseitig zu überbieten. Das also war die Wiener Hofburg. So ein prachtvolles Bauwerk hatte Sisi noch nie gesehen. Würde das ihr neues Zuhause werden? Ihr Schloss aus Tausendundeiner Nacht?

Neidvoll reckte Ludovika ihren Hals in die Länge, als könnte sie dadurch wettmachen, was sie an Macht und Status von ihrer Schwester trennte.

Die Kutsche nahm eine kleine Auffahrt und hielt auf den Vorbau zu, vor dem sich das pompöse Begrüßungskomitee aufgestellt hatte. In erster Reihe, umringt von seinem Hofstab, erwartete Franz das Eintreffen seiner Braut. Mit jedem Meter konnte Sisi ihn besser erkennen. Seine erhabene, hochgewachsene Statur. Die breiten Schultern, noch betont vom schnittigen Waffenrock. Sein glänzendes blondes Haar. Der gestutzte helle Bart. Es gelang ihr nicht, den Blick von ihm abzuwenden. Weder die herausgeputzten Geheimräte und Kämmerer noch die Minister und ihre hoffähigen Adelsdamen nahm Sisi wahr, und auch nicht Erzherzogin Sophie oder Grünne, deren Umrisse allesamt hinter Franz zu verschwimmen schienen.

Mit einem sanften Ruck kam die Kutsche zum Stehen, und Franz setzte sich in Bewegung. Der Kies knirschte unter seinen blank gewichsten Stiefeln, und Sisis Herzschlag beschleunigte sich mit jedem Schritt, den er der Kutsche näher kam. Mit angehaltenem Atem verfolgte sie jede seiner Bewegungen, während Ludovika eilig ihren cremefarbenen Rock aufschüttelte. Die Abzeichen auf Franz' Uniform glänzten im Licht der lodernden Fackeln, die einige Diener neben ihm hertrugen. Als Franz kaum mehr zwei Pferdelängen entfernt war, öffnete sich vor Sisi wie von Geisterhand der Verschlag der Kutsche. Ein kühler Luftzug streifte ihr weit ausgeschnittenes Dekolleté und jagte ein Frösteln über ihre Haut. Nach der verbrauchten Luft im Inneren der Kutsche war die sanfte

Brise eine Wohltat. Sie erfrischte nicht nur Sisis Sinne, ihren Verstand. Sie wehte auch den letzten Schleier der Beklemmung hinfort, die seit Nenes Prophezeiung auf dem Dampfer und den Schmährufen aus der Menge auf ihr gelastet hatte.

Franz trat direkt auf Sisi zu und grinste spitzbübisch. Seine stahlblauen Augen leuchteten, und Sisi war, als würde nach all dem Klackern, Ticken und Klopfen der letzten Minuten plötzlich die Zeit stillstehen. Atemlos versank sie in seinen Augen, und nur das Feuer der Fackeln und das zarte Streicheln des Windes verrieten ihr, dass der Moment entschwinden würde.

«Willkommen in Wien, Herzogin», brachte Franz schließlich hervor und streckte Sisi die Hand entgegen. «Ich hoffe, Ihr hattet eine angenehme Reise?»

Sisi legte lächelnd ihre Hand in seine. Trotz ihres Handschuhs war ihr ganzer Körper wie elektrisiert von der Berührung.

«Danke, Hoheit», antwortete sie verschmitzt, «aber etwas kürzer hätte sie ruhig sein können!»

Franz verneigte sich schmunzelnd. «Und dennoch wollt Ihr jetzt nicht aussteigen?»

«Ach was! Im Gegenteil!» Sisi raffte lachend ihren Rock. Alle Zweifel, alles Kopfzerbrechen der letzten Monate schienen mit einem Mal verschwunden. Voller Leichtigkeit streckte sie ihren Fuß aus dem Verschlag, setzte ihren Seidenschuh auf das Trittbrett, beugte sich beschwingt vor und stieß mit dem Kopf gegen den Türsteg! Sisi stolperte aus der Kutsche und tastete nach ihrer stechenden Stirn. Hatte die Welt zuvor stillgestanden, drehte sie sich nun umso schneller. Entfernt hörte sie, wie ein Raunen durch den Hofstaat ging, durchsetzt von den spitzen Schreien einiger Frauen. Erschrocken sah Sisi sich um. Aus den Augenwinkeln nahm sie wahr, dass einige Damen die Hände vor den Mund schlugen, dann fiel ihr Blick auf das Diadem. Wie weggeworfen lag es neben dem Trittbrett im Kies. Der Schatten der Kutsche verschluckte das Funkeln der Diamanten. Schnell bückte Sisi sich, nahm das Schmuckstück vom Boden auf und pustete den Staub herunter. Sie merkte, wie sie rot anlief, während sie gleichzeitig das Gefühl hatte, dass die Scham alles Blut aus ihrem Körper weichen ließ.

«Verzeihung», flüsterte sie.

Eine eisige Stille schlug ihr entgegen. Als Sisi den Blick hob, starrten sie über den Vorplatz Hunderte von Augen an. Die Diener klammerten sich an ihre Fackeln und äugten auf das Diadem in Sisis Hand, als hafte ihm ein böser Zauber an.

Sisi wandte sich hilflos an Franz, doch der blickte ebenfalls reglos auf den edlen Stirnkranz. Das Leuchten in seinem Gesicht und das spitzbübische Grinsen waren einer versteinerten Miene gewichen. Sisi schluckte schwer. Schlimmer hätte ihr erster Auftritt an der Hofburg nicht ausfallen können.

Nach endlosen Sekunden nahm Franz ihr das Diadem aus der Hand und setzte es ihr zurück auf den Scheitel.

«Habt Ihr Euch wehgetan?», fragte er, und Sisi schüttelte stumm den Kopf. Wo sie eben noch diese unbeschwerte Leichtigkeit gespürt hatte, schien sie nun ein Fels niederzudrücken. Franz nickte und wandte sich dem offenen

Verschlag der Kutsche zu, um den anderen Damen seine Hand anzubieten.

«Tante Ludovika, Herzogin Helene», begrüßte er sie, und ein erstaunter Ausdruck legte sich auf sein Gesicht, als er zuletzt auch Fanny aus der Kutsche half. Sisi stockte der Atem. Vor lauter Aufregung hatte sie völlig vergessen, dass ja nicht nur sie selbst, sondern auch Fanny den Kaiser zum ersten Mal wiedersehen würde! Angespannt beobachtete sie, wie Fanny vor Franz in einen tiefen Knicks sank.

«Und das ist?», fragte er höflich, ohne Fanny zum Aufstehen zu bitten. Sisi öffnete den Mund, um etwas zu sagen, doch nur ein leises Krächzen drang heraus. Hatte er Fanny trotz allem wiedererkannt? Hatten die roten Haare, die neue Frisur und die eleganten Kleider ihr wahres Gesicht doch nicht verbergen können?

«Das ist Sisis Kammerzofe, Franz», kam Ludovika ihr unerwartet zu Hilfe. «Die wunderbare Gräfin von Lotti. Eine sehr fleißige und geschickte junge Dame mit einem erstklassigen Stammbaum.»

Sisi beobachtete verdutzt, wie ihre Mutter Fannys Hand nahm und ihr mit einem zauberhaften Lächeln aus dem Knicks aufhalf. «Ich selbst kenne ihren Vater, ein ehrbarer Mann. Gott hab ihn selig.» Ludovika bekreuzigte sich. Mit knirschenden Schritten trat nun auch Herzog Max an ihre Seite, dem sie einen drohenden Blick zuwarf.

«Sehr erfreut.» Franz nickte Fanny zu und wandte sich amüsiert an Sisis Vater. «Und Herzog Max! Welch außerordentliche Überraschung.»

Max setzte an, etwas ohne Zweifel Deftiges zu antworten, doch Ludovika stieß ihm den Ellbogen in die Seite, und so brummte er nur und nickte Franz zu.

Der bot Sisi grinsend seinen Arm. «Bereit?»

Verblüfft sah Sisi ihn an. War ihr misslungener Auftritt bereits vergessen? Benommen hängte sie sich bei Franz ein und blinzelte zu Fanny hinüber. Die zwinkerte ihr verschwörerisch zu. Dann setzte sich der kleine Zug in Bewegung. Dem Eingang der Hofburg entgegen.

DAS GEPÄCK

Vor den weißen Tapeten mit den goldenen Mustern stapelten sich bereits schwere Holztruhen und Kisten, trotzdem schleppten Diener in dunklen Fracks immer noch weiteres Gepäck herein. Runde Hutkoffer und Kleidersäcke in verschiedenen Größen eroberten nach und nach die mit rotem Seidendamast bezogenen Fauteuils und Chaiselongues, landeten auf den Marmorplatten einiger Tischchen und drängten sich zwischen riesigen Porzellanvasen mit duftenden Blumenbouquets. Allein der Salon ihrer neuen Gemächer war um ein Vielfaches größer als Sisis Zimmer in Possenhofen und auch als das im Münchner Herzog-Max-Palais. Hinter den mit Goldstuck besetzten Türen zu beiden Seiten des Raumes schlossen sich weitere Gemächer an.

Franz hatte sich mit einem Handkuss von Sisi verabschiedet, kaum dass sie den Salon erreicht hatten.

Stattdessen war zu Sisis Bedauern die Oberhofmeisterin der Kaiserinmutter in ihren Gemächern erschienen. Wie schon in Possenhofen trug die Elster einen grauen Hut mit einer weißen Feder darin. Begleitet von einer Schar Leibgardisten hatte sie wie selbstverständlich das Regiment über die Ankunft der Braut übernommen. Mit entschiedenen Gesten dirigierte Gräfin Esterházy den Reigen der Diener und Leibgardisten, die auf ihr Klatschen hin zu den Koffern strömten, Deckel anhoben und in Kleidersäcke spähten.

Verblüfft schnappte Sisi nach Luft.

«Die Leibgarde Seiner Majestät hat strikte Anweisung, das Gepäck zu kontrollieren», verkündete Gräfin Esterházy über das rege Treiben hinweg. Mit strenger Miene hielt sie auf Sisi zu, der Fanny gerade mit einem feuchten Tuch das Gesicht auffrischte, und neigte sacht den Kopf. «Alle Gepäckstücke werden kontrolliert, außer natürlich die der Herzogin und ihrer Familie.»

Gräfin Esterházy wandte sich nun Fanny zu, die sie mit einem feurigen Blick begrüßte.

«Seine Majestät bittet inständigst, diese Unannehmlichkeit zu verzeihen», touchierte die Gräfin Fannys stummen Hieb, «aber die Zeiten sind turbulent.»

Fanny reckte bedrohlich den Kopf in die Höhe, offenbar kurz davor zu explodieren, aber Sisi griff warnend nach ihrer Hand. Auch sie selbst schluckte ihre spitze Bemerkung hinunter. Über die markanten Schultern der Gräfin konnte Sisi sehen, dass ihr Vater über den ganzen Zirkus nur den Kopf schüttelte. Seufzend ließ er sich neben Ludovika und Nene in das flauschige Kissen eines Sofas fallen und verschränkte die Arme vor der Brust.

«Wenn Ihr mir nun bitte folgen würdet, Herzogin?», säuselte Gräfin Esterházy in Sisis Richtung. «Wir werden in Kürze mit dem Ankleiden beginnen.»

Doch Sisi straffte die Schultern und reckte das Kinn in die Höhe. So einfach würde sie sich nicht bevormunden lassen.

«Danke, Gräfin, aber meine Kammerzofe, Gräfin von Lotti, wird mich ankleiden», sagte sie streng. Gräfin Esterházys Augen blitzten auf, doch bevor sie etwas erwidern konnte, sprach ein junger Leibgardist Fanny von hinten an.

«Verzeihung. Sind das Eure?»

Fanny fuhr überrascht herum. Der Leibgardist errötete und deutete auf eine ihrer Holztruhen.

«Was geht Euch das an?», fauchte sie bissig und klang kurz wieder wie eine Dirne aus dem bayerischen Oberland. Sisi zuckte vor Schreck zusammen, und Gräfin Esterházy klappte ob des frechen Tons die Kinnlade herunter. Fanny jedoch blickte den Soldaten selbstbewusst an.

«Anordnung von oben», hielt der junge Leibgardist mutig dagegen. «Dürfte ich da bitte einen Blick hineinwerfen?»

«Na gut», lenkte Fanny ein und nestelte einen kleinen Schlüssel aus ihrem Ausschnitt hervor. «Wenn Ihr Euch traut ...» Herausfordernd hob sie eine Augenbraue.

Der junge Leibgardist blinzelte Gräfin Esterházy nervös zu, griff auf deren Nicken hin jedoch nach dem Schlüssel und stocherte damit im Schloss der Truhe herum. Mit einem Quietschen gab die Vorrichtung nach, und er klappte den Deckel auf.

«Was ist das?» Der Leibgardist bückte sich über die Truhe und zog eine weiße Feder hervor. Sisi hielt vor Schreck den Atem an.

«Das?», auch Fanny entglitten für einen Wimpernschlag die Gesichtszüge. «Das ist Haarschmuck», improvisierte sie, «für die Frisuren Ihrer Majestät, der zukünftigen Kaiserin.»

Sisi biss sich auf die Zunge. *Höchste Zeit zu gehen*, schoss es ihr durch den Kopf. Denn sie kannte sehr wohl den Zweck dieser Feder. Erinnerungen an die Nächte in Possenhofen flammten in ihr auf, in denen Fanny ihr geholfen hatte, ihren Körper zu erkunden. Fast war es ihr, als spüre sie wieder das Kitzeln der Feder an ihren geöffneten Lippen, deren zarte Berührungen an ihrem Schlüsselbein. Sisi gab sich einen Ruck und wandte sich abrupt Gräfin Esterházy zu.

«Ich wäre dann so weit!», platzte sie heraus. «Gräfin von Lotti wird uns begleiten.»

Gräfin Esterházy schielte noch einmal säuerlich auf die Feder, schien aber mit der Sorgfalt des Leibgardisten zufrieden. «Ich werde Euch ins Ankleidezimmer begleiten.» Mit einer schwungvollen Drehung, die ihren weiten grauen Rock aufﬂiegen ließ, wandte sie sich um und rauschte davon.

Aus den Augenwinkeln sah Sisi, wie der Soldat die Feder misstrauisch zurücklegte und einen gedrechselten Holzstab aus der Kiste holte. «Und was ist das?»

Schnell wandte sie sich ab. Auch dieser Stab war ihr

nicht unbekannt. Zwei Finger breit und aus geschmeidigem Nussbaumholz glich seine Spitze dem Hut eines geschlossenen Pilzes. «Damit drehe ich das Haar der Kaiserin ein», hörte sie Fanny antworten, «damit es in Form bleibt. Ich bin die Kammerzofe der Kaiserin», und schickte sich mit pochenden Wangen an, der Gräfin zu folgen. An den Koffern und Truhen vorbei querte sie den Salon und hielt auf eine Tür neben der Sitzgruppe zu, in der Max, Nene und Ludovika sich niedergelassen hatten. Kaum dass sie sich näherte, drückten zwei Diener die Flügel auf, und ein weiterer prächtiger Raum tat sich vor Sisi auf. Sie wollte schon an ihrer Familie vorbei aus dieser unangenehmen Situation fliehen, da packte Max sie am Handgelenk.

«Deine Gräfin hat es aber faustdick hinter den Ohren», raunte er Sisi leise zu. Und während Gräfin Esterházy schon nach nebenan verschwunden war, wagte sie einen letzten Blick zurück.

Fanny war nah an den Leibgardisten herangetreten. Sie nestelte gerade eine rote Locke aus ihrer Hochsteckfrisur und wand sie um den Holzstab herum.

«Das gibt eine wahre Lockenpracht», hauchte sie dem Leibgardisten zu, dessen Adamsapfel vor Erregung auf und ab wanderte. Sisi biss sich – ein Lachen unterdrückend – auf die Lippen und dankte Gott, dass diese Szene der Gräfin Esterházy entgangen war. Sie zwinkerte ihrem Vater verschmitzt zu und beeilte sich, der Gräfin nachzukommen.

DAS VERSPRECHEN

Sisis Herz pochte hart gegen ihre Brust, als sie noch am selben Abend in Begleitung ihrer Eltern durch die prachtvollen Flure der Hofburg zum Augustinergang schritt. Es war so weit. Ihr weißes Kleid floss geschmeidig an ihrem Körper hinab, und sie spürte, wie ihre Hände zitterten. Sie war dankbar, dass Herzog Max nur wenige Schritte hinter ihr ging, wie ein Beschützer, der ihr beistehen würde, egal, was passierte. Sisi nahm einen tiefen Atemzug, bog um eine letzte Ecke und sah Franz und seine Mutter, die im Schatten eines Gewölbes auf sie warteten, um in einer gemeinsamen Prozession den Weg in die Augustiner Hofkirche zurückzulegen. Hin zu dem Ort, an dem Sisi sich entscheiden musste.

Der Augustinergang führte geradewegs auf die Hofkirche zu, und sein nacktes Gemäuer wurde von Kerzen nur spärlich beleuchtet. Franz' Gesicht lag im Dunkeln, und so konnte Sisi die Züge ihres Bräutigams nur erahnen. Ob er an seiner Entscheidung zweifelte, genau wie sie?

Sisis Wangen glühten vor Aufregung, und ein Flattern und Kribbeln wühlte ihre Körpermitte auf, als sie wenige Meter vor Franz stehen blieb. Sie beobachtete mit pochendem Herzen, wie er eine Verneigung andeutete, Erzherzogin Sophie seinen Arm bot und ihnen voran in den nur notdürftig erhellten Augustinergang schritt. Ein sanfter Glanz erfasste seine weiße Galauniform und sein blondes Haar, als er die ersten Schritte in Richtung der Kapelle tat. Fast im selben Augenblick setzte das Geläut der Kirchenglocken ein.

«Wenn du noch einen Funken Zweifel spürst ...», flüsterte Max' Stimme an Sisis Ohr, und kurz tauchte das Kaminzimmer von Schloss Possenhofen vor ihren Augen auf. Die lange Tafel, an der sie so viele Male zusammen gegessen, zusammen gelacht hatten. Die Fenster, durch die man den Starnberger See sehen konnte, die Schwäne und die Bergketten der Alpen. Sisi schluckte, um die aufsteigende Erinnerung zu vertreiben. Sie legte ihre Hand um Max' Arm, und gemeinsam setzten sie sich in Bewegung.

Hunderte von Hofwürdenträgern hatten sich samt ihren Familien zu beiden Seiten des Augustinergangs versammelt. Bis zum Spitzbogen auf der anderen Seite drängten sie sich stumm und reglos aneinander und warteten, dass die festliche Prozession an ihnen vorbeischritt. Franz voran hatte sich ein beeindruckender Brautzug zusammengefunden, angeführt von der hohen Geistlichkeit im Ornat, gefolgt von Palastdamen und Generälen. Irgendwo inmitten der Hofdamen mussten sich auch Nene und Fanny eingereiht haben, doch Sisi sah sie nicht.

Nur der Schein einiger Kerzen zuckte über die kahlen Wände und das steinerne Deckengewölbe. So dunkel der Augustinergang gehalten war, so hell konnte Sisi über Franz' kantige Schultern und die Köpfe der Prozession hinweg das leuchtende Schiff der Kirche sehen. Wie das helle Tageslicht am Ende eines Tunnels rückte es mit jedem Schritt näher und näher. Sein Strahlen zog Sisi magisch an. Das Gewicht der langen, goldenen Courschleppe wiederum, die Ludovika ausgesucht hatte, zog sie sacht nach hinten. *Weg von Franz*, dachte sie. *Zurück in die Heimat.*

Allein Sisi in das Korsett einzuschnüren, hatte unter den endlosen rituellen Schrittfolgen und Handbewegungen der Zofen eine Ewigkeit gedauert. Lage für Lage hatten sie sie anschließend in ihr Brautkleid gehüllt und zuletzt die goldbesetzte Schleppe in ihre Haare geflochten. Fanny hatte sich alle Mühe gegeben, bei diesem einstudierten Tanz mitzuhalten. Aber trotz ihrer akribischen Vorbereitungen in Possenhofen war schnell deutlich geworden, dass die ungeschriebenen Regeln des Wiener Hofes weit über das hinausgingen, was Nene ihnen hatte beibringen können.

Als Sisi am Ende alleine im Ankleidezimmer zurückgeblieben war, unter der mit Goldstuck verzierten Decke und dem ausladenden Kristallleuchter, inmitten von üppigen Blumenbouquets und damastbezogenen Wänden, hatte sie sich im Spiegel betrachtet. Das glitzernde Diadem, die filigranen Stickereien ihres Kleides in Gold und Silber, und mehr noch die prunkvolle Courschleppe, das alles hatte sich so perfekt in die Innengestaltung des Ankleidezimmers gefügt. Aber Sisi? Würde sie sich hier jemals zu Hause fühlen können? In diesen weitläufigen Gemächern? Unter diesen widersinnigen Ritualen und überzogenen Höflichkeiten? An der Seite eines Mannes, dessen Geheimnisse sie kaum kannte?

Als Sisi hinter der Prozession durch das Tor in die Hofkirche trat, eröffnete sich ihrem Blick ein Meer aus Kerzen. Tausende Lichter brannten in den goldenen Deckenleuchtern, in goldenen Ständern um den Altar und in den hohen Seitenbögen. Ein wahrhaft märchenhaftes Schauspiel! Die unzähligen Flammen verliehen den Ehrengästen, die in der Kirche auf den Einzug des Brautpaars warteten, einen warmen Schimmer.

Kaum hatte die Geistlichkeit den Altarraum erreicht, setzte das Spiel der Orgel ein. Die Gemäuer dröhnten unter ihren mächtigen Klängen, während sich die Teilnehmer der Prozession in die Kirchenbänke drängten und ihre Plätze einnahmen. Nur Sisi schritt an der Seite ihrer Eltern weiter hinter Franz und Erzherzogin Sophie her, auf den Altar zu. Den Ort der Entscheidung.

Als der letzte Akkord erklang, blieb Sisi neben Franz vor den Stufen stehen. Erzherzogin Sophie hatte sich bereits von ihrem Sohn gelöst, und oben warteten der Kardinal und zwölf hohe Geistliche in bodenlangen Gewändern auf das Brautpaar.

Aus den Augenwinkeln nahm Sisi wahr, wie in den Bänken zu beiden Seiten des Mittelganges unzählige Gäste ihre Hälse reckten, um einen Blick auf ihr Gesicht zu erhaschen. Diamanten und Orden funkelten im Licht der Kerzen zwischen Kleidern aus teuerstem Stoff.

Der letzte Ton der Orgel verhallte in den Gemäuern, und Sisi konnte den schweren Atem ihres Vaters hören. Schnaufend drückte er ihre Hand, während Ludovika sich bereits neben der Erzherzogin und Nene in vorderster Reihe einfand. Sisi starrte wie gelähmt auf die drei Stufen zum Altar. War sie bereit für dieses neue Leben?

Kein Flüstern, kein Husten war mehr zu hören. Die Stille toste in Sisis Ohren. *Wenn du noch einen Funken Zweifel spürst ...*

Sacht löste sie ihre Hand aus Max' Arm und sah zu Franz. Seine Miene verriet keine Regung. Gemeinsam stiegen sie die Stufen zum Altar hinauf, doch Sisi fühlte sich so allein wie selten zuvor. Die Entscheidung, die vor ihr lag, konnte nur sie selbst treffen. Niemand, nicht einmal ihr geliebter Vater, konnte sie ihr abnehmen.

Der Kardinal hob die Hände und bedeutete dem Brautpaar, auf einem roten Schemel zu seinen Füßen niederzuknien. Sisis Kleid raschelte, als sie sich auf das Polster sinken ließ. Es war so still in der Kirche, dass das Knistern des Stoffes bis in die letzte Reihe zu hören sein musste. Wie gerne hätte sie sich nach Fanny umgesehen, sich wenigstens einen kurzen Augenblick in ihrem vertrauten Gesicht ausgeruht, aber das eng geschnürte Korsett und die schwere Schleppe ließen es nicht zu, dass Sisi auch nur den Kopf wendete. So kniete sie steif auf dem Schemel und sah zu, wie der Kardinal seine riesige Hakennase anhob und mit lauter Stimme zu sprechen begann. Sisi hielt den Atem an. Das Kirchenschiff warf seine Worte dröhnend zurück. Wie eine Drohung schwebten sie über den Köpfen der Versammelten, verschwammen in Sisis Wahrnehmung zu einem einzigen Brummen, das sie im Innersten erschütterte. Unermüdlich bewegten sich die schmalen Lippen des Kardinals unter seinen Versen und Gebeten. Graue Haare lugten unter seiner Mitra hervor, und die Falten um seine Augen und Stirn erzählten von den vielen Jahren, die er schon vor einer Gemeinde predigte. Das lange Knien ließ Übelkeit in Sisi aufkeimen. Gerne hätte sie sich gesetzt, wie die anderen Gäste, doch sie traute sich nicht einmal, die Augen zu schließen.

Während Sisi immer stärker gegen die Schwäche anzukämpfen versuchte, die sie zu überwältigen drohte, riss das schwellende Dröhnen der Worte abrupt ab. Eine Stille stellte sich ein, in der laut und deutlich Franz' Stimme erklang.

«Ja», sagte er mit tiefer Überzeugung.

Ja?, hallte das Wort in Sisis Kopf nach, und ihr Herz begann zu rasen. *Ja?*

Mit einem Schlag war sie hellwach. Ihr Schwindel wandelte sich in Panik, als der Kardinal nickte und sich nun ihr, der Braut, zuwandte.

«Und Ihr, Herzogin Elisabeth in Bayern. Wollt Ihr mit Franz Joseph, Kaiser von Österreich, den heiligen Bund der Ehe eingehen? So antwortet bitte mit Ja.»

Sisi starrte den Kardinal an. Der Moment der Entscheidung war gekommen. Der Moment, vor dem Sisi sich gefürchtet hatte, seit ihr im Seeauerhaus die nackte Frau begegnet war. Seit sie in Bad Ischl das Blumenbouquet entgegengenommen hatte. Seit sie ins Innere des Hauses mit der roten Laterne gelugt hatte. Dies war der Moment, in dem alles zusammenlief.

Immer noch schweigend wendete Sisi den Kopf und suchte Franz' Augen. Suchte in ihrem tiefen Blau nach der Antwort. Er erwiderte ihren Blick, fragend, auffordernd. Verletzlich.

Für eine kleine Ewigkeit schien das Universum stillzustehen. Für einen kleinen Augenblick gab es nur sie und ihn. Plötzlich verschwand die Schwere aus ihrer

Brust, und Sisi hatte das Gefühl, zum ersten Mal wirklich diesen Mann zu sehen, der da neben ihr kniete. Sein inneres Leuchten, seine Wunden, seine Abgründe und auch seine Schönheit. Und nichts davon machte ihr mehr Angst.

Ohne die Augen von ihm abzuwenden, hauchte sie, so leise, als sei es nur für seine Ohren bestimmt: «Ja.»

ALLEIN

Es war bereits weit nach Mitternacht, als Sisi erneut einen Gang entlangschritt. Diesmal führte sie selbst eine Prozession an, und wie ein heiliges Kreuz trug sie einen schweren Goldleuchter mit einer brennenden Kerze vor sich her. Die Seidenpantoffeln an ihren Füßen waren so geschmeidig, dass Sisi das Gefühl hatte, barfuß über das spiegelnde Parkett zu schreiten. Mit jedem Schritt kitzelten ihre offenen Locken an ihren Knöcheln, und das halb durchsichtige Nachthemd umspielte ihren nackten Körper. Vor ihr, am Ende des Gangs, erwartete Sisi eine weiße Tür mit goldenen Linien. Die Tür zu ihrem Ehemach. Zwei Diener bewachten zu beiden Seiten den Eingang. Das weiß lackierte Holz glänzte unter dem Schein der sich nähernden Kerze.

Direkt hinter sich hörte Sisi den Atem ihrer Mutter, und sie roch den Dunst von Erzherzogin Sophies *Eau de Vie de Lavande*. Vor allem aber hörte sie die sanften Schritte der dreiundzwanzig verheirateten Hofdamen, die ihr mit Fanny folgten. Nach der feierlichen Trauung in der Augustiner Hofkirche hatten diese Hofdamen Sisi auf das vorbereitet, was nun am Ende des Gangs auf sie wartete: der letzte Teil des Versprechens. Die Einlösung. Der Ehevollzug. Die verheirateten Damen hatten ihr die lange Schleppe und das Kleid abgenommen, ihre kunstvoll geflochtenen Haare gelöst und die Locken gekämmt, bis sie glänzten wie feinste Seide. Sie hatten sie gewaschen und getrocknet, ihre Haut mit duftigem Mandelöl massiert und ihr zuletzt das Nachthemd übergestreift, dessen Stoff so leicht über ihren Busen fiel, dass Sisi ihn kaum spürte. Würden sie auch zusehen, wie Sisi und Franz das Ehebett teilten? War es das, was Nene gemeint hatte, als sie sagte, Sisi werde nicht einmal in ihrer Hochzeitsnacht alleine sein?

Einige Schritte vor der weißen Holztür blieb Sisi mit klopfendem Herzen stehen. War sie vorbereitet auf das, was sie dahinter erwartete? *Nichts erregt einen Mann mehr als echte weibliche Lust.* Sisi hörte die Stimme ihrer Freundin so wahrhaftig, dass sie fast meinte, wieder vor ihr zu stehen, im heruntergekommenen Zimmer des Bordells. So viel hatte sie seitdem von ihr gelernt. Würde es mit Franz ähnlich sein? Ähnlich wie in den Nächten, in denen sie mit Fanny ihren Körper erkundet hatte? Und was, wenn all diese Frauen vom Rand des Bettes aus zusahen?

Sisi war noch völlig im Bann ihrer Gedanken, als Gräfin Esterházy an ihre Seite trat.

«Seid Ihr bereit, Hoheit?», fragte sie und senkte leicht das Kinn.

Sisi presste die Lippen aufeinander und nickte. Was auch immer sie erwartete: Ja, sie war bereit.

Die Gräfin trat zur Seite und bedeutete den zwei Dienern mit einer winzigen Handbewegung, die Tür zu öffnen. Obwohl die beiden Männer die ganze Zeit über mit steifem Blick an Sisi und ihrer Gefolgschaft vorbei ins Leere gestarrt hatten, reichte dieses kleine Zeichen aus. Mit einem sanften Knarzen zogen sie die Flügeltür auf. Dahinter kam ein weitläufiges Gemach zum Vorschein, an dessen gegenüberliegender Wand sich eine weitere Tür befand. Bis auf ein großes Bett an der Rückwand – direkt gegenüber dreier hoher Fenster mit roten Damastvorhängen – war der Raum auffallend leer. Die Bettwäsche war mit blütenweißem Leinen bezogen, und der goldene Stuck schimmerte im Licht einer Kerze. Beklommen drehte Sisi sich noch einmal zu ihrer Gefolgschaft um.

Erzherzogin Sophie trat lächelnd einen Schritt vor und küsste Sisis Stirn.

«Eine angenehme Nacht, mein Kind», flüsterte sie liebevoll.

Sisi suchte befangen den Blick ihrer Mutter. *Du schaffst das*, schienen Ludovikas Augen zu sagen, und Sisi glaubte, darin sogar einen Schimmer von etwas zu sehen, das sie als die Trauer über einen Abschied deuten wollte. Sisi wäre ihr am liebsten um den Hals gefallen und hätte sich von ihr in die Arme schließen lassen. Doch stattdessen riss sie sich los. Ihre Welt war nun eine andere.

Als sie sich gerade erneut dem Eingang zum Gemach zuwenden wollte, traf Sisi ein vertrauter Blick aus der

Gruppe der Hofdamen. Fanny. Die roten Locken umrahmten ihr schönes Gesicht, und die dunklen Augen glänzten ermutigend. Sie hatte eine kleine goldene Brosche angesteckt, die Sisi ihr geschenkt hatte. Zwischen zwei Perlen schimmerte eine winzige Rose darauf, die zu ihrem Medaillon passte. Sisi lächelte, nahm einen tiefen Atemzug und trat über die Schwelle.

«Eure Majestät, der Kaiser wird Euch nun empfangen», sagte Gräfin Esterházy knapp. Sie fiel in einen Knicks, und bevor Sisi etwas erwidern konnte, zog sie die Tür so krachend ins Schloss, dass Sisi zusammenzuckte.

Atemlos sah sie sich im Zimmer um. Hatte Nene am Ende doch Unrecht gehabt?

Sisi hörte, wie ein Schlüssel im Schloss rangiert und die Tür verriegelt wurde.

Dann war sie allein.

TEIL 3

DIE ERSTE NACHT

Durch die Fenster ließ sich am Nachthimmel eine schmale Mondsichel erahnen. Nur ein zarter, geheimnisvoller Schimmer, verdeckt von einem seidenen Wolkenschleier, fast wie Sisis Körper, der sich unter dem leichten Nachthemd Franz entgegensehnte. Eine ganze Weile hatten nur Sisis leiser Atem und das Knistern der Kerzen das Gemach erfüllt.

Jetzt ertönten vor der Tür am anderen Ende des Raumes entfernte Schritte. Sisi umschloss den schweren Kerzenhalter fester mit ihren Händen und wagte sich etwas weiter in den Raum hinein. Gebannt starrte sie auf die Tür. Einen Moment setzte das Geräusch der Schritte aus, dann schwangen knarzend die Flügel auf.

Im Gegensatz zu Sisi trug Franz noch immer seine weiße Galauniform. Sogar der Säbel hing noch an seiner Seite herab. Er trat über die Schwelle und gab den Dienern ein Zeichen, die sich mit einer Verbeugung zurückzogen. Leise glitt die Tür hinter ihm ins Schloss.

Franz sah vom anderen Ende des Gemachs zu Sisi herüber. Sein Brustkorb hob und senkte sich unter seinem Atem, und seine Augen glänzten im Licht des Kerzenleuchters, den Sisi noch immer in den Händen hielt. Sie konnte sich nicht bewegen. Sosehr sie sich nach seinen Armen, seinem Geruch verzehrt hatte, seit sie in Bad Ischl aus der Kutsche gestiegen war, so unfähig war sie nun, auf ihn zuzugehen. Jetzt, da sie plötzlich allein waren, da weder Familie noch Hofstaat sie umringten, schien alles anders zu sein.

Franz löste unter seinem Waffenrock eine Schnalle und nahm den Säbel ab. Behutsam legte er ihn auf das Parkett und kam auf Sisi zu. Sie hielt den Atem an und verfolgte gebannt, wie er sich näherte und knapp einen Schritt vor ihr stehen blieb. Er streckte die Hand nach dem Leuchter aus und stellte ihn vorsichtig neben sich auf den Boden. Als er sich wieder erhob, wich er ihrem Blick aus. Was mochte wohl in ihm vorgehen? Wie erlebte er ihren ersten Moment, allein, als vermähltes Paar?

Sisi hätte ihn gerne gefragt, aber die Nervosität, all die Erwartungen, die diesen Augenblick beschwerten, schnürten ihr die Kehle zu. Sie wagte einen kleinen Schritt. Nur eine Handbreit trennte noch ihre Gesichter. Das warme Licht der Kerze spielte auf seiner Haut und schimmerte in seinem Bart. Sisi war nun so nah, dass sie die einzelnen Haare sehen konnte. Sie roch den herben Geruch seines Schweißes und hob schüchtern die Hand, um mit klammen Fingern den obersten Knopf seiner Uniform zu öffnen. Es gelang ihr nicht. Das Knopfloch schien zu eng für die glatte Halbkugel, und der Knopf entglitt ihren aufgeregten Fingern. Gerade wollte sie es abermals versuchen, da griff Franz nach ihrer Hand.

«Verzeihung», murmelte Sisi und spürte, wie sie errötete.

«Wofür denn?»

Franz hielt ihre Hand fest. Er öffnete mit der anderen selbst den Knopf, und Sisi wäre am liebsten im Boden versunken. Franz lächelte ihr zu und knöpfte den Waffenrock weiter auf. Knopf um Knopf sprang unter seinen geschickten Fingern aus dem beengenden Loch, während er ihre zittrige Hand aus seiner gleiten ließ und ein paar Schritte auf einen hölzernen Diener zuging. Er ließ den Waffenrock von seinen Schultern gleiten und legte ihn sorgsam über das Gestänge. Würdevoll schälte er sich Schicht um Schicht aus seinem Gewand. Die Muskeln spielten unter seiner samtenen Haut, und auf seinen kräftigen Armen schimmerte ein goldener Flaum. Seinen flachen Bauch durchzog eine lange Narbe, die noch die Spuren einer groben Naht trug. Woher mochte sie rühren? Vom Schlachtfeld? Dem Kampf gegen die ungarischen Revolutionäre? Was wusste sie alles nicht über diesen Körper?

Zuletzt streifte Franz auch die lange Uniformunterhose aus weißem Leinen ab und drehte sich zu ihr um.

Sisi stockte der Atem. Sie hatte noch nie einen Mann nackt gesehen, nur die Zeichnungen des orientalischen Kartenspiels hatten sie auf diesen Anblick vorbereitet.

«Es muss heute nichts passieren.»

Franz' Stimme riss Sisi aus ihrer Erstarrung. Mit offenem Mund beobachtete sie, wie ihr Mann auf den großen Kerzenhalter zuhielt und die Flamme ausblies.

«Auf welcher Seite möchtest du schlafen?», fragte er fast beiläufig und zeigte auf das weiße Ehebett.

Sisi blinzelte. War das sein Ernst? Oder erlaubte er sich bloß einen dummen Scherz mit ihr? Doch Franz' Gesichtszüge ließen keine Ironie erkennen. Stumm zeigte Sisi auf die linke Seite des Bettes und beobachtete, wie Franz nickte und auf der anderen Seite in die Kissen stieg. Er zog die Spitzenbettdecke über seinen nackten Körper und löschte auch die Kerze auf dem Nachtkästchen.

Mit einem Schlag war es dunkel. Nur das zaghafte Licht des Mondes warf durch die Fenster eckige Lichtinseln auf den Boden.

Sisis Augen brauchten einen Moment, um sich an die Dunkelheit zu gewöhnen. Langsam nahmen die Umrisse des Zimmers wieder Gestalt an, des hölzernen Dieners, der großen Flügeltüren, des Bettes. Von ihrer Position aus konnte Sisi nur erahnen, dass Franz von dort zu ihr hinübersah. Würde so ihre Hochzeitsnacht zu Ende gehen? Würde in wenigen Stunden der Tag anbrechen, ohne dass sie die Ehe vollzogen hätten? Ohne dass sie einander berühren und erkunden würden?

Sisi nahm einen tiefen Atemzug und schob einen Träger ihres Nachthemdes von der Schulter. Das dünne Band kitzelte auf ihrem Oberarm und weckte ein sanftes Kribbeln in ihrer Scham. Sie schob auch den zweiten Träger beiseite und ließ das Nachthemd lautlos über ihre Brüste hinab auf den Boden gleiten. Das sanfte Streicheln des Stoffes jagte Sisi einen Schauer über die Haut. Sie schloss die Augen, um sich dem Gefühl hinzugeben. Fannys Seidentücher tauchten in ihrer Erinnerung auf; ein

Stoff wie ein Windhauch, der ihren Körper liebkoste. Sie stellte sich vor, wie es wäre, wenn Franz das Tuch führte. Sie an all den Stellen berührte und streichelte, die Fannys Hände ihr gezeigt hatten. Eine Welle der Wärme drängte sich von ihrer Scham aus aufwärts und ließ bald ihren ganzen Körper vor Verlangen pulsieren.

Sisi schlug die Augen auf. Sie ließ sich Zeit, auf Franz zuzugehen. Aus der Nähe konnte sie seine im Mondlicht glänzenden Augen sehen, die jede ihrer Bewegungen genau verfolgten. Verlangen funkelte darin, und obwohl Sisi nur ahnte, was sie mit Franz erwartete, ermutigte es sie, weiterzugehen. Entschlossen schwang sie ein Bein auf das Bett und setzte sich auf die Decke über seinem Schoß. Sie legte eine Hand auf seinen Brustkorb, auf sein helles Brusthaar. Aber obwohl Sisi spürte, dass Franz' Körper ihr entgegenfieberte, regte er sich nicht. Sie sehnte sich so sehr danach, der Kraft nachzugeben, die sie zu ihm zog. Sie wollte sich in seine Arme stürzen, ihm noch näher kommen, viel näher, doch sie wagte es nicht. Was war mit ihm? Was hielt ihn zurück?

Da, plötzlich, ließ Franz seine Hände ihre Schenkel hinaufgleiten und legte sie um ihre Taille. Sein Griff war fest und fordernd. Seine kräftigen Arme umschlossen ihren Körper, und Sisi hörte auf zu atmen. Sie gab sich hin. In einer fließenden Bewegung warf Franz sie neben sich auf die Decke, als sei sie eine Feder, und beugte sich über sie. Seine stahlblauen Augen sahen sie an, direkt, hungrig, und Sisi begann vor Erregung zu zittern. Ihr ganzer Körper bebte, aber Franz blickte sie nur an, und sie versank in seinen Augen, ließ sich fallen, einem verheißungsvollen Abgrund entgegen. Dann, endlich, langsam, Zentimeter um Zentimeter, bewegte er seine Lippen den ihren entgegen. Gerade als sie schon die Wärme seines Verlangens auf ihren Wangen spürte, hielt er inne und lauschte. Sisi hielt überrascht den Atem an. Da war nur Stille. Oder?

Franz löste sich von ihr, erhob sich und ging zur Tür, ohne sich zu bedecken. Sisi setzte sich verwirrt auf. Hatte er etwas gehört? Erwartete er am Ende doch noch Gäste? Sie beobachtete, wie Franz die Klinke herunterdrückte und die Tür aufriss. Dahinter sprangen kreischend einige Hofdamen auf, die offensichtlich draußen gehockt und ihrem Liebesspiel gelauscht hatten. Sisi schlug die Hand vor den Mund, um ein verblüfftes Glucksen zu verbergen.

«Verschwindet», befahl Franz, und immer noch sah er keine Notwendigkeit, seinen Körper zu bedecken. Die Hofdamen starrten einen Moment entsetzt auf den nackten Kaiser, bevor sie den Gang entlang flohen, und Franz schloss die Tür erst wieder, als ihre Schritte einen Stock tiefer verhallten.

Sisi presste noch immer die Hand vor den Mund, als Franz sich zu ihr umdrehte. Überrascht erkannte sie ein Feuer, ein fast tierisches Verlangen in seinen Augen. Er kam in großen Schritten auf sie zu, drückte sie unvermittelt zurück in die Laken und presste seine Lippen auf ihre. Sein Mund schien den ihren zu verschlingen, und sein ganzer Körper vibrierte, wie der eines Raubtiers, das kurz davor war, seine Beute zu reißen. Der Kuss aber war wie der Biss in einen sonnengereiften Pfirsich. Süß und saftig und warm. Und unendlich intensiv. Eine Welle der Lust überrollte Sisi, gefolgt von einer ungeahnten Angst vor dieser überwältigenden Kraft, die von Franz Besitz ergriffen hatte. Als spürte Franz, was in Sisi vorging, ließ er von ihr ab. Sein Atem ging schnell, und seine Augen glühten noch, als er sich von ihr herunterrollte.

Mit klopfendem Herzen starrte Sisi an die Decke. Franz lag direkt neben ihr, ebenfalls auf dem Rücken, die Augen geöffnet, doch ihre Körper berührten sich nicht. Langsam kam sein Atem zur Ruhe, und auch Sisis Puls beruhigte sich. Das also war ihre Hochzeitsnacht? Enttäuschung machte sich in ihr breit, gepaart mit dem faden Gedanken, versagt zu haben. Lag es an ihr? Was war es, das er bei den anderen Frauen suchte? Bei Fanny gesucht hatte? Und bei ihr nicht fand?

«Wer war das eben?», fragte Sisi nach einer schieren Ewigkeit.

«Du meinst die Frauen vor der Tür?»

Sisi nickte.

«Die Dienerinnen der Esterházy», erklärte Franz.

Sisi zögerte einen Moment, doch schließlich traute sie sich, eine weitere Frage zu stellen.

«Meine Schwester hat gesagt, dass wir nicht allein sein würden, heute Nacht ...»

«So, hat sie das?» Franz' Augen umspielte ein verhaltenes Lächeln. Sisi musterte ihn neugierig von der Seite.

«Was hat sie damit gemeint?», hakte sie nach.

Franz drehte nun auch den Kopf zu ihr. «Laut Protokoll wäre jetzt der ganze Hofstaat hier und würde uns zuschauen ...», sagte er. Allein der Gedanke daran ließ Sisi erschauern. Bevor sie ihn zu Ende führen konnte, fügte Franz hinzu: «Ich habe für dich das Protokoll ändern lassen. Ich habe ihnen gesagt, du seist zu jung.»

Die Worte trafen Sisi wie ein dumpfer Schlag ins Gesicht. Obwohl sie erleichtert war, dass dieser Teil des Zeremoniells ihr erspart geblieben war, und obwohl Franz ihr seinen Arm entgegenstreckte und sie bat, ihm nah zu sein, ließ der Schmerz über die Zurückweisung nicht nach. Noch lange starrte Sisi aus dem Fenster und suchte in der beinahe verblassten Mondsichel Trost, bis sie endlich, erschöpft, an Franz' Brust einschlief.

DAS LAKEN

Vor den Fenstern brach gerade erst die Morgendämmerung an, als Franz den obersten Knopf seines weißen Waffenrocks schloss. Auch den Säbel hatte er schon wieder angelegt. In voller Uniform trat er ans Bett und lauschte der leisen Atmung seiner Frau. Die langen braunen Locken fielen wild über die Kissen, und unter ihrem dunklen Wimpernkranz schimmerten blasse Augenringe. Ihr Mund stand einen Fingerbreit offen, und ihre Unterlippe glänzte unter der Feuchtigkeit ihres Atems. Auf dem Parkett lag noch das Hemd, das sie in der Nacht so aufreizend vor ihm abgestreift hatte.

Es tat Franz leid, dass er sie verunsichert hatte. Doch er hatte sich als Gefangener seiner Dämonen gefühlt. Seiner Liebe. Seiner Begierde. Seiner Angst. Es war unehrlich von ihm gewesen, die Änderung des Protokolls an ihrer Jugend festzumachen. Und es war gemein von ihm gewesen, ihr diesen Grund zu nennen. Franz hatte sich zwar selbst eingeredet, dass es so war. Dass er sie schützen wollte, weil sie so jung war. Aber ein Teil von ihm wusste, dass ihn seine eigene Feigheit dazu gedrängt hatte. War es nicht sein eigener Wunsch gewesen, in dieser Nacht mit ihr allein zu sein? Um dem letzten Vollzug des Eheversprechens unbemerkt ausweichen zu können? Die ungarische Frau des Gehängten drängte in seinen Kopf. Das Antlitz seiner ersten Liebe Bertha von Marwitz. Das kleine Bündel mit den blutigen Fingerabdrücken.

Franz wischte die düsteren Gedanken beiseite und strich seiner Frau über die Wange. Die letzte Nacht gehörte der Vergangenheit an. Was brachte es, mit ihr zu hadern?

Ein leises Räuspern drang aus ihrem Mund, bevor Sisi blinzelnd die Augen aufschlug.

«Guten Morgen», flüsterte Franz und hielt den Finger vor die Lippen. Seine Frau warf einen verschlafenen Blick zum Fenster und gähnte. Die Sonne war noch nicht aufgegangen, aber die Wolken waren verschwunden, und es versprach, ein freundlicher Tag zu werden.

Franz nahm Sisis Nachthemd vom Boden auf und hielt es ihr hin. Ihren Zügen war deutlich anzusehen, wie sehr die vergangene Nacht auf ihr lastete.

«Zieh das an», sagte er, so leise er konnte. Sisi setzte sich auf und streifte das Hemd über den Kopf. Der Stoff fiel luftig über ihren straffen Busen und ihre schönen Hüften. Bevor Franz das Verlangen abermals mitreißen konnte, wandte er den Blick ab, zog den Säbel aus der Scheide und beugte sich übers Bett. Aus den Augenwinkeln sah er, wie Sisi erstarrte, dennoch verzichtete er auf eine Erklärung. Gleich würde sie verstehen, was er tat, und ihm hoffentlich vergeben für das, wozu er sich verpflichtet hatte.

Mit der freien Hand nestelte Franz den Ärmel seines Waffenrocks hoch und setzte einen Schnitt an seinem Unterarm. Hellrot tropfte sein Blut neben Sisi auf das Laken.

Franz hatte kaum die Glocke an seinem hölzernen Diener betätigt, da schwang auch schon die Flügeltür auf. Minister und Kämmerer, Generäle, Hofdamen und Zofen, ja sogar die Anwärter der kaiserlichen Leibgarde drängten sich im Gang. In hinterster Reihe hatten sich auch Sisis Familie und die junge Gräfin von Lotti eingefunden. Franz biss die Zähne zusammen. Würde sein Täuschungsmanöver sie alle hinters Licht führen können?

Er trat zur Seite, um ihnen Eintritt zu gewähren. Sisi klappte die Kinnlade herunter, als der gesamte Hofstaat in den Raum strömte. Franz wich ihrem vorwurfsvollen Blick aus. Das, was nun folgte, war der Kompromiss, den er mit seiner Mutter geschlossen hatte. Der Preis für die Änderung des Hofzeremoniells. Für die Hochzeitsnacht zu zweit.

Es dauerte kaum eine Minute, da war der Raum bis zum Bersten gefüllt. Während Sisis Augen fassungslos von einem zum Nächsten sprangen, bildete die Menge eine kleine Gasse, durch die Gräfin Esterházy mit ihren Hofdamen aufmarschierte. Mit rauschenden Röcken stoben sie auseinander und postierten sich an den Ecken des Bettes. Als wollten sie dem Kaiser verdeutlichen, wer heute das Zepter in der Hand hatte, reckten sie ihre Nasen in die Höhe. Nur eine der Damen errötete bei seinem Anblick und senkte schnell den Blick. Franz schmunzelte. In jedem Fall hatte sein Auftritt in der letzten Nacht Eindruck hinterlassen.

Zuletzt betrat seine Mutter den Raum und stolzierte durch die Gasse. Erzherzogin Sophie ging an Franz vorbei und begrüßte Sisi mit einem Kuss auf die Stirn.

«Ich hoffe, Ihr hattet eine gute Nacht?» Als würde sie die Scharade wittern, strich sie Sisi prüfend übers Kinn.

«Guten Morgen, Mutter», unterbrach Franz ihre Musterung.

«Guten Morgen, mein Sohn.» Erzherzogin Sophie reichte Franz die Hand zum Kuss und wandte sich dann an Gräfin Esterházy. «Ihr mögt nun mit Eurer Prüfung beginnen», befahl sie.

Die Gräfin knickste und bot Sisi ihre Hand. «Eure Hoheit, wenn Ihr Euch bitte erheben möchtet!», verkündete sie, mehr ans Auditorium gerichtet als an die junge Kaiserin.

Franz war zu nervös, um darüber die Augen zu verdrehen. Obwohl er das Oberhaupt des Reiches war, wusste er sehr wohl, wer die Hofburg wahrhaft regierte: das spanische Hofzeremoniell. Das Protokoll. Die Etikette. Ihr musste sogar er, der Kaiser, sich beugen.

Sisi zog die Spitzenbettdecke bis zum Kinn und schwang die Füße aus dem Bett, ohne Franz auch nur eines Blickes zu würdigen und ohne die Hilfe der Gräfin anzunehmen. Sosehr ihm das Temperament seiner Frau imponierte – Franz schickte ein Stoßgebet gen Himmel, dass es ihnen beiden an diesem Morgen nicht zum Nachteil gereichte. Nicht auszudenken, was geschehen würde, wenn seine Täuschung misslang! Sie würden die Ehe jetzt, an Ort und Stelle vollziehen müssen. Vor aller Augen. Und die Schmach würde ihre Lebzeiten bei Weitem überdauern.

Kaum hatte Sisi sich aus dem Bett erhoben, zogen die Hofdamen mit spitzen Fingern an den Ecken des Lakens und lösten es von der Matratze. Franz folgte gebannt ihren Bewegungen. In zwei Reihen schritten sie zu einem der Fenster und breiteten das Leinentuch aus. Im einfallenden Morgenlicht zeichnete sich Franz' eigen Blut dunkel auf dem weißen Stoff ab. Der ganze Raum schien den Atem anzuhalten, auch Franz, als Gräfin Esterházy an das Laken herantänzelte und sich vorbeugte, um den Fleck zu inspizieren. Nun würde sich zeigen, ob sein kleiner Schachzug die Feuerprobe bestehen würde.

Als bündelte sich in diesem einen Moment seine gesamte Verachtung gegen den Hof, traf Franz über die Köpfe der Anwesenden hinweg der vernichtende Blick des Herzogs Max. Franz wich ihm aus. Gerade fuhr die Gräfin mit dem Zeigefinger über den Fleck, und ein Staunen huschte über ihr Gesicht. Franz' leerer Magen krampfte sich zusammen. Die Oberhofmeisterin rieb den blutigen Stoff zwischen ihren Fingern und legte die Stirn in Falten. Die Zeit schien unter ihrem Grübeln stillzustehen. Gerade als Franz meinte, die Anspannung nicht mehr auszuhalten, richtete Gräfin Esterházy sich mit einem Ruck auf. Sie drehte sich auf dem Absatz dem Auditorium zu und posaunte lauthals: «Die Ehe ist vollzogen!»

Erleichtert ließ Franz die Luft aus den Lungen strömen.

Die Tür öffnete sich wieder, und angeführt von Freiherr von Baumgartner schritten zwei Diener mit einer eisenbeschlagenen Truhe herein. Schweißperlen glänzten auf ihrer Stirn, als sie die schwere Kiste vor Franz absetzten. Ihr Inhalt schepperte verheißungsvoll, und sogar das Parkett ächzte unter dem stattlichen Gewicht. Der Finanzminister schüttelte kaum merklich den Kopf und entrollte ein Pergament.

«Wie im Ehekontrakt vereinbart: die Morgengabe von zwölftausend Golddukaten.» Von Baumgartner rang nach Luft, und Franz konnte sich denken, dass er nur mit Mühe einer Ohnmacht entging. *«Nach Vollzug der Ehe in einer anständigen Kassette zur Behändigung an die durchlauchtigste Braut bereitzuhalten.»* Als hätte er selbst die Kiste getragen, fuhr der Minister sich mit einem Tuch über die Stirn.

«Verehrtesten Dank, Freiherr von Baumgartner», nickte Franz ihm zu. Zumindest diesen Kampf hatte er gewonnen.

Franz kniete sich zur Truhe nieder. Es kostete ihn seine gesamte Muskelkraft, sie hochzustemmen, aber er wollte Sisi nicht enttäuschen. Im Licht der ersten Sonnenstrahlen wuchtete er die Truhe vor ihr aufs Bett und traute sich erst jetzt, nach all dem Wirbel ihren Blick zu suchen.

DIE ERSTE ZOFE

«Das hast du gut gemacht», sagte Sophie und strich Sisi einige Locken aus dem Gesicht. Um ihre Lippen spielte ein Lächeln, das Sisi nicht erwidern konnte. «Gräfin Esterházy wird dich jetzt ankleiden lassen.» Wie auch Franz war ihre Schwiegermutter nach dem vorgetäuschten Ehevollzug ohne Umschweife zum «Du» übergegangen.

Die Oberhofmeisterin trat einen Schritt aus der Reihe ihrer Dienerinnen, die in der Nacht an der Tür gelauscht hatten, und sank in eine tiefe Verbeugung.

Sisi stand noch immer neben dem Ehebett, barfuß, unfrisiert, die Decke über ihr halb durchsichtiges Nachthemd gelegt, um ihre Brüste zu bedecken. Die Eisenbeschläge der Truhe glänzten in der einfallenden Morgensonne und zeugten noch von dem Schauspiel, das sich nur wenige Minuten zuvor in den stuckbesetzten Wänden abgespielt hatte. Dass Franz sie nicht auf den Wirbel vorbereitet hatte, lag Sisi schwer im Magen, genau wie die misslungene Hochzeitsnacht. Besonders die Selbstverständlichkeit, mit der man hier über ihre einfachsten Belange entschied, verärgerte sie.

«Danke, aber das ist nicht nötig.» Sisi reckte entschieden das Kinn in die Höhe. «Ich kleide mich selbst an.»

Die Hofdamen der Esterházy schnappten nach Luft, und die Oberhofmeisterin presste die Lippen aufeinander, als hätte Sisi sie persönlich beleidigt. Nach Aushändigung der Morgengabe hatte bis auf die Damen der gesamte Hofstaat das Ehegemach verlassen. So schnell die Menge zuvor erschienen war, so schnell war sie wieder verschwunden. Allen voran der Kaiser. Nur Fanny hatte sich dem Strom der Adeligen widersetzt und sich zu Esterházys Hofdamen gesellt. Diese hatten die Nasen gerümpft und waren einen Schritt von ihr abgerückt wie von einem stinkenden Lumpen.

Sisi schickte ihrer Freundin einen verschwörerischen Blick. Es war an der Zeit, sie als ihre erste Zofe zu etablieren.

«Meine Kammerzofe, Gräfin von Lotti, wird mir dabei helfen», verkündete sie entschieden.

Fanny verbeugte sich so anmutig, als wollte sie den Damen ihren Triumph gleich dreifach unter die feinen Näschen reiben. Beim Anblick derer giftiger Mienen konnte sich Sisi nur mit Mühe ein unverhohlenes Schmunzeln verkneifen.

«Auch wenn du dich in Bayern selbst angezogen hast», durchschnitt da die Stimme von Erzherzogin Sophie das Schweigen, «ist das hier leider nicht möglich.»

Sisi, die nicht mit einem so offenen Widerspruch gerechnet hatte, fuhr überrascht zu ihrer Schwiegermutter herum. War nicht *sie, Sisi*, die Kaiserin? Hatte nicht ab sofort *sie selbst* das Sagen an diesem Hof?

Als habe sie Sisis Gedanken erraten, lächelte Sophie ihr nachsichtig zu. «Du wirst noch vieles lernen müssen, mein Kind», sagte sie. «Gräfin Esterházy wird dir alles Weitere erklären, was den heutigen Tag betrifft.»

Erzherzogin Sophie reichte Sisi die Hand zum Kuss und gab damit unmissverständlich zu verstehen, dass dies das Ende ihrer Konversation war. Mit dem dumpfen

Gefühl des Misserfolgs beugte Sisi sich zu den Ringen ihrer Schwiegermutter hinunter, so wie sie es von Nene gelernt hatte.

IM BIENENSTOCK

Ein Stundenglaskorsett mit aufwendigem Spitzenbesatz wartete bereits auf einer frei stehenden Garderobe, als Sisi hinter Gräfin Esterházy den Ankleideraum betrat. In ihrem Rücken knarzte das Parkett unter dem Trippeln der Zofen, die ihr mit Fanny nachfolgten. Sisi hatte darauf bestanden, dass ihre Kammerzofe der Zeremonie beiwohnte, und Gräfin Esterházy hatte sich ihrem Willen mit schmalen Lippen gebeugt. Ein kleiner Sieg inmitten ihrer Niederlagen.

Eines der Fenster stand offen, und das Zwitschern eines Grünfinken erfüllte das sonnengeflutete Zimmer. Auch den Gesang einer Amsel glaubte Sisi in der Ferne auszumachen, und ein Gefühl von ungeahnter Leichtigkeit flutete ihr Herz. Die rote Farbe der damastbezogenen Wände leuchtete im einfallenden Tageslicht und bildete einen wunderschönen Kontrast zum hellen Grün der Bäume und Wiesen vor den Fenstern. Bei ihrer Ankunft am Vorabend hatte der Park schon im Schatten der anbrechenden Dunkelheit gelegen. Nun spielte er seine Trümpfe voll aus. Ein Teil war als englischer Landschaftspark angelegt, mit natürlich anmutenden Wiesen, Sträuchern und Bäumen. Ein anderer als Gartenanlage in französischem Stil mit strahlförmigen Kieswegen, streng gestutzten Hecken und Büschen, einem Rosengarten und einer Wasserfontäne, die in einem runden Steinbecken plätscherte. Hinter dem Park lugten, wie aus einer anderen Welt, die ungeordneten Dächer Wiens hervor.

Neugierig trat Sisi ans offene Fenster und hielt ihre Nase in die frühmorgendliche Luft. Es war wie ein tiefes Aufatmen. Ein frischer Wind trieb buschige Wolken über den strahlend blauen Aprilhimmel und griff herausfordernd in ihre Haare. Am liebsten wäre sie auf der Stelle ausgeflogen, um alles zu erkunden. Nicht nur das Gelände der Hofburg, auch das Treiben in der Stadt, den Prater und die Donau. Welche Abenteuer dieses große Wien doch bereithalten musste!

Ein Blick nach unten jedoch ließ Sisi den Atem stocken. Die Fassade stürzte so steil vor ihr hinab, dass sie ein ungewohnter Taumel erfasste. Der Boden war so weit weg, schien so unerreichbar aus ihrem Elfenbeinturm, dass die Leichtigkeit, die sie eben noch verspürt hatte, mit einem Schlag verflog.

Enttäuscht ließ Sisi vom Fenster ab. Kaum hatte sie sich zu den Hofdamen umgedreht, klatschte Gräfin Esterházy dreimal in die Hände, und wie emsige Bienchen flogen ihre Dienerinnen zu allen Seiten hin aus. Der armen Fanny blieb nichts anderes übrig, als die einstudierte Choreografie vom Rand aus zu verfolgen. Niemand, nicht einmal Gräfin Esterházy nahm Notiz von ihr. Sisi hätte ihr gerne geholfen und überlegte fieberhaft, wie sie das anstellen sollte. Für sie selbst war ja alles ebenso neu, so erdrückend! Wie von Geisterhand taten sich unter dem Reigen der

Zofen versteckte Türen in den damastbezogenen Wänden auf. Chemisen und Beinkleider mit Spitzenbordüren flatterten in den Raum, Unterhosen und Unterröcke mit rot gestickter Krone, edle Socken, mit Rosshaar gestärkte Krinolinenröcke, Schleifen, Hauben und Handschuhe. Alles aus feinster Seide gefertigt, aus luftiger Baumwolle und kühlem Leinen. Überwältigt starrte Sisi auf ihre neue Garderobe. Hatte Franz das alles für sie anfertigen lassen?

«Wenn Hoheit bitte vor den Spiegel treten möchten», befahl Gräfin Esterházy mehr, als dass sie darum bat.

Sisi schluckte und trat einige Schritte in den Raum hinein, vor den großen Spiegel, in dem sie sich vor der Hochzeit betrachtet hatte und, anders als ihr Kleid, so gar nicht in dieses Zimmer hatte passen wollen.

Zwei Zofen tänzelten auf Sisi zu. Sie griffen mit spitzen Fingern nach ihrem Nachthemd, doch Sisi wich ihnen aus.

«Meine Kammerzofe wird mich entkleiden», sagte sie so entschieden, wie es ihr möglich war, und streckte den Arm nach Fanny aus. Fanny knickste dankbar und eilte sofort auf sie zu.

Die zwei Zofen erblassten und sahen hilflos zu ihrer Oberhofmeisterin. Doch Gräfin Esterházys Mund blieb geschlossen. So ließen sie mit starren Gesichtern von der Kaiserin ab und zogen sich zurück. Stattdessen trat Fanny nah an Sisi heran. Einen Wimpernschlag lang konnte Sisi in die dunklen Augen ihrer Freundin sehen, die fast so schwarz waren wie ihre eigenen. Und sie war sich sicher: Solange sie beide zusammen waren, konnte nichts und niemand auf der Welt ihr etwas anhaben.

Unter den eisigen Blicken der Zofen bückte Fanny sich zu Sisis Füßen, nahm den zarten Saum des Nachthemds und streifte es ihr behutsam über den Kopf. Die Berührung ihrer Hände ließ Sisi erschauern, und über den Spiegel fing sie, kaum merklich, Fannys Lächeln ein. Wie oft waren sie einander so nah gewesen? Splitternackt, nur von ihren langen Locken bedeckt?

Fanny klemmte Sisi mit einer Spange aus Weißgold die Haare zurück und wusch sie mit einem weichen Tuch. Sie suchte ihre Wäsche aus, half ihr in die Leinenunterhose und das Beinkleid und zog ihr auch die Chemise über. Bei alldem war sie Sisi so nah, dass sie ihren Atem spürte. Sie roch ihren vertrauten Geruch. Die scharfe Seife, auf die Fanny einfach nicht verzichten konnte. Den Hauch von Eau de Cologne, wie auch Mary ihn getragen hatte. Über den Spiegel verfolgte Sisi jede ihrer anmutigen Bewegungen. Wie schnell sie doch gelernt hatte!

Gräfin Esterházy hielt sich überraschend zurück, ließ zu, dass Fanny es war, die die Kaiserin nach ihrer Hochzeitsnacht für den Tag vorbereitete. Als Sisis Freundin jedoch auf die Garderobe mit dem Korsett zuhielt, trat sie ihr in den Weg.

«Das ist traditionell die Aufgabe der Oberhofmeisterin», dozierte sie und schenkte Fanny einen vernichtenden Blick. Mit vornehm geneigtem Kinn nahm sie selbst das Mieder vom Ständer und schritt damit auf Sisi zu.

«Wenn Ihr so freundlich wärt, Gräfin, der Kaiserin stattdessen die Schuhe für den heutigen Festakt zu reichen!»

Vom Fenster her strich ein kühler Luftzug über Sisis

Haut, als die Oberhofmeisterin ihr das Korsett um die Taille legte. Kein Zweifel, dass dies eine Prüfung war.

«Die Schuhe für den Festakt zur Verabschiedung der Hochzeitsgäste», half die Gräfin Fanny auf die Sprünge. Unverhohlene Verachtung lag in ihrer Stimme.

Während Gräfin Esterházy mit kräftigen Rucken das Korsett festzog, schritt Fanny auf der Suche nach den Schuhen Türe um Türe ab. Keine der Zofen kam ihr zu Hilfe. Im Gegenteil. Schadenfroh reckten sie ihre Hälse, um nichts von dem Schauspiel zu verpassen. Als hätte selbst das Wetter Fannys Hilflosigkeit gewittert, schob sich eine Wolkenfront vor die Sonne, und kaum dass Sisi sich's versah, lag das Zimmer im Schatten. Gerade wollte sie ihrer Freundin zur Seite springen, da erhellte sich Fannys Gesicht, und sie verschwand hinter einer Tür. Kurz darauf kehrte sie mit einem Paar silberner Seidenslipper zurück. Die Schuhe hatten einen leichten Absatz und waren dem Anlass absolut angemessen. Sisi grinste Fanny an. Ihre Vorbereitung in Possenhofen hatte sich gelohnt!

«Vielen Dank, Gräfin von Lotti», frohlockte Sisi strahlend, als Fanny ihr die Schuhe reichte. Über den Spiegel konnte sie sehen, wie die Oberhofmeisterin die Zähne zusammenbiss. Dass Fanny diese Prüfung bestehen würde, damit hatte die Elster nicht gerechnet. Sisi biss sich vor Freude auf die Lippe. Doch die Gräfin zog einmal so fest an den Schnüren des Korsetts, dass es Sisi den Atem raubte. Nein, dieser Kampf war noch nicht ausgetragen.

GEWISSENSBISSE

Seit er sie am Morgen den Fängen der Hofdamen überlassen hatte, hatte Franz sich in jeder Sekunde nach Sisi verzehrt. Sogar sein Akten- und Zeitungsstudium, das er auch heute keinesfalls hätte vernachlässigen dürfen, hatte er abbrechen müssen. Und das, obwohl die politische Lage sich nur mit viel Wohlwollen als «angespannt» bezeichnen ließ. Seine Soldaten standen denen des russischen Zaren an der östlichen Grenze gegenüber, ohne dass bis zum jetzigen Zeitpunkt einer von ihnen die Waffen erhoben hatte. Doch trotz der bis zum Zerreißen gespannten Lage hatten wieder und wieder Erinnerungen an die vergangene Nacht von Franz Besitz ergriffen. Mehr noch als die Truppen des Zaren an der östlichen Grenze seines Reiches hatten Sisis feuchter Atem auf seiner Brust, ihr straffer Po und der Geschmack ihrer vollen Lippen ihm keine Ruhe gelassen.

Nun, endlich, saß Sisi neben ihm auf dem rot gepolsterten Sessel, der seinen flankierte. In aufrechter Haltung und so liebreizend in ihrem Gebaren, dass Franz Mühe hatte, sie nicht ständig von der Seite anzusehen. Ihre zarten im Schoß gefalteten Hände, das enge Korsett und die dunklen Wimpern weckten in ihm das Verlangen, sie an sich zu ziehen. Er wollte ihre wilden Locken aus der strengen Flechtfrisur befreien. Mit seinen Händen in ihre Haare fahren und ihren Kopf daran in den Nacken ziehen. Ihr glänzendes Seidenkleid mit den silbernen Bordüren schien in diesem Augenblick einzig dafür gemacht zu sein, es ihr vom Leib zu reißen. Franz verbat sich, in diese Richtung weiterzudenken, und wandte sich stattdessen wieder dem Baron zu, dessen Name ihm bedauerlicherweise entfallen war. Über seine Fantasien hatte er auch die Ankündigung des Zeremonienmeisters überhört.

«Den aufrichtigsten Dank für Eure Glückwünsche und Eure weite Anreise, Herr Baron von Zwiesl», kam ihm seine Frau überraschend zu Hilfe. Sie reichte dem Gast nach Art des Zeremoniells ihre Hand zum Kuss. «Baronin von Zwiesl», lächelte sie auch dessen Gemahlin zu. Als diese sich vor ihr zu Boden warf, zuckten kurz Sisis Lippen – so, als wollte sie verbergen, dass ihr nicht wohl bei dieser Geste war.

«Baron und Baronin von Zwiesl», nickte nun auch Franz dem alten Herrn zu und schenkte der Baronin ein Lächeln, «es war uns eine Freude, Euch in der Hofburg begrüßen zu dürfen.»

Das Paar entfernte sich mit geneigtem Kopf von dem Podest, auf dem Sisi und Franz thronten, und gesellte sich zu einer Reihe Adeliger auf der rechten Seite des Saals, die Sisi und Franz bereits verabschiedet hatte. Die Zeremonie hatte schon am Morgen begonnen, mittlerweile musste es früher Nachmittag sein. Trotzdem warteten zwischen den hohen Marmorsäulen auf der anderen Seite des Festsaals noch einmal mindestens doppelt so viele Gäste auf ihren Auftritt vor dem Kaiserpaar. Alle wichtigen Würdenträger der Habsburger Dynastie in Wien, alle Minister und siegreichen Generäle von 1848 waren zu ihrer Hochzeit gekommen und wollten ihnen nun persönlich ihre Glückwünsche überbringen, ebenso wie Botschafter und

Gesandte. Der Stab des Zeremonienmeisters hatte schon unzählige Male auf das Parkett geklopft, und Franz war froh, dass er tags zuvor auf Eskapaden verzichtet hatte. Trotz der beinahe schlaflosen Nacht, trotz des fensterlosen Saals, der jedes Zeitgefühl zunichtemachte, trotz der gähnend eintönigen Zeremonie fühlte er sich seltsam erfrischt. Und Franz konnte sich denken, dass dies nur seiner Frau zu verdanken war.

Um Sisis Augen hingegen schimmerten dunkle Augenringe. Und obwohl noch nicht ein Drittel der Gäste verabschiedet war, hatte ihr Gesicht eine blasse Farbe angenommen. Ihre Lippen zeigten spröde Risse, und beim Mittagessen hatte sie kaum mehr als einen Schluck Schwarztee und ein paar Trauben zu sich genommen. Franz musste sich eingestehen, dass er sich Sorgen um sie machte. Er winkte Gräfin Esterházy zu sich heran, die dem Festakt mit seiner Mutter, Grünne und dem engsten Kreis der Bediensteten an der Seite des Podests beiwohnte.

«Bitte, Gräfin, bringt der Kaiserin ein Glas Wasser.»

Die Gräfin nickte und zog sich eilig zurück.

«Danke», flüsterte Sisi und lächelte Franz zu. Müdigkeit spielte um ihre dunklen Augen. Ob Franz ihr zu viel abverlangte, für diesen ersten Tag?

Einen Moment später reichte die Oberhofmeisterin der Kaiserin ein Silbertablett mit einem Glas Wasser. Doch Sisi nippte nur einmal am Glas und stellte es mit einem entschuldigenden Lächeln zurück.

«Wenn dir nicht wohl ist, kannst du dich zurückziehen», bot Franz leise an.

Aber Sisi schüttelte den Kopf. «Wer so lange gewartet hat, den will ich nicht enttäuschen.»

«Ich kann das auch allein ...»

«Danke, mir geht es gut.»

Sisi versuchte ein Lächeln, aber es geriet etwas schief und konnte die Erschöpfung in ihren Zügen nicht überdecken. Franz schmunzelte. Sie war eine schlechte Lügnerin, genau wie sein Freund Grünne. Und ziemlich stur dazu.

Die nächsten Gäste näherten sich bereits dem Podest. Es waren Freiherr von Baumgartner, sein Finanzminister, und dessen Frau. Die Dame hatte seit Jahren ein steifes Bein, und so näherten sie sich dem Kaiserpaar nur langsam. Franz nutzte derweil die Gelegenheit, seinen Minister genauer zu betrachten. Die *Verschwendungssucht* des Kaisers schien dem armen Mann in den letzten Tagen übel zugesetzt zu haben. Die Falten schienen sein Gesicht noch tiefer zu durchfurchen als sonst, und seine Augen traten bedrohlich aus den Höhlen hervor.

«Majestät ...» Der Finanzminister sank vor Sisi in eine tiefe Verbeugung und wartete mit gesenktem Kopf darauf, dass seine Gemahlin ihm nachfolgte. Freiherrin von Baumgartner raffte etwas umständlich ihren Rock. Sie musste sich an ihrem Mann abstützen, um ihr steifes Bein für die Verneigung zurückzuschieben.

«Bitte nicht!», fuhr Sisi bestürzt dazwischen, und Franz Hand krampfte sich um die goldene Armlehne seines Stuhls. «Bitte macht Euch keine Mühe», setzte sie lächelnd hinzu. Doch das konnte ihren Fauxpas nicht mehr wettmachen. Die Freiherrin war so blass wie die weiße

Schleife, die an ihrem Ausschnitt prangte, und auch die Gesichtszüge ihres Mannes hatten sich ob dieser offenen Beleidigung sichtbar verhärtet.

«Bitte verzeiht!» Franz kam zum Stehen, ging auf die Freiherrin zu und küsste ihr die Hand. «Meine Frau ist noch nicht gänzlich bekannt mit dem höfischen Protokoll.»

Der Minister presste die Lippen zusammen und nickte Sisi höflich zu. Seiner geschockten Frau hingegen gelang es nicht, sich von ihrem Schrecken zu erholen. Erstarrt stand sie vor dem Podest. Freiherr von Baumgartner musste sie am Arm fassen und unsanft in Richtung der bereits verabschiedeten Adeligen ziehen, um den Platz für die nächsten Gäste freizugeben.

«Sie war doch verletzt ...», flüsterte Sisi Franz ehrlich betroffen zu.

«Ein Grund mehr, ihr nicht deine Gunst zu verweigern», belehrte er sie so liebevoll wie möglich. Trotzdem trieb ihr seine Maßregelung die Röte ins Gesicht. Beklommen sah sie auf die gegenüberliegende Seite des Raumes, wo die Kerzen in den prunkvollen Deckenleuchtern die Gesichter derjenigen Gratulanten erhellten, die sie noch erwarteten. Franz sah, dass Tränen in ihre Augen drängten, und nahm ihre Hand. Sie schluckte tapfer, und tatsächlich gelang es ihr, ihre Tränen wegzublinzeln. Es würde noch lange dauern, dachte Franz, sehr lange, bis sie sich am Hof eingefunden haben würde. Er konnte nur hoffen, dass sie diesem Leben, dieser Rolle gewachsen war. Und dass sich ihr Land nicht schon wenige Tage nach ihrer Hochzeit in einem Krieg befinden würde.

VERWEIS

Sisi konnte sich kaum mehr aufrecht im Sessel halten, als endlich nur noch Max, Ludovika und Nene auf ihre Verabschiedung warteten. Das Korsett schnürte ihr so eng die Lungen ein, dass ihr in den vergangenen Stunden regelmäßig schwarz vor Augen geworden war. Aus Angst, ihrem flachen Atem könnte noch weniger Platz verbleiben, hatte sie es den ganzen Festakt über nicht gewagt, mehr als ein paar Schlucke zu trinken. Ihre Lippen waren rau, ihr Mund trocken, und sogar ihre Augen schienen unter ihrem Durst zu leiden. Sisis Hände kribbelten unter ihrem schwachen Kreislauf, und ihr Magen hatte sich unter dem beißenden Hunger zusammengekrampft. Trotzdem spürte sie, wie sich ein Strahlen auf ihr Gesicht legte, während Max und Ludovika auf sie zuhielten und langsam näher kamen. Als sie kaum mehr drei Schritte von ihnen trennte, erhob sie sich, um sie zu begrüßen.

«Wenn Ihr Euch bitte wieder setzen wollt!», zischte Gräfin Esterházys Stimme an ihrem Ohr. «Auch die Verabschiedung Eurer Eltern unterliegt dem Zeremoniell. Und das heißt: Ihr werdet sitzen!»

Sisi schloss die Lider, um nicht offen die Augen zu verdrehen. Den ganzen Tag hatte sie sich dem albernen Zeremoniell gebeugt. Die tiefen Verneigungen erduldet und dass sich Damen vor ihr zu Boden warfen, die deutlich älter waren als sie. Sie hatte gelächelt, genickt, wie bei einem Rosenkranzgebet immer und immer wieder die gleichen Worte gesäuselt. Den ganzen Tag hatte sie Gratulation um Gratulation zu einer Ehe entgegengenommen, die streng genommen noch nicht einmal vollzogen war.

Sisi seufzte. Trotz ihrer Erschöpfung beschloss sie, den Befehl der Esterházy in den Wind zu schießen, und blieb stehen. Max und Ludovika traten vor und sanken vor ihr nieder. Selbst ihre eigene Mutter, ihr geliebter Vater sollten sich vor ihr zu Boden werfen? Das brach Sisi das Herz.

«Bitte, nicht ...», stammelte sie.

Franz schien zu spüren, wie sehr ihr die Situation zusetzte, und erhob sich ebenfalls.

«Max, Ludovika», nickte er ihnen zu. «Ich lasse Euch einen Moment allein.»

Aus den Augenwinkeln sah Sisi, wie Gräfin Esterházy puterrot anlief. Doch Franz beachtete sie nicht, er verabschiedete sich mit einem Handkuss von Sisi und stieg vom Podest. Forschen Schrittes querte er die gesamte Länge des Festsaals und verließ durch die gegenüberliegende Flügeltür den Saal. Wie auf sein Zeichen setzten sich auch die bereits Verabschiedeten in Bewegung, um ihm zu folgen. Es dauerte einige Minuten, bis sich der Saal unter dem Knarzen und Trippeln ihrer Schritte geleert hatte.

Kaum dass die Diener die Türen hinter sich ins Schloss zogen, fiel Sisi ihrer Mutter um den Hals. Wie lange schon hatte sie das nicht mehr getan! In diesem Moment, jetzt, wo sie sich voneinander verabschieden mussten, stürzten all die Gefühle über sie herein, die sie so lange zurückgehalten hatte. Als hätte das Lebewohl eine Mauer niedergerissen, brach in diesem Augenblick ihre ganze Sehnsucht, ihre gesamte hinter den Hunderten von Zankereien gefangene Liebe aus Sisi hervor. Von allem überwältigt, strömten nun auch die Tränen über ihre Wangen, die sie den ganzen Tag hinuntergeschluckt hatte.

«Sisi ...» Ludovika tätschelte ihr überfordert den Rücken.

«Ich werde euch so sehr vermissen!», schluchzte Sisi leise. Da spürte sie, dass auch Max die Arme um sie schlang. Sie schloss die Augen und wollte den vertrauten Geruch ihrer Eltern in sich einsaugen, doch das Korsett verwehrte ihr diesen Wunsch.

«Du wirst dich daran gewöhnen, mein Kind», flüsterte Ludovika. «Wie wir alle.»

Sisi presste die Lippen aufeinander und gab sich mit flachem Atem der Wärme ihrer Eltern hin, tauchte ein letztes Mal ein in die Geborgenheit ihrer behüteten Kindheit.

Irgendwann verblasste der Zauber, und Ludovika löste sich aus der Umarmung. Sie straffte ihren Rücken und nickte Gräfin Esterházy zu, die allem mit versteinerter Miene beigewohnt hatte.

«Lebe wohl, Sisi.» Max trat einen Schritt zurück, und Sisi sah, dass auch ihm die Tränen in die Augen gestiegen waren. «Pass auf dich auf, mein Mädchen.»

Gemeinsam verbeugten sich Ludovika und Max und schickten sich an, den Saal zu verlassen. Nur Nene stand jetzt noch zwischen den hohen Marmorsäulen. Ihre blumenverzierte Haube, das hochgeschlossene Seidenkleid und die anmutige Haltung, trotz des langen Stehens, fügten sich wie auf einem Gemälde in den Zeremoniensaal. Die Muster auf ihrem Rock griffen die quadratischen Verzierungen der hohen Decke auf, und in den Längsstreifen ihres Oberteils spiegelten sich die Säulen einer Empore über dem Eingang. Trotzdem dachte Sisi, wie winzig klein auch ihre Schwester in den gigantischen Ausmaßen der Halle wirkte.

«Nene?»

Sisi achtete nicht auf Gräfin Esterházy, die hinter ihr scharf einatmete, und trat ihrer Schwester einen Schritt entgegen. Seit ihrer Unterredung an Deck des Schaufelraddampfers hatten sie kein Wort mehr miteinander gewechselt. Auch wenn ihr eine Versöhnung nicht gelungen war, war Sisi froh, dass sie es ein letztes Mal versucht hatte. Und obwohl Nene sie auch jetzt kalt ansah, nahm Sisi sich vor, es in Zukunft erneut zu versuchen. Sie liebte ihre Schwester, und daran konnte nichts, nichts auf der Welt etwas ändern.

Nene sank in einen mikroskopischen Knicks und schwebte dann leichtfüßig davon, so leise, dass die Stille ihre Schritte verschluckte. Die Tür fiel hinter ihr ins Schloss, und die Wände des Saales warfen ihr Krachen hohl zurück. Eine Welle der Einsamkeit überrollte Sisi. Erst jetzt spürte sie wieder, wie erschöpft sie war. Ihr ganzer Körper zitterte unter einer gewaltigen Kälte, und sie konnte sich nur eine einzige Person vorstellen, die sie nun trösten konnte.

Sisi drehte sich entschieden zu Gräfin Esterházy um. Kurz verschwamm der Saal vor ihren Augen, und sie wartete einige kleine Atemzüge, bis die Gestalt der Gräfin wieder in aller Klarheit vor ihr stand.

«Bringt mich bitte zu meiner Kammerzofe, Gräfin von Lotti.»

Die Gräfin faltete ihre Hände vor ihrem grauen Rock.

«Sie verweilt nicht mehr am Hof, Hoheit.»

«Wie bitte?» Sisi blinzelte verwirrt.

«Sie ist auf dem Weg zurück nach Bayern.»

Sisi erstarrte. Ein Taumel ergriff sie, fast wie heute Morgen, als sie aus dem Fenster an der Fassade der Hofburg hinabgeblickt hatte. Nur stärker. Reißender. Sisi stemmte sich wütend dagegen.

«Wer hat das veranlasst?», hörte sie sich selbst fragen. *«Ihr?»*

Gräfin Esterházy neigte sacht den Kopf. «Seid unbesorgt, Hoheit, ich habe sie großzügig für *ihre Dienste* entlohnt.» Das verkniffene Gesicht der Elster ließ keinen Zweifel daran, was sie von diesen *Diensten* hielt.

«Aber die Gräfin war auf meinen Wunsch angereist!», rief Sisi empört und schnappte nach Luft. «Ich möchte sofort mit dem Kaiser sprechen! Mit *meinem Mann*!»

Sisi spürte, wie die Wut ihre letzten Kräfte mobilisierte. Ihre Brust hob und senkte sich unter ihrem flachen Atem, als sie der Gräfin drohend entgegentrat. Die Oberhofmeisterin hingegen ließ sich von ihrer Rage nicht aus der Ruhe bringen.

«Sofern sie denn eine *Gräfin* gewesen wäre ...», sagte sie mit gesenkter Stimme.

Sisis Herz schien einen Schlag auszusetzen. *Was?*

«Ich habe alles überprüft», fuhr Gräfin Esterházy fort und kam Sisi einen Schritt entgegen, «und ich bedaure, Euch mitteilen zu müssen, Hoheit, in keinem Register ist eine Grafenfamilie namens Lotti verzeichnet. Auch hatten Franz Graf von Kolowrat und seine Frau Xaverine

Gräfin von Eschenbach keine Kinder mit diesem Vornamen.»

Sisi glaubte, nun endgültig zusammenzubrechen. *Ihr Betrug, ihre so sorgfältig vorbereitete Scharade, war aufgeflogen!* Geschockt verfolgte sie, wie Gräfin Esterházy sich nah zu ihr heranbeugte. Ihre Stimme war nun kaum mehr ein Flüstern.

«Es tut mir leid, Hoheit, aber Eure *Kammerzofe* hat die Ahnenprobe nicht bestanden. Allem Anschein nach seid Ihr und Eure Familie dem infamen Betrug einer einfachen Frau aufgesessen.»

Sisi verfolgte verwirrt, wie Gräfin Esterházy den Kopf schüttelte und dann in einen tiefen Knicks sank.

«Wenn Eure Hoheit erlauben ... Ihre Majestät Erzherzogin Sophie wünscht ausdrücklich, dass *ich* Euch ab sofort in meine Obhut nehme.»

Es war Sisi, als stürze sie einen tiefen Abgrund hinunter. Sie öffnete den Mund, um Einspruch zu erheben, zu protestieren, das ausdrücklich nicht zu erlauben! Doch da war keine Kraft mehr. Sie glaubte zum ersten Mal in ihrem Leben von dem Gefühl zu kosten, das ihre Mutter über die Jahre ausgetrocknet hatte wie eine Pflanze, die, einst strahlend, von innen vergeht.

Die Lichter in den Deckenleuchtern begannen vor Sisis Augen zu tanzen, zu flimmern, und allmählich und unendlich sanft glitt sie in eine betäubende Dunkelheit.

ERWACHEN

«Sisi, Sisi!», krächzte der Papagei. Mit seinen rauen Füßen klammerte er sich an Franz' Zeigefinger. Franz hob ihn aus der Tür des Käfigs und setzte ihn am Fußende des Bettes ab. «Los», flüsterte er, «versuch sie zu wecken, du kleiner Gauner!»

Als hätte der Vogel seine Worte verstanden, stolzierte er mit nickendem Kopf davon, quer über das Laken. Durch einen Spalt zwischen den Vorhängen aus schwerem Hofdamast warf die grelle Mittagssonne einen weißen Kegel auf die Kissen, und sein grünes Gefieder leuchtete auf.

Genau wie Franz befürchtet hatte, war Sisi am Vorabend unter der Last des langen Festakts zusammengebrochen. Gräfin Esterházy hatte ihr das enge Korsett gelockert, ihr Wasser und etwas Suppe eingeflößt und dafür gesorgt, dass einige Diener sie auf einer Trage in ihr gemeinsames Ehegemach brachten. Sisi hatte die ganze Nacht hindurch geschlafen und den ganzen Morgen. Nichts hatte sie wecken können. Weder das Gewitter, das sich donnernd direkt über der Hofburg entladen hatte, noch Franz' morgendliches Ankleideritual. Selbst dass er sein Zeitungsstudium samt Frühstück zu ihr ins Bett verlegt hatte, hatte sie nicht aus dem Tiefschlaf erwachen lassen. Und natürlich hatten sie auch in dieser Nacht nicht nachgeholt, was er letzte Nacht nicht fertiggebracht hatte.

Der Papagei erklomm flügelschlagend den Berg der Spitzenbettdecke, unter der Sisi schlief. Sie hatte die Knie eng an die Brust gezogen, und die Decke hob sich unter ihrem sanften Atem. Der Papagei neigte den Kopf an ihr

Ohr, so als wolle er lauschen, ob sie noch lebte, flatterte einmal mit den Flügeln und zwickte sie dann unsanft ins Ohrläppchen. Franz schmunzelte. Doch selbst das konnte die Kaiserin nicht wecken.

Franz hätte Sisi nach ihrem Zusammenbruch gerne noch länger schlafen lassen, aber er wollte noch heute zu ihrer Hochzeitsreise nach Schloss Laxenburg aufbrechen. Seine dreihunderttausend Mann campierten nun schon seit Wochen an der russischen Grenze. Wer wusste, wann Zar Nikolaus auf ihren Aufmarsch reagierte? Und wie?

Franz hatte dem gesamten Hofstaat befohlen, die junge Kaiserin nicht mit der Tatsache zu belasten, dass sich das Reich während der Feierlichkeiten am Rand eines Krieges befand. Er wollte ihr diese wenigen Tage schenken. Diese kurze Zeit des Ankommens, des unbeschwerten Eheglücks.

Der Papagei hatte sich vor Sisi niedergelassen und schien nicht im Mindesten daran interessiert, einen neuen Weckversuch zu starten. Franz wedelte mit der Hand in seine Richtung, aber der Vogel zuckte nur unbeeindruckt mit den Lidern. Erst als Franz einen Schritt auf ihn zumachte, schlug er erschrocken mit den Flügeln.

«Sisi, Sisi!», kreischte er, ohne der Kaiserin von der Seite zu weichen. Benommen schlug Sisi die Augen auf. Beim Anblick des Papageis erschrak sie kurz, doch dann lachte sie auf. «Ja, was machst du denn hier?» Vorsichtig fuhr sie ihm mit dem Finger über die rote Feder, und der Papagei liebkoste sie mit seinem Schnabel.

«Dich wecken», machte Franz sich bemerkbar, und Sisi fuhr herum. Als sie ihn sah, lächelte sie, und zu Franz'

Erleichterung konnte er auf ihren Wangen wieder einen rosigen Schimmer erkennen.

«Du hast vierzehn Stunden geschlafen», fügte er hinzu. «Geht es dir besser?»

Sisi nickte und setzte sich auf. Die Flechtfrisur hatte sich über Nacht gelockert, hielt ihre Haare aber immer noch zusammen. Wieder drängten die Fantasien in Franz' Geist, die ihn tags zuvor belagert hatten. Doch als er sich seiner Frau näherte, huschte ein Schatten über Sisis Gesicht.

«Was ist?», fragte Franz.

Sisi sah ihn schüchtern an und zog die Knie an ihren Körper.

Er setzte sich zu ihr auf die Bettkante. «Sag, Sisi, was hast du?»

Doch sie schwieg und sah ihn aus großen Augen an. Franz glaubte zu erahnen, was seine Frau umtrieb. «Meinst du, weil es schon die zweite Nacht war, in der wir nicht ...»

Ohne dass Sisi nickte, wusste er, dass er ins Schwarze getroffen hatte. Franz grinste. Wenn sie nur wüsste, was in ihm vorging! Seine Fantasien erahnen könnte!

Er strich sanft über Sisis Wangen, ihren Hals hinab bis zu ihrem Brustbein. Sacht glitt seine Hand an den Hügeln ihrer Brüste entlang, und an der Art, wie sich ihre Brustwarzen unter dem zarten Nachthemd aufrichteten, an der Art, wie sie leicht ihre Lippen öffnete, konnte er ablesen, dass seine Berührung sie erregte. Der Anblick flutete Franz' ganzen Körper mit einer so unbändigen Lust, dass er glaubte, diesmal unmöglich widerstehen zu können. Er wollte sie. Er wollte sie so sehr. Alles in ihm drängte sich ihr entgegen. Sollte er dem nachgeben? War er bereit für das, was es bedeutete? War er bereit, verletzlich zu werden? Angreifbar? Und womöglich auch sie zu verletzen?

«Sisi, Sisi, Sisi!», durchbrach der Papagei die vor Anziehung flirrende Stille und flatterte zwischen ihren Gesichtern hindurch, als wolle er sie auseinandertreiben.

Sisi grinste. «Er ist eifersüchtig.»

Tatsächlich flog der Vogel krächzend im Zimmer umher. Er schlug Haken und Saltos, flatterte gegen die Damastvorhänge und Türen, und erst als Sisi sich in ihr Kissen zurückfallen ließ, ließ auch er sich auf seinem Käfig nieder. «Sisi, Sisi!», kreischte er, ohne sie aus seinen dunklen Knopfaugen zu lassen.

Sisi kicherte, und Franz blies erleichtert den Atem aus.

«Es war wohl ein Fehler, ihn aus dem Käfig zu holen», sagte er schmunzelnd, obwohl er das Gegenteil dachte.

Heute hatte der Vogel ihm die Entscheidung abgenommen. Aber er würde nicht immer zur Stelle sein. Irgendwann, fürchtete Franz, würde er sich seiner Angst stellen müssen. Zum Glück nicht jetzt, nicht heute. Franz erhob sich und strich eine grüne Feder von seinem Hemd.

«Komm, ich zeig dir was!», sagte er und streckte Sisi die Hand entgegen.

HEIMWEH

Kaum eine Stunde später trat Sisi an Franz' Seite zum ersten Mal seit ihrer Ankunft in Wien aus der Hofburg. Der sonnenbeschienene Kies strahlte trotz der Nässe so hell, dass sie für einen Moment die Augen zusammenkneifen musste. Kaum hatte sie sich an das gleißende Licht gewöhnt, tat sich vor ihr die Weite eines Paradeplatzes auf. Obwohl der Verlust ihrer Vertrauten eine tiefe Kerbe in ihr Gemüt geschlagen hatte, konnte sie sich eines Aufatmens nicht erwehren. Es war, als habe sie kein Schloss hinter sich gelassen, sondern die Mauern eines Kerkers. Erst am entfernten anderen Ende des Platzes begrenzte eine massive Stadtmauer die Freifläche. Rechts und links lockte das Grün der Gärten, die sie vom Fenster aus gesehen hatte. Und die Fontäne! Erst vom Boden aus realisierte Sisi, wie hoch sie wirklich in die Höhe schoss.

«Gefällt es dir?», fragte Franz, der ihre Verzückung bemerkt haben musste.

Sisi nickte, auch wenn es nicht die volle Wahrheit war. Ja, es war schön. Aber was waren diese Parks im Vergleich zu den Wäldern und Ufern des Starnberger Sees? Zu einem Ausritt auf den weiten Feldern und vom Regen durchnässten Wiesen? Sisi fragte sich, wo Fanny nun sein mochte. Ob sie wieder zurückkehren würde in das Haus mit der roten Laterne? Ob Gräfin Esterházy ihr genug Geld gegeben hatte, dass sie über die Runden kam? Sie beruhigte sich damit, dass Fanny immerhin die goldene Brosche eintauschen konnte, die sie ihr vermacht hatte, um von dem Geld eine Zeit lang zu leben. Und auch wenn es dumm von ihr war, irgendwo beneidete Sisi sie. Darum, dass sie zurückkehren durfte, zurück nach Bayern. Dass sie dem Protokoll, den hochnäsigen Zofen und allen voran der Oberhofmeisterin entkam. Sisi schüttelte über sich selbst den Kopf. Es war wohl das Heimweh, das da so einfältig aus ihr sprach.

«War es das, was du mir zeigen wolltest?», fragte sie, um sich auf andere Gedanken zu bringen.

«Vielleicht.» Franz schmunzelte verheißungsvoll.

Sisi runzelte fragend die Stirn, aber er fasste nur ihre Hand und zog sie einer Allee entgegen, die sich parallel zur Hofburg erstreckte. «Komm mit, hier entlang!»

Sisi stolperte ihm nach. «Franz, bitte, nicht so schnell!»

Doch Franz zog sie weiter, immer schneller, und zum ersten Mal seit ihrer Hochzeit schien in seinem ernsten Wesen etwas Unbeschwertes aufzublitzen. Etwas Jungenhaftes, Spitzbübisches, das Sisi gefiel.

«Na komm!», rief er und lief mit ihr den Weg hinunter, zwischen zwei breiten Pfützen hindurch, und weiter, immer weiter die Allee entlang.

Sisi gab sich alle Mühe, mitzuhalten. Die Absätze ihrer Stiefeletten waren nicht für Franz' Tempo gemacht, und die vielen Unterröcke ihres schlichten Kleides verfingen sich zwischen ihren Beinen. Immerhin hatte Gräfin Esterházy das Korsett heute etwas lockerer geschnürt. Dass Sisi erst mittags aufgestanden war, hatte die Gräfin schmallippig hingenommen. Aber als der Kaiser sie dann auch noch hinausgebeten hatte, wo sie doch heute noch nach Laxenburg aufbrechen wollten? Sisi meinte, ihr

Schimpfen jetzt noch hinter ihnen her tönen zu hören, und grinste. Diesmal hatte selbst die Elster keine Chance gegen den Eigensinn des Kaisers gehabt!

«Franz, bitte, nicht so schnell!», gluckste Sisi, und zum ersten Mal an diesem Tag lachte sie. Lachte, lachte, lachte. «Wo willst du denn hin? Franz!»

Der laute Takt fester Schritte durchriss ihr vergnügtes Spiel. Erschrocken warf Sisi einen Blick zurück und blieb stehen. In einigem Abstand folgte ihnen ein Tross Leibgardisten in rotem Waffenrock. Ihre spitzen Hellebarden und das schwarze Lackleder ihrer hohen Reitstiefel glänzten in der Sonne, und der frische Wind griff in die weißen Rosshaarbüsche auf ihren Pickelhauben.

«Es sind unruhige Zeiten», entschuldigte sich Franz.

Sisi nickte und wandte sich wieder nach vorn. Die Bäume warfen kleine Schatteninseln auf den nassen Kies, und einige Spatzen hüpften über den Weg. Aber dazwischen drängten sich Erinnerungen einer ganz anderen Farbe. Das Laken mit der Schmähschrift. Die Soldaten mit den Schlagstöcken. Die Tomaten und Hassrufe. *Tod der Monarchie. Tod dem Kaiser und Elisabethen.*

Verlegen sah Sisi zu Franz hinüber. Der Kaiser hatte die Hände hinter dem Rücken verschränkt und schritt nun mit gesenktem Blick neben ihr her. Konnte sie ihm ihre Gedanken anvertrauen? Wem sonst, wenn nicht ihm?

«Auf unserer Fahrt von Nussdorf nach Wien ...», begann Sisi, «da war ein Mann mit einem Laken. Und einige Leute haben unsere Kutsche mit Tomaten beworfen.»

Franz nickte. «Ja, ich werde nicht von allen geliebt.»

Er presste die Lippen zusammen. Ein paar Schritte

gingen sie schweigend nebeneinanderher. Die Leichtigkeit war verschwunden, und Sisi bereute, dass sie dieses bedrückende Thema angeschnitten hatte.

«Weißt du, wovon ich träume?», sagte er da unvermittelt. Sisi hatte das Gefühl, es war sein Versuch, sie beide aus der Sackgasse zu befreien, in die sie ihre trüben Erinnerungen geführt hatten. Sie schüttelte den Kopf, und Franz deutete auf die Stadtmauer. «Ich möchte dort einen Boulevard errichten.»

«Einen Boulevard?», klammerte Sisi sich an den seidenen Faden der Unbeschwertheit, den ihr Mann ihr zugeworfen hatte.

Franz nickte. «Anstelle der Mauer – eine Prunkstraße voller Prachtbauten, Pferdekutschen ...»

«... und Bäumen!», platzte Sisi heraus.

Franz sah sie amüsiert an. «Bäumen?»

«Ja! Und Brunnen und Fußwegen mit Gaslaternen. Wie in Paris! Die Avenue des Champs-Élysées!», eiferte sie sich, nun ehrlich begeistert.

Franz schmunzelte. «Wie in Paris ...», wiederholte er und hielt vor einem mehrstöckigen Gebäude an. Es hatte eine einladend helle Fassade, und einige Bögen öffneten den Blick auf einen überdachten Säulengang.

«Was ist das?», fragte Sisi.

Franz zuckte verheißungsvoll mit den Schultern und deutete auf den ersten Torbogen. «Nach dir!»

FÜR DICH

Bereits im schattigen Säulengang konnte Sisi das Schnauben einiger Pferde hören. Auch der sanfte Schlag ihrer Hufe auf weichem Untergrund hallte von den weißen Wänden wider, und ihr Herz schlug vor Freude etwas höher. Das war eindeutig der Geruch von Pferdemist!

«Die kaiserlichen Stallungen! Franz?», fragte sie. «Das stimmt doch, oder? Das ist die Stallburg?»

Ohne auf seine Antwort zu warten, beschleunigte Sisi ihren Schritt. Am Ende des Säulengangs tat sich ein heller Innenhof auf, zu allen Seiten hin umgeben von weißen Laubengängen auf drei Stockwerken. Einige Stallburschen spannten gerade mehrere Lipizzaner ein, und Sisi ging direkt auf eines der Pferde zu. Wie sehr hatte sie diese Tiere vermisst! Ihre Wärme! Ihren Geruch! Ihr Schnauben und Scharren!

Sie legte dem vordersten Lipizzaner ihre Hand auf die Nüstern. Sein warmer Atem streifte ihre Haut. Zärtlich strich sie über sein weiches Maul. Der Hengst suchte mit seinen Lippen ihre Hand nach einem Leckerbissen ab und schnupperte neugierig an den taubenblauen Pagodenärmeln ihres Kleides. Ein Anflug von Traurigkeit legte sich über Sisis Brust, als Erinnerungen an ihren geliebten Hengst in ihr aufstiegen, Duke. Sein glänzendes schwarzes Fell, seine wilde schwarze Mähne. Sein liebevolles Stupsen an ihrem Bauch. Die vielen Male, die sie an seinem Hals gelehnt und ihr Ohr an sein warmes Fell gelegt hatte, um seinem beruhigenden Atem zu lauschen.

«Sisi?» Ohne dass sie es bemerkt hatte, war Franz an ihre Seite getreten. «Komm, wir sind noch nicht da.»

«Wohin gehen wir denn?», fragte Sisi unwillig. Sie wollte hier bleiben, bei den Pferden! Am liebsten wäre sie direkt auf eines aufgesprungen und losgeritten. Aus den Stallungen hinaus und aus den Stadtmauern, an einen Ort, an dem es nur sie, Franz und die Pferde gab.

«Das wirst du gleich sehen, komm», riss Franz sie aus ihrer Tagträumerei. Er griff liebevoll ihre Hand und legte seine Finger zwischen ihre. Sanft zog er sie von dem Lipizzaner weg. Das Tier tat ihr einen Schritt nach, doch ein junger Stallbursche hielt es an der Trense zurück. Der Junge lächelte Sisi verschmitzt zu. Unter seiner neckischen Schirmmütze lugten kräftige blonde Locken hervor und erinnerten sie an ihren Freund Heinrich, den Stallburschen aus Possenhofen. Sisi lächelte zurück und konnte sich des Gedankens nicht erwehren, dass ihr dieser einfache Junge bisher der mit Abstand sympathischste Wiener war.

Widerwillig riss sie sich von seinem Anblick los und stolperte Franz neugierig nach. Sie kamen an einigen Pferdeboxen vorbei, passierten ein weiteres Tor, über dessen Pforten zwei steinerne Pferdeköpfe wachten, und gelangten in einen Nebenhof. Franz führte sie quer über das Kopfsteinpflaster auf eine hölzerne Flügeltür zu. Fragend sah Sisi an deren Eisenbeschlägen hinauf. Was war dahinter? War es das, was Franz ihr zeigen wollte?

«Willst du mich nicht hineinbitten?», hörte sie Franz' Stimme hinter sich. Verwirrt drehte Sisi sich zu ihm um. «*Ich* dich hineinbitten?»

Franz nickte. Ein schelmisches Grinsen breitete sich auf seinem Gesicht aus. «In deine Stallungen!»

«*Meine* Stallungen?» Sisi brauchte einen Moment, um zu begreifen, was er da eben gesagt hatte. Überwältigt schlug sie die Hände vor den Mund. War das sein Ernst?

Franz' Augen strahlten. Aus ihnen sprach aufrichtiger Stolz, gemischt mit dem Glück eines von Herzen Schenkenden. Das war es also gewesen, was er ihr hatte zeigen wollen, ihre ganz eigenen Stallungen! Sisi machte vor Freude einen Luftsprung. Doch Franz warf einen nervösen Blick zurück über die Schulter.

«Du solltest dich beeilen», flüsterte er. «Gräfin Esterházy ist bereits im Anmarsch.» Sisi gefror das Lächeln auf den Lippen, als sie durch den Torbogen sah, wie aus dem Hauptinnenhof ein geschlossener Einspänner auf sie zuhielt. Entschlossen schob sie den Riegel der Holztür zurück und stemmte die Flügel auf. Sie packte Franz an der Hand, und diesmal war sie es, die ihn so kräftig hinter sich her ins Innere zog, dass er fast das Gleichgewicht verlor.

Übermütig lief Sisi in den breiten Mittelgang hinein. Sie verlangsamte ihren Schritt und blieb schließlich staunend stehen, denn das, was vor ihr lag, war so atemberaubend, so überwältigend, dass sie alles in sich einsaugen wollte. Durch einige quadratische Oberlichter flutete sanftes Sonnenlicht den riesigen Stall. Es mussten mindestens dreißig Boxen sein, die zu beiden Seiten vom Mittelgang abgingen, und in jeder von ihnen schnaubten prachtvolle Pferde mit glänzendem Fell. Braune und Schimmel, Rotfüchse, Rappen und Schecken. Hengste und Stuten und sogar zwei Fohlen, die sich an ihre Mütter drängten. Einige Tiere reckten neugierig ihre Köpfe durch die großen Aussparungen in den schmiedeeisernen Toren.

Sisi klammerte sich aufgeregt an Franz' Hand. Die Böden waren sauber, die Pferde gestriegelt, als würden sie jeden Moment einem Preisgericht vorgeführt werden.

Der würzige Geruch nach Heu und Mist ließ ihr Herz nach der Enge der letzten Tage wieder leicht und frei werden. Hier war er, ihr eigener Ort, auf den sie sich freuen konnte. Zwischen all den unsichtbaren Fesseln, die ihr neues Leben ihr angelegt hatte, war das der Hauch Freiheit, auf den sie so sehr gehofft hatte.

«Was für wundervolle Tiere ...», flüsterte Sisi andächtig und ging auf eine der Boxen zu. Aber Franz hielt sie mit einem leichten Händedruck zurück. Sisi musterte fragend sein Gesicht, doch er wich ihrem Blick aus.

«Uns bleibt nicht viel Zeit», erklärte er leise, und Sisi nickte. Er führte sie die Stallgasse hinunter, und wenige Boxen weiter ließ der Druck seiner Hand nach. Ohne ihm von der Seite zu weichen, ging Sisi voran. Box um Box tat sich vor ihr auf. Abenteuer um Abenteuer. Und dann, plötzlich, erstarrte sie. Das glänzende Fell des Rappen, die schlanke, muskulöse Figur und die tiefbraunen Augen mit den langen Wimpern – der Anblick traf Sisi ins Mark.

Mit einem Schlag fiel eine so gewaltige Sehnsucht von ihr ab, dass sie laut aufschluchzte. Tränen schossen ihr in die Augen, und sie lachte. Lachte und weinte zugleich: Das war Duke!

AUSBRUCH

«Wie hast du das gemacht?», hauchte Sisi immer noch schluchzend, und Franz strich ihr eine Träne von der Wange, doch es drängten nur immer weitere Tränen in ihre Augen. In Bächen flossen sie an ihrem Gesicht herunter, tropften auf ihr hochgeschlossenes Kleid.

«Zumindest in dieser Sache war dein Vater einmal meiner Meinung», schmunzelte Franz.

Sisi lachte, obwohl ihr Kinn noch vor Weinen zitterte. Dass er seiner Frau eine solche Freude bereiten konnte, rührte Franz. Er selbst hatte im Morgengrauen beim Unterbringen des Hengstes geholfen. Es hatte den Stallmeister und fünf Stallburschen sowie die tatkräftige Unterstützung des Kaisers gebraucht, um den Rappen in seine Box zu zwingen. Wiehernd und hufeschlagend hatte er sich gegen den Strick gewehrt, so temperamentvoll und drohend, dass selbst dem erfahrenen Stallmeister der Schweiß auf der Stirn gestanden hatte.

Nun war von dem sich wild gebärdenden Vollblüter nichts mehr zu erahnen. Mit seinen Lippen liebkoste er Sisis Gesicht, legte ihr den Kopf über die Schultern und schnaubte so sanft, dass Franz nur den Kopf schütteln konnte.

Immer noch unter ihren Tränen blinzelnd drehte Sisi sich zu ihm um. «Danke», strahlte sie, «danke, danke, danke!» Wieder kamen ihr neue Tränen, und sie holte tief Luft, um sich zu beruhigen. «Entschuldige», stammelte sie, «ich freue mich nur so!»

Über sich selbst lachend wischte Sisi sich mit dem Handrücken den Rotz aus dem Gesicht, und plötzlich konnte Franz sich nicht mehr zurückhalten. Er zog sie an sich heran und küsste sie. Verschlang ihre nassen Lippen, den salzigen Geschmack ihrer Tränen, umschlang ihren zitternden Körper, hielt sie fest. Er spürte, wie ihre Arme seinen Brustkorb umschlossen, wie sie sich an ihn drängte und in seine Umarmung fallen ließ. Franz strich ihr übers Haar, gab ihr Halt und wünschte sich in diesem Moment nichts auf der Welt so sehr, wie sie, seine Frau, glücklich zu machen.

Ein Räuspern trieb sie auseinander. Franz fuhr herum. Gräfin Esterházy stand im Gegenlicht des Stalltors und sah ihn schmallippig an.

«Eure Majestät. Ihr plantet, vor Einbruch der Dunkelheit in Laxenburg zu sein», appellierte sie eindringlich an seine Vernunft.

Bereits sein Wunsch, Sisi vor ihrer Abfahrt noch die Stallungen zu zeigen, hatte sie mittags gegen ihn aufgebracht. Nun war es schon knapp vier Uhr. Trotzdem, er wollte noch einen Moment hier sein, mit Sisi allein. Im Stall.

«Gebt uns noch einen Augenblick», bat er.

Die Oberhofmeisterin sog scharf die Luft ein. «Ich erwarte Ihre Majestäten in der Kutsche!», verkündete sie dann schnippisch und zog sich mit einer knappen Verbeugung zurück. Franz beobachtete, wie sie sich von einem Stallburschen in die Kutsche helfen ließ und mit einem Schwung die Tür hinter sich schloss.

«Können wir nicht ohne sie fahren?», flüsterte Sisi, die

den fast beleidigten Abgang der Gräfin ebenfalls verfolgt hatte. «Es sind doch unsere Flitterwochen.»

«Ich fürchte nicht ...»

«Aber du bist der Kaiser!» Flehend sah sie ihn an.

«Und sie hütet die Regeln, denen ich mich zu beugen habe», erklärte er sanft. Seine Frau seufzte. Doch anstatt sich von ihrem Rappen zu verabschieden, beugte sie sich zur Boxentür, schob kurzerhand den Riegel zurück und öffnete das schmiedeeiserne Tor. Sie packte den Hengst am Halfter und führte ihn mit leuchtenden Augen hinaus.

«Dann lassen wir sie eben alleine mit der Kutsche fahren!», flüsterte sie und legte übermütig den Finger an die Lippen.

Franz hätte ihr widersprechen müssen, doch er dachte an die Truppen des russischen Zaren, den drohenden Krieg, die leeren Kassen der Krone, und es war ihm unmöglich, das Strahlen ihrer dunklen Augen zu brechen.

ENTKOMMEN

Franz hatte sich für einen ihrer Schimmel entschieden, einen kräftigen Apfelschimmel, dessen Fell silbergrau schimmerte. Lautlos hatten sie die Pferde in einem blickgeschützten Seitengang ihrer Stallungen aufgesattelt, und nun stieg Sisi in den Steigbügel und schwang das andere Bein über Dukes Rücken. Sie zog ihr Kleid und die vielen Unterröcke zurecht. Wenn es ihnen gelingen sollte, der Gräfin zu entkommen, wollte Sisi mit dem Damensitz kein Risiko eingehen. Franz saß ebenfalls auf und nickte ihr verschwörerisch zu.

«Bereit?», flüsterte er und fasste die Zügel enger.

Sisi nickte. Aufregung und Vorfreude hatten ihren Herzschlag beschleunigt, und ihre Gesichtsmuskeln schmerzten bereits unter ihrem breiten Grinsen.

«Also, mir nach», sagte Franz leise und drückte dem Schimmel die Fersen in die Flanken. Im Schritt hielt er auf den hellen Eingang der Stallungen zu. Sisi brauchte nur leicht das Gewicht im Sattel zu verlagern, um Duke die Richtung zu weisen. Wie sehr hatte sie es vermisst, seine vertrauten Bewegungen unter sich zu spüren! Kurz vor dem Eingang blieb Franz noch einmal im Schatten des Tores stehen. Der Einspänner war von hier aus nicht zu sehen, wohl aber das Verbindungstor zum Hauptinnenhof. Franz deutete mit dem Kinn auf das Tor, und Sisi nahm einen tiefen Atemzug. Es gab nur diesen einen Weg. Durch den Haupteingang der kaiserlichen Stallungen hinaus, direkt an der Gräfin vorbei. Sie drohte vor Anspannung zu platzen.

«Hüa!», schrie Franz und trieb den Schimmel an. Das Tier wieherte und galoppierte los. Sisi lehnte sich vor, und Duke trabte an, um dann ebenfalls in einen schnellen Galopp zu fallen.

Ein spitzer Schrei drang aus der Kutsche, als Sisi dicht hinter Franz den Nebenhof durchquerte. Sie duckte sich über Dukes Mähne und schoss nur Sekundenbruchteile nach Franz durch das Tor. Hinter ihnen knallte eine Peitsche, und mit einem heftigen Klappern fuhr die kaiserliche Kutsche an. Im Hauptinnenhof sprangen ihnen einige Stallburschen erschrocken aus dem Weg, und obwohl Duke kurz scheute, trieb Sisi ihn weiter, durch den Säulengang hinaus aus den Stallungen und weiter zwischen einigen mehrstöckigen Gebäuden hindurch, dem Kaiser hinterher.

«Auf gehts, Duke!», feuerte sie ihren Gefährten an. Franz und dem Schimmel dicht auf den Fersen, flogen sie über das leicht abschüssige Kopfsteinpflaster, bogen um eine scharfe Kurve, und erst als sich in einiger Entfernung die wuchtige Stadtmauer auftat, wagte Sisi einen Blick zurück. Der Einspänner war im ersten Moment nicht zu sehen, und sie wollte sich schon erleichtert wieder nach vorn drehen, da flitzte er nur knapp hinter ihr um die Ecke. Sisi schnappte überrascht nach Luft. Aufgeregt trieb sie Duke ihre Fersen in die Flanken.

«Los, Franz, schneller!», rief sie.

Augenblicklich riss Franz die Zügel herum und bog in eine Seitenstraße ein. Sisi folgte ihm, ein lautes Lachen drang aus ihrer Kehle.

«Versuchst du, sie abzuhängen?», gluckste sie.

«Und ob!», rief Franz über die Schulter zurück. An seinen strahlenden Augen konnte sie ablesen, dass ihre Flucht auch ihm eine diebische Freude bereitete.

An der nächsten Ecke riss Franz abermals die Zügel herum, und Sisi tat es ihm gleich. Vor ihnen tat sich ein schmales Tor in der Stadtmauer auf.

«Das ist das Karolinentor!», rief Franz. Er wich einigen Passanten aus, überholte ein Fuhrwerk und hielt im Galopp auf das kleine Stadttor zu. Sisi beeilte sich, ihm nachzukommen, doch ein Wagen mit erntefrischem Kopfsalat und Radieschen rumpelte ihr entgegen.

«Brrr ...», verlangsamte sie das Tempo und wich dem fluchenden Bauern aus. «Verzeihung!», rief sie ihm zu, und als er ihr Gesicht erkannte, schoss ihm die Röte ins Gesicht. Sie lachte. «Keine Sorge!»

Sisi winkte ihm noch über die Schulter zu, da ratterte knapp hinter ihr die kaiserliche Kutsche auf die Straße. Sie trieb Duke schnell wieder an, auf das Karolinentor zu, das Franz eben passiert hatte. Einige Wachen blickten ihm noch neugierig hinterher. Sisi legte zwei Finger zwischen die Lippen und pfiff. Die Männer fuhren zu ihr herum, und ihnen klappte die Kinnlade herunter, als Sisi an ihnen vorbeigaloppierte und ihnen zurief: «Bitte haltet die Kutsche einen Moment auf!»

Duke flog im Galopp über eine Brücke, vorbei an einem großen Ravelin, zwischen einigen Pappeln hindurch und in eine malerische Promenade hinein. Die Sonne hatte sich bereits dem Westen zugeneigt und warf ein goldenes Licht auf die Alleen und weitläufigen Gartenanlagen, die sich vor Sisi erstreckten. Überall spazierten Paare und Familien. Kleine Jungen in einfachen Gewändern balancierten mit Stöcken große Holzreifen vor sich her. In einer Laube spielte ein Streichquartett auf, und vor einem großen Pavillon nippten Damen mit weißen Schirmen an ihren Tassen Kaffee.

Sisi sah über die Schulter und konnte sehen, wie die Wachen den Einspänner anhielten und den Kutscher ansprachen. Die Tür des Verschlags wurde aufgestoßen, und Gräfin Esterházy stampfte heraus. Wutschnaubend starrte sie ihnen nach, aber Sisi wandte sich wieder nach vorn. Franz hatte sein Pferd am Wegrand in den Schritt zurückfallen lassen. Grinsend bremste Sisi auch Duke und trabte an seine Seite.

«Das Karolinentor ist nur für Fußgänger», schmunzelte er.

«Ach so», kicherte Sisi und winkte den Wachen dankend zu.

Um sie herum hatten sich einige Schaulustige zusammengedrängt. Passanten warfen ihnen neugierige Blicke zu und sanken in eine tiefe Verneigung, als sie den Kaiser und die Kaiserin erkannten. Am Wegesrand lockten einige Stände mit frischer Ziegenmilch und dem Duft süßen Gebäcks. Ein Mann mit abgewetztem Hut verkaufte aus einem Bauchladen Süßkram an eine Schar Kinder.

«Das Wasserglacis», erklärte Franz. «Wenn wir zurück sind, zeige ich es dir einmal!»

Sisi nickte verzaubert.

«Aber jetzt sollten wir weiter!», mahnte er. «Nicht dass wir unseren hart erkämpften Vorsprung verschenken und am Ende noch in dieses Unwetter geraten.»

Erst jetzt bemerkte Sisi, dass sich am Horizont einige dunkle Wolken aufgetürmt hatten. Sie nickte und trieb Duke glücklich hinter Franz in den Galopp.

REGEN

Auf der breiten Auffahrtsallee zu Schloss Laxenburg ließen sie ihre Pferde in den Trab fallen. Sie hatten es die ganze Strecke von Wien aus trocken geschafft, aber jetzt durchzuckte den pechschwarzen Himmel über der ausgedehnten Schlossanlage ein erster Blitz. Ein heftiger Wind schlug Sisi entgegen. Die Bö griff in die weißen Blüten der Kastanienbäume am Rand der Allee und rauschte durch die gelben, roten und tiefvioletten Bänder von Tulpen, die die sattgrünen Wiesen des weitläufigen Schlossparks einfassten. Das Schloss selbst hatte einen freundlichen hellgelben Anstrich, dunkelgrüne Fensterläden und eine Attika mit einer großen Uhr.

«Willkommen in Laxenburg!» Franz rang nach Luft. Der Wind hatte während des schnellen Ritts seine blonden Haare zerzaust, und eine dünne Schicht aus Staub und Erde bedeckte seine Haut. «Seit ich denken kann, haben wir hier den Frühling verbracht.»

Sisi beobachtete amüsiert, wie er sich schnaufend die Seiten hielt, die ihn wohl unter der Anstrengung stachen. Sie schmunzelte. Auch wenn ihr ganzer Körper unter einer angenehmen Wärme kribbelte und pochte, hatte sich ihr Atem bereits beruhigt.

«Bisher sind wir immer mit der Kutsche angereist», keuchte Franz lachend, «und jetzt weiß ich auch, warum!»

«Ich möchte dieses Abenteuer nicht missen!», konterte Sisi verschmitzt und vergrub ihre Nase in Dukes staubiger Mähne. «Die Gräfin zumindest wird noch eine Weile brauchen.»

Franz nickte. «Und ich fürchte, sie wird nicht gerade amüsiert sein, wenn sie ankommt.»

Als wollte der Himmel seine Vorahnung bestärken, ließ ein gewaltiges Donnergrollen die Luft erzittern. Ja, es würde sicher noch eine Weile dauern, bis die Gräfin sie mit der Kutsche eingeholt hätte. Nicht nur, weil sie in Wien den Umweg über ein anderes Stadttor hatte nehmen müssen, sondern auch, weil der Sturm der vergangenen Nacht kurz vor Laxenburg einen Baum entwurzelt hatte, der nun quer über der einzigen Straße lag. Mit den Pferden hatten sie sich einen Spaß daraus gemacht, hinüberzuspringen, aber mit dem Einspänner würde der Elster das kaum gelingen. Sisi kam Gräfin Esterházys wutschnaubende Gestalt in den Sinn, die sich wie eine Furie vor dem schmalen Bogen des Karolinentors aufgeplustert hatte. Seufzend tauchte sie aus dem würzigwilden Geruch von Dukes Mähne auf. Es blieb nur zu hoffen, dass die schlimmste Wut der Oberhofmeisterin sich schon entladen hätte, wenn sie hier in Laxenburg aufschlagen würde.

Kaum hatte sie den Gedanken zu Ende gedacht, öffnete der Himmel seine Schleusen, und ein Platzregen prasselte hernieder, dass die Kiesel der Allee unter den schweren Tropfen hüpften und tanzten. Die Kastanienbäume wankten im aufziehenden Sturm, und graue Regenschleier peitschten ihnen entgegen.

«Komm, schnell!», rief Franz Sisi durch das Rauschen des Regens zu. «Dort hinten sind die Stallungen!» In Bächen rann das Wasser seine Stirn hinab und troff durch seine hellen Brauen.

«Nur einen Moment noch!», rief Sisi ihm zu, doch das Prasseln des Regens verschluckte ihre Stimme.

Franz duckte sich schon in den Sattel, trieb dem Schimmel die Fersen in die Flanken und galoppierte davon, ohne noch einmal zurückzusehen. Lachend sah Sisi ihm nach und legte den Kopf in den Nacken. Sie öffnete den Mund nach den schweren Tropfen, atmete die feuchte Regenluft, ließ sich durchnässen und durchdringen von der erfrischenden Kraft, die der Gewalt dieser unglaublichen Natur doch anhaftete.

ÜBERMUT

Die Gräfin traf früher in Laxenburg ein, als Franz erwartet hatte. Sie musste wegen der versperrten Straße einen Teil der Strecke zu Fuß zurückgelegt haben, denn sie troff aus allen Poren. Seit er und Sisi im Blauen Hof angekommen waren, hatte der Regen nicht nachgelassen. In Bächen flutete er die hohen Fenster des Speisesaales, und sein Plätschern hallte von den stuckverzierten Wänden und den kitschigen Deckenmalereien wider.

Beim Anblick der pitschnassen Gräfin sank Sisi neben ihm etwas tiefer in ihren Sitz. Wie er selbst hielt auch sie noch einen Krebs in den Händen, aus dessen Schere sie gerade das zarte Fleisch gezuzelt hatte. Sie hatten gemeinsam an einem Ende der langen Tafel Platz genommen, und nicht an den zwei gegenüberliegenden, an denen für sie eingedeckt gewesen war. Franz hatte sogar die Diener hinausgeschickt und beim Essen auf die Krebsmesser verzichtet, sondern stattdessen die Finger genommen.

Die ersten Stunden ihrer Flitterwochen waren wie im Fluge vergangen. Franz hatte nach dem Ausritt beste Laune gehabt, alle weiteren Termine des Tages abgesagt und, nachdem sie beide trockene Kleider angelegt hatten, seiner jungen Frau das gesamte Schloss gezeigt. Fast überschwänglich hatte er sie durch die Gänge geleitet, ihr Tür um Tür geöffnet und sie zur Krönung ihres Rundgangs in den Ovalen Saal geführt, zweifelsohne den prächtigsten Raum des Blauen Hofes. Kronleuchter um Kronleuchter funkelte an der himmelblauen Decke des schmucken Saales, und Sisi hatte sich darunter gedreht, dass ihr Rock aufgeflogen war. Sie hatte den Kopf in den Nacken gelegt, die Arme ausgebreitet und mit tänzelnden Füßen einen Kreis nach dem anderen beschrieben, Drehung um Drehung. Wie eine Prinzessin in einem magischen Märchenschloss war sie Franz vorgekommen. Doch wie er ihr vom Rand des Saales aus zugesehen hatte, hatte sich unter all den Zauber allmählich ein dunkles Gefühl gemischt. Ein schlechtes Gewissen. Reue ob der Ausgelassenheit der letzten Stunden. Und Angst vor dem, was ihnen bevorstand. Angst vor dem Zorn des Zaren. Vor einem Krieg, dem Österreich nicht gewachsen war. Dazu der Ärger der Engländer und Franzosen, wo doch schon das Innere seines Reiches unter Hochspannung stand. Und zwischen all diese Sorgen hatte sich ein flaues Unwohlsein über die bevorstehende Ankunft der Gräfin gedrängt. Was hatte er sich bei all dem Vergnügen der letzten Stunden gedacht? Er, der

Kaiser, hatte sich benommen wie ein kleiner Junge. Ein törichter, liebestrunkener Narr.

Der Geruch von Fisch und Brühe, der dem Krebs zwischen seinen Fingern anhaftete, gepaart mit Gräfin Esterházys messerscharfem Blick, der ihn und Sisi aufzuspießen schien, drehte Franz den Magen um. Er legte den halb verzehrten Krebs auf seinem Teller ab und trocknete seine fettigen Finger an einer Stoffserviette.

«Gräfin, Euch lastet etwas auf der Seele?», eröffnete er nüchtern das Gespräch.

«Eure Majestät, wo sind die Gäste?»

Gräfin Esterházys schrille Stimme stach in seinen Ohren. Von ihrem Hut tropfte noch immer Regenwasser, und der Kiel der weißen Feder, die sie stets in ihr Hutband geklemmt hatte, ragte kahl in die Luft.

«Das Bankett wurde abgesagt», klärte Franz sie knapp auf.

«Von wem?» Die Gräfin schnappte nach Luft.

Franz warf die Stoffserviette neben seinem Teller auf die weiße Tischdecke. «Von mir», sagte er schlicht. «Ihr könnt Euch zurückziehen, Gräfin. Ich meine, nicht dass Ihr Euch noch erkältet.»

Franz deutete auf die Pfütze, die sich zu ihren Füßen auf dem Parkett gebildet hatte, und hoffte, dass die Audienz damit beendet sein würde. Gräfin Esterházy folgte seinem Blick und schien sich tatsächlich erst jetzt wieder ihres erbärmlichen Zustands gewahr zu werden. Trotzdem straffte sie ihre Schultern, reckte ihren Kopf mit dem triefenden Hut in die Höhe und raffte ihren letzten Rest Würde zusammen.

«Bitte gestattet mir, Eure zauberhafte Gemahlin noch heute auf die Herausforderungen der kommenden Zeit vorzubereiten», säuselte sie. «Wenn ich Euch daran erinnern darf, Majestät: Obwohl der Empfang der Deputationen Eurer Kronländer ohne Zweifel einem fröhlichen Anlass gebührt, ist das bevorstehende Zusammentreffen doch das erste seit der offiziellen *Befriedung* Eures Reiches.»

Franz nahm einen Schluck Wein, um seine Antwort auf die Ermahnung der Oberhofmeisterin etwas hinauszuzögern. Sisi, die das Gespräch stumm verfolgt hatte, sah geradewegs zu ihm hinüber. Er hatte sie noch nicht in das bevorstehende Treffen eingeweiht. Und nicht nur das: Ihre Abendgestaltung hing nun an seinem Urteil. Er merkte, wie eine ungeahnte Wut in ihm aufstieg. Wut über seine Pflichten, denen auch Sisi sich fügen musste, Wut über die politische Situation und Wut auf die Gräfin, die stets ihren Finger in die offenen Wunden seiner Verfehlungen bohren musste.

«Wir haben noch drei Tage für Euren großen Auftritt, Majestät!», insistierte die Gräfin. «Und wenn Majestät den Hinweis erlauben ...»

Franz schlug mit der flachen Hand auf den Tisch, dass Teller und Silberbesteck klirrten. «Ich erlaube nicht!», fuhr er sie an.

Sisi zuckte erschrocken zusammen, und auch die Gräfin erblasste schlagartig. Franz biss sich auf die Zunge. Nur das Glucksen des Regens durchbrach die Stille, die auf seinen Ausbruch folgte. Zornig funkelte er die Gräfin an und versuchte, seine Rage unter Kontrolle zu bekommen, doch sein Herz pochte wild in seiner Brust. Mitten in diesen aufgeladenen Moment hinein schob Sisi leise ihren Stuhl zurück. Sie erhob sich zitternd und räusperte sich.

«Ich stehe Euch nach dem Essen gerne zur Verfügung, Gräfin», sagte sie. «Ihr habt heute meinetwegen schon viele Unannehmlichkeiten hinnehmen müssen. Bitte verzeiht.»

Die Gräfin blinzelte ungläubig, doch dann erweichten sich ihre steinernen Gesichtszüge. «Danke, Hoheit», sagte sie und sank in eine Verbeugung, «ich werde Euch nicht enttäuschen.»

Sisi nickte, und die Oberhofmeisterin trat in ihrem durchnässten Kleid den Rückzug an.

Franz atmete erleichtert ein und griff dankbar nach Sisis Hand. Gerade wollte er sich bei ihr für seine Ungehaltenheit entschuldigen, da flog abermals die Tür des Speisesaals auf. Grünne betrat außer Atem den Raum. Der Regen hatte die Schulterpartie seines grünen Waffenrocks dunkel verfärbt, und an seinen Stiefeln klebte der Matsch der nassen Allee.

«Majestät», sagte er und deutete eine Verneigung an. «Nachricht von ...» Grünnes Blick fiel auf Sisi, und er klappte den Mund wieder zu. Eindringlich sah er Franz in die Augen, und die Art, wie er seinen Hut nervös zwischen den Händen drehte, ließ wenig Gutes erahnen.

DER UNTERRICHT

Der Stall war von Sisis Sessel aus nicht zu sehen, trotzdem erfüllte sie noch immer Dukes vertrauter Geruch. Nach dem Unwetter hatte der Himmel zum späten Abend hin überraschend aufgeklart, aber wegen ihres Unterrichts bei der Oberhofmeisterin hatte sie darauf verzichten müssen, noch einmal nach ihrem Freund zu schauen. Bereits seit über zwei Stunden studierte sie Regeln und Texte ein, und Sisi verabschiedete sich von dem Gedanken, ihr Ohr heute noch einmal an Dukes warmen Hals zu legen.

An den stillen Wipfeln der Bäume konnte sie ablesen, dass auch der Wind verebbt war. Aus einem Riss zwischen den Wolken blitzte der Nordstern hervor, und in der Spiegelung des Fensters bemerkte sie, dass Gräfin Esterházy sie streng anblickte. Sie drehte sich schnell wieder zu ihr um und versuchte mit einem Lächeln wettzumachen, dass sie sich hatte ablenken lassen. Sie nahm sich vor, ab jetzt aufmerksamer bei der Sache zu bleiben – nicht dass alles noch länger dauerte, als es das ohnehin schon tat!

«Was wie ein perfektes Ganzes aussieht, ist in Wahrheit eine Ansammlung heikler Beziehungen, ein Pulverfass», krächzte Gräfin Esterházy und tippte auf eine Karte des Kaisertums Österreich samt seinen Kronländern, die sie in Sisis Privatgemach hatte aufstellen lassen. «Kein Würdenträger darf sich von Euch benachteiligt fühlen.»

Der Unterricht der Gräfin hatte bisher hauptsächlich darin bestanden, Sisi einzubläuen, dass sie auf dem «Empfang der Deputationen der Kronländer anlässlich ihrer

Hochzeit» möglichst nicht in Erscheinung zu treten habe. Schon gar nicht durch ein falsches Wort oder eine falsche Geste! Abseits dessen hatte die Elster in erster Linie über Dinge referiert, die Sisi sich in Possenhofen bereits eingeprägt hatte. Dass Franz in sehr jungen Jahren den Thron bestiegen hatte, als Österreich zu zerreißen drohte. Dass Ungarn sich nur mit Widerwillen der Krone gebeugt hatte und deshalb mit besonderer Vorsicht zu behandeln sei. Dass niemand unaufgefordert zu Sisi sprechen dürfe und es das Zeremoniell auch nicht erlaubte, dass die Kaiserin vor dem Kaiser das Wort erhob. Sisi hatte unter den sich wiederholenden Belehrungen und Warnungen fast den Eindruck bekommen, dass es der Gräfin am liebsten gewesen wäre, sie würde überhaupt nicht an diesem Empfang teilnehmen. Da aber der Anlass nun mal ihre Hochzeit war, war dies ja leider nicht möglich.

Nicht nur einmal hatte Sisi sich während des Unterrichts ein offenes Kopfschütteln verkneifen müssen. War das alles, was man ihr zutraute? Der Kaiserin von Österreich? Neben ihrem Mann eine hübsche Figur abzugeben und möglichst nicht den Mund aufzumachen? Und wenn überhaupt, dann höchstens, um ein paar Floskeln in der Landessprache herunterzubeten und dem Zeremonienmeister die Namen einiger Würdenträger nachzusprechen?

Ein schrilles Niesen riss Sisi aus ihren Gedanken.

«Verzeihung, Hoheit!» Die Gräfin seufzte und putzte sich mit einem Stofftaschentuch die Nase. Ihre Augen wirkten glasig. Sie musste sich bei ihrem Gewaltmarsch durch den Regen einen üblen Infekt eingefangen haben.

Erfreut sah Sisi, dass sich hinter ihr die zwei Zofen mit einem dampfenden Waschkrug näherten, die sie auf neun Uhr bestellt hatte. Sisi winkte sie beschwingt herein. Sie wollte keine Zeit verlieren, denn im Anschluss an die Abendtoilette hatte sie sich mit Franz in ihrem gemeinsamen Schlafzimmer verabredet. Nach den Abenteuern des heutigen Tages hatte Sisi beschlossen, den Vollzug der Ehe selbst zu forcieren. Heute würde sie sich bestimmt nicht abwimmeln lassen. Heute würde sie zur Frau an Franz' Seite werden, und zwar mit allem, was dazugehörte.

«Wenn Ihr Euch ausruhen wollt, Gräfin, können wir den Unterricht morgen weiterführen», versuchte sie die Lektion für heute zu beenden, doch die Oberhofmeisterin schüttelte vehement den Kopf: «Hoheit, wenn Ihr erlaubt, Ihr müsst begreifen, was hier auf dem Spiel steht. Ein falsches Wort aus Eurem Mund, und das ganze Land fliegt uns um die Ohren!»

«Und deshalb werde ich mir auch ganz besonders viel Mühe geben auf diesem Empfang», erwiderte Sisi und stand auf, «aber Ihr, liebe Gräfin, gehört jetzt ins Bett!» Sie konnte sehen, wie die vom Fieber geröteten Augen der Gräfin zu flattern begannen. «Ich bestehe darauf.» Sisi lächelte, und schließlich knickte die Elster ein.

«Wie Ihr wünscht, Hoheit. Aber ich bringe Euch nach der Abendtoilette zu Eurem Gemahl.» Sisi öffnete den Mund, um zu widersprechen, doch die Gräfin war schneller: «Ich bestehe darauf», insistierte sie mit Nachdruck und lächelte ebenfalls.

Die Zofen hatten den Krug neben einer Waschschüssel

in einem gusseisernen Gestell platziert und waren in ihren schwarzen Kleidern mit den weißen Schürzen und Hauben zu einem Frisiertisch und einer Kommode ausgeschwirrt. Beide Möbelstücke wirkten etwas altmodisch, wie der Großteil der Einrichtung des Schlosses. Im Gegensatz zu den Zofen der Wiener Hofburg haftete diesen beiden Frauen nichts Hochnäsiges an, und Sisi begab sich gerne in ihre zarten Hände. Die Zofen wuschen ihr mit warmen Tüchern Gesicht, Füße und Arme. Sie lösten ihre Frisur und bürsteten ihre Haare, sie feilten ihre Nägel und betupften ihre Schläfen mit einem angenehmen Blütenduft. Sisi genoss die zarten Berührungen, als könnten sie einen Teil von Fanny wiederauferstehen lassen. Wie gern hätte sie statt der fremden Frauen ihre Freundin hier um sich gehabt, und mit dem Anflug eines schlechten Gewissens hoffte sie inständig, dass es Fanny gut ging. Sie ließ sich von den Zofen entkleiden und sogar ein feines Nachthemd über den Kopf streifen. Sanft glitt der Stoff an ihrem nackten Körper herab, und sie dachte daran, wie es noch vor zwei Tagen Fanny gewesen war, die dieses Ritual mit ihr vollzogen hatte. In der Erinnerung fühlte sich diese letzte Begegnung wie ein Abschied an. Ob ihre Freundin zu diesem Zeitpunkt bereits gewusst hatte, dass sie den Hof würde verlassen müssen? Ob sie wohl auch an sie dachte? Sie vermisste?

Die Zofen traten einen Schritt zurück und sanken in eine Verneigung. Das Zeichen, dass die Abendtoilette beendet war. Sisi sah an ihrem hübschen Nachthemd hinunter und drehte sich einmal um sich selbst. Der Saum flog verführerisch auf. Zufrieden sah sie die Zofen der

Reihe nach an und gab ihnen mit einem Nicken zu verstehen, dass sie zufrieden mit ihrer Arbeit war.

«Ruft nun bitte nach der Gräfin», trug sie ihnen auf, «ich bin bereit.»

«Jawohl, Eure Majestät.» Die Zofen knicksten und huschten eilig aus dem Zimmer.

Entschlossen sah Sisi sich im Spiegel an. Ihr wallendes kastanienbraunes Haar, ihr schlanker Körper, der sich unter dem leichten Nachthemd abzeichnete. Der sanfte, blumige Duft, der sie umgab.

Ja, heute würde sie umsetzen, was sie bei ihrer Freundin gelernt hatte. Sie war bereit für diese Nacht! Und voller Tatendrang.

UN VÉRITABLE GENTLEMAN

Der Morgen des 27. April 1854 war für Napoleon III. ein ganz besonders unangenehmer gewesen. Erst hatte man ihm verbrannten Kaffee gebracht, und dann hatte er in der *Le Monde de la Chasse* auch noch ein Porträt über die Jagdleidenschaft des österreichischen Kaisers entdeckt. Bereits mit zwölf Jahren hatte Franz seinen ersten Hirsch erlegt und galt heute als Kavalier, weil er mitunter auch ohne Beute von der Jagd zurückkehrte. Zuerst hatte Napoleon gedacht, er hätte sich verlesen. Aber da stand es, schwarz auf weiß: *un véritable gentleman*. Napoleon hatte nicht an sich halten können und lachend den verbrannten Kaffee ausgeprustet. Das konnte nur das

Werk eines Journalisten sein, der den Habsburgern Honig um den Mund schmieren wollte, statt einzugestehen, dass ein schlechter Schütze als Kind mal einen Glückstreffer gelandet hatte. Amüsiert hatte er weitergelesen, doch als der verblendete Schreiberling das Alter des österreichischen Kaisers erwähnte, verging Napoleon das Lachen. Natürlich hatte der französische Kaiser gewusst, dass Franz Joseph noch sehr jung war ... Aber so jung! Sein großer Widersacher auf dem europäischen Parkett war dreiundzwanzig Jahre alt! Ein Mann im besten Alter. Dreiundzwanzig! Und wenn Napoleon der Fotografie in der *Le Monde de la Chasse* Glauben schenken wollte, kämpfte Franz Joseph weder mit einem Doppelkinn noch mit schwindendem Kopfhaar. Und wahrscheinlich auch nicht mit nachlassender Manneskraft.

Napoleon beugte sich gerade über den großen Kartentisch, den er in seinem Arbeitszimmer hatte aufstellen lassen, als ein Diener den Raum betrat, um mal wieder Napoleons große Hassliebe anzukündigen.

«Kriegsminister Jean-Pierre Stoffel, Eure Majestät.»

Napoleon spürte in sich hinein. Wollte er diesen Mann jetzt wirklich sehen? Er verabscheute Jean-Pierre Stoffel abgrundtief, doch das letzte Mal hatte dieser Mann erfreuliche Nachricht gebracht. Und erfreuliche Nachrichten konnte Napoleon heute verdammt gut gebrauchen. So nickte er seinem Diener zu, und nur Sekunden später schob der Minister seine Leibesfülle in Napoleons Büro.

«Majestät!» Jean-Pierre Stoffel verbeugte sich schnaufend, und Napoleon versuchte in seinem Gesicht zu lesen, welche Qualität die Nachricht haben würde, die er heute brachte. Doch entgegen seiner Hoffnung strahlte der Minister diesmal nicht wie ein glänzendes Mastschwein, und Napoleon bereute augenblicklich, ihn nicht abgewiesen zu haben.

«Was gibts?», fragte er ungehalten.

«Zar Nikolaus hat seine Truppen zurückgezogen.»

Napoleon hielt überrascht inne. Diese Nachricht war besser, als er gedacht hatte.

«Haben der Zar und der österreichische Kaiser über den Abzug verhandelt?»

«Nein, sie reden angeblich kein Wort mehr miteinander.» Nun grinste der Minister doch über das ganze Gesicht, und seine Wangen schoben sich rechts und links seines Mundes zu zwei dicken Würsten zusammen.

Dieser Schlingel, dachte Napoleon, *dieser Schlingel wollte mich foppen. Und das ist ihm tatsächlich auch gelungen!*

Napoleons Herz machte einen Hüpfer. Im Überschwang bedeutete er seinem Minister, dass dieser bleiben möge, und fegte schwungvoll die Zinnsoldaten vom Kartentisch, die er zur Verkörperung der russischen Armee an der östlichen Grenze der Donaumonarchie aufgestellt hatte.

«Très bien», sagte Napoleon, mehr zu sich selbst, bevor er sich dem Minister zuwendete. «Dann bekommt Ihr bald wieder etwas zu tun.»

Der Mann nickte zufrieden und quetschte sich auf einen der Stühle am Kartentisch. Das barocke Möbelstück ächzte unter der gewaltigen Last, sodass Napoleon schon das Schlimmste befürchtete, doch der Stuhl hielt stand.

«Très bien», sagte nun auch Jean-Pierre Stoffel, hochzufrieden über seinen eigenen Auftritt, und Napoleon begann mit kindlicher Freude, eine große Armee von Zinnsoldaten im Südosten Frankreichs aufzustellen. Eine sehr große Armee.

DIE LIEBESNACHT

Obwohl er deutlich goldener, glänzender und opulenter aussah, erinnerte Sisi der Kerzenleuchter in ihrer Hand an den Messinghalter aus dem Haus mit der roten Laterne. Würde, wenn die Kerze heute heruntergebrannt war, die Ehe bereits vollzogen sein? Würde sie, Sisi, mit dem Verlöschen dieser Kerze den Platz an Franz' Seite ganz eingenommen haben? Sie sah von der flackernden Flamme auf. Auch die Tür, die vor ihr lag, entsprang einer gänzlich anderen Welt als die alte Holztür, hinter der sie Fanny vor einigen Monaten kennengelernt hatte. Sie war mit weißem Stuck verziert und hatte einen goldenen Griff mit geschwungenen Linien, die am Ende in einer Schnecke zuliefen.

Die Elster hatte darauf bestanden, die Kaiserin trotz ihres Infekts selbst zum Schlafgemach zu bringen. Im Flur hatte sie ihr noch eine kleine Blechschachtel zugesteckt, «die machen einen guten Atem» gehüstelt und Sisi auf ihren Wunsch hin endlich alleine gelassen. Ein lilafarbenes Veilchen zierte den Deckel der Dose. Die Bonbons hatten einen scharfen Geschmack, der Sisi im Hals brannte. Am liebsten hätte sie die kleine Pastille wieder ausgespuckt, doch sie wusste nicht, wohin. Also schob sie sie mit der Zunge in eine Backe, nahm einen tiefen Atemzug und klopfte an die Tür. Sie lauschte, aber alles blieb still. Nur die Flamme der Kerze flackerte unter ihrem Atem und ließ ihren Schatten über die Wände zucken. Sisi hatte einen leichten Morgenmantel über ihr hauchdünnes Nachthemd gelegt und war froh, dass sie noch einmal umgedreht war, um in die weichen Seidenpantoffeln zu schlüpfen. Sie klopfte abermals, aber wieder drang kein Laut zu ihr heraus.

«Franz?», rief sie. Erst leise, dann lauter. «Franz?»

Als sich im Inneren noch immer nichts regte, drückte sie die Klinke herunter und trat ein. Die Tür schwang beinahe geräuschlos auf und gab den Blick auf einen von Kerzen beleuchteten Raum frei, an dessen Ende sie ein Himmelbett mit seidenen Vorhängen erwartete. Das flackernde Licht ließ das Gemach lebendig wirken, obwohl außer Sisi niemand anwesend war. Erleichtert und enttäuscht zugleich drückte sie sacht die Tür hinter sich zu und stellte den Kerzenhalter neben die anderen Leuchter aufs Fensterbrett. Im Glas der Scheiben begegnete sie ihrem eigenen Gesicht. Umrahmt von ihren langen Locken. Durchdrungen von der dahinter liegenden Dunkelheit. Wie lange würde es dauern, bis Franz zu ihr kam? Wie sollte sie ihn erwarten? Die Zeichnungen auf dem erotischen Kartenset tauchten vor ihren Augen auf. Fannys Stimme, die ihr zuflüsterte: *Nichts erregt einen Mann mehr als echte weibliche Lust.* Ihre erste gemeinsame Nacht in der Wiener Hofburg. Franz' fast tierisches Verlangen. Und so entschlossen Sisi diesen Raum betreten hatte, so überzeugt und zuversichtlich – in der Stille, allein mit den Kerzen und dem riesigen Himmelbett, schwand ihr zusehends der Mut. Sie schritt einmal quer durch den Raum, ließ die Finger über die seidenen Vorhänge des Bettes gleiten und setzte sich auf die Kante der Matratze. Fest entschlossen, hier auf Franz zu warten.

ANSICHTSSACHE

Franz drehte seine silberne Schnupftabakdose in der Hand. Wieder und wieder strich sein Daumen über den eingelassenen Cabochon, während er sehnlichst die Wirkung der zwei Gläser Cognac erwartete, die er je in einem Zug heruntergestürzt hatte. Eine weitere volle Kristallglaskaraffe stand vor ihm auf dem Tisch, und Franz überlegte, ob er noch nachhelfen sollte.

Das Knirschen des Kieses unter den Rädern von Grünnes Einspänner war selbst aus seinem Arbeitszimmer noch zu hören. Franz war nicht ans Fenster getreten, um die Abfahrt seines Freundes zu verfolgen. Im Gegenteil. Er hatte die Vorhänge vorgezogen und hätte die vergangenen Stunden am liebsten ausradiert.

Das Telegramm, das Grünne ihm überbracht hatte, hatte Franz einen Stein vom Herzen fallen lassen. Der Zar hatte seine Truppen von Österreichs Grenze abgezogen. Die Kriegsgefahr, die seine Hochzeit überschattet hatte, war gebannt.

Trotzdem war er mit Grünne darüber in eine so heftige

Auseinandersetzung geraten, dass seine Wut ihn nun von innen aufzufressen schien. Franz hatte den Sieg mit einer Parade feiern wollen. Grünne hingegen hatte vehement davon abgeraten, öffentlich einen «nicht erfolgten Waffengang zu feiern, der Österreich in die politische Isolation manövriert» hätte. Da keiner von ihnen bereit gewesen war, sich auch nur einen Deut vom anderen überzeugen zu lassen, waren sie im Streit auseinandergegangen.

Franz hatte Grünne den Auftrag verpasst, die Parade höchstpersönlich vorzubereiten, und sie gleich auf den nächsten Mittag angesetzt. Ein Ding der Unmöglichkeit, das wusste er selbst, aber wer ihm so offen zu widersprechen wagte, hatte die Konsequenzen zu tragen.

Er machte sich nicht die Mühe, erneut ein Glas zu befüllen. Stattdessen setzte er die Karaffe direkt an die Lippen und trank in großen Schlucken. Bereit, der zerstörerischen Kraft, die ihn ins Vergessen drängte, heute Nacht freien Lauf zu lassen.

AUF EIGENE FAUST

Sisi blinzelte verwirrt und brauchte eine ganze Weile, um zu begreifen, wo sie war. Die Kerzen in den Fensternischen waren längst heruntergebrannt, und durch die Vorhänge des Himmelbettes fiel das matte Licht einer grauen Morgendämmerung.

Überrascht schüttelte sie die Decke ab, die ihren Körper bedeckte, und setzte sich auf. Sie hatte noch bis in die Nacht hinein auf der Bettkante auf Franz gewartet. Irgendwann musste sie, ohne es bemerkt zu haben, weggeschlummert sein. Ihre Seidenpantoffeln waren ihr von den Füßen gerutscht, und der Gürtel des Morgenmantels hatte sich gelöst.

Die Matratze neben ihr war unberührt. Entgegen ihrer Verabredung war Franz wohl nicht erschienen. Was war passiert? Warum hatte er ihre Verabredung gebrochen? Oder war Franz doch hier gewesen, verspätet, und war wieder gegangen, als er gesehen hatte, dass sie bereits schlief?

Ein Frösteln huschte über Sisis Haut, und sie zog den Morgenmantel enger über ihre Schultern. Völlige Stille erfüllte das Schloss. Nur das erste Zwitschern einer einzigen Amsel drang gedämpft zu ihr herein.

Ein unangenehmes Gefühl breitete sich in ihrer Magengegend aus, das Sisi nicht deuten konnte. Etwas zwischen Unsicherheit und Zurückweisung, zwischen Schuld, Scham und Angst, begleitet von einem üblen Geschmack auf ihrer Zunge. Sie musste an die Veilchenbonbons denken, die ihr die Gräfin am Vorabend zugesteckt hatte. Die Blechdose schimmerte zwischen den von getrockneten Wachsfäden überzogenen Kerzenleuchtern auf dem Fensterbrett.

Sisi nahm einen tiefen Atemzug und stand auf. Der intensive Geschmack der Bonbons war jetzt genau das Richtige, um sie aus der Grübelei zu reißen. Bestimmt hatte Franz einen guten Grund dafür gehabt, ihr Treffen nicht einzuhalten. Und bestimmt war er in bester Verfassung.

Das Parkett knarzte unter ihren nackten Füßen, als

Sisi zu der Dose hinüberging. Etwas Wachs war auf das aufgemalte Veilchen getropft, und sie musste an die alte Holzkiste mit all den Wachsflecken denken, die im Haus mit der roten Laterne an Fannys Bett gestanden hatte. Relikte Hunderter Stunden, in denen Freier ihr Vergnügen in ihrem Schoß gesucht hatten. Einschließlich Franz. Was war der Grund dafür, dass er das nicht mit ihr teilen wollte, seiner Frau?

Eine sanfte Nebelschicht lag über dem Park, und auf einer Wiese ästen zwei Rehe. Es war, als hätte der Regen des vergangenen Abends die blühende Landschaft noch weiter aufgefrischt. Das Grün der Kastanienbäume schien noch dichter als abends zuvor, und nur die Tulpen hatten unter der Kraft des Regens gelitten und ließen die Köpfe hängen.

Im ersten Tageslicht gaben die Damastvorhänge, die die Fensternischen einrahmten, einige ausgeblichene Stellen preis. Der Geruch von Staub kratzte in Sisis Hals. Schnell klappte sie die Blechdose auf und steckte sich ein Bonbon in den Mund. Es schüttelte sie, als sich der scharfe, leicht bittere Geschmack auf ihrer Zunge ausbreitete, doch gleichzeitig spürte sie, wie sich mit der Frische eine Entschlossenheit in ihr ausbreitete. Anstatt sich in Selbstmitleid und Unsicherheit zu suhlen, würde sie Franz lieber auf eigene Faust suchen gehen.

Entschieden zog Sisi den Gürtel ihres Morgenmantels um die Taille, band einen festen Knoten und schlüpfte aus dem Zimmer.

Auf dem kratzigen Teppich im Treppenhaus merkte sie, dass sie erneut ihre Pantoffeln vergessen hatte, und drehte noch einmal um. Sie schlüpfte in die Seidenschuhe, tapste erneut aus der barocken Tür und huschte leichtfüßig die Treppe hinunter in den ersten Stock. Entfernt konnte sie nun das Klappern von Geschirr und Töpfen hören, eilige Schritte, gefolgt von einem gedämpften Kichern. Zumindest ein Teil der Dienerschaft musste bereits auf den Beinen sein.

Sisi huschte an ihrem Privatgemach vorbei, schlug die Idee, sich umzuziehen, in den Wind und eilte weiter den langen Gang entlang. Einige Landschaftsgemälde und kleine Kommoden mit Vasen zierten die Wände. An eine Ölmalerei erinnerte Sisi sich noch vom Vortag, als Franz sie durch das Schloss geführt hatte. Das Bild zeigte eine Hetzjagd zu Pferd mit Hunden und im Hintergrund die hellgelbe Fassade des Blauen Hofes, der nur eines der Schlösser von Laxenburg war. Sisi glaubte, sich daran zu erinnern, dass das Gemälde sich in der Nähe von Franz' Arbeitszimmer befunden hatte. Vielleicht war er ja gestern über einigen Akten eingeschlafen, so überraschend wie sie selbst, als sie auf ihn gewartet hatte? Grünne schien abends noch wichtige Nachrichten gebracht zu haben, die Franz vielleicht länger aufgehalten hatten als beabsichtigt.

Sisi drückte leise eine Tür auf. Aber es war nicht wie erwartet das Arbeitszimmer, sondern eine große Garderobe mit mehreren Schränken und Kleiderständern darin. Leise zog sie die Tür wieder zu. Franz hatte ihr das Arbeitszimmer am Vortag nur kurz gezeigt. Als Sisi hatte hineingehen wollen, hatte er sie sanft weitergedrängt, Richtung Ovaler Saal. Mutig probierte sie auch die nächste und die übernächste Tür aus, aber erst bei der dritten hatte sie Glück. Vor ihr tat sich der Blick auf den Schreibtisch mit der weißen Tischdecke auf, außerdem auf ein paar Stühle und Sessel mit leicht abgewetzten Bezügen. Die Vorhänge waren zugezogen, und der erkaltete Rauch von Zigaretten hing in der dunklen Luft. Auf dem Schreibtisch glänzten zwei leere Cognac-Karaffen, die jemand – Franz? – achtlos auf einigen Papieren abgestellt hatte. Sisi stockte irritiert der Atem. Was hatte das zu bedeuten? Sie sah sich nach beiden Seiten des leeren Gangs um und schlüpfte ins Zimmer.

Das Telegramm vom Vortag lag noch auf dem Tisch. Sisi wischte einige Zigarettenstummel herunter und hielt das Papier in das schwache Licht, das durch die Ritzen der geschlossenen Vorhänge einfiel. In der oberen Ecke stand das Datum. Darunter wenige knappe Zeilen, die besagten, dass Zar Nikolaus I. seine Truppen von der österreichischen Grenze abgezogen hatte. Sisi hatte natürlich davon gehört, dass Russland die Schwäche des Osmanischen Reiches ausnutzen wollte und gen Osten zog. Aber dass seine Truppen auch an der Grenze zu Österreich gestanden hatten, das hatte sie nicht gewusst! Weder ihr Vater noch Franz hatten mit ihr darüber gesprochen, und auch am Hofe hatte ihr gegenüber niemand etwas erwähnt. Lag es an ihrer Jugend, dass Franz diese Dinge nicht mit ihr teilte? Oder lag es an ihrer Naivität? An ihrer Rolle?

Sisi ließ sich bedrückt auf den Schreibtischstuhl sinken. Wie hatte sie nur so dumm sein können? So kurzsichtig? So unbedarft?

Die ganze Zeit über hatte Franz am Rande eines Krieges

gestanden, und sie hatte nur an sich gedacht. An ihr neues Leben. Ihre Flitterwochen. Und er hatte sie gelassen. Kein Wort hatte er über die politische Lage verloren, in der sie sich befanden. Sie ballte die Fäuste. Plötzlich schlugen ihre Selbstvorwürfe um in eine unbändige Wut. Nein, sie war beileibe nicht dumm! Aber offenbar hatten Franz und all die anderen sie *für dumm verkauft*! Warum hatte er sie nicht einbezogen? Warum hatte niemand, nicht einmal ihr Vater, mit ihr über diese Dinge gesprochen? Warum hielt man sie, die Kaiserin, von der Politik fern? Traute ihr denn niemand zu, dass sie diesen Angelegenheiten gewachsen war?

Sisi starrte ins schummrige Zimmer. Erst jetzt bemerkte sie, dass auf der gegenüberliegenden Seite eine in die Tapete eingelassene Tür einen Spaltbreit offen stand.

DIE VERBORGENE TÜR

Eine schmucklose Wendeltreppe schlängelte sich vor Sisi in die Höhe. Stufe um Stufe schlich sie in ihren Pantoffeln hinauf. Was würde sie am Ende erwarten? War Franz in der letzten Nacht hier gewesen, anstatt das Bett mit ihr zu teilen? Nachdem er zwei Karaffen Cognac geleert und zig Zigaretten gequalmt hatte?

Das graue Gemäuer und die Enge der Treppe ließen keinen Zweifel daran, dass dies kein offizieller Teil des Schlosses war. Je weiter Sisi nach oben stieg, desto klarer konnte sie einen schweren, süßlichen Geruch ausmachen.

Er kam ihr seltsam bekannt vor, doch sie erinnerte sich nicht, woher.

Die Wendeltreppe endete an einer niedrigen, aus einfachen Holzplanken gezimmerten Tür. Sie hatte kein Schloss, nur einen schmiedeeisernen Ring, an dem sie sich zuziehen ließ.

Sisi drückte vorsichtig dagegen, und die Tür schwang langsam auf. Sie musste sich ducken, um durch einen niedrigen Gang zu schlüpfen, doch nach zwei Schritten hörte der Deckensturz auf und gab den Blick auf einen kargen, aber großzügigen Raum frei, der von einem großen Himmelbett mit bunten Seidentüchern beherrscht wurde. Ein kleines Fenster stand einen Spalt offen und ließ einen feinen Luftzug herein, der die Seidentücher in sanften Wellen auffliegen ließ.

Eine dunkle Ahnung ließ Sisi wie erstarrt stehen bleiben. Ihr ganzer Körper fühlte sich an wie gelähmt. Ihre Kehle kratzte trocken. Und dann war da wieder diese Taubheit. Diese betäubende Leere, wie im Schnee vor dem Fenster des Hauses mit der roten Laterne. Fast ohnmächtig ging sie einige Schritte in den Raum hinein. Auf einem einfachen Beistelltisch stand eine schmale lange Pfeife. Daneben lagen ein offenes, mit violettem Samt gefüttertes Lederetui und eine große gläserne Spritze. Apathisch starrte Sisi darauf. Die Taubheit in ihren Gliedern, dieser süße, schwere Geruch. Es war ihr, als sehe sie sich selbst in diesem Zimmer stehen. Steif, blass und starr, beinahe leblos. Aus weiter Ferne, wie aus einer anderen Zeit, drang ein Kichern zu ihr hindurch. Ein entferntes, gedämpftes Lachen. Die hüpfenden Schritte nackter Füße auf Parkett.

Und dann tauchte, wie ein Nachbild, eine nackte Frau vor ihren Augen auf. Ihre festen Hüften, der zarte Bauch und die roten Locken, die auf ihre Schultern fielen. Sich über ihrer Scham kräuselten. Mit einem Schlag begriff Sisi, woher sie den schweren Duft kannte. Damals, als sie in Bad Ischl durch den Türspalt gelugt hatte, hatte sie ihn schon einmal gerochen. Der Geruch der zarten Rauchschwaden war ihr über all den nackten Körpern kaum aufgefallen. Aber jetzt, jetzt konnte sie ihn umso klarer zuordnen. Sie erkannte ihn wieder.

War Franz deshalb in der Nacht nicht zu ihr gekommen? Hatte er sich hier mit anderen Frauen vergnügt? Und wenn ja, warum? Warum wählte er nicht sie, seine Frau?

Die Fragen hämmerten hinter Sisis Stirn. Pochten in ihrem Schädel, als wollten sie ihn von innen sprengen. Und dann, ganz klar, erfüllte sie plötzlich der Wunsch, nicht aufzugeben. Sich nicht brechen zu lassen. Das alles nicht hinzunehmen. Nicht auf sich sitzen zu lassen. Sich nicht zu ergeben, sondern zu kämpfen, zu leben, wie sie es wollte. Wie sie es sich wünschte. Sisi ballte die Fäuste und kämpfte gegen die Taubheit an. Kämpfte gegen den Drang an, sich fallen zu lassen. Gegen die Ohnmacht. Es war, als würde sie die Oberfläche eines Sees durchbrechen. Sie tauchte auf, schnappte nach Luft. Stürzte aus dem Raum, die Wendeltreppe hinunter, durch die versteckte Tür in der Tapete – um direkt in Gräfin Esterházy und zwei Zofen hineinzustolpern.

«Was macht Ihr hier?!», zischte die Gräfin.

Vor Überraschung brachte Sisi kein Wort hervor.

«Wir haben schon überall nach Euch gesucht, Hoheit.» Esterházy röchelte verschnupft, und die drei Damen verbeugten sich tief.

«Nicht überall», konterte Sisi spitz und funkelte die Gräfin wütend an. Wusste sie von dem geheimen Zimmer? Dem geheimen Leben des Kaisers? Hatte sie auch in Ischl davon gewusst, wie Grünne?

«Wo ist mein Mann?», fragte Sisi.

Die Gräfin öffnete den Mund, um zu einer Antwort anzusetzen, doch es dauerte noch einige Sekunden, bevor sie sich entschieden hatte. «In Wien, Eure Majestät.»

«In Wien? Warum weiß ich nichts davon?»

Die Elster räusperte sich ausgiebig. Auch wenn ihre Wangen nicht mehr glühten, hatte die Erkältung sich noch nicht gelegt. «Ihr hattet mir ausdrücklich gesagt, dass Ihr nicht mehr gestört werden wolltet ...»

«Und was macht mein Mann in Wien?», hakte Sisi nach.

«Wollt Ihr Euch nicht erst einmal ankleiden?»

«Beantwortet meine Frage!»

«Euer Gemahl hat eine Parade befohlen, zu der er wohl anwesend sein will.»

«Anlässlich des Abzugs der russischen Truppen?»

Gräfin Esterházy stutzte und legte erstaunt den Kopf schief. «Das ist richtig, Eure Majestät.»

«Und nimmt die Kaiserin an einer solchen Veranstaltung üblicherweise nicht teil?», fragte Sisi.

«Laut Protokoll begleitet die Kaiserin den Kaiser immer zu solchen Anlässen, aber ...»

Weiter kam die Gräfin nicht, denn Sisi schob sich an ihr vorbei und stürmte auf die Tür des Arbeitszimmers zu.

«Wo wollt Ihr hin?», hörte sie die Gräfin noch schrill rufen. «Was habt Ihr vor, Majestät?»

Doch Sisi ließ sich nicht aufhalten. Sie rannte keuchend die Gänge entlang, platzte in ihr Gemach hinein und schüttelte eilig ihre Schlappen von den Füßen. Sie riss den Knoten ihres Morgenmantels auf und zog sich das Nachthemd über den Kopf. Achtlos warf sie es zur Seite, um hektisch ein graues Reitkleid aus dem Schrank zu zerren und in Chemise und Beinkleid zu schlüpfen. Kaum drei Minuten später stieß sie das große Holztor zu den Stallungen auf.

DUKE

Sisi rammte Duke die Fersen in die Flanken. Der Hengst machte erstaunt einen Satz nach vorn und galoppierte los. Sie lenkte ihn aus dem Hof der Stallungen und bog in die Allee hinter der Auffahrt ein.

«Hüa! Auf gehts!», schrie sie und duckte sich über den Hals ihres Rappen.

Duke schnaubte überrascht und zog noch einmal das Tempo an. Seine Hufe flogen über den Kies. Blind vor Entschlossenheit trieb Sisi ihn die Allee entlang, in die Richtung, aus der sie gestern mit Franz gekommen war. Sie war so aufgewühlt, so wütend, so verletzt, dass sie das kräftige Spiel von Dukes Muskeln kaum wahrnahm. Heute sah sie die Blüten der Kastanien nicht, sie bemerkte kaum die heruntergebrochenen Zweige auf dem Kies, die umgeknickten Tulpen. Sie starrte nur geradeaus, als könnte sie in der Entfernung bereits das Glacis und die Wiener Stadtmauern sehen.

Der Gegenwind trieb Sisi bald den Schaum entgegen, der Duke vor Anstrengung vors Maul trat. Auf einer Seite begrenzte den Straßenverlauf nun ein dichter Mischwald, auf der anderen Seite eine mit Pfützen besprenkelte Wiese. In wildem Galopp preschte der Hengst den Kiesweg entlang, als in der Ferne der Stamm des umgekippten Baumes auftauchte, den Sisi gestern zusammen mit Franz übersprungen hatte. Die Buche lag noch immer quer über der Straße, die Wipfel ragten weit in die aufgeweichte Wiese hinein, und der von Pferdespuren, Rädern und Stiefeln aufgewühlte Boden erzählte von der Anstrengung, mit der Gräfin Esterházys Einspänner gestern damit gerungen hatte, das Hindernis zu umfahren. Duke bog den Hals bereits nach links, um der Hürde auszuweichen, aber Sisi fasste die Zügel enger und zwang ihn dem Baumstamm entgegen. Er schnaubte und versuchte abzubremsen, doch in diesem Moment kannte Sisi keine Gnade. Als könnte sie dadurch wettmachen, was man ihr selbst gegen ihren Willen aufzwang, als könnte sie sich dadurch Erleichterung verschaffen, trieb sie ihr Pferd auf die Buche zu. Wild entschlossen, diesen Baum zu überspringen. Duke setzte zum Sprung an, hob ab, einen halben Schritt zu spät, und Sisi nahm wahr, wie er mit den Vorderläufen einen Ast streifte. Sein Kopf tauchte nach vorne ab, und Sisi hob es aus dem Sattel. Eine endlose Sekunde schwebte sie in der Luft, bevor sie fiel und hart auf dem Boden aufschlug.

Ein heftiger Ruck durchfuhr Sisis Körper und raubte ihr den Atem. Einen Moment stand die Zeit still. Reglos lag sie auf der Erde und blinzelte den Wolken entgegen, die ein kräftiger Wind über den hellblauen Himmel trieb. Einige Meter weiter hörte sie Dukes Wiehern und das Stapfen seiner Hufe. Mit einem Mal war sie hellwach. Als sei sie aus einem Rausch erwacht, erfasste eine entsetzte Klarheit ihren Geist. Was hatte sie getan?

Nach Atem ringend rollte Sisi sich auf die Seite und stemmte sich zitternd hoch. Ihr ganzer Körper bebte, und ein stechender Schmerz durchfuhr ihren Rücken vom Steißbein aufwärts. Sie presste die Lippen aufeinander und blickte sich um. Duke stand am Wegesrand in der Wiese und linste ängstlich zu ihr hinüber.

Mit dem Ärmel wischte Sisi sich eine Träne aus dem Gesicht. Sie stand vorsichtig auf und humpelte auf ihn zu. Kaum hatte sie jedoch einen Schritt in seine Richtung getan, zuckte Duke zusammen und wich vor ihr zurück. Zwei blutige Schürfwunden schimmerten an seinen Vorderfußwurzeln.

«Duke ...», flüsterte Sisi verzweifelt und setzte einen Fuß nach vorne, auf ihn zu. «Bitte verzeih mir ...»

Duke richtete alarmiert seine Ohren auf und verfolgte jede ihrer Bewegungen. Sisi wagte es kaum zu atmen. Langsam, unendlich vorsichtig, setzte sie einen Fuß vor den anderen. Der stechende Schmerz, ihr zitternder Körper, all das war unwichtig, jetzt, da sie gerade einen Freund verlor. Den einzigen Freund, den sie hatte. Das einzige Stück Heimat, das ihr geblieben war. Wieder rollten Tränen aus ihren Augen, doch Sisi wagte nicht, sie wegzuwischen. Ihre Nase lief, und sie spürte den salzigen Geschmack auf ihrer Oberlippe, aber auch das war jetzt egal. In diesem Moment gab es nur Duke und sie. Und ihr Pferd zu beruhigen, es zurückzugewinnen, das war das einzig Wichtige auf der Welt. Bald verschwammen Dukes schwarze Umrisse, seine wilde Mähne in einem Schleier aus Tränen. Beinahe blind bewegte Sisi sich weiter auf ihn zu, als ihr Fuß in etwas hängen blieb. Sie verlor das Gleichgewicht, ruderte mit den Armen und stürzte in den Matsch.

Duke wieherte angsterfüllt und trabte weiter in die Wiese hinein. Sisi versuchte, sich erneut aufzurappeln, doch sie verfing sich in ihrem langen Rock und glitt abermals ab. Schlamm quoll zwischen ihren Fingern hindurch, als sie wieder auf der aufgeweichten Erde landete, und der Schmerz in ihrem Rücken raubte ihr den Atem. Die Nässe der moorigen Wiese kroch ihr kalt in die Glieder, und eine Welle der Verzweiflung schlug über ihr zusammen. Zitternd hockte sie im Matsch, ein heftiges Schluchzen schüttelte ihren Körper.

«Duke», wimmerte sie. «Duke.»

Sie vergrub das Gesicht in ihren schmutzigen Händen und ließ ihren Tränen freien Lauf. All der Schmerz, all das Unglück der letzten Tage schienen in diesem einen Moment zu gipfeln, da sie alleine hier im Dreck saß, weit weg von zu Hause, mit matschverschmierten Händen und besudeltem Gewand. Der Verlust von Fanny. Die verlorene Familie. Die nicht vollzogene Ehe. Das geheime Leben ihres Mannes. Und jetzt Duke. Ein unendliches Heimweh erdrückte sie. Hüllte sie ein. Und Sisi gab sich ihm hin.

Ein sanftes Schnauben, ein warmer, feuchter Atem rissen Sisi aus ihrer Versenkung. Sie blinzelte. Dukes Tasthaare kitzelten an ihrem Ohr, und weiche Nüstern liebkosten ihre Wangen, ihren Nacken, ihr Kinn. Sisi schluchzte, vor Erleichterung, vor Freude.

«Duke!», hauchte sie.

Ihr Gesicht spannte unter ihren getrockneten Tränen, vermischt mit dem Dreck, der auf ihren Wangen klebte. Sie rappelte sich unter Schmerzen auf, legte ihren Kopf an Dukes Hals, und der Rappe antwortete mit einem leisen Schnauben. Sisi schloss die Augen und lauschte seinem Atem. Sog den vertrauten Geruch in ihre Nase.

Wie lange sie gemeinsam so innig da standen, mitten in der Wiese, vermochte sie nicht zu sagen. Als die Tränen versiegt waren, untersuchte sie Dukes zum Glück nur oberflächliche Wunden, schüttelte den Matsch vom Rock ihres Kleides und stieg vorsichtig auf. Sie ließ sich in den Sattel gleiten, und für einen Moment raubte der Schmerz ihr den Atem. Schnell drückte sie sich wieder hoch. Ja, so würde es gehen. Dann presste sie ihre Unterschenkel gegen die Flanken des Hengstes, und Duke trabte willig los.

DIE PARADE

Grünne hatte seinem Amt als Kriegsminister alle Ehre gemacht. Das Josefstädter Glacis wimmelte von Infanterie und Kavallerie. Ein lebendiges Gemälde aus hellblauen Hosen und weißen Waffenröcken mit gekreuzten Lederriemen, in der Sonne glänzenden Helmen, Bajonetten, Degen und Kanonen. Eine Blaskapelle spielte Märsche. Trotz der kurzfristigen Anberaumung hatten sich bereits einige Schaulustige in der Ebene zusammengefunden, immer mehr strömten hinzu. Da waren einfache Handwerksgesellen mit Stock und Hut, Bauernfamilien auf ihren Fuhrwerken, großbürgerliche Paare mit Kindern und Säuglingen und etwas abseits einige Palastdamen in ihren feinen Gewändern. Sogar ein paar neugierige Nonnen in Habit drängten sich in der Menge.

Obwohl Franz und Grünne Schulter an Schulter in erster Reihe standen, erhöht auf einem Podest und umgeben von ranghohen Generälen, schien der Streit des vergangenen Abends zwischen ihnen zu klaffen wie eine unüberwindbare Schlucht. Grünnes blasser Teint und seine tiefen Augenringe erzählten von einer Nacht, in der er wohl kein Auge zugetan hatte. Selbst die prunkvolle Uniform des Feldmarschall-Leutnants konnte seinen ausgebrannten Zustand nicht wettmachen. Es grenzte ohnehin an ein Wunder, dachte Franz, was sein Kompagnon in den wenigen Stunden zustande gebracht hatte.

Auch wenn er sehr zufrieden über die Gelöstheit und Erleichterung war, die seine Siegesparade über dem weitläufigen Glacis heraufbeschworen hatte, gab Franz wohl ein ähnlich miserables Bild ab wie sein Kompagnon. Er hatte seine Feldmarschalls-Uniform samt allen Orden angelegt, nicht die blaue Campagne-Uniform, um der Parade noch einen offizielleren Charakter zu verleihen. Aber die wilde Mischung aus Cognac, Kokain und Opium dröhnte in seinem Schädel, zusammen mit den schweren Vorwürfen, die er sich machte, die letzte Nacht nicht mit seiner Frau verbracht zu haben.

Als hätte Grünne geahnt, in welchem Zustand Franz die Parade abnehmen würde, und ihm absichtlich eins auswischen wollen, dauerten die Kanonensalven heute besonders lange an. Jedes neue Feuer schien Franz wie ein Peitschenhieb, und er hatte alle Mühe, vor den Generälen souverän und siegreich strammzustehen. Die meisten dieser Männer trugen graue oder gar schneeweiße Bärte, Zeichen ihres langjährigen Militärdienstes. Auch wenn viele von ihnen bei Franz' Amtsantritt große Hoffnung in ihn gesetzt hatten, waren beileibe nicht all diese Männer überzeugt, dass der junge Kaiser der Aufgabe gewachsen war, das Kaisertum und seine Kronländer zu führen. Auch jetzt spürte Franz ihre bohrenden Blicke, ihre Zweifel. Er wusste, dass einige von ihnen Grünnes Ansichten teilten und sein Vorgehen gegen Russland verurteilten. Österreich hatte nicht nur seinen wichtigsten Verbündeten verloren. Obendrein hatte die Mobilmachung der Armee Unsummen gekostet, und Franz würde nicht darum herumkommen, die Steuern erneut zu erhöhen.

Tumultartiges Getöse riss ihn aus seinen Sorgen. In der Nähe des kaiserlichen Ehrenpodestes hatte sich in einem aufmarschierenden Regiment eine Rangelei zwischen zwei jungen Soldaten entsponnen. Die umstehenden Infanteristen hatten die beiden bereits an den Waffenröcken gepackt und bemühten sich, sie auseinanderzuzerren und wieder in die Reihe einzugliedern. Doch die Männer ließen nicht voneinander ab, stürzten gemeinsam aus der Formation, ein wildes Knäuel im Staub des Glacis. Ein Offizier näherte sich schnellen Schrittes mit einer Peitsche, und Franz reckte interessiert den Hals.

«Lasst sie», ertönte da Grünnes Stimme an seinem Ohr. Verblüfft zuckte Franz zusammen. Laut und deutlich hatte sein Kompagnon und Freund dem Offizier den Befehl erteilt, doch der schien ihn nicht gehört zu haben. Im Nu hatte er die Raufbolde voneinander getrennt und trat nun mit dem Absatz seines Stiefels brutal auf einen von ihnen ein.

«Was ist da unten los?», wandte Franz sich an Grünne.

Der sah ihn mit ernster Miene an. «Nicht allen ist zum Feiern zumute», sagte er laut.

Franz' Kiefer spannten sich ob dieser öffentlichen Kritik sichtbar an. Aus den Augenwinkeln konnte er sehen, wie einige Generäle unruhig ihr Gewicht von einem Fuß auf den anderen verlagerten. Andere wiederum wagten ein zustimmendes Nicken. In Franz stieg ein Feuer des Zornes auf, das er nur mit Mühe zu beherrschen wusste.

«Grünne, untersteht Euch», zischte er.

Die beiden funkelten sich an. Da durchschnitt das Knallen einer Peitsche die Luft, und Grünne fuhr herum.

«Lasst ihn!», schrie er noch lauter als zuvor, und in diesem einen Befehl schien sich die ganze Wut zu entladen, die sich über die letzten Stunden in ihm angestaut hatte.

Franz merkte, wie ihm das Blut aus dem Gesicht wich. Auch der Offizier ließ erstaunt von dem Querulanten ab. Der junge Soldat gab seinem Kontrahenten noch einen

Faustschlag an die Schulter und reihte sich wieder in die Formation ein. Selbst die Kapelle hörte auf zu spielen, und eine unerträgliche Stille legte sich über den Platz.

«Auch unsere Männer wissen, dass wir Russland verloren haben», setzte Grünne ihren Streit vom Vorabend einfach fort. Und das ausgerechnet vor den Augen und Ohren der Männer, die nur auf einen Fehltritt des Kaisers warteten.

Franz musste an sich halten, Grünne nicht auf der Stelle am Kragen zu packen. Er hätte viel dafür gegeben, sich mit seinem Freund eine einfache Prügelei liefern zu können, wie die zwei Soldaten. Aber er war kein einfacher Soldat. Er war der Kaiser und oberster Befehlshaber dieser Armee. Die Bestrafung dieser offenen Blamage, dieser öffentlichen Kritik, vor den Augen seiner höchsten Generäle – diese Bestrafung hatte dem Regelwerk zu folgen, das für solche Verfehlungen vorgesehen war.

Mit einem Wink gab Franz der Kapelle zu verstehen, dass sie ihr Spiel fortsetzen sollte. Er wartete noch, bis die ersten Takte eines fröhlichen Marsches erklangen und das Regiment sich im Rhythmus in Bewegung setzte. Kaum hatte sich die Parade wieder in ihre vorgesehenen Bahnen begeben, wandte er sich seinem Freund zu.

«Ihr wisst, was ich jetzt tun muss, Graf Grünne», erhob Franz die Stimme und spürte die atemlosen Blicke aller umstehenden Generäle auf sich.

Sein Freund schluckte unter der drohenden Strafe. Trotzdem hob er den Kopf. «Eure Majestät, ich bin Euch treu ergeben. Aber was wäre ich Euch für ein Freund, wenn ich Euch belügen würde.»

DER LAUF

Erschöpft ließ Sisi Duke in den Schritt fallen. Ihre Oberschenkel brannten, und sie keuchte vor Anstrengung. Der Ritt nach Wien hatte sich mit ihrer beider Verletzungen doppelt so lange hingezogen wie noch am Vortag, und sie kämpfte gegen die Erschöpfung.

Im Gegensatz zu ihrem letzten Besuch hier lag das Wasserglacis fast gespenstisch verlassen da. Nur einige Spatzen hatten sich auf der Terrasse des Pavillons niedergelassen, um dort nach Brotkrumen zu suchen. Als Sisi aus der Ferne Marschmusik hörte, trieb sie Duke abermals an, passierte die prachtvollen Gartenanlagen und folgte den Paukenschlägen ein Stück die äußere Stadtmauer entlang. Trotz ihres derangierten Zustandes war sie wild entschlossen, an der Parade teilzunehmen. Sie ließ sich auch nicht entmutigen, als die Musik schließlich verstummte und ihr erste Besucher entgegenkamen, die sich offenbar bereits auf dem Heimweg befanden. War sie zu spät? Würde sie Franz überhaupt noch antreffen?

Schon von Weitem waren die Menschenmassen zu sehen, die sich auf dem sandigen Exerzierplatz tummelten. Als Sisi näher ritt, schälten sich in einiger Entfernung die Umrisse von etwa hundert Soldaten aus dem Gewimmel, die sich zu zwei Reihen aufgestellt hatten. Ihre Körper bildeten eine lange, etwa zwei Meter breite Gasse, um die sich eine neugierige Menge drängte.

Sisi fasste die Zügel enger und gab Duke mit einem sanften Zug zu verstehen, etwas abseits anzuhalten. Ihr Hengst kam neben einem Soldaten in hellblauer Hose und weißem Waffenrock zum Stehen. Dieser hatte Degen und Gewehr abgelegt und teilte mit einer pausbäckigen Frau ein Stück Brot, unter deren Brust sich ein kugeliger Bauch wölbte. Obwohl sie ein einfaches Leinenkleid trug, strahlte diese junge Frau einen Glanz aus, eine Sanftheit und Zufriedenheit, die Sisi anrührten. Diese einfache Frau hatte ihr einiges voraus. Denn froher Hoffnung war Sisi beileibe nicht. Weder unter der Brust noch im Herzen.

«Was passiert hier?», wandte Sisi sich an den Soldaten. Der Mann blinzelte sie überrascht an, und die Frau errötete. Trotz ihres zerschundenen Äußeren mussten sie die Kaiserin erkannt haben.

«Sprecht», befahl Sisi und wischte sich eine von Staub und Matsch verklebte Strähne aus dem Gesicht.

Als würde er erst jetzt aus seiner Entgeisterung erwachen, packte der Soldat seine Frau an der Hand und zog sie in eine Verneigung.

«Spießrutenlauf, Eure Majestät!», antwortete er.

«Spießrutenlauf?», fragte Sisi überrascht.

«Die Strafe für Majestätsbeleidigung, Eure Majestät.»

Sisi richtete sich im Sattel etwas höher auf und erhaschte einen Blick auf Franz, der sich in seiner Feldmarschalls-Uniform am Ende der Gasse postiert hatte. Er stand auf einem kleinen Podest und starrte auf die Zeremonie, die sich vor ihm abspielte. Selbst von ihrem Standpunkt aus konnte Sisi sehen, dass etwas Düsteres auf seinen Zügen lastete. Sie presste die Lippen aufeinander. Kein Wunder, bei den zwei Karaffen Cognac und den sonstigen Eskapaden der vergangenen Nacht! Um besser sehen zu können, kniff sie die Augen zusammen. Was war hier vorgefallen, das eine solche öffentliche Bestrafung erforderte? Am Ende der Gasse, Franz gegenüber, waren mehrere Männer damit beschäftigt, einem Soldaten den Oberkörper zu entblößen. Den Waffenrock eines ranghohen Generals hatten sie ihm bereits abgenommen. Jetzt zogen sie ihm das feine Leinenhemd über den Kopf, sodass sein nackter Rücken zum Vorschein kam. Der General drehte sich um und trat an den Anfang der Gasse. Sisi schnappte überrascht nach Luft: «Graf Grünne!»

«Jawohl, Eure Majestät.» Der Soldat warf der Frau an seiner Seite einen beschämten Blick zu, und Sisi sah, wie sie ermutigend seine Hand drückte.

Unter Schmerzen ließ Sisi sich aus dem Sattel gleiten. War Grünne nicht Franz' treuer Freund? Sein engster Berater, der ihr an Franz' Seite im Wald zu Hilfe geeilt war? Was auch immer hier vorgefallen sein musste: Das ging eindeutig zu weit!

Eine weitere Welle des Schmerzes jagte durch ihren Rücken, als ihre verdreckten Stiefel auf der sandigen Erde aufkamen. Sie drückte dem Soldaten die Zügel in die Hand, tätschelte Duke hastig den Hals und stolperte los.

DIE BESTRAFUNG

Franz erinnerte sich noch lebhaft an die Flammenwand, vor der er damals zusammengebrochen war. Die sengende Hitze auf seinem Gesicht. Die lichterloh brennenden Holzplanken und Äste, mit denen er selbst die Wände des Grabens befestigt hatte. Das Knacken und Knistern und Lodern. Den Rauch, der ihm in den Lungen gebrannt hatte, ihn husten ließ, husten und husten, während er unter Tränen versucht hatte, seine Angst zu überwinden und durch die Feuerwand zu springen. Es war ihm nicht gelungen. Er war vor dem lodernden Feuer in die Knie gegangen und immer weiter zurückgekrochen. Immer weiter und weiter. Bis er in der Falle saß, mit dem Rücken zur lehmigen Wand des Grabens. Grünne war ihm damals zu Hilfe gekommen. «Komm», hatte er gesagt und Franz seine Hand entgegengestreckt. «Komm! Keiner wird es erfahren.»

Es hatte damals sein ganzes Vertrauen, seine ganze Überwindung gebraucht, dass er sich gegen den Befehl ihres Militärerziehers gewendet und nach Grünnes Hand gegriffen hatte. Und doch war es viel mehr gewesen: Er war seinem Instinkt zu überleben gefolgt. Franz schüttelte den Kopf. Welch niederes Motiv.

Eine neugierige Menge starrte Franz jetzt an. Die Handwerksgesellen, die Bauernfamilien, ja sogar die Nonnen äugten zu ihm hinüber. Sie wollten sehen, dass er die Hand hob, um diesen Mann zu bestrafen. Den Mann, der ihm beigestanden hatte. Und für dessen Beistand sie beide so hart hatten bezahlen müssen, dass es sie für immer zusammengeschweißt hatte.

Am anderen Ende der Gasse stand Grünne ihm gegenüber. Dunkles Haar kräuselte sich auf seiner weißen Brust. Sein Freund war nie so muskulös gewesen wie Franz. Nie so kräftig und schnell. Dafür umso mutiger, rechtschaffener. Durfte Franz ihn bestrafen für das, was er getan hatte? Musste er es?

Hunderte von Weidenruten säumten die Gasse, bereit, sich in den Händen seiner Armee gegen Grünne zu erheben. Sechsmal würde Grünne sie im Schritttempo passieren. Mit der Spitze eines Säbels vor der nackten Brust, damit er langsam genug lief, um die Hiebe zu spüren. Die Hiebe, die ihm sein Fehlverhalten austreiben sollten.

Ein Offizier baute sich neben Grünne auf, um ihm mit einem Lederriemen die Hände vor der Brust zu fesseln. Grünne schüttelte den Kopf. Der Offizier packte grob seine Handgelenke, doch Grünne riss sich los.

«Das ist nicht nötig», konnte Franz ihn sagen hören.

Franz biss voller Verachtung die Zähne zusammen. Da war er wieder, sein Grünne. Der mutige, stolze Grünne, der nach seinen eigenen Idealen lebte. Nach seiner eigenen Moral. Grünne, der Franz immer und immer wieder seine eigene Feigheit vor Augen zu führen wusste. Seine Schuld, sein Versagen. Franz spürte, wie eine Welle des Grolls ihn überrollte.

Der Offizier warf ihm einen Blick zu. Franz nickte düster, und so warf der Befehlshaber die Riemen weg und zückte seinen Säbel. Sollte Grünne doch seinen Stolz haben, dachte Franz und hob die Hand.

Die Tambouren rechts und links der Gasse begannen, auf ihre Trommeln zu schlagen. Dumpfe, bedrohliche Schläge. Bum, bum, bum. Franz konnte kaum mehr sagen, ob es die Trommeln waren oder das Pochen seines Herzens, das seinen Körper unter der Anspannung beben ließ. Gebannt verfolgte er, wie der Offizier sich rückwärts in Bewegung setzte und Grünne ihm nachfolgte. Im Takt der Trommeln setzte er einen Stiefel vor den anderen, immerzu zu ihm, Franz, aufblickend. Ein heftiges Knallen durchriss die Luft, als der erste Hieb niedersauste, und Franz stockte der Atem. Bestürzt, so als würde ihm jetzt erst in Gänze klar werden, was er ihm antat, sah er, wie Grünne unter dem Schmerz kurz zusammenzuckte, um sich sofort wieder aufzurichten, den Blick starr auf Franz gerichtet, auf ihn, der sich sein Freund nannte. Bei jedem neuen Hieb war es Franz, als würden die Ruten auf seinen eigenen Rücken eindreschen.

«Nein!», hörte Franz plötzlich einen Schrei und sah sich verwirrt um. Ein Tuscheln erhob sich in der Menge, und er entdeckte etwas abseits eine Frau, die sich durch die Menschen kämpfte, direkt auf ihn zu. Sofort sprangen zwei Leibgardisten mit gezückten Degen zu Franz auf das Podest und stellten sich schützend vor den Kaiser. Doch mit einem Mal erkannte er, wer da durch die Menge kam. Diese mit getrocknetem Schlamm besudelte Dame war niemand anderes als Sisi, seine Frau! Dreckverklebte Strähnen hatten sich aus ihrer Frisur gelöst, sie humpelte und schien nicht einmal ein Korsett unter ihrem Reitkleid zu tragen. Sprachlos starrte er sie an. Was war mit ihr geschehen? Und warum war sie hier?

Einige Leibgardisten hatten die Kaiserin ebenfalls erkannt. Ehrfürchtig nahmen sie die Helme ab und sanken in eine tiefe Verneigung, während die Soldaten in der Gasse noch nicht mitbekommen hatten, was vor sich ging, und den Spießrutenlauf unbeirrt fortsetzten. Doch je näher Sisi kam, desto mehr Männer hielten inne und verneigten sich vor ihr. Ein verblüfftes Raunen ging durch die Menge. Sisi kümmerte sich nicht darum. Sie hatte nur Augen für Franz und lief ihm immer schneller entgegen.

«Nein!», schrie sie noch einmal. Die Tambouren hielten ihre Schlägel an, und jetzt senkten auch die Soldaten im Spalier ihre Weidenruten. Nur die zwei Leibgardisten klammerten sich weiter an ihre Degen. Franz konnte an den spitzen Klingen ablesen, dass sie vor Aufregung zitterten, als Sisi keuchend vor dem Podest zum Stehen kam.

«Was hat er getan?», platzte es verzweifelt aus ihr heraus, und das gesamte Glacis hielt den Atem an.

GROLL

Die Abenddämmerung senkte sich bereits über den Park, und eine trügerische Stille umhüllte das Anwesen. In der Einfahrt zu den Stallungen wuschen einige Stallburschen den Dreck vom Verschlag der Kutsche, in der Franz gemeinsam mit Sisi und Grünne nach Laxenburg zurückgereist war. Die ganze Fahrt über war kein Wort gefallen. Obwohl das Innere der Kutsche kaum Platz bot, hatte er es geschafft, seiner Frau und seinem besten Freund aus dem Weg zu gehen. Den ganzen Weg hatte er aus dem Fenster gestarrt. Aber er hatte in der vorbeiziehenden Frühlingslandschaft nur immer und immer wieder sich selbst gesehen. Wie er heute Mittag auf dem

Podest gestanden hatte, auf dem Josefstädter Glacis, umringt von seinen Soldaten, seinem Volk. Und sich hatte vorführen lassen, von seiner eigenen Frau.

Franz löste den obersten Knopf seiner Uniform und nahm einen tiefen Atemzug, um sich Erleichterung zu verschaffen. Er hatte einmal gesehen, wie ein Fischer nachts eine Aalreuse aus der Donau gezogen hatte. Es war ein hässlicher Anblick gewesen. Die glitschigen, langen Körper der Tiere, die sich im Licht der Laterne in der Reuse wanden. Genauso fühlte Franz sich, jetzt, da er aus dem Fenster starrte, dem Fenster seines Ehegemachs. Als durchwühlten ihn hässliche, glitschige Aale, fräßen sich durch seine Eingeweide, vergifteten ihn mit ihrer schleimigen Haut, die sich jedem Zugriff widersetzte.

Franz hatte sich vor aller Augen dem Willen seiner Frau gebeugt. Ja, er hatte den Spießrutenlauf abgebrochen. Die Schande, die er darüber empfand, war so groß, dass er einen weiteren Knopf seiner Uniform lösen musste, um nicht daran zu ersticken. Er nahm seinen Säbel ab und wollte ihn gerade auf dem Fensterbrett ablegen, da zögerte er. Er legte seine Hand um das Portepee und zog die Klinge ein Stück aus der eisernen Scheide. Das polierte Metall blinkte in den letzten Strahlen der Abendsonne. Franz drehte die beidseitig gekehlte Klinge sanft hin und her, spielte mit dem Licht, das sie in die Fensternische warf.

Als er ein Geräusch vernahm, schob er den Säbel fast ertappt zurück in die Scheide und legte die Waffe neben die Kerzenhalter auf das Fensterbrett. Gebannt verfolgte er über die sanfte Spiegelung im Glas, wie hinter ihm die

Tür aufschwang und die Umrisse der Gräfin Esterházy erschienen, die ihm seine Frau für die anstehende Nacht zuführte.

Sisi betrat das Zimmer, gekleidet in ihr leichtes Nachthemd, und in diesem Moment wurde Franz bewusst, wie sehr er sie hasste. Hasste dafür, dass sie ihn in diese Situation gebracht hatte. Er hasste sie in diesem Augenblick so abgrundtief, wie er sie zuvor geliebt hatte.

NIE WIEDER

Obwohl Franz mit dem Rücken zur Tür stand, erdrückte Sisi sein Groll wie eine klirrende Kaltwetterfront. Seine ganze Haltung, sein ganzes Wesen strahlte eine tiefe Verachtung aus, einen Zorn, den Sisi jedoch nicht minder intensiv erwiderte. Am Mittag war sie gerade noch rechtzeitig gekommen, um weiteres Übel zu verhindern. Doch die blutigen Striemen auf Grünnes Rücken, der Anblick seines aufgerissenen Fleisches, hatten sich in ihre Seele eingebrannt und schmerzten sie mehr als die eigenen Verletzungen.

«Warum hast du mir nicht gesagt, dass du nach Wien fahren wolltest?», fragte sie spitz, kaum dass die Gräfin das Zimmer verlassen hatte, und trat mutig einen Schritt in den Raum hinein. Eisige Stille schlug ihr entgegen. Sisi presste die Lippen aufeinander. Es kam ihr vor, als hätte eine gefährliche Dunkelheit von ihrem Mann Besitz ergriffen. Eine finstere Aura, deren mächtiger Sog drohte, auch sie, Sisi, zu verschlingen. Sie nahm einen tiefen Atemzug und trat mutig an seine Seite.

Im Bruchteil einer Sekunde fuhr Franz herum. Er packte ihr Handgelenk und drückte so fest zu, dass ihr kurz schwarz vor Augen wurde. «Mach das nie wieder», zischte er. Seine Augen glühten sie an, und Sisi blinzelte entsetzt. Ihr ganzer Körper stand unter Hochspannung.

«Du hast mich brüskiert!», donnerte Franz. «Vor der gesamten Generalität, vor meiner Armee, vor meinem *Volk*!»

Sisi schlug das Herz bis zum Hals. Noch immer umklammerte Franz ihr Handgelenk, und der Zorn, der ihr entgegenschlug, ließ keinen Zweifel daran, dass er bereit war, ihr noch mehr Schmerzen zuzufügen. Ein Schauer lief über Sisis Rücken, doch anstatt ihrer Angst nachzugeben, reckte sie den Kopf noch höher.

«Ich dachte, Graf Grünne ist dein Freund!», brachte sie hervor. «Gehst du so mit denen um, die du liebst?»

Sisi spürte, dass ihre Wut eine unbändige Stärke in ihr wachrief. Eine so intensive Kraft, dass sie Franz' Dunkelheit ebenbürtig war. Seine Augen funkelten sie an, doch Sisi hielt ihm das Widerspiel – zu groß waren ihre eigene Enttäuschung und Ohnmacht, zu groß war ihr Zorn.

Mit einem Ruck ließ Franz von ihr ab, doch der pochende Schmerz in ihrem Handgelenk ließ kaum nach. Schweigend schnappte er seinen Säbel vom Fensterbrett und rauschte an Sisi vorbei in Richtung des Flurs.

«Wo willst du hin?», fragte Sisi herausfordernd.

«Das geht dich nichts an», knurrte Franz und öffnete die Tür.

«Ich weiß es ohnehin!», schrie Sisi ihm nach, doch Franz hatte das Schlafzimmer bereits verlassen, und hinter ihm flog die Tür mit einem lauten Krachen ins Schloss.

FRÜHSTÜCK EN FAMILLE

Franz küsste seiner Mutter die Hand. Der schwere Duft ihres Parfums stieg ihm in die Nase, und er musste gegen einen Brechreiz ankämpfen. Lavendel. Ausgerechnet Lavendel. Nach dieser turbulenten Nacht. Dass die Erzherzogin ihre Stippvisite auf diesen Morgen gelegt hatte, hätte sich schlechter nicht treffen können.

«Du hattest eine angenehme Nacht?», erkundigte sich Sophie mit einem herausfordernden Unterton, der Franz bitter aufstieß. Er hätte ihr am liebsten die Wahrheit um die Ohren gehauen. Dass er die Nacht nicht mit Sisi verbracht hatte, nein. Dass die Ehe noch nicht einmal vollzogen war. Dass er stattdessen zum wiederholten Male sein schreiendes Gewissen mit Opium betäubt und in den Schößen hygienischer Damen nach dem gesucht hatte, was er am Ende doch nicht hatte finden können. Vergessen. Nur einen Moment zu vergessen.

Franz widerstand dem zerstörerischen Verlangen und nickte. «Ja, Mama. Eine *außerordentlich* angenehme Nacht.»

Erzherzogin Sophie strich ihm mit erhobenen Brauen übers Kinn und ließ sich dann in der kleinen Sitzgruppe an der Terrassentür nieder, in der er gerade selbst hatte

Platz nehmen wollen. Die Türen zum Park standen einen Spalt offen, und der entsetzlich vergnügte Gesang eines Vogels schrillte qualvoll in seinen Ohren. Der kleine Tisch bog sich im Licht der Morgensonne unter einem ausladenden Frühstück, und Sophie griff wie selbstverständlich zu dem einzigen Frühstücksei. Franz verfolgte gebannt, wie sie beschwingt ein Messer anhob, um dem Ei mit einem einzigen Hieb den Kopf abzuschlagen.

«Ihre Majestät, die Kaiserin», kündigte Gräfin Esterházy an, und erst jetzt bemerkte Franz, dass die Tür zum Salon aufgeschwungen war. Seine Mutter legte freudig das Messer beiseite.

«Sisi!», rief sie, erhob sich und streckte seiner Frau die Hand entgegen. «Du siehst bezaubernd aus!»

«Guten Morgen, Sophie.» Sisi lächelte. «Entschuldige, die Morgentoilette hat heute etwas länger gedauert.»

Sophie nickte zufrieden, und tatsächlich, Sisis ganze Erscheinung schien vor Erhabenheit und Eleganz zu strahlen. Feine Spitze umrahmte ihr hochgeschlossenes Kleid vom Kragen bis zum Saum, und der ausladende Rock betonte noch ihre schmale Taille. Ihre hochgesteckten Haare schimmerten Franz in einem verführerischen Glanz entgegen, als sie vor seiner Mutter in den Handkuss sank.

«Es ist ein Unding, wie früh sich Franz täglich an die Akten macht», sagte Sophie. «Da mitzukommen, das kann man von keiner Ehefrau der Welt erwarten ... noch dazu in den Flitterwochen.» Sie lächelte. «Ich hoffe, ihr hattet trotzdem die Gelegenheit, etwas Zeit miteinander zu verbringen?»

Franz verdrehte innerlich die Augen. Die Neugier seiner Mutter, die blanke Tatsache, dass sie sich überhaupt in diese Belange einmischte, erregte seinen Unmut. Sisi jedoch erwiderte ihr Lächeln, bevor sie sich mit kühlem Blick an Franz wandte. «Seid unbesorgt, Euer Sohn widmet sich nicht nur der Pflicht des Regierens ...», sie streckte ihm herausfordernd die Hand entgegen. «Guten Morgen, Franz.»

Franz verfolgte aus den Augenwinkeln, wie Sophie mit leuchtendem Interesse zwischen ihnen hin und her sah, und er betete, dass Sisi nicht vorhatte, ihren Streit vom Vorabend unter ihren Augen fortzusetzen. Er zwang sich ein Lächeln auf und fügte sich in die Geste. «Guten Morgen, mein Schatz.»

Sophie schlug glücklich die Hände zusammen. «Welch trautes Liebesglück! Reizend, wirklich reizend!» Verzückt fasste sie Sisis Hand. «Gefällt es dir denn in Laxenburg, mein Kind?»

«Die Flitterwochen hätte ich mir nicht schöner vorstellen können.» Sisi schickte Franz ein süßes Lächeln, und es kostete ihn eine Menge Kraft, es halbwegs zärtlich zu erwidern.

«Das höre ich gern.» Sophie küsste zufrieden Sisis Hand. «Dann will ich euch auch nicht weiter stören.» Sie zwinkerte Franz zu und schickte sich schon an, ihn mit seiner Gemahlin alleine zu lassen, da räusperte er sich.

«Mama?»

Seine Mutter drehte sich erstaunt zu ihm um. «Ja, Franz?»

«Ich werde dich nach Wien begleiten», verkündete er.

«Was, schon heute?» Die Erzherzogin hob erstaunt die Augenbrauen.

«Ja. Sisi wird noch ein paar Tage in Laxenburg bleiben», erläuterte er, ohne Sisi anzusehen.

«Noch ein paar Tage?», hakte seine Mutter überrascht nach.

«Ja, es gefällt ihr so gut hier», log Franz und wollte schon den Salon verlassen, da ertönte Sisis Stimme.

«Und der Empfang der Kronländer?»

Franz hielt inne. «Den Empfang werde ich alleine bestreiten.»

Sisi erblasste ob der offenen Ausladung, und auch seine Mutter sog scharf die Luft ein.

«Aber der Empfang ist doch anlässlich unserer Hochzeit!», platzte Sisi heraus. Ihre Stimme bebte vor Erregung. Doch Franz wusste, sein Groll über ihren Auftritt auf der Parade war zu stark, zu mächtig, als dass er sich würde erweichen lassen.

Im Glanz ihrer schwarzen Pupillen sah er seine eigene Gestalt. Eine dunkle Silhouette vor einem Kranz aus Licht. Er war der Kaiser. Und Sisi hatte es ihrem eigenen Auftritt auf dem Glacis zuzuschreiben, dass er in dieser heiklen Angelegenheit lieber auf ihre Dienste verzichtete.

«Sisi hat recht», schlug sich seine Mutter unerwartet auf Sisis Seite. «Der Empfang ist anlässlich eurer Hochzeit. Wie hast du dir das gedacht?»

Seine Mutter verstand es wirklich, sich in Dinge einzumischen, die nur ihn etwas angingen.

«Lass das meine Sorge sein», knurrte Franz, warf Sisi noch einen letzten Blick zu und verließ den Salon.

VERSPIELT

Sisi blinzelte. Durch einen Tränenfilm konnte sie verschwommen sehen, wie Franz seiner Mutter vor dem Schloss in die Kutsche half und selbst einstieg. Mit einem lauten Krachen zog er den Verschlag hinter sich zu. Der Kutscher ließ seine Peitsche knallen, und das Gespann setzte sich mit einem Ruck in Bewegung.

Sisi wischte sich eine Träne aus dem Gesicht. Alles, was sie in den letzten vierundzwanzig Stunden getan hatte, war mehr als nach hinten losgegangen. Alles, was sie gestern hatte erreichen wollen, als sie Duke wild entschlossen Richtung Wien getrieben hatte, alles, was sie sich gewünscht hatte, schien nun in noch weiterer Ferne zu liegen. An den Vollzug der Ehe war nicht mehr zu denken. Und auf dem Spießrutenlauf hatte Sisi auch ihre Chance verspielt, die offizielle Frau an Franz' Seite zu sein. Die Kaiserin, die mehr konnte, als nur lächeln und den Mund halten.

Es wird nicht einfach für Euch. In Wien, erinnerte sie sich an Franz' Warnung. *Meint Ihr mit Wien den Hofstaat oder meint Ihr damit auch Euch?*, hörte sie sich fragen, und auf einmal hatte sie das Gefühl, wieder auf dem vereisten Holzsteg in Possenhofen zu stehen. Sie sah den dunklen Starnberger See vor sich, dessen Oberfläche ein zarter Wind gekräuselt hatte. *Ich befürchte, ich meine damit auch mich*, hatte Franz damals gesagt. Seine Stimme verhallte in Sisis Kopf. Auch das Bild des Sees verblasste. Stattdessen tauchten die bunten Tücher des Himmelbetts vor ihrem inneren Auge auf, im geheimen Zimmer hinter der Tapete. Die nackten Frauen aus dem Seeauerhaus. Grünnes aufgeplatzter Rücken. Die langen, blutigen Striemen auf seiner blassen Haut. Ja, Franz hatte sie gewarnt. Aber sie hatte nicht geahnt, wie schwer es sein würde.

Sisi biss die Zähne zusammen. Konnte sie das lernen? Lächeln und den Mund halten? Oder würde sie auch das wieder vermasseln?

Sie versuchte es, verzog ihr Gesicht zu einem gezwungenen Grinsen, und als ein leichter Wind die Terrassentür bewegte, blitzte Sisis Spiegelung in der Scheibe auf. Das Lächeln wirkte schief und starr. Sie entspannte ihre Gesichtszüge, und als ein weiterer Windstoß die Tür aufschwang, versuchte sie es erneut. Diesmal geriet es ihr leidlich besser. Sie übte noch einige Male, und mit jedem Windstoß machte sie Fortschritte. Bis in der Scheibe ein zweites Gesicht auftauchte. Sisi fuhr herum.

«Grünne, habt Ihr mich erschreckt!», rief sie.

«Ihr lernt schnell», sagte Grünne freundlich, und diesmal fiel Sisi ihr Lächeln nicht schwer.

«Seht Ihr?», grinste der Graf. «Das war bisher das Beste.»

Sisi seufzte. «Habt Ihr schon lange dort gestanden?»

«Lange genug», schmunzelte Grünne.

Unter seinem lockeren Leinenhemd lugte eine breite Bandage hervor, die seinen ganzen Torso zu umwickeln schien.

«Wie geht es Euch heute?», fragte Sisi. «Habt Ihr starke Schmerzen?»

Grünne schüttelte den Kopf. «Macht Euch um mich keine Sorgen.»

«Was mit Euch passiert ist, tut mir leid. Ich wünschte,

ich hätte ...» Sisi zögerte. Sie hatte den Satz mit «früher da sein können» beenden wollen, aber mittlerweile zweifelte sie daran, ob ihr Eingreifen überhaupt richtig gewesen war. Die letzten Tage hatten alles, was sie bisher geglaubt, wonach sie gelebt hatte, auf den Kopf gestellt.

«Das muss es nicht, Majestät. Es war meine Schuld», sagte Grünne sanft. «Und nein, Ihr habt nichts Falsches getan.»

Sisi nickte zaghaft, unsicher, ob sie seinen Worten Glauben schenken sollte. Weshalb war er hier? Die weichen Züge des Grafen verliehen ihm etwas Sanftes, Gutmütiges, und seine von langen Wimpern umrandeten Augen blickten fast so traurig wie die von Duke.

«Majestät ...», setzte er an, verfiel jedoch wieder in Schweigen. Es schien, als laste ihm etwas auf dem Herzen.

«Sprecht», ermutigte Sisi ihn.

«Ich wollte nur, dass Ihr wisst, wie sehr Euch Franz liebt», brachte der Graf schließlich heiser hervor, und Sisi legte ungläubig den Kopf schief. Damit hatte sie nun wahrlich nicht gerechnet.

«Es ist auch der Grund dafür, dass er Euch noch nicht ... besucht hat. Des Nachts.»

Sisi runzelte die Stirn. Grünne wusste davon? Der Graf schien ihre Fragen zu erahnen. Er öffnete mehrmals den Mund, ohne dass er einen Ton hervorbrachte, und schien im Muster des Teppichs nach den richtigen Worten zu suchen. «Der Kaiser hat Angst davor ... zu lieben. Aber ...» Grünne stockte. «Ich habe Euch beobachtet, Majestät, und ich bin der festen Überzeugung, dass Ihr die Einzige seid, die ihn die Liebe lehren kann.»

Sisi spürte, wie ihr Kinn zu beben begann. Sie schluckte gegen ihre aufsteigenden Tränen an. Sie wollte Grünne glauben. Glauben, dass Franz sie liebte, dass sie ihm gewachsen war. Aber es gelang ihr nicht. Die dunkle Aura, die Franz gestern umgeben hatte, sein grober Griff an ihrem Handgelenk. Konnte das Liebe sein?

«Nicht doch, Majestät», sagte Grünne tröstend, und Sisi lächelte, um ihre Unpässlichkeit wettzumachen.

«Verzeiht, ich ...», stammelte sie und blinzelte erfolglos die Tränen weg.

Grünne lächelte und verneigte sich. «Majestät.»

Sisi sah dem Grafen hinterher, wie er den Salon verließ. Zitternd blieb sie alleine zurück und wischte mit den Fingern eine Träne von ihrer Wange. Die Sonne schien mittlerweile so grell auf den Kies vor den Fenstern, dass ihr Licht den ganzen Raum durchflutete. Einige Staubkörnchen tanzten im Gegenlicht, und Sisis Blick fiel auf das unberührte Frühstück inmitten der Sitzgruppe vor der Terrasse. Zwischen Butter, Marmelade, Käse und Schinken stand ein Korb mit Kipfeln und Brioches. *Nur einmal konnt ich wahrhaft lieben ...*, hörte Sisi sich selbst ihre holprigen Gedichtzeilen vortragen, und obwohl ihr nach Weinen zumute war, musste sie schmunzeln. Was war sie nur für ein freches Ding gewesen! Ein wilder, ungebändigter Rotzlöffel. Und trotzdem hatte Franz sie gewählt. Sie erinnerte sich an den ersten Blick in seine Augen. Seine stahlblauen, unendlich tiefen Augen, schimmernd wie der Grund des Starnberger Sees. Vielleicht hatte Grünne recht? Auch wenn sie es kaum mehr glaubte, vielleicht liebte Franz sie wirklich?

Und vielleicht war sie dieser Liebe trotz allem gewachsen?

Ein Wasserfall aus Seide tauchte in ihrer Erinnerung auf. Der ausladende cremefarbene Rock ihres Verlobungskleides mit dem verlockenden schwarz-goldenen Überwurf. Sisi hatte Sophie in Bad Ischl versprochen, alles für dieses Kleid zu geben. Also würde sie auch alles geben. Selbst wenn sie kaum mehr wusste, was noch übrig war.

IM MORGENTAU

Haltet Euch im Hintergrund, und überlasst Eurem Gemahl die heiklen Themen!» Obwohl es in der ruckelnden Kutsche angenehm kühl war, wedelte die Oberhofmeisterin so hektisch mit einem Fächer vor ihrem Gesicht, dass Sisi den Eindruck hatte, es sei tatsächlich ein Vogel, der da ihr gegenüber auf der Kutschbank flatterte. «Und das Wichtigste: Sprecht niemals, bevor der Kaiser gesprochen hat!» Gräfin Esterházys Stimme überschlug sich vor Anspannung. «Habt Ihr das verstanden, Hoheit?»

Sisi nickte und zog den Spitzenvorhang zurück. Wie oft wollte die Gräfin ihr das noch predigen? Das Knirschen der großen Kutschräder rauschte in ihren Ohren, und ihr geprelltes Steißbein schmerzte bei jeder Unebenheit des Weges. Ja, sie hatte verstanden. Und sich fest vorgenommen, sich diesmal daran zu halten.

Draußen glitzerte der Morgentau in den langen Halmen der Wiese. Die kühle Aprilsonne erhellte den

Dunst über dem Moor, und inmitten des aufgewühlten Schlamms lag die endlich zur Seite geschaffte Buche am Wegrand. Sisi glaubte, sich beim Vorbeifahren selbst in der Wiese sitzen zu sehen. Das Gesicht in den matschigen Händen vergraben. Im Glauben, Duke verloren zu haben, ihren einzigen Freund.

Unauffällig drückte sie ihre zierliche Lederhandtasche fester an den Bauch, um sich selbst Halt zu geben. Doch die Veilchenbonbons, die im Inneren der Tasche an die Blechdose schepperten, verrieten ihre Geste. Sofort spürte sie den Blick der Gräfin auf sich und straffte den Rücken.

Sie wusste, dass ihrer Oberhofmeisterin nicht wohl dabei war, sie gegen den Willen des Kaisers nach Wien zu bringen. Trotzdem hatte die Gräfin selbst ihr bei der Morgentoilette geholfen, ihr das Korsett geschnürt und ein lichtblaues Seidenkleid mit weißer Schärpe angelegt. Zuletzt hatte sie Sisi einen diamantbesetzten Kranz ins Haar gesteckt, und obwohl die Oberhofmeisterin sich wie eine Meisterin in ihre Aufgabe zu fügen wusste, hatten ihre zitternden Finger ihre Nervosität verraten. Auch Sisi fürchtete den erneuten Zorn ihres Mannes. Dieses erste Wiedersehen nach ihrem Streit. Und sie hatte Angst, ihn auf dem Empfang abermals zu brüskieren. Womöglich gar ein neues Feuer zu entfachen, das Österreich, das Pulverfass, endgültig in die Luft sprengen würde. Sisi nahm einen tiefen Atemzug, um sich zu beruhigen. Solange sie sich an all das halten würde, was die Elster ihr eingebläut hatte, konnte ihr nichts geschehen.

FRISCH VERMÄHLT

Das Brummen in seinem Schädel ließ Franz zutiefst bereuen, dass er nicht aus seinen Fehlern gelernt und sich in der vergangenen Nacht erneut in die Untiefen eines Rausches gestürzt hatte. Abermals stand ihm nun ein Empfang bevor, der ihm alles abverlangen würde, seine Glieder aber schienen ihm kaum zu gehorchen, als er in seiner Galauniform den langen Flur entlangschritt. Seine Lider wogen schwer. In jeder Faser seines Körpers spürte er, dass die Fänge der letzten Nacht ihn noch immer nicht freigegeben hatten. Er hatte sogar Schwierigkeiten damit gehabt, seinen Säbel anzulegen. Wieder und wieder hatte er ansetzen müssen, bis es ihm endlich gelang, die Schnalle festzuziehen.

Auf Franz' Nicken hin öffneten Diener Tür um Tür des langen Gangs. Benommen trat er Schritt für Schritt über den Teppich, seinem aufgebrachten Volk entgegen. Selbst hier drinnen konnte er die Schreie und Protestrufe gedämpft hören. Die ganze Fassade des Leopoldinischen Traktes würde er unter den Augen derer abschreiten, die auf dem Josefstädter Glacis seiner Schande beigewohnt hatten. Der Gedanke legte sich wie eine kalte Hand um seinen Hals. Und als wäre das nicht Herausforderung genug, würde Franz am Ende dieses Weges den Deputationen seiner Kronländer entgegentreten. Ohnehin eine heikle Angelegenheit in seinem Zustand. Doch die Ankündigung, dass der Kaiser die Glückwünsche zur Hochzeit des Kaiserpaares alleine entgegennehmen würde und nicht im Beisein seiner Frau, hatte die Situation noch weiter verschärft. Es würde ihn all seine Beherrschung, all seine Diplomatie und all sein Geschick als junger Regent kosten, diesen Empfang heute zu meistern, ohne weitreichende Konsequenzen zu provozieren.

Franz war an der letzten Tür des Ganges angelangt. Er blieb stehen. Das Getose der aufgebrachten Menge drang nun kaum mehr gedämpft zu ihm durch. Nur diese letzte Flügeltür trennte ihn noch von dem, was ihm bevorstand. Die Diener griffen nach den goldenen Klinken, und obwohl sie nicht wagten, den Blick zu ihm zu heben, so warteten sie doch auf sein Zeichen. Franz schloss ein letztes Mal die Augen, atmete tief durch, kostete die letzten Sekunden aus, in denen nicht jeder seiner Blicke, jede seiner Regungen Staatssache war. Er gab sich dem leichten Taumel hin. Was hätte er dafür gegeben, einfach ganz darin abzutauchen. In einer Welt, in der es weder sein Amt noch ihn selbst gab. Franz nahm einen letzten tiefen Atemzug, schlug die Augen auf und nickte.

Sofort schwangen mit einem leisen Knarzen die Türen auf. Vor ihm eröffnete sich die marmorne Kaisertreppe mit ihren goldenen Prunkvasen, und durch das geöffnete Tor am Ende der Eingangshalle konnte er die ersten Gesichter seines zuvorderst versammelten Hofstaates erkennen.

Gefasst trat Franz nach vorn, und sofort ging ein Raunen durch die Menge. «Er ist tatsächlich allein!», schnappte er auf, und «Frisch vermählt und schon entzweit». Er presste die Lippen aufeinander. Der Tratsch am Hof war zuverlässig, und er war eines jener Dinge, die er schon immer verachtet hatte.

«Mesdames et Messieurs», kündigte der Zeremonienmeister an, und Franz setzte schon den ersten Fuß auf die Stufe, als dem Zeremonienmeister verdutzt der Mund offen stehen blieb. Franz hielt irritiert inne. Zu seiner Rechten schwang leise knarzend die Flügeltür auf.

«Mesdames et Messieurs ...», setzte der Zeremonienmeister erneut an und rückte seinen Kragen zurecht, «der Kaiser und die Kaiserin!»

Sie sah so bezaubernd aus, dass Franz kurz die Luft wegblieb. Ihr lichtblaues Kleid mit der weißen Schärpe verlieh ihrer Haut einen unglaublichen Glanz. Die weißen Handschuhe betonten ihre schlanken Arme, und der diamantbesetzte Kranz in ihrer kunstvollen Frisur hob ihre dunklen Augen hervor. Was tat sie hier, nach allem, was passiert war? Hatte Franz ihr nicht zu Recht verboten, an diesem Empfang teilzunehmen? Im Hintergrund konnte er Gräfin Esterházy sehen, die jedoch schnell in einer Nische verschwand, als könnte sie seinem Zorn dadurch entgehen. Franz legte die Stirn in Falten. Im Geiste wog er sämtliche Handlungsmöglichkeiten ab. Sisi hingegen lächelte und hielt direkt auf ihn zu. Als sie am Anfang der Kaisertreppe an seine Seite trat, drangen entzückte Aufschreie aus den Reihen der Palastdamen. Die Menge hatte die Kaiserin gesehen. Sie zurückschicken war nun kaum mehr möglich.

«Ich hoffe, du weißt, was du tust», flüsterte Franz und bot ihr seinen Arm.

«Und ich hoffe, du hattest eine gute Nacht!», erwiderte Sisi scharf und begann den Abstieg, ohne seinen Arm anzunehmen. Franz schritt ebenfalls voran, darum bemüht, das Bild eines vertrauten Paares zu wahren, während sein Groll erneut aufloderte, gepaart mit einer diffusen Angst davor, was seine Frau auf dem Empfang alles würde anrichten können. Wollte sie ihren Ehestreit etwa vor aller Augen weiterführen? Der Hofstaat jedenfalls hielt schon gebannt den Atem an. Hunderte von Augen verfolgten jede ihrer beider Regungen.

Auf der Mitteletage, kurz bevor die Treppe sich ganz dem Ausgang zuwendete, blieb Sisi stehen, und so hielt auch Franz an.

«Ich weiß, dass es hier nicht um uns geht, Franz, sondern um unser Land», beruhigte sie ihn. «Und deshalb bin ich auch hier.»

Franz zögerte. Sollte sie tatsächlich deswegen hier sein, um ihr Land zu schützen? Ihm blieb keine Zeit, weiter über ihre Beweggründe nachzudenken, denn Sisi setzte ein strahlendes Lächeln auf und hängte sich mit ihrem feinen Handschuh bei Franz ein.

DIE MENGE

Vor dem Leopoldinischen Trakt warteten Hunderte, ja vielleicht Tausende von Menschen auf den Auftritt des jungen Kaiserpaars. Dicht an dicht drängten sie sich zu beiden Seiten eines langen Spaliers. Leibgardisten flankierten die Absperrungen aus Holzplanken, ihre roten Waffenröcke leuchteten in der grellen Sonne, und die spitzen Hellebarden ragten gefährlich in den kristallklaren Himmel. Trotzdem drängte das Volk gegen die Sperren, Kinder kletterten an den Holzplanken hoch, um besser sehen zu können, Weiber in einfachen Kleidern fuhren die Ellbogen aus, um ihre Plätze zu verteidigen. Vereinzelt hörte Sisi einen Jubelschrei, doch bei Weitem nicht alle schienen ihren Einmarsch mit Wohlwollen zu erwarten. Grimmige, ja, fast hasserfüllte Gesichter starrten ihr aus der Menge entgegen. War das ihre Schuld? Hatte Sisi diese Menschen mit ihrem Auftritt auf dem Josefstädter Glacis so gegen den Kaiser aufgebracht? Gegen dessen Politik? War die Stimmung ihretwegen gekippt?

Obwohl sie nach außen weiter zu strahlen versuchte, traf diese Ablehnung Sisi wie ein Schlag. Der Kies knirschte unter ihren Schritten. Doch sie konnte Franz' Wärme neben sich spüren, und trotz des zurückliegenden Streits flutete eine gewaltige Liebe ihren ganzen Körper. Hinter sich hörte Sisi weitere Stiefel marschieren, untermalt von dem Scheppern und Klirren von Metall. Ein Tross Leibgardisten wahrscheinlich, der in gebührendem Abstand für ihre Sicherheit sorgte. Der Mann mit dem bedruckten Laken kam ihr in den Sinn, den die Leibgarde bei ihrer Ankunft in Wien so unmenschlich niedergedroschen hatte. Die Tomaten, die an ihrer Kutsche zerplatzt waren. *Es sind unruhige Zeiten*, erinnerte Sisi sich an Franz' Stimme. Noch vor wenigen Tagen, nachdem sie beide genau hier entlanggetobt waren, den Stallungen entgegen. Nein, Sisi war sich sicher, dass es nicht ihre Schuld war, wie das Volk seinem Kaiser begegnete. Wenn Franz sie nicht ferngehalten hätte, von der Parade, wäre es zu diesem Eklat bestimmt nicht gekommen. Wenn er es ihr nur zugemutet hätte, die Frau an seiner Seite zu sein!

Gerade als sich dieser Gedanke in Sisi formte, glaubte sie, in der Menge ein bekanntes Gesicht auszumachen. Sie hielt überrascht den Atem an und kniff die Augen zusammen. Die roten Locken, die unter einer grünen Haube hervorblitzten, die dunklen Augen und die tiefrot gefärbten Lippen: Das war Fanny, die versuchte, sich zur Absperrung durchzukämpfen!

Überrascht verlangsamte Sisi ihr Tempo. Sie merkte kaum, dass Franz sich direkt ihrem Rhythmus anpasste, denn ihr Herz schlug ihr bis zum Hals, hämmerte in ihren Schläfen. Fanny war noch immer in Wien? Sie war nicht zurückgefahren nach Bayern? Nicht zurückgegangen ins Haus mit der roten Laterne? Sisi hörte, wie die Leibgarde hinter ihr aufholte. In kleinen Schritten kam der Tross näher.

Ohne Fanny aus den Augen zu lassen, setzte Sisi weiter einen Fuß vor den anderen. Ihre Freundin hob die Hand und deutete auf die Absperrung in einigen Metern Entfernung. Die Menge drängte sich dort so dicht, dass Fanny sich nur mit Schubsen und Schieben nach vorne durchschlagen konnte, doch in ihren Augen lag eine Dringlichkeit, die Sisi unmissverständlich klarmachte, dass Fanny ihr etwas mitteilen wollte. Sisi nahm einen tiefen Atemzug. Mit zittrigen Fingern tastete sie nach ihrer zierlichen Handtasche, drückte den Schnappverschluss auf und löste sich mutig aus Franz' Arm. Unvermittelt steuerte sie auf die Absperrung zu, wo Fanny jetzt in zweiter Reihe hin und her geschoben wurde. Die Menge kreischte aufgeregt, als Sisi ans Geländer herantrat und die Blechdose mit den Veilchenbonbons aufklappte. In einiger Entfernung hörte sie einen spitzen Schrei, aber sie wagte nicht, zurückzublicken oder sich umzusehen. Einige Kinder rissen ihr die Bonbons förmlich aus den Händen.

«Nicht so hastig, die sind ja alle für euch!», rief Sisi aufgeregt und fand die Augen ihrer Freundin. Einen Moment schien die Zeit stillzustehen, als sie so voreinander standen. Das Drängen und Drücken der Menge, die Schreie. Alles trat in den Hintergrund. In diesem Augenblick schien es nur sie beide zu geben und ein Wiedersehen, mit dem zumindest Sisi nicht mehr gerechnet hatte.

Fanny streckte die Hand nach ihr aus, und Sisi bemerkte den kleinen Zettel, den die Freundin zwischen ihren Fingern hielt. Sie ließ sich die Schachtel mit den Bonbons entreißen, und einen kurzen Moment, nur den Bruchteil einer Sekunde, streiften sich ihre Hände. Die Berührung riss abrupt ab, als ein kleines Mädchen in Lumpen Fanny unsanft zur Seite schubste, Sisi die gesamte Handtasche entriss und damit in der Menge verschwand.

Erschrocken sah Sisi dem Mädchen nach, da spürte sie, dass sich ein fester Griff um ihr Handgelenk schloss und sie unsanft zurückriss, auf den Weg, weg von der Absperrung. Es war Franz. Doch als sie sich zu ihm umdrehte, begegnete sie nicht dem zornigen Blick, nicht den düsteren Augen der letzten Tage. Franz drückte Sisi an seine Brust und schloss heftig atmend seine Arme um sie. Durch den weißen Waffenrock hindurch konnte sie das aufgeregte Hämmern seines Herzens spüren, und erst jetzt nahm Sisi wahr, dass tosender Jubel den Platz erfüllte. Die Menschen schrien, applaudierten und winkten ihnen zu. Sisi blinzelte überrascht. Was war da gerade passiert?

«So ein Manöver könnte dich das Leben kosten!», stieß Franz hervor und küsste ihren Scheitel, ohne sie loszulassen. Er drückte sie so fest an sich, dass seine Umarmung ihr den Atem raubte.

«Ist alles in Ordnung?», flüsterte er.

«Alles in Ordnung», antwortete Sisi und klammerte sich an ihn. Sie schloss die Augen, um seinen Geruch, seine Wärme in sich einzusaugen.

Erst als Franz seine Umarmung lockerte, hob sie den Blick. Franz schob sie eine Handbreit von sich weg und sah ihr fest in die Augen.

«Ist wirklich alles in Ordnung, Sisi?»

Sisi nickte, und diesmal war es ein ehrliches Lächeln, das ihr Gesicht erfüllte. «Ja, Franz. Wirklich.»

Sie löste sich aus den Armen ihres Mannes, hakte sich bei ihm unter und konnte deutlich sehen, wie Franz versuchte, wieder Herr seiner Emotionen zu werden. Sie hörte, wie er einen tiefen Atemzug nahm. Sisi warf einen letzten Blick zurück in die Menge: Fanny stand reglos in der jubelnden Masse und hob verhalten die Hand zum Gruß.

Sisi nickte und schritt an der Seite ihres Mannes weiter das Spalier entlang. Unauffällig ließ sie Fannys Zettel in ihrem Ausschnitt verschwinden. Und mit jedem Schritt im Jubel der Menge wurde Sisi bewusst, was gerade geschehen war: Sie hatte soeben die Herzen der Menschen gewonnen.

DIE JUNGE KAISERIN

Ein Feuerwerk der Farben erleuchtete den prunkvollen Zeremoniensaal. Zwischen den hohen Marmorsäulen drängten sich adelige Herren in bunter Galauniform, und die Kerzen in den Kronleuchtern ließen die üppigen Kleider ihrer Begleitdamen in den Nationalfarben glänzen. Selbst von der Empore lugten noch neugierige Gesichter zu Sisi und Franz herunter. Gedämpftes Murmeln hallte von den Wänden wider, und Sisi glaubte, von ihrem erhöhten Podest aus die unterschiedlichsten Landessprachen und Dialekte aufzuschnappen. Böhmisch und Ungarisch, Polnisch und Kroatisch, Slowakisch und Slowenisch. Auf engstem Raum schien sich zu allen Seiten des Saales ein Potpourri der Kulturen und Temperamente zu tummeln. Am anderen Ende eines roten Teppichs, der die Halle der Länge nach teilte, schlug der Zeremonienmeister in schwarzem Frack seinen Stab dreimal auf den Boden. Das Hämmern dröhnte in der weiten Halle, und Sisi glaubte zu spüren, dass Franz bei jedem Schlag kaum merklich zusammenzuckte.

«Die Deputation des Großherzogtums Krakau», kündigte der Zeremonienmeister an, «geführt von Seiner Exzellenz dem Herrn Statthalter Graf Gołuchowski!»

Sisi suchte die bunte Menge mit den Augen ab, und tatsächlich trat auf der rechten Seite ein Grüppchen zwischen den Säulen hervor und schritt über den roten Teppich auf sie zu. Kurz vor dem Podest machte Graf Gołuchowski in rotem Samtgewand halt. Er verbeugte sich tief vor dem Kaiser und wandte sich dann Sisi zu.

Wie Gräfin Esterházy es sie geheißen hatte, lächelte sie und reichte ihm stumm ihre Hand zum Kuss. Sie spürte Hunderte von Augenpaaren auf sich, als der Graf sich vor ihr verneigte. Hunderte von Gesichtern starrten sie an, aber nicht giftig, nicht maßregelnd, nicht nach einem ihrer Fehltritte gierend. Nein, es war ihr, als schimmerte Hoffnung in ihren Zügen. Noch einmal glaubte Sisi den Jubel der Menge zu hören, die sie auf ihrem Weg hierher durchschritten hatte. Was erwarteten diese Menschen von ihr? Warum hatten sie ihr zugejubelt? Welche Hoffnung setzten sie in sie?

Ein Räuspern zu ihrer Rechten riss sie aus ihren Gedanken.

Graf Gołuchowski verbeugte sich bereits zum Abschied, und fast hätte Sisi es über ihren Gedanken verpasst, ihre eingeübte Floskel aufzusagen.

«Hrabio Gołuchowski, do widzenia», rezitierte sie ihre polnische Verabschiedung, *«Graf Gołuchowski, auf Wiedersehen.»*

Aus den Augenwinkeln nahm sie Franz' anerkennendes Nicken wahr und atmete erleichtert auf. Gerade noch rechtzeitig war es ihr gelungen, sich wieder in ihre Rolle zu finden. *Lächeln, nicht vor dem Kaiser sprechen und nur die gelernten Floskeln in der Landessprache herunterbeten*, erinnerte sie sich an die Ermahnung ihrer Oberhofmeisterin und richtete sich in ihrem Sessel auf.

«Die Landesdeputation für das Königreich Ungarn, geführt von Seiner Hoheit dem durchlauchtigsten Graf István von Draskóczy», hallte die Stimme des Zeremonienmeisters durch den Saal.

Sisi sah aus den Augenwinkeln, wie sich Franz' Hand fester um die Armlehne seines Sessels schloss. Sie wagte nicht, sich ihm zuzuwenden, aber mit jeder Faser ihres Körpers spürte sie, dass das Gemüt ihres Mannes sich verdüsterte. Vom anderen Ende des Saales her tönte ein leises Tuscheln. Einige Adelige traten einen Schritt zur Seite, und aus den Umstehenden löste sich eine einzige mächtige Gestalt: Graf István Draskóczy. Seinen edelsteinbesetzten Umhang krönte ein Tigerfell, das respekteinflößend über seine linke Schulter fiel. Darunter blitzte eine eng anliegende rot-goldene Jacke mit Stehkragen hervor, die den hasserfüllten Glanz seiner Augen unterstrich. Der Magnat nahm seine Mütze mit Federbusch ab und klemmte sie so fest unter seinen Arm, als wollte er sie zerquetschen. Sisi stockte der Atem. Obwohl ihre Oberhofmeisterin ihr kaum etwas über den ungarischen Regenten verraten hatte, reichte Sisi ein einziger Blick, um zu wissen, dass dieser Mann zu fast allem bereit war.

Der Festsaal schien den Atem anzuhalten, als Graf István Draskóczy auf das Kaiserpaar zuhielt. Die Sporen an seinen schweren Lederstiefeln schepperten bei jedem seiner Schritte, und die goldene Scheide seines Säbels blitzte im Licht der Kronleuchter gefährlich auf. Sisi hörte, wie sich die Hand des Leibgardisten, der sich zu ihrer Linken neben dem Podest positioniert hatte, enger um seine Hellebarde schloss.

Kurz vor dem Podest fiel der ungarische Graf gemäß der Etikette in eine tiefe Verbeugung. Franz hatte die Augen zu Schlitzen verengt, und Sisi konnte spüren, dass jeder seiner Muskeln unter Hochspannung stand. Zitternd streckte sie dem Grafen ihre Hand entgegen, und Graf István Draskóczy kam ihrer Geste nach. Sein dichtes, grau durchsetztes Haar erzählte von den vielen Jahren, die er sein Amt wohl schon innehatte, und sein ganzer Auftritt vermittelte die klare Botschaft, dass er dem jungen Kaiser an Erfahrung überlegen war. Kaum hatte er sich aus dem Handkuss erhoben, wandte sich der ungarische Magnat Franz zu. Er senkte in der Erwartung eines Gespräches den Kopf, doch Franz funkelte ihn nur wütend an. Die Knöchel seiner Hand, mit der er die Armlehne umklammerte, traten weiß hervor. Sisi erinnerte sich an seinen festen Griff an ihrem Handgelenk und erwartete, dass unter der schieren Kraft des Kaisers jeden Augenblick das Holz zerbersten würde. Aber nichts dergleichen geschah. Lange Sekunden vergingen, und Franz schien nicht in der Lage, das Gespräch zu eröffnen. Sisi hörte, wie eine Unruhe den Saal erfasste. Zwischen den Säulen warfen sich Adelige fragende Blicke zu oder traten nervös von einem Fuß auf den anderen. Das Schweigen steigerte sich bis zur Unerträglichkeit. Das Gesicht des Ungarn färbte sich so dunkelrot wie seine Tracht. Sisi richtete sich nervös in ihrem Stuhl auf. Da Franz das Gespräch nicht eröffnete, war es auch ihr nicht erlaubt zu sprechen, und dem ungarischen Magnaten schon dreimal nicht. Ihr schlug das Herz bis zum Hals. Sie hatte sich geschworen, heute alles richtig zu machen. Zu lächeln und den Mund zu halten. Nicht vor dem Kaiser das Wort zu ergreifen. Und wenn überhaupt, nur die gelernten Floskeln vorzutragen. Doch diese Situation geriet aus dem Ruder, das spürte sie. Der Raum schien unter der Anspannung fast zusammenzubrechen.

Sisi nahm einen tiefen Atemzug. Egal, was sie gelernt hatte: Sie durfte nicht zulassen, dass dieser Mann im Streit mit Österreich diesen Raum verließ. *Die Nachricht darüber würde nur einen Brand befeuern, den ich gerade versucht hatte zu löschen,* erinnerte sie sich an das, was Franz ihr am Weiher gesagt hatte, und räusperte sich.

«Herzlichen Dank für Eure Aufwartung, Graf Draskóczy», richtete sie auf Ungarisch das Wort an den Magnaten und schickte ein stilles Dankesgebet an ihren ungarischen Hauslehrer. «Ich habe schon so viel von Eurem wundervollen Land gehört, dass es mein größter Wunsch ist, in naher Zukunft selbst dorthin zu reisen.»

Die Halle begegnete ihrem Tabubruch mit absoluter Stille. Es war so ruhig, dass Sisi das leise Schnaufen ihres Mannes hören konnte. Das Klirren der Hellebarde unter den zitternden Händen des Leibgardisten.

Draskóczy wandte sich überrascht Sisi zu. Das Tigerfell wallte unter seiner abrupten Drehung auf, und ihr stockte der Atem. Der Blick seiner dunkelgrünen Augen traf sie so direkt, so durchdringend, dass sie sich nun ihrerseits an ihre Armlehne klammerte.

«Ihr seid noch schöner und gütiger, Eure Majestät, als ich es mir auszumalen vermochte», antwortete Graf István Draskóczy auf Ungarisch, und die Röte wich merklich aus seinem Gesicht. «Wenn Ihr mich eine Bitte vortragen lassen würdet?»

Ein Stein fiel Sisi vom Herzen, und sie sog erleichtert den Atem ein. Das Eis schien gebrochen.

«Bitte wendet Euch mit Eurer Bitte an meinen durchlauchtigsten Gatten Franz Joseph», bat Sisi den Mann auf Ungarisch und deutete mit der Hand zu ihrer Rechten, «der mich an Güte und Gnade noch um ein Vielfaches übertrifft.»

Der Regent nickte Sisi zu und wandte sich erneut an Franz, wobei er seine Bitte mit starkem ungarischem Akzent in deutscher Sprache vortrug: «Eure Majestät», begann Graf István Draskóczy. «Bitte, lasst Eure Hochzeit nicht nur als ein Zeichen der Liebe in die Geschichte eingehen, sondern auch als ein Zeichen der Güte.»

Franz blickte den Magnaten kühl an. «Was ist Euer Begehr?», fragte er knapp. Und obwohl Sisi sich sicher war, die Situation gerettet zu haben, ließ seine Miene kein Fünkchen Dankbarkeit erahnen. Im Gegenteil. Seine Gesichtszüge wirkten steinern, beinahe entseelt. Hatte sie doch einen riesigen Fehler begangen? Hatte sie ihn abermals erbost? Und das, nachdem sie sich so fest vorgenommen hatte, diesmal nicht zu patzen? Sisi presste verzweifelt die Lippen aufeinander. Eine Schwere nahm von ihren Gliedern Besitz und schien sie Richtung Boden zu ziehen. Wie erstarrt von einer dunklen Vorahnung verfolgte sie, wie der Magnat vor Franz auf die Knie ging und abermals die Stimme erhob.

«Eure Majestät, bitte ruft die Exilanten zurück und begnadigt die Revolutionäre.»

Sisi hielt gespannt den Atem an, und mit ihr der ganze Saal. Kein Lüftchen, kein Hauch bewegte mehr die Röcke der Damen, und selbst die Federbüsche in den Hüten einiger Männer schienen unter der Brisanz des Moments erstarrt zu sein. Die Muskulatur an Franz' Kiefer zuckte, so sehr biss er die Zähne zusammen. Zwischen seinen Augenbrauen hatten sich tiefe Furchen der Skepsis gebildet. Nach einer schieren Ewigkeit holte er endlich Luft, um zu antworten.

«Ich werde Eurem Wunsch entsprechen», tat er mit fester Stimme kund, und die hohen Wände warfen seine Worte zurück wie einen göttlichen Schiedsspruch. Ein Aufatmen ging durch den Saal, und in allen Ecken regte sich leises Getuschel.

Der Ungar verneigte sich erneut.

«Ich danke Eurer Majestät», nickte er Franz zu, «Ihr werdet diese Tat nicht bereuen.»

Er schickte Sisi noch einen respektvollen Blick, bevor er auf dem roten Teppich den Rückweg antrat.

Sisi schielte unsicher zu Franz, doch der stierte unbewegt geradeaus. Eine Welle der Übelkeit überkam sie, und ein Zittern erfasste ihren ganzen Körper. Zu welcher bodenlosen Dummheit hatte sie sich nur wieder hinreißen lassen?

ZERRISSEN

Nach dem Trubel des Tages lag eine bedrückende Stille über den Gärten der Hofburg. Erste Sterne blitzten am tiefblauen Himmel auf, und endlich war auch das Brummen in Franz' Schädel verstummt. Er hatte die Damastvorhänge bis zum Anschlag zurückgezogen und eines der bodentiefen Fenster geöffnet, um einen Hauch von Weite in sein Inneres zu lassen. Die Ereignisse des Tages hatten sich wie ein Strick um seinen Hals gelegt. Der Rausch der letzten Nacht hatte ihn in eine schmerzhafte Leere entlassen, die sein Gewissen nun für sich beanspruchte. Wie sollte er seiner Frau heute Nacht begegnen? Nach allem, was geschehen war? Was er seit ihrer Hochzeit getan hatte?

Ein leises Knarzen verriet, dass sich die Tür zu ihrem Schlafzimmer öffnete. Stumm starrte Franz aus dem offenen Fenster und sog die kalte Frühlingsluft in seine Lungen. Gefangen in seinen dunklen Gedanken. Seinen Vorwürfen, Zweifeln, seiner Angst. Seinem Versagen.

«Wenn ich heute zu forsch war ...», hörte er Sisis leise Stimme, doch sie brach ab. Sie klang so vorsichtig, fast ängstlich. War es das, was sie mittlerweile für ihn empfand? Angst? Furcht vor seiner Wut, seinem Groll, seiner Raserei?

Benommen wandte er sich Sisi zu. Die Kerze in ihrer Hand flackerte unter dem kühlen Luftzug, der vom Fenster hereindrang, und verlieh ihren traurigen Augen einen magischen Glanz.

«Du hast alles richtig gemacht», brachte Franz heiser hervor. «Besser als ich es je hätte machen können.»

Ein Erstaunen huschte über Sisis Gesicht, und sie öffnete sacht die Lippen. Ein lockender, zarter Schimmer lag auf ihrem Mund, bewegte sich im flackernden Licht der Kerze und schickte ein sanftes Kribbeln über seine Haut.

«Wenn du heute wieder alleine schlafen möchtest, dann ...», begann Sisi leise.

Franz nickte und bemühte sich, nicht zu ihrem straffen Busen zu sehen, der sich unter ihrem hauchdünnen Nachthemd abzeichnete. Nicht zu ihren so anziehend geschwungenen Hüften. Er versuchte, dem Drang zu widerstehen, zu ihr zu gehen, mit der Hand in ihre dichten Locken zu greifen, sie an sich zu ziehen. Sie zu verschlingen, ihren leichten Körper zu packen und sich auf sie zu werfen.

Er straffte sich. Er verdiente ihre Liebe nicht. Und sie verdiente es nicht, von ihm zugrunde gerichtet zu werden.

Franz wandte sich ab und schritt auf die Tür zu seinen Gemächern zu, als er eine sanfte Berührung an seiner Hand spürte. Spürte, wie Sisi ihn festhielt, zurückzog, kaum merklich, aber doch so bestimmt, dass er innehielt. Er schloss die Augen, um nicht die Kontrolle zu verlieren. Nicht seinem Verlangen nachzugeben, seiner Gier. *Dein Leben sei der Zerstörung geweiht,* hallte in der Ferne eine Stimme in seinem Kopf, *und die, die du liebst, sollen elendig zugrunde gehen. Deine Brut möge es dahinraffen, und du selbst sollst als alter gebrochener Mann einsam und verlassen sterben.* Die ungarische Frau des Rebellen schmiss sich ihm mit einer unbändigen Verzweiflung entgegen. Die Füße ihres Mannes strampelten am Strang in der Luft. Traten ins Leere, traten nach ihm, Franz. Was hatte er getan? Was für ein Mensch war er?

Franz drehte sich verzweifelt zu Sisi um. Er spürte, wie ein heftiger Atem seine Brust hob und senkte. Ein Pochen und Pulsieren nahm von ihm Besitz.

«Liebe mich», hauchte Sisi. Unendlich zart. Unendlich sanft. So unendlich unschuldig.

Franz öffnete den Mund, um ihr zu widersprechen. Eine beinahe monströse Verzweiflung überrollte ihn, verschluckte seine Worte und ließ seinen ganzen Körper beben. Er wollte diese Frau, und doch wollte er sie nicht. Wollte mit ihr verschmelzen, eins werden und ihr doch nicht wehtun, sie nicht verletzen. Und auch er selbst wollte nicht den Schmerz der Liebe spüren. Er wollte stark sein und bei Sinnen. Und doch war er schwach, so entsetzlich schwach in diesem Moment.

«Liebe mich ...», flüsterte Sisi erneut und legte sanft ihre Hand auf seine bebende Brust. Ein Schauer jagte durch seinen gesamten Körper, erschütterte die Grundfesten seines Inneren, zerrte ihn hin und fort zugleich. Was nur, was sollte er tun?

«Liebe mich.»

ENDE

QUELLENANGABEN

Kapitel «In reiner Liebe»:

Gedicht «Nur einmal konnt ich wahrhaft lieben», Seite 41.
Aus: Hamann, Brigitte. *Elisabeth. Kaiserin wider Willen.* Wien / München, 1982 (5. Ausgabe), Amalthea Verlag, S. 83.
Gedicht «Die Würfel sind gefallen», Seite 41.
Aus: Corti, Egon Caesar Conte. *Elisabeth. Die seltsame Frau.* Graz / Wien / Köln, 1996 (genehmigte Sonderausgabe), Verlag Styria, S. 26.

Kapitel «Tee en famille»:

Gedicht «Vorbei!», Seite 81.
Aus: Corti, Egon Caesar Conte. *Elisabeth. Die seltsame Frau.* Graz / Wien / Köln, 1996 (genehmigte Sonderausgabe), Verlag Styria, S. 25.

Gedicht «Nur einmal konnt ich wahrhaft lieben», Seite 81.
Aus: Hamann, Brigitte. *Elisabeth. Kaiserin wider Willen.* Wien / München, 1982 (5. Ausgabe), Amalthea Verlag, S. 83.

Kapitel «Der Ball»:

«Auf den Grundlagen der wahren Freiheit, ...», Seite 134.
Aus: Vocelka, Michaela und Karl. *Franz Joseph I. Kaiser von Österreich und König von Ungarn 1830–1916.* München, 2015, C. H. Beck Verlag, S. 73.
Zitiert nach: Kiszling, Rudolf. *Die Revolution im Kaisertum Österreich, 1848–1849,* Bd. I. Wien, 1948, S. 318 f; Rumpler, Helmut: *«Dass neu und kräftig möge Österreichs Ruhm erstehen!» Der Thronwechsel vom 2. Dezember 1848 und die Wende zur Reaktion,* in: 1848 – Revolution in Österreich (Schriften des Instituts für Österreichkunde 62, Wien 1999), S. 148.

Kapitel «Das Laken»:

«Nach Vollzug der Ehe in einer anständigen Kassette ...», Seite 331.
Aus: Corti, Egon Caesar Conte. *Elisabeth. Die seltsame Frau.* Graz / Wien / Köln, 1996 (genehmigte Sonderausgabe), Verlag Styria, S. 42. Zitiert nach: Kaiser Franz Joseph an Finanzminister Ritter von Baumgartner, Wien, 26. März 1854. Wien, Staatsarchiv.

Die Rowohlt Verlage haben sich zu einer nachhaltigen Buchproduktion verpflichtet. Gemeinsam mit unseren Partnern und Lieferanten setzen wir uns für eine klimaneutrale Buchproduktion ein, die den Erwerb von Klimazertifikaten zur Kompensation des CO_2-Ausstoßes einschließt.
www.klimaneutralerverlag.de